KU-494-153

都市诡话

流转千年的索命诅咒，如何打破？
笼罩都市的恐怖暗影，怎样挣脱？

董 协◎著

21 二十一世纪出版社集团
21st Century Publishing Group

图书在版编目（CIP）数据

都市诡话/董协著 . -- 南昌：二十一世纪出版社集团，2015.8

ISBN 978-7-5568-0699-7

Ⅰ.①都… Ⅱ.①董… Ⅲ.①长篇小说－中国－当代 Ⅳ.① I247.5

中国版本图书馆 CIP 数据核字 (2015) 第 115359 号

都市诡话
董 协 著

责任编辑	张 宇
出版发行	二十一世纪出版社集团
	（江西省南昌市子安路75号　330009 ）
	www.21cccc.com　cc21@163.net
出 版 人	张秋林
经　　销	新华书店
印　　刷	北京建泰印刷有限公司
版　　次	2015年9月第1版　2015年9月第1次印刷
开　　本	710mm×1000mm　1/16
印　　张	20
字　　数	250千
书　　号	ISBN 978-7-5568-0699-7
定　　价	35.00元

赣版权登字—04—2015—231

如发现印装质量问题，请寄本社图书发行公司调换 0791-86524997

[目 录]

第01章
〔索命预言〕

睁开眼睛的时候，他发现自己在客厅里。他不明白这是怎么回事，自己不是应该睡在卧室里的吗？

他忽然觉得头顶上有什么东西正在盯着自己。这种感觉很真切，似乎还听到了喘息声。可是，他不敢抬头看。

他想发出声音，好驱散恐惧。但是，嗓子似乎被堵住了，根本发不出一点儿声音。他想起身上厕所，身体也无法动弹，尿意却愈加强烈。现在他的眼睛完全适应了黑暗，这才完全看清了周围的情形，吓得他汗毛都竖了起来，下身顿时感到一阵温热。

怎么可能……不，这不可能是真的，这绝对是噩梦！他又闭上了眼睛。醒过来吧！快从噩梦中醒过来吧！

但是，他感觉到那个东西来到了面前，几乎贴到自己的脸了，有气息吹到脸上。

不要……冷静……冷静下来啊……冷汗从额头滑下来，身体也感到很冰冷。对了，身体……他刚才看到了自己的身体……那个样子无论如何都不可能是真的啊！

他微微睁开眼皮，细缝中只看到黑暗。他狠了狠心，一下子把眼睛完全睁开了。出现在眼前的是……

润丽知道一定发生了什么可怕的事情。她从七年前开始，就有了这种预知能力。每次这种感觉一来，总会发生很恐怖的事件。

"昨天一定发生了什么事情……"她翻看着手里的稿件，经过甄别之后，锁定了一条新闻。

这是今天早晨刚收到的消息，发生在一个高层公寓里的杀人事件，死者是一名高中生，叫谢小豪。邻居听到谢家传来哭喊声和尖叫声，就报了警。警察破门而入后，封锁了现场，去了十几名法医。警察形成了人墙，阻止居民围观尸体运送，就连记者都被警察拦住了。最夸张的是，居然用了一辆大卡车运送尸体，并在四辆警车的护送下离开。一个普通高中生的死亡，至于那么兴师动众吗？这件案子已经引起本市媒体的高度关注，从案发到现在已经过了六个小时，警方还是对媒体完全封锁消息。

润丽去问采访这个案子的同事小赵，小赵说："警察离开后，我去采访了邻居。据说死者的父母发现尸体后就发疯了，已经被救护车送走了。"

润丽非常忐忑，她明明预知到了，却总是阻止不了。一个星期以前，她就强烈地预感到，这一天在某个地方会有某个人遭遇极度恐怖的事情。每过一天，这种预感就更强烈，昨天晚上，她从梦中惊醒，意识到那件事情已经发生了。

而在今天早晨，新的预知又产生了。明天晚上，又会有一个人遭遇同样的噩运。

"小赵……"润丽下定了决心问道，"你打算继续跟进这个案子吗？"

"是啊，老总对这个案子很重视，要我一定深入调查，争取抢在其他报社前面发布一些独家消息。"

"能不能把采访任务让给我呢？嗯，我采访的内容可以交给你整理，还是用你的名字发表，老总那里我可以去说……"

旁边几个同事都笑了起来："我们的劳模又要出动了！"

"别笑我了……"润丽此刻压根儿没心情开玩笑，她只想着采访的事情。如果不能及时查清情况，就不可能阻止明天晚上将要发生的事情……

"好啦，表情别这么沉重嘛，润丽！"小赵拍了拍她的肩膀，"我去和老总说，把这次的任务让给你！发稿当然是署你的名字了！"

润丽笑了笑："谢谢你啊，小赵！"

润丽来到这个城市已经三年了，好不容易安定下来，成为一名记者，和同事的关系也非常融洽。

"哎，润丽，那不是你哥哥的新书吗？"

中午大家一起出去吃饭时，小赵打断了润丽的思绪。她立刻看向附近的一张餐桌，桌子上摆着一本书，书名是《还有一个》，作者伊润暗。

另外一个同事说："原来你哥哥的新书已经出了，怎么不告诉我们？我们可以一起去捧场啊！"

润丽尴尬地笑笑，心想：我在为你们着想好不好？哥哥的书，那是人类可以看的吗？

润丽的哥哥润暗是个恐怖小说家，他的书在全国都很畅销，有一家香港电影公司把他的一部小说拍成了电影，票房很高。她不得不佩服哥哥的恐怖创意，自从看完那部电影后，原本就很胆小的润丽，发展到了把电线杆都看成是鬼的程度。

下班后刚踏进家门，润丽就闻到了厨房飘来的菜香，哥哥一向很会做菜。润丽咽了咽口水，快步走进厨房。

润暗回过头对润丽微笑道："你回来了，快去洗手吧，很快就可以开饭了。"

自从父母七年前去世后，兄妹二人就相依为命。晚饭时，兄妹俩照例闲话家常。

"你又接了新采访？"

"是啊。"润丽很兴奋，"我平时只发过一些哪里有长得不太正常的生物的新闻……这次可不一样了……"

"这是不是和你的预知有关系？"

"嗯？哥哥，你……"

润暗一脸严肃地对润丽说："我不想失去你。我们搬到这个城市来，就是希望远离过去。"

润丽轻轻放下碗，声音哽咽地说："哥哥，难道你能忘记吗？爸爸妈妈死的时候……"

"够了……这些都过去了，现在我们要开始新的生活。"

"但是，哥哥，你心里其实也在想着同样的事情，不是吗？我不想一直逃走！为什么我们不能面对自己的命运呢？"

"听着，你最好别做这个采访。"

润丽很不满地说："又是这句话！每当我有预感，你就叫我什么都别想，可是……事实就是真的有人不断死去！警方根本无法查明原因。我想阻止这些预知的事情发生，我不想再看到有人死去……就像爸爸妈妈那样……"

"别再提爸妈的事了。"

"哥哥，为什么你总是逃避？葬礼之后就要搬家，我们一共搬了多少次家，才在这里安定下来！你要我完全忘却过去，我真的做不到……"

润暗深深叹了口气，柔声道："算我求你了，好吗？润丽，我们现在有了新生活，过去已经和我们无关了。如果不断追查这些事情，我怕你也会……"

"我不要再逃了！我不要过这种虚伪的安逸生活！"

第二天，润丽去了公安局。

"目前警方只能公布死者是死于他杀……嗯，鉴于作案手段比较残忍，所以没有公布详情。现在这件案子正在全力调查，我们一旦有了新的调查进展，自然会开记者发布会的。伊小姐，我能说的就这么多了，你请回吧。"

"但是，谢小豪的父母在看到儿子的尸体后，双双发疯，现在都在精神病院进行治疗。另外，运送尸体的卡车……"

"够了，伊小姐！"对方开始送客了，"总之警方很重视这个案件，有了调查结果自然会公布的，请回吧！"

润丽知道再说也没有用了，而现在的情况，和七年前父母死的时候一样……不管哥哥怎么说，润丽都决心要调查清楚。

她思忖着接下来该怎么办。该去问谁好呢？偏偏谢小豪的父母都疯了……也许他们的疯言疯语也会透露一些什么。

打定主意后，她朝楼下的停车场走去。她并没有注意到，一名黑衣长发的女子正冷冷地注视着她的背影。

润丽希望在今晚以前找到线索。她不希望明天再报道一宗死亡案件。

开车前往精神病院的路上，她打开了广播，哥哥今天中午会到电台上节目，宣传他的新书。

她调好频道后，正好听到主持人在说："各位听众，今天人气恐怖小说家伊润暗先生来到我们的节目做客。我们'幽冥之声'栏目创办以来，伊先生已经四次来到我们的节目。伊先生，您好，首先恭喜您的新书出版。您的新作受到了读者的热切关注，我们将开通热线电话，请您接听读者来电。"

"嗯，我也很期待和'幽冥之声'的听众进行交流。今天能来这个节目，我非常高兴。"

"在此之前，我想问一下伊先生，新作还是和以往一样，是无解的恐怖小说吗？"

"是的，我的恐怖小说都是无解的，不会故弄玄虚，而是真切地让读者感受到，其实恐怖就存在于每个人身边。"

热线电话开通后，润丽听到了听众激动的提问。

"伊先生，你的故事有没有取材于现实的部分？"

"伊先生，我昨天晚上花了一个通宵看完了你的新书，实在太吓人了啊！你的生活中是不是遭遇了什么悲伤绝望的事情？"

"伊先生，我看过你所有的作品，你对氛围和人物心理的描写相当出色，简直就像是你的亲身经历一样。"一个女人说道，语气冰冷，简直就是在质问。

"这位小姐真会开玩笑。我如果经历了那一切，怎么可能活到现在？"伊润暗应答非常从容，没有感情起伏。

"您认为这世界上真的存在着你书中描绘的一切吗？"

"我只是在写小说，没想过要和现实联系在一起。"

车子已经开到精神病院门口，润丽还想继续听后面的节目。那个女人却说道："是吗……我明白了，谢谢，再见。"

真是个奇怪的人……润丽把车开进地下停车场，坐电梯上楼。

润丽跟着一名护士来到谢小豪的父母所在楼层后，刚出电梯就听到了怪叫声："小豪！小豪啊！你怎么变成了这个样子！哇啊啊啊……"

她们走进病房一看，好几个医生正按着床上的一个中年妇女，一个医生想给她打镇静剂，可是那么多医生护士却几乎按不住她的手脚。

"她就是你要探视的患者之一。入院以来，她一直都是这个样子。另外一名患者的情况也很严重……"

"小豪啊……你怎么变得那么恐怖啊……是谁把你变成了这个样子啊……"

润丽走进病房，护士提醒道："你……最好别去刺激她。"

润丽还是一无所获。回到地下停车场，她看了看手表，心里焦急万分。目前没有任何线索，而预感一阵比一阵强烈，难道她真的阻止不了了吗？

"你想知道答案吗？"背后突然传来一个陌生的声音。

润丽回过头一看，是一个长发及肩的美丽女子，表情冰冷。润丽在脑海中搜寻，却找不到有关这个人的记忆。

"你……是谁？"

"伊润丽小姐。"女子说道，"能不能……让我见见你的哥哥？"

十分钟后，二人对坐在精神病院附近的一家餐厅里。

"你到底是谁？你认识我哥哥吗？"

"不认识，但是我对他和你的过去非常了解。"女子很镇定，似乎也没有恶意。她继续说道："我的名字叫任静。其实，我找你们兄妹俩已经很久了。"

"什么？"润丽连忙追问道，"难道你是警察？追查七年前的案子？"

"不，我和警方没有关系。要找到你们兄妹俩，是我父亲对我的嘱咐，他在三年前失踪了。特别是你哥哥，我父亲的笔记中记录得很详细。七年前的案件我也很清楚。"

"你的父亲是谁？"

"他叫任森博，是一名心理医生，对灵异现象很有研究。三年前，我母亲就是在一场诡异的车祸中去世的。"

"但是我们并不认识你的父亲啊，我父母生前也没有和我提过什么心理医生……"

"详细情况等和你哥哥见面时再说。你在调查昨天发生的那起高中生死亡案件吧？如果你想要资料的话，我可以给你。我昨天从网络上弄到了一些资料。你如果想要，我可以马上给你，条件就是让我和你哥哥见面。"

润丽有些坐不住了，追问道："你是黑客？你到底为什么要见我哥哥？"

"在见到他以前，我不能告诉你。"

润丽心想，没有时间磨蹭了，人命关天！姑且先答应她吧，其他事情等过了今晚再说。

"我答应你，前提是先让我看看你的资料。我先声明，如果我要登载你的资料，只会说是市民匿名寄到报社来的。"

"那是当然。"任静取出一个信封，递给润丽道："这个信封里一共有十四张遗体照片，这些照片我下载之后就打印出来了，没进行任何处理。另外还有法医的死亡报告书。"

润丽将信将疑地打开信封，取出照片。只匆匆地看了第一张，她的心就猛地一震，眼睛一下睁大了，手止不住地颤抖。

"你……"润丽根本说不出话来。这和七年前的情况一模一样，就是这种无法解释的现象！她哆嗦着继续看后面的照片，每看一张，她就发出越来越重的喘息声，看到第七张的时候，她几乎要晕倒了。

润丽无法再看下去，她把照片全部塞回信封里，又取出了法医的报告，额头上已经沁出冷汗。

"你相信吗？"任静很平静地问道。

"是的，是的！正因为这样，所以我才相信……"润丽哽咽起来，"就是因为这样，我和哥哥才不得不逃到这个城市来……尽管逃了这么远，却还是逃脱不了……无论哪一个城市，都有这种事情发生……"

任静观察着润丽的表情，确认了她的确就是自己要找的人。

"你有预知能力，对不对？"

润丽猛地抬起头，打量着这个神秘女子。她的表情沉静，目光深邃，美丽得简直不似凡人。

"你可以预知到，在多久以后就会发生恐怖事件，对吧？我也有和你类似的能力，是在我母亲死后拥有的。我母亲……她是被幽灵杀死的。"任静流露出一些哀伤，然而，就像湖面泛起的极小涟漪，一瞬间又消失了。

"你为什么要见我哥哥？"润丽又追问道。

"如果我说，未来某一天，我也会被幽灵杀死……不，也许不是幽灵，而是更甚于幽灵的存在，你会相信吗？而且，就算我逃到天涯海角，这个命运也不会改变。这是我父亲告诉我的，他是一个全知全能的预知者。"

如果是在七年前，润丽当然不会相信这样的话，可是现在……她不得不相信。这七年来，她的世界观不断被颠覆。她不得不相信一件事情——这个世界上，的确存在着鬼魅和诅咒。

虽然说到自己未来会被杀害的时候，任静表现得很淡然，可是润丽还是看到了她微微颤抖的手和眼中暗藏的惧意，那是一种连想都不敢多想的恐惧。

"我相信。任小姐，为什么你会知道我的能力？"

"所有详细情况，和你哥哥见面后，我会悉数相告。不过现在真的不行。我希望把所有事情和你们兄妹俩说清楚。"

润丽忽然想起了她预知今晚会发生的事情，连忙问道："你刚才说，你也能够预知……那么，你知道今晚会在哪里发生，在谁的身上发生吗？"

任静说道："我的感知力有限，不过，你哥哥应该知道更多。如果今晚就会发生，请马上带我去见他！如果你想阻止第二名死者出现的话！"

润暗一个人在家，遥望着窗外的天空。天空灰蒙蒙的，玻璃上已经结了霜，风呼啸着吹在他的面颊上，还夹杂着细小的雨滴。

今晚……那个人会死……

润暗很清楚这一点。但他不会像润丽那样想办法去阻止。他能够改变什么呢？他只希望和妹妹一起过着平静的生活。在这个城市生活了三年，还是几乎没有熟人，因为他知道，也许某一天，他们又要搬走。他们已经断了和所有亲戚的联络，就是不想再和过去的生活有任何牵连。保留下来的，只有名字……和那段无法磨灭的黑暗记忆。

门外传来急促的脚步声，他刚回过头，就见润丽和一个陌生女子走进房间来。润丽迅速关上门，连鞋子都没有换就冲到自己面前，张口就问："哥哥……你是不是也有预知能力？告诉我！"

润暗感到非常突兀，他看向那个陌生女子。

"初次见面，伊先生。我叫任静，我知道这对你来说很突然，但是，家父嘱咐我来找你，我也必须来找你。"

润暗被弄得莫名其妙，他理了理思绪，问道："到底是怎么回事？你们两个把话说清楚！"

听完润丽简明扼要的说明后，润暗冷冷地看着任静，快步走到她面前，下了逐客令："任小姐，我和我妹妹的生活不希望受人打扰。你的事情与我们无关，我们对你没有任何义务。请你立刻离开，以后也不要再来找我们！"

润丽此刻只关心哥哥是否隐瞒着预知能力的事情，连忙拦道："哥哥，听我说，我想知道原因！七年来，我们一直在逃跑！我的生活始终充满阴影，怎么能说是平静？至少，我想知道爸爸妈妈为什么会死！"

任静说道："我父亲告诉了我一件事情。那件事情，应该能实现你心中最深的愿望。伊先生，你还要把我赶走吗？"

润暗很震惊，他凝视着任静，愣了一分钟，才稳住心神，问道："你知道我的愿望？"

"是的。没有我父亲不知道的事情。如果你怀疑，今晚我可以证实给你看。"

润暗飞速思索着，昔日的恐惧场景再现在脑海中，就在他犹豫不决时，一个似乎可以看透他的声音传来。

"告诉我，第二个人……叫什么名字？"

润暗仿佛受到了诱惑一般，不由自主地说出了脑海中一直盘旋的信息："他叫张军。"

张军是个在校大学生，因为家住得离学校很近，所以是走读的。今晚有同学的生日聚会，他当然也凑了一脚，大家在一起疯啊闹啊，又是打扑克又是唱卡拉 OK，到了快十点钟的时候聚会才散了。

张军坐公车回到自己家附近，抄了一条小路回去，路上不时打着饱嗝。这时，他突然想上厕所，啤酒喝太多了，他就往巷子口的公共厕所跑去。解决完以后，门却打不开了。

"怎么回事啊？"张军用力推了推门，却纹丝不动。

这时候，厕所内的灯突然黑了，周围顿时一片漆黑，伸手不见五指。张军身上没有打火机和火柴，只好对着外面大喊道："有人吗？来人啊！我被关在里面了！"

可是这条巷子很深，经过的人不多，他心里实在后悔，早知道干脆忍一忍回家再解决了。

张军对着门狠狠踢上一脚，接着又用身体去撞，使出了吃奶的力气，可是门就是不开。他想找找看有没有什么工具可以把门砸开，否则自己岂不是要在公厕里过夜了。不过实在太暗了，他只好摸着墙壁慢慢走。

"张军是阵耀大学化学系的学生。"润丽很快查到了相关信息。

润暗的确有预知能力。和润丽不同的是，他的能力是可以知道即将死亡的人的容貌和名字。这个能力也是在父母死去不久后拥有的。他看到了张军的长相，也看到了他背后有阵耀大学的标志性建筑。

"马上去找他！"

润丽三人坐上车，迅速赶往张军家。润暗负责开车，润丽打电话给张军。

厕所内被困的张军接到了电话，他顿时暗骂自己太笨，怎么没想到用手机！拿出手机一看，是个陌生号码，他问道："喂，是谁？"

"张军吗？嗯……我叫伊润丽，是报社记者，请问你现在在家吗？"

"不，不在……"

任静一把抢过手机，接着问道："你在哪里？是不是遇到了危险？"

"啊……危险？我……"张军停住了。因为……他听到了黑暗深处传来了一声喘息。而那个喘息声大得连电话那头的任静也听到了。

张军吓了一大跳，问道："谁？"

没有任何回答。他想，刚才进来的时候，明明只有自己一个人啊。他也不管电话那头是谁了，急促地说道："快来救我啊！我现在在弓封路靠近北田小区的一个公厕里，门打不开了……"

那个喘息声再度传来，而且，比刚才更近了……

就在这时，手机关机了！没电了？怎么这么倒霉！不对啊，今天明明是充足了电才出门的啊……张军全身都僵了，一动也不敢动。要不是靠着墙壁，他恐怕就要瘫倒了。

"谁……谁啊……别……别吓我，好不好？"他浑身抖如筛糠，声音很没有底气。

喘息声又传了过来，这一次相当清晰，因为……那个声音就在耳边！

张军顿时惨叫一声，猛然向前冲。他只想打破那个该死的门，离开这里！然而，更恐怖的事情发生了！

这个公厕很小，可是，他向前跑了五分钟，居然都没有跑到头！这怎么可能？！

任静不停地看表，张军的时间恐怕不多了……润暗猛踩油门，手上全都是汗。他不知道这个女人到底是什么人，但是她能够知道连润丽也不知情的自己的预知能力，就绝对不是普通人。她说能实现自己的愿望，是真的吗？

张军的后背完全被冷汗浸湿了。他向各个方向跑了十几分钟，却什么也碰不到，墙壁都不见了。他很后悔刚才离开了墙壁，也感觉很奇怪，灯灭掉那么久了，周围还是伸手不见五指，就好像他的眼睛瞎了一样……

"救命——救命啊！不要！不管你是谁，求求你不要伤害我啊——"张军站都站不稳了，只能在地上爬行。

当那个声音又出现时，他屏住了呼吸。在他身后不远处，似乎有什么东西正在地上爬行，越来越近。他的腿抖得更厉害了，只能更慢地挪动，他怕自己一有大动作，那个东西就会扑过来……

润暗已经开到了弓封路，那条小巷找到了，但是车子开不进去。润暗说："你们留在这里，我去看看情况。"

张军的手脚开始发麻，他的思维几乎停滞了，空气在急剧减少。就在他又向前伸出手撑住地面时，却感觉按住了一只冰冷的手！

"哇啊啊啊啊啊啊——"张军的手机这时从口袋里掉了出来，居然自动开机了，借着屏幕发出的光，张军看到面前是……

终于找到了那个公厕，润暗本打算撞开门，谁知道，门把手一拧就开了。他走进去一看，里面没有人，看起来很正常。

"哥哥！"他回过头一看，润丽和任静都跟来了，顿时皱眉道："我不是让你们等着吗?"

"对不起，哥哥……"

任静打量着厕所，说道："看来，没能赶得及。"

"你到底是谁? 你究竟都知道些什么?"润暗质疑的目光锐利地看向任静，她却依旧很平静地答道："我会全部告诉你们的。先回车上去吧。"

润暗把车开到附近的停车场，回过头道："你说吧。"

任静说道："我和你们一样，都有预知能力。我能够预知的是和灵异事件有关的关键词，可以知道危险源于什么。这个能力是在三年前我母亲死后不久拥有的。那时我住在离这里很远的一个城市。一天晚上，我们一家三口开车郊游回来，行驶在一条高速公路上。忽然我在车窗外看见一个诡异的黑影，而就在那一瞬间，我和父亲都惊讶万分地发现母亲不见了！她原本好好地坐在副驾驶座上，却突然消失得无影无踪！

"而她居然出现在下一个十字路口的中间，被一辆卡车当场碾成肉泥。卡车司机说，他根本没注意到我母亲是什么时候出现在十字路口中间的，惨剧就发生了。我父亲很悲痛，但是他没有消沉。我告诉了他我看到了那个黑影，父亲就发疯般的开始寻找那个影子，连工作都不顾了。不久后，他留给我一本笔记本就失踪了。

"笔记本里记录了父亲那段时间研究的资料。在全世界各地都发生过这类灵异事件，确实存在超越人类常识的东西存在着。我父亲在那次车祸之后，逐渐拥有了预知能力，他能够在一定程度和范围内，预知未来会发生的灵异现象。他在笔记中记录了一部分未来会发生的事情，结果后来都发生了。笔记本里说，要我找到你们。他说，只要接触到你们，就会知道你们就是我要找的人。当我看到那部恐怖电影的编剧就是伊润暗时，我猜一定是你……"

"任小姐，你想要我帮你做什么呢？找到那个黑影帮你母亲报仇？还是寻找你父亲？"

"我希望能和你们合作。我的预知能力有限，你们也一样。但是我们合作，就可以成为一个比较完整的预言。你可以提供人物的名字和长相，你妹妹提供事发时间，而我提供关键词。我的生命在未来会被那些东西夺走，我父亲希望我活下去，所以他现在也在寻找可以救我的方法。他在笔记中写了一种方法，那就是……阻止预知的事情发生，打破这种宿命。如果做得到的话，所有预知都不会再与现实重合，我就可以活下来。这是解开这个诅咒的唯一办法。和我合作的话，你的愿望也就可以达成。"

润暗沉默了。其实这七年来他何尝又好过呢？恐惧始终盘踞在他的内心，他根本没有胆量去面对。

"让我考虑考虑……"

润丽敲了一下润暗的头："还想什么想！已经死了两个人了！我警告你，伊润暗，如果你再袖手旁观，我就和你断绝兄妹关系！"她看着任静，急不可耐地说："任小姐，就这么说定了！我们合作吧！说不定还可以找到你父亲在哪里的线索呢！等我又有了预知，我就打电话给你！"

"好吧，那我先告辞了。"

"我送你回去吧。"

"不用了……自从母亲死后，坐在汽车上我就会感觉很不舒服。"

"那至少让我送你到公车站吧，润丽，你在这里等我。"润暗向任静使了个眼色。任静心领神会，答道："好吧。"

夜风很大，附近的街灯忽明忽暗。走在街道上，润暗对任静说出了他深藏内心的话："润丽太天真了，不知道她所面对的是什么。"

"你不想把你妹妹扯进来？"

"你必须答应我，她只提供时间，绝对不介入。接触对方的工作，由我和你执行就可以了。你应该看出来了吧？那件事情，我根本没有告诉她。我问你，你说的是真的吗？"

"你指的是什么？"

"关于那个解开诅咒的方法。"

"解开诅咒的关键在于，要将预言彻底打破。比如说，一个将在零点死去的人，如果可以让他活到一点，或许就可以解开诅咒，你过去关于自己和妹妹会死去的预知，也就不会在现实中发生。寻找你们兄妹的三年里，因为我的预言不完整，所以我始终没有机会尝试。"

"请你别告诉润丽！这七年来都是我独自承受着这个痛苦。我可以写出那么多恐怖小说，也是因为每晚都噩梦连连。父母死后不久，我的脑海里就浮现出很多人的名字和长相，其中就有我和妹妹的。接着，润丽也告诉我她时常会有古怪的预知。看了父母留下的日记后，我就决定离开原来居住的城市，断绝了和所有亲戚朋友的联络，因为这是父母在日记里的嘱咐。"润暗抱住头，神情痛苦地继续说道："从那以后，我发现，距离原来的城市越远，预知到的人死亡的时间就越短。现在距离那个城市已经跨越了一个省，从预知到发生，最多只有两三周的时间。我们已经连续搬了三个城市！我每次预知到的人，他们的名字都会登在报纸上，不是离奇死亡，就是神秘失踪！那么，我和我妹妹……真的有可能活下来吗？这是我唯一的愿望。"

他们已经走到了公车站。任静看着润暗，灯光太暗，他看不清她的表情。

"我无法承诺你什么……但是，我们都被同样的命运束缚着，现在，也只能互相依靠了。"

记者欧雪雁往咖啡里又放了一块方糖。她的眼睛眯起来，看着男友夏鹏，撒娇道："就一次好不好？让我进一下死者家里？"

夏鹏摆着手，很坚决地回答："不——行！你到底想怎样啊？雪雁，这是第几次了啊？谢小豪的案子虽然是我办的，但是尸体我也没见过，上面还再三关照，不可以透露任何情况……"

"别这么说嘛……"欧雪雁笑嘻嘻地说，"尸体照片我不会要求你让我看的，当然你愿意那么做更好……但是至少让我进死者家里去看看啊。这件事情搞得那么神秘，随便挖点线索出来都是大新闻。"

夏鹏只感觉头痛，他是不是上辈子欠了她啊……

"之前也有其他记者想来调查这件事情，都被回绝了。雪雁啊，我真的不可以违反纪律的，到时候新闻一登，你是风光了，我可是要挨处分的。"

"我发誓，这是最后一次了，好不好？"

夏鹏搔了搔额头，叹了口气说："我怕了你了……好，这是最后一次啊……"

局长虽然严格限制这起案件的任何线索对外公开，但只是让记者去一下案发现场，自己什么也不说，应该没问题吧？尸体都运走了，那里现在也没有人，房子是租的，只要和房东打声招呼就可以了。

原本严密封锁的案发现场现在只在门口挂了"禁止入内"的条幅，没有派警察看守。房东见二人前来，本以为是来租房的，没想到是警察和记者，叹了口气把钥匙给了他们，说了一句："真是造孽，一家人就这么完了。而且这里也没有人肯租了……"

雪雁压根儿没心情理会房东的抱怨，拿到钥匙后立刻跟着夏鹏来到案发的房间。里面灰蒙蒙的，客厅的窗户位置不好，而且房间是朝西的，透不进多少阳光。雪雁在案发的客厅里四处张望。

"嗯？夏鹏，你在门口等着就可以了，不用跟我进来啊。"

"那怎么可以，不盯着你，谁知道你会不会拿走什么东西。这里我们都搜查过了，你想找到线索，还是算了吧。"

雪雁"哼"了一声，继续查看。现场很明显没有打斗的痕迹，地上也没有血迹。算了，先拍几张照片，回去再好好研究吧。

她站在一个衣架旁边，衣架上挂着一件西服，西服的一只袖子碰到她的头发。她拿出相机的时候，发现夏鹏就站面前紧盯着自己，说道："一张……只能拍一张……"

"知道了啦！"雪雁拿着相机选角度，就在这时……

她竟然感觉自己的头发被抓住了，狠狠朝后扯了一下，她几乎摔倒在地。而她后面……只不过是一个衣架，哪里有人？

"谁……谁啊？"她的声音充满了恐惧，不停环顾着四周，夏鹏好奇地问道："怎么了？你刚才好像差点摔了一跤？"

"刚才是谁在我背后？"

"嗯？没人啊，我进来后就锁好门了……你怎么了，疑神疑鬼的。"

雪雁还想保持镇定，说道："你……你是不是找了谁来和我开这种玩笑？想吓我，让我不敢采访？我才不怕……喂喂，你说话啊，别瞪着我！"

"你……你什么意思啊？我不明白。"

"刚才……有人在我身后抓我的头发，真的！有人抓我的头发！"

夏鹏跑到她身后仔细看了一番，摇摇头说："不可能啊……你的头发是不是勾住了这个衣架？"

"怎么会……我真的感觉是一只手抓住了我的……"她的声音颤抖起来。难道……难道是鬼？

这时，那件西服居然脱落了，掉在地上，夏鹏连忙过去捡了起来，眼睛无意地往领口一瞥……

"哇啊！"他立刻甩开那件西服，喊道："那……那是什么？"

刚才……他在领口深处看到了……一双眼睛！

他壮了壮胆，去把那件西服的纽扣拉开，里面……当然什么也没有。就是一件普通西服而已。

"夏鹏……我，我们还是走吧……"雪雁的脚已经不由自主地向门口伸去。

"我……我有同感……"

与此同时，正在家里看书的润暗，脑海中有一个画面出现，是一名穿着警服的年轻男子，他的名字也浮现了出来……

"夏鹏？他就是第三个人吗？"

二人几乎是逃命一般冲出公寓，连钥匙也忘了还给房东，就迅速开车离开了。夏鹏心有余悸地说："我……我终于明白上级为什么这么重视这个案子了……原来，原来……"

"别说……我们什么也没有看见……不会有事的……"

夏鹏不停地踩着油门，并且警惕地看着倒后镜，直到离开那个公寓至少有三公里远了，才敢减速。

润暗立刻打电话给报社里的润丽，问道："我已经感觉到第三名牺牲者了，你呢？预知到在什么时候发生？"

"什么？哥哥，你已经预知到了？我还没有……"

逃也似的回到公安局的时候，夏鹏已经浑身冒着冷汗了。他一进办公室，同事们都看到他脸像纸一样白，关切地问道："夏鹏，你怎么了？身体不舒服吗？"

夏鹏摇摇头，摆了摆手。他对欧雪雁说自己没见过尸体是骗她的，当了那么多年警察，他根本没见过那么恐怖的尸体……他不想再和这个案件有牵扯！

"你这是什么意思？"局长看着桌子上放的调组申请书，眉头紧皱着，这个案子限期一个月破案，现在他只想着如何增派人手，居然有人提出调组，开什么玩笑！他刚打算说话，夏鹏却抢先说道："要是局长不同意的话，那我宁可回反扒队去，不想继续待在重案组了。"

"我当初把你从反扒队提拔上来，你就是这么报答我的？你知不知道上面给了我们多大压力？这几天我挡掉了多少记者的询问了！好，你走，走了就别回来！"

夏鹏知道自己愧对局长，但是一想起西服里那双诡异的眼睛，愧疚之心瞬间就被恐惧感吞没了。那双眼睛……绝对不是他的错觉！

夏鹏收拾办公桌上的东西时，周围的同事都很纳闷。

"夏鹏啊，是不是有什么困难啊？"一名老警官关切地问道，"你和局长闹意见了？"

"不是……我不想再查谢家那个案子了，你们……最好也小心点。那个地方，不是人应该去的。"这句话甚是诡异，可是无论同事再怎么追问，他也不肯多说了，把东西堆放在一个纸箱里，就走出了办公室。

走过长长的走廊，夏鹏站在电梯门口，按下按钮等着。电梯门映照着夏鹏的脸。他抬起头盯着不断变化的显示屏，接着又低下头看了看手里抱着的箱子，就在他再度抬头的瞬间，他居然看到……

电梯门映出的自己身体的左边，有一个白晃晃的影子！那个影子的手，正慢慢地向自己的脖子伸去！

"啊——"他顿时扔掉纸箱，然而……哪里有半个人在。他再看向电梯门，那个白影消失了。

欧雪雁下午索性请了假，回到她和夏鹏住的公寓里。进了房间后，她立刻上了两道锁，接着把窗户也关上，又拉上窗帘，但是这样又太暗了，于是把室内的灯都打开。她感到很累，就躺倒在床上睡觉。可是，过了半个小时，脑子始终很清醒。房间里实在安静得出奇，唯一的声响就是时钟的走动声。

这个时候，似乎有一阵风吹来，卧室的门重重地关上了，她立刻吓得跳起身来，而头顶的灯光居然忽明忽暗起来。

"怎，怎么了？"

这个房间让她极度不安，总感觉透着一种诡异。她走到卧室门口，却发现门根本打不开了。这是怎么回事？卧室的门并没有装锁啊！

她想去把窗帘拉开。在窗户下面堆放着一个木箱，里面装着冬天的衣服。这时，箱子突然晃动了起来！

"啊！"欧雪雁滑倒在地，迅速向后挪动。是那个东西！它跟着自己回来了！

箱子晃动的幅度越来越大，不断击打着地板，并且向雪雁挪动过来了！

"不……不要！"她抓起一把椅子，去砸卧室的门。而那个箱子在地面上挪动的速度越来越快了，距离欧雪雁只有几步了。

"走开！别跟着我……求你走吧！"

欧雪雁瘫软在地，就在箱子盖子打开的一刹那，她昏了过去。

"雪雁！雪雁！你怎么了？"欧雪雁的耳边传来夏鹏呼唤的声音。她虚弱地说："我，我们不能继续住在这里了，那个东西跟过来了！它不放过我们！我，我不该不听你的话……"

夏鹏看到雪雁如此惊恐，心里一紧，问道："难道……你……你也……"

突如其来的门铃声让二人几乎惊叫起来，现在他们真是脆弱得不堪一吓了。夏鹏定了定神，跑到猫眼前一看，门外站着一对根本不认识的年轻男女，他先打开内门，隔着铁门问道："你们是谁？"

"打扰了，夏警官。"男子彬彬有礼地说，"我们确实来得很唐突，但实在是事情紧急。你是调查谢小豪案子的警官吧？我们有些事情，必须要告诉你。"

"你是……"

"我叫伊润暗，这位是我的朋友任静小姐。"

夏鹏听到又是谢小豪的事情，顿时皱紧眉头，不知道该不该让他们进来。

任静说道："我从你们的房间里能感觉得到'那种东西'的气息。最近你们没有碰到什么怪事吗？"

夏鹏一听到这话，就像抓住救命稻草一样，立刻把门打开，说道："二位请进，事实上，我们的确……"

"原来如此。"润暗和任静听完了夏鹏和欧雪雁的叙述后，明白这二人都会步上谢小豪和张军的后尘。

润暗还在考虑怎么组织语言，任静已经开门见山地问道："你们相信这个世界上有鬼吗？"

二人一听这话，心里咯噔一下，欧雪雁问道："你们……也撞见过那个东西？"

"我见过鬼魂。"任静毫不避讳地说，"它就在我的面前夺走了我母亲的性命。我不想吓唬你们，无论你们相信与否，这个世界的确存在着鬼。"

润暗瞪了任静一眼，她说话怎么那么直接啊，他有些抱歉地说："我们想说的是，你们目前非常危险。"

"那有什么办法可以解救我们？"夏鹏也不知道这两个人到底是神棍还是真的有本事，但是，他实在很害怕。如果对手是人类，没什么可怕的，可是现在对方……根本不知道是什么东西！

润暗也被问愣了，他用询问的眼光注视着任静。

"逃啊。只有这个办法。"任静说得很平淡。

夏鹏又好气又好笑："你这不是在说废话吗？"

"目前你们只能逃走。你们没有灵异能力，而我也并非是天生的灵异体质。"

"灵异能力？这是什么意思？"欧雪雁不解地问道。

"这是可以在一定程度上克制鬼魂的能力。现在还没有可以彻底杀死鬼魂的方法。听好了，你们尽量不要待在封闭空间，遭遇鬼魂逃跑时绝对不要开车，那会让你死得更快。绝对不要去阴暗的地方，尽量待在公共场所。"

"待在公共场所……就不会死了？"

"这个不能绝对保证，但至少危险会小得多。最重要的一点，务必记住，远离两样东西——镜子和电梯。"

"对啊，我今天就是……"夏鹏多少安心了一点。

"不好意思，我去一下卫生间，你们继续谈。"欧雪雁要离开卧室，任静却站起身说："要不要我陪你去？你现在很危险，最好不要一个人待着。"

"不用吧？就在卧室的旁边，有事我一喊，你们就可以过来的。"

任静想想也是，点了点头。欧雪雁松了一口气，心想：到底是真的还是假的？虽然今天的经历的确很诡异，但是……这两个人会不会是骗子，今天的经历是他们搞的鬼？会不会是某种魔术？

欧雪雁走进卫生间的时候，发现浴缸前的浴帘拉上了。但是，她记得今天回家的时候，浴帘并没有拉上啊！她似乎感觉到，浴帘后面……有什么东西。

她只要喊一声，就可以让夏鹏和润暗他们马上进来，可是，这种莫名其妙的感觉，完全没有道理。她不由自主地朝浴帘走过去。

站在浴帘前，她吞了好几口口水，慢慢地捏住浴帘的一角，心里默念着：但愿，但愿是我想太多了……她的手抖得不听使唤，好不容易才稳定了心绪，然后把浴帘一下拉开了！

果然什么也没有，是自己在吓自己。

她暗笑自己神经过敏，正准备把浴帘拉上，可是，她眼角的余光掠过旁边的镜子，顿时整个身体僵住了。

镜子里并没有映照出什么妖魔鬼怪，看起来很正常。但是……但是……镜子里的浴帘居然还是拉上的！而在欧雪雁的面前，她明明已经拉开了浴帘！

她想要喊叫，可是喉咙似乎被堵住了，什么声音也发不出来。紧接着，镜子里出现了更恐怖的变化！那个被拉上的浴帘，开始出现了一个身形的轮廓！显然有一个什么东西压在了浴帘上！紧接着，在镜子里，那个东西抓住了雪雁的手！

"不要啊啊啊啊啊——"

润暗等人立刻冲入卫生间，只见雪雁蜷缩在角落里哭泣，手笔直地指着镜子。而此刻的镜子里，没有任何异常。

"镜子里……镜子里有东西……"她一把抱住夏鹏，哭喊着说："我……

我相信你们的话！我们要搬家！逃到哪里都可以，求你们救救我们！"

任静来到镜子前仔细端详了一番，回过头说："其实我刚才说得还不完全，除了逃，也可以用别的办法。我们可以调查一下，谢小豪和张军生前到底经历了什么，还有，他们两个的共同点在哪里！"

"哥哥！有结果了！"

第二天中午，润丽给润暗打电话，说她感应到了夏鹏的死亡期限……就是明天！

"夏警官只能活到明天了……今天下午约好和他们见面的，这件事情要不要告诉他？"润暗很是头痛。

"如果你想说，我也不会拦着，让他知道自己的大限，也可以化为动力。"任静依旧是漫不经心。

此刻，二人正在任静家里。这是市中心的一套两层洋房，有个小花园，坐北朝南，路段很好。室内装潢更是令人咋舌，家具和用品都是非常高级的品牌，每个房间都整理得干干净净，虽然大多数都没有人住。

"这么大的房子，就你一个人住吗？"

"这房子是我外祖父留给我的。当年母亲放弃了遗产继承权嫁给我父亲，因为家族里的人都很反对。我父亲只是一个普通的心理医生。"

任静的房间里有四台电脑，十多只钟表，还有许多镜子。书架上摆满了书籍，天文地理历史政治，各个学科的都有。

"你的房间……"

"这是为了训练我的灵异能力，因为我没有天生的灵异体质。镜子是最重要的道具，虽然对于遭遇鬼魂的人来说很危险，不过对于我这种灵异能力差的人来说，却很重要。"她站在一面镜子前，抚摸着镜面。

润暗注意着那十多只钟表，全都产自瑞士，所有钟表的指针走动完全一致，分秒不差。因此，房间里能听到非常整齐的指针走动声。

"母亲死后，父亲也失踪了，我的外祖父本想让我去国外继承遗产，但是我回绝了，他出于对母亲的歉疚，就为我购买了这个房产，我没有拒绝。这是他们欠母亲的，就因为无谓的自尊心，整个家族没有一个人来参加母亲的葬礼！"任静有些激动，这是润暗第一次感觉到她有情绪起伏。

"我需要一栋大房子来做很多事情，这里还有一个地下室，是我进行实验的地方。不过，现在还没有任何进展。"

"灵异能力究竟是什么？还有你说的灵异体质……"润暗实在按捺不住自己的好奇心。

"你就是具有天生灵异体质的人，你妹妹也是。这种体质会让你对鬼魂的存在有很强的感受能力，而预知则是这种能力的一种体现。"

"可是，你不是也有预知能力吗？为什么你说自己没有天生灵异体质呢？"

"我和你们不同。我的能力是受到父亲的灵异能力影响才产生的，我没能继承父亲的灵异体质，否则我不会只具有这种程度的预知能力。"任静似乎有些沮丧懊恼。

"要进行调查的话，从哪里开始着手？"

下午，夏鹏和欧雪雁准时来到任静家，并且带来了相关资料。谢小豪是一名普通高中生，为人谦和，学习成绩也不错，而张军和他实在没有什么共通点，不要说根本不认识，他们的住所就隔了两个城区，二人毫无交集。

"到底为什么要找上他们？"欧雪雁完全糊涂了，她忽然问道："等一下，你们确定杀死了谢小豪和张军的，是同一个……吗？"

"是的。我可以肯定这一点，而且是百分之百确定。理由很简单，"任静完全否定了欧雪雁没说出的假设，"他们死去时，我预知到的关键词是相同的。"

"关键词？"夏鹏连忙问道，"那个关键词究竟是……"

"'扭曲'。二人死去的时候，我都感应到了这个关键词。对这一点，夏警官，你应该深有体会吧？"

夏鹏立刻回忆起谢小豪的尸体，感到一阵恶心，他默默点了点头。欧雪雁还是很糊涂，扭曲？什么样的扭曲？

"那具尸体……真的很异常……"夏鹏只能如此描述。

润丽此刻正在张军的家中，询问他的父母。张军失踪后，他的父母都快急疯了，而因为润丽说她是最后一个和张军通话的人，自然就接受了她的采访。

张军的家看起来经济并不宽裕，他的父母的眼睛都哭肿了。

"伊小姐，我不太明白，那个姓谢的高中生的死，和我们家军军有什么关系？"尽管二老都对润丽非常客气，但还是按捺不住心中的疑惑，为什么她一来就不问儿子的事情，反而提到另外一个人的死呢？

"我最后和张军通话的时候，他和我提到了这个名字。"这是任静教润丽说的谎。一般人不可能会相信什么预知，而张军现在已经死了，就算撒这样的谎，也是死无对证。

果然，这么一说，张军的父母丝毫没有怀疑。他的母亲首先说道："怎么会？他怎么说的？我不知道他认识那个高中生啊……"

"他当时对我说，'谢小豪死了，我也会遭到厄运的'。"其实任静教给她的是"谢小豪死了，我也会死的。"不过润丽太善良，她不希望那么快就把残忍的现实告诉这两位老人。

"这……这怎么可能呢？他爸，你知道吗？"

"不知道啊。伊小姐，你确定没有听错吗？"

润丽有些心虚地搓了搓手，声音不由得低了下来："应该是没有听错。"

"军军到底在哪里啊……"张军的母亲忍不住又抽泣起来。

润丽也感慨起来，要不是七年前父母死去，她现在也可以享受到这样的亲情……

"润丽……你跑那么快干吗呀？才几天没见到爸爸妈妈，你就那么兴奋啊！"

楼道的走廊上，兴奋的润丽一蹦一跳地向家门跑去，还叫着："明明是哥哥你走得太慢了！我现在就想着吃妈妈做的蛋糕！"

来到家门口，润丽掏出钥匙打开门，跑了进去。润暗紧随其后，把门关上："这个疯丫头！连门也忘了关！"

"爸！妈！"润丽跑去卧室找父母了。而润暗还没走到卧室门口，就听到了润丽揪心的惨叫声。

润暗顿时心里一紧，连忙冲进卧室，也不禁捂住嘴倒退了好几步！

"不，不要看！润丽，闭上眼睛！"

润丽只记得被哥哥捂住了眼睛，眼前和心中都被一片黑暗笼罩了。她无法接受看到的恐怖景象。怎么会……怎么会这样？

房间内挥散不去的血腥气息时刻提醒着她，这并不是一个梦。

警察赶到后，也被这恐怖的场面惊呆了。这对夫妻的身体居然被整齐地割为三段，而在地板上，在两具尸体的切口处，居然都留下了三道爪痕！事后警方鉴定过那些爪痕，根本无法查出是哪一种动物的，而市内公园也没有丢失猛兽的报告。

这起命案成为了公众焦点，总有记者来采访。兄妹二人被带到姑姑家，没有过多地被骚扰，可是润丽心中的恐惧无法抹去。

一天晚上，哥哥叫醒了熟睡的润丽。

"润丽，跟我走，我们离开这个地方。"

"哥哥……你在说什么呀？我们为什么要走？"

润暗一脸认真地说："我们必须走。不光是为了我们自己，也是为了不连累姑姑和姑父。从今以后，我们不能和任何亲戚朋友联系了。"

在困惑中，润丽穿好衣服，跟着哥哥离开了姑姑家，上了出租车去火车站。哥哥开始向她解释原委。

"要不是那个星期我们住在学校，也许现在我们也已经死了。在爸妈留下的日记里，详细说明了原因。他们最后告诉我们，一定要逃走！所以我们必须离开。"

"哥哥，那么重要的东西，你怎么不交给警察呢？而且，我们现在要去哪里？"

"不知道，总之先离开这里再说。你别联系任何同学。我们不能让'那东西'知道我们的行踪。"

润丽不禁打了个寒战。'那东西'究竟是什么？

"这是日记本，你也看一下吧。"

"润暗，润丽：当你们看到这段文字的时候，也许我们已经死了。如果我们真的死了，那么在看到日记以后，你们要立刻逃走，远离这个城市，不要把你们的行踪透露给任何人。记住，即使是亲人，即使是最好的朋友，都不可以透露！这是你们或许可以得救的唯一办法。我不知道'那东西'会不会对你们做什么，为防万一，你们也只有这么做了。在书桌左边第四个抽屉的红盒子里，有一张银行卡，里面的钱足够你们安顿下来。以后你们上不上大学都没关系，最重要的是要活下来。这个城市你们绝对不能再待下去了！

大概就在三天前，我们睡觉的时候，被一阵奇怪的声音吵醒了。那个声音随后就消失了，我们本以为是在做梦，谁知道，第二天早上，我们发现，卧室外的墙壁上居然有三道爪痕！那些爪痕把墙壁的砖头都弄碎了。

第二天，我们又发现，那些爪痕的位置移动了！原来被抓过的墙壁恢复如初，而那些爪痕比前一天更接近卧室了！我们终于明白了，'它'想进入我们的卧室！'它'正在接近我们！"

看到这里，润丽几乎要尖叫出来了。她怎么也不会忘记，将父母分尸的那三道爪痕……原本她认为，那是猛兽或者杀人狂……但是，她从没想到会是……

"也许你们感觉难以置信，当时我们也认为这太不可思议了。但是那些爪痕的移动太明显了，前一天离卧室十米，第二天只有五米！虽然我们感到恐惧，却没有办法解释。我们决定换一个房间睡，于是住到了润暗的房间。

可是没有用！今天那些爪痕出现在润暗的房门口！而原来卧室的爪痕消失得无影无踪。我们不得不承认，这些爪痕并不是这个世界的生物留下的，它来自另外一个世界！无论我们逃到哪里，它都会追过来！"

看到这里，润丽的眼泪已经打湿了日记本，她抽泣道："怎么会？爸爸妈妈都是好人……我们没有做错什么，为什么要遭受这样的灾难？为什么……"

"我们得逃走，这是唯一的办法。爸妈最终敌不过这些恐怖的爪痕，选择了接受死亡。日记后面还写到，他们曾经住到酒店去，可是爪痕照样跟了过去。"

"最后我们决定，务必要在你们从学校回来以前解决这个问题。虽然我们也想过找人商量，但是，又担心会连累更多的人。今晚，我们彻夜守在卧室外的墙壁旁边，等待着那道爪痕的主人到来。不管那是什么怪物，我们都决定拼死一战。

你们明天就会回来了。如果我们死了，你们一定要逃走！一定要！"

结果，父母还是死了。奇怪的是，他们应该是待在卧室外的墙壁旁边的，却死在卧室里，走廊上也没有丝毫血迹。这根本不是人类能做到的。

就算润暗把日记本交给警方，警方也不可能相信的。即使警方相信了，也保护不了他们。所以，只能靠自己，先离开这个城市再说。

"润丽，把你的手机给我。"

润丽疑惑地拿出手机递给润暗。润暗把自己的手机也拿了出来。这时，出租车正好开到了桥上，润暗将两只手机扔出车窗，落入桥下的河水中。

"不要……哥哥！你这是做什么啊？我的手机里存着很多朋友的号码啊。"

"润丽，从现在起，我们必须彻底和过去的生活告别。我们要想活下去，就必须舍弃这一切。润丽，我不能再失去你了，从今以后，由我来照顾你！"

哥哥实践了自己的承诺。他们来到新的城市，换了新的学校，而且在每个城市都待不长，一两年后，当报纸上报道了这个城市发生异常的杀人案或者失踪案时，哥哥就会立刻搬到新的城市去。

他们在这个城市落脚，因为哥哥也厌倦了。他也明白，不管逃到哪里，都会发生无法阻止的灵异现象。而且，好不容易当上了记者的润丽，也无论如何不想再搬家了。哥哥的恐怖小说也越来越出名，这让他很后悔当初没用笔名。因为，这样一来，他们的亲戚可能会找过来。

但是，润丽却很高兴。她一直希望有一天可以重新回到原来的城市，去给父母扫墓。有好几次，她都到了火车站的售票窗口，但还是因为恐惧而放弃了。她只有在父母的忌日时，在家里插上一束白百合。

"伊小姐……伊小姐，你怎么了？"

张军的母亲打断了润丽的沉思，她这才回过神来，不好意思地说："对不起，我走神了……刚才我们说到哪里了？"

这天晚上，夏鹏和欧雪雁住进了酒店。润暗最终没有告诉他们，夏鹏第二天就会死去。

"我们该怎么办呢？"已经十一点半了，夏鹏和欧雪雁还是丝毫没有倦意。

"我们……会不会死？"欧雪雁此时真是悔得肠子都青了，拿不到独家新闻就拿不到吧，现在居然惹上了那么可怕的东西。

"我也在想办法啊。我已经把厕所里的镜子用布遮起来了，上下楼我们都走楼梯，轮流睡觉，三小时轮换一次。这个房间离逃生梯很近，而且才三楼，有事的话我们立刻逃走。为了逃跑方便，睡觉就不要脱外套了。明天我们再去找伊先生商量。你先睡吧，我来守着。"

"夏鹏……对不起，都是我不好……"

"不是你的错，我也有责任。你安心睡吧，有事我立刻叫醒你。"

安抚好欧雪雁，让她睡下后，夏鹏走到窗前，点上一支烟。快要零点了。

这时，欧雪雁的手机响了，声音是从卫生间传来的。

"啊，我把手机放在卫生间了。"她连忙坐起身走进去。想起上次的情况，夏鹏多少有点不放心，他听到卫生间传来雪雁有些委屈的声音："怎么，我们不能住酒店吗？"

打来电话的是任静："你们以为住到酒店就安全了？快告诉我酒店地址和房间号，我会立刻赶过去的！"

夏鹏叹了一口气，又猛吸一口烟，走回窗前。以后该怎么办呢？

雪雁的手环抱住他的脖子，贴在他的后背上。夏鹏感慨地说："别担心了，雪雁，我们一定可以活下去的……"

然而，雪雁的回答却从卫生间传来："夏鹏吗？我不小心把车钥匙掉到缝隙里了，你进来帮我拿一下。"

一股寒意迅速地从夏鹏的脚底向头顶升起，这时他才感觉到，环抱着自己脖子的手是多么冰冷……

一声惨叫划破了夜的静寂，墙上的钟表指针刚好落在零点的位置上。与润丽的预知完全一致，夏鹏在"今天"迎来了他的大限。

听到惨叫声的欧雪雁迅速冲出卫生间，可是，房间里已经空空如也，她只看到掉落在窗边的一截还飘出袅袅轻烟的烟蒂，这是唯一能证明刚才夏鹏还在这里的证据。

"哇——救命，救命！"

欧雪雁的第一反应就是要逃走，可是她记起刚才电话里任静的嘱咐："记住，无论发生什么事情，尽可能别离开房间。根据我的经验，遭受鬼魂的袭击立刻逃走的话，死的可能性比留在原地要高得多。"

欧雪雁好不容易才保持住冷静，她跳到床上，用床上一条土黄色的被子紧紧裹住身体，警惕地看着房间，心里祈祷着任静能早一点儿过来。

正在驱车赶往酒店的任静和润暗二人，就一个问题产生了争议。

"有一件事我始终很在意。"坐在副驾驶座上的润暗提出了疑问，"张军的死，和谢小豪有一个很大的不同，那就是尸体。谢小豪的尸体呈现出惊人的姿态，但是，张军却在那个公厕里消失了。而你预知过，让他们死亡的，是同样的'东西'。那么为什么张军的尸体没有留下来呢？这不是很奇怪吗？你别误会，我没有怀疑你的意思。你说的话，我相信都是真的。我只是想谈谈我的想法。润丽说，你给她看过谢小豪尸体的照片，可不可以让我也看看呢？"

"她没有说给你听？也难怪，那样的场面……好的，我可以给你看，等到酒店接了他们再说。"

"我还有一个问题。"

"嗯，你的问题很多啊。"

润暗咬了咬嘴唇，看着任静的侧脸，问道："任小姐，那天电台里打来热线的电话，有一个问了不少奇怪问题的人，是你吧？"

"嗯，是我。"她这么爽快地承认，倒让润暗有些意外。

这时，车已经开到酒店了。他们冲到房门前，任静立刻敲门喊道："是我，快开门！欧小姐！"

欧雪雁很快把门打开了，一看到二人，顿时哭着抱住任静："夏鹏，夏鹏他不见了……求求你救我啊，我好怕，我好怕啊……"

润暗注意到，任静推开门，注视了一下房间，表情似乎有了些变化。她说道："快走，立刻离开这里！"

润暗开始验证自己的猜测了。他记得张军死去的时候，任静也注意了那个公厕。果然……是这样吗？她看到了什么他无法看到的东西，却没有说出来吗？

有关灵异体质和灵异能力，他认为任静并没有告诉他全部真相。她父亲既然有灵异体质，那么她这个女儿会继承这种体质是天经地义的，即使继承得不完全，她为什么断然否认自己有这样的体质呢？

这个女人为什么要保留一部分秘密呢？莫非她还不完全信任他们兄妹俩吗？又或者，她根本就是在利用他们？如果真的可以解开诅咒，无论什么样的事情他都愿意做，他只希望妹妹能得到真正的自由，能够像正常人一样生活。而任静，究竟是他们兄妹俩的拯救者，还是另一个恶魔呢？

他最为疑惑的，是任静父亲的事情。他的行为完全不符合逻辑，身为一个全知全能的预知者，却人间蒸发，完全放任女儿自生自灭。而如果他要抛弃女儿，为什么又要留下那本笔记本？这样做的意义何在？

坐到车上后，欧雪雁哆嗦着蜷缩在后排。任静递给润暗一个信封，说道："这是你想看的东西。"

润暗点了点头，迫不及待地从信封里抽出一沓照片来。

"怎么……怎么会……"

难怪谢小豪的父母会发疯了。照片很清晰，偌大的客厅里，一个扭曲的人形令人惊惧。不用问，这个人就是谢小豪。他的四肢和脖子，居然全部都被拉长了，并且与房间里的家具打结绑在一起了！

他的左右手至少有四米长，左手盘绕在一株观赏植物上，打了一个结，而右手在墙壁上的一盏灯上缠了三圈。他的两条腿垂在地上，也拉了四五米长。最恐怖的莫过于头部，脖子被拉长了大约两米，缠绕在天花板的电风扇上，缠绕了五圈！头部也扭曲着，如同麻花一样，连长成什么样子都看不出来了。

这些照片已经不能用触目惊心来形容了。难怪警方不公布具体情况，难怪要用大卡车来运尸体……这绝对不是人类能做得出来的！人的身体又不是面团，怎么可能这样随意拉长却不断裂？而且，现场没有一滴血迹，也没有搏斗的痕迹，邻居说晚上根本没有听到动静。正常人有可能在四肢被拉长的情况下，不发出一点儿声音吗？

润暗又抽出法医报告书看了起来，他惊讶地发现，死者的骨骼和肌肉组织居然也相应变长了！尸体的一切器官组织都没有异常，都随着被拉长的部分而变化了，甚至连衣服都变长了！

那么，自己的猜测也就可以得到证实了。润暗把资料塞回信封，对任静说："还是烧掉吧，这些照片要是流出去，后果不堪设想。"

他感觉喉咙有点干，不，是非常干。他到底是在面对着什么样的东西啊？如同当初杀死父母的那三道爪痕一样，都是不属于这个世界的存在。

坐在后座的欧雪雁此时抖得像筛糠一样，头始终低垂着，不敢抬起来。

"是我大意了。应该时刻看着他们的。"任静很懊恼，"难得找到你们，可以凑成一个完整的预知。看来，只好等第四个人出现再考虑了。"她向后使了个眼色，润暗明白了，欧雪雁很可能是第四个人。

"她暂时不会有事吧？"

"嗯，你妹妹预知死亡时间的最短间隔是……"

"一般来说，至少会在二十四小时以前感应到。我也差不多，不会在二十四小时以内感应到将会死去的人。这样的话，欧雪雁暂时是安全的。"

"我，我还是安全的？"欧雪雁顿时松了一口气，但还是心悸地问道："你们的预知真的没问题吗？夏鹏他……"

"实际上，我妹妹已经感应到他会在今天死去。现在不是已经过了零点吗？欧小姐，你要做好心理准备，也许你会是第四个人。如果想活下来，还是尽可能听任小姐的指示吧，这方面她懂得多。至于预知的问题，七年来都是必定会应验的，你不用怀疑。"

事实上欧雪雁也不敢怀疑了。她已经彻底相信这个世界上的确有鬼，如今唯一的依靠就是这两个人了。

任静开车回到了自己家。她打算安排欧雪雁住在她家，并在第四个人的预知产生以前，尽可能查出一些线索。欧雪雁此刻已经是极度疲惫，一到任静家，就认为这里是安全的场所了，安心睡下了。

帮欧雪雁关上房门后，任静回到客厅，看着正在凝神思索的润暗，问道："你在想些什么？我猜猜看……你对我、对我父亲，还有你的宿命，都很疑惑吧？"

"你看起来真像一个有钱人家的大小姐，不过家里居然连一个佣人都没有吗？"

任静坐在他对面，眼神有些忧郁地说："只有我一个人，我和邻居不来往，家族的人也不再管我，因为大家都觉得我是个怪人。我的职业是插画家，给图书画插画。我对理财和投资没有兴趣，没有产业反而感觉轻松。我唯一的资产就是这栋房子，这里所有的家具用品都是外祖父帮我置办的。我对奢侈的生活并没有兴趣，生活重在体验，而非享乐。"

润暗一时不知道如何接口。

"言归正传吧。你说过，不希望你妹妹牵扯进来，是吧？"

"不错。"润暗态度坚决地说，"这是我和你合作的前提。她是个没有心机的人，胆子又很小，让她接触那些东西，会要了她的命。"

"那还真是可惜。她天生具有灵异体质，如果好好培养，能力不会比你差。"

"灵异体质对我们到底意味着什么？除了预知以外，还有什么特点？"

任静开始娓娓道来："以我目前所知，灵异体质也分很多种。多数人会在很小的时候就表现出与常人不同，你们兄妹俩是能力觉醒得比较晚的，接触到与灵异有关的事物时，这种能力才逐渐苏醒。灵异能力更强一些的人，应该可以看见肉眼不可见的鬼魂。"

"肉眼看不见的？"

"其实，鬼魂只是那些东西的统称。鬼魂的传说由来已久，一般的说法是死去的人的魂魄。但是，并非所有鬼魂都源于人类，其实大多数和人类没有关系，而是来自未知的世界，根本不能用鬼魂来称呼。有许多是类似诅咒的、无形的存在，让人防不胜防。灵异能力进一步提高的话，就可以对诅咒有感应了。但这都只是能察觉到，如果要与其对抗的话，还需要后天的辅导才能做到。现在的你，还远远做不到这一点。"

诅咒？未知？那将来如何打败它们，寻求活下来的途径呢？润暗完全陷入了迷惘。

"谢小豪的尸体说明，这个东西能将人的身体变成那样的姿态，这就是那东西的能力吧？那么，张军和夏鹏的尸体为什么没有出现，就是一个谜团了。"

任静点头道："我的想法和你一样。我认为他们的尸体并没有消失，只是一时没有找到。总结下来，它似乎是无目的地确定对象，两个被害者完全没有共通点，当然也不否认可能存在我们没有发现的联系。第四个人也可能会是另外一个毫不相干的人。"

"我可以向你保证，解开诅咒的唯一方法就是不让预知变成现实。我们三个人预知的要素是人物、时间和关键词。而能改变的只有时间和人物的生死这两点。所以，你从今天开始，要一直戴着手表，并且确定走时精确。无论在任何场合，都以自己的手表时间为准。"

润暗提出了一个在脑海中盘踞已久的疑问："如果……我们在预知的时间以前杀害那个人，算不算是改变了预知呢？"

第 03 章
〔变形人〕

客厅里，二人默默对视良久。

"我不知道，这也许可以算改变了预知，我父亲没有说明这一点。不过，难道你真的会做这样的尝试？为了保命，杀害别人？"

润暗一时无法回答。他确实做不到，毕竟他不是那么冷酷自私的人，杀人他是做不出来的。至少目前，他绝对不会这么做。但是，如果为了润丽，如果这是唯一的方法，他也不能保证自己不会做这种事。

"这个问题不用考虑那么多。其实就算你想杀，也不一定杀得了，这种恐怖的宿命哪里有那么容易改变。而且你妹妹也肯定不会赞成那么做的。接下来的问题是，人物的生死问题，至少让那个人活到预知死亡时间以后。不过，没有灵异能力的人，即使是世界最强大的战士，也逃脱不了一死。所以，比较理想的考量是攻守兼备，以你目前的能力，我也只能考虑'守'。"

"让欧雪雁和我们兄妹一样逃走吗？"

"另外，我还要提醒你。"任静又补充道，"小说电影里那些驱鬼的方法，都是编出来的，不可能奏效。只有极少数具备灵异体质的人，才能感应到其存在。确定死亡时间以后，我们要先养足精神，然后在当天，二十四小时陪伴在第四个人身边。之前我真是考虑得不周到，还是让夏鹏被害了。"

"如果'那东西'出来，我们如何对付？"

"这是市区地图。"任静指着上面的几个点，"这是我画出来的几个比较好的逃生路线。这些是交通便利的地区，附近有很多立交桥和地铁，十字路口也很多，不太容易碰到堵车的情况。而且，黄金地段人也很多，到时候可以求援。当然，这都是为了拖延时间。如果第四个人就是欧雪雁的话，我选好了地点。"她指着市中心一个黑点，"这是市中心的纪念广场，因为临近节假日，有许多警察在那里维持秩序，人也是很多的，我们可以待在雕像附近。而且这个广场是二十四小时开放的，待在那里过夜都行。出了广场，有三条马路可以逃跑，每一条路的方向都和谢小豪住的公寓相反。"

"计划得真周详啊……"润暗不得不佩服任静，从地图上来看，几乎不会遇到人少偏僻的区域，如果有警察在，他们去求援是一定会得到帮助的。总之，牵扯越多人进来，把局面搞得越混乱，能够成功逃走的机会就越大。

当然，即使这样，也不能保证万无一失。毕竟对方是未知的非人类，不知道它们会怎么做。而且，还有一个很大的风险，一旦失败，那个人的尸体呈现出谢小豪那个样子，就太引人注目了，搞不好他们还会被当成杀人凶手。

就在这时，润暗感到脑海中又开始浮现出影像了。第四个人的身影和名字渐渐清晰起来……还好，第四个人就是欧雪雁。

"嗯，那就按照第二套计划进行吧。接下来等你妹妹的消息……"任静看了看欧雪雁的房间，"你先回去吧，有了消息马上打电话给我，然后我会告诉她，以便她配合我们。记住，我们不是在救欧雪雁，而是在救我们自己。只要她可以活下来，我们的诅咒宿命都可以解除，所以不要当这是别人的事情，要当成在救自己的性命，明白了吗？"

润暗不禁感叹这个女人的坚强。背负着那样的命运，还如此镇定自若。他一直觉得，自己能活到现在，都是从死神那里偷来的寿命，哪里还敢去招惹什么。他唯一庆幸的是，润丽什么也不知道，虽然她心里也一直有恐惧的阴影。知道自己在将来会被杀害，却不知道会在什么时候、如何死去，那是远比正常死亡恐怖得多的感觉。

"知道了，我会联系你。"无论如何，现在也只能相信她了。

润暗离开后，任静继续待在偌大的客厅里。已经是凌晨一点半了，她却没有一点儿睡意。如果提前杀死对方……她其实也考虑过这一点，但是过去她感应不到被诅咒者，所以也只有想想，不可能去实践。但是，现在不一样了，第四个人已经证实是欧雪雁了。

任静不由自主地站起来，向厨房走去。内心的呓语如同恶魔一般，将她引到了刀具柜前。她慢慢地抽出一把锋利的尖刀。说实话，比起她的计划，这样做更简单，更容易成功。

罪恶感？就算现在不动手，欧雪雁将来也会死，现在不过是提前一点儿而已。既然都是死，为什么不能给别人生存下去的机会呢？

"不！"任静放下刀，身体蹲坐在地上，不断摇着头，想把这个罪恶的念头甩掉。

她亲眼见到母亲死去的时候，恐惧就已经深深植入了内心。这种莫名其妙的邪恶力量，是无法对抗的。她清楚这一点，所以她对自己根本没有信心。为什么自己没能继承父亲的灵异体质？为什么没有继承那双眼睛？她的思绪瞬间飘回了过去……

祖父和祖母很早就去世了，而许多和父亲认识的人，活的时间也非常短。父亲所爱的人，几乎都没有好下场。小时候她就感到很奇怪，为什么父亲有一双和别人不同的眼睛？为什么别人说父亲是不祥之子？为什么外祖父和外祖母、乃至母亲娘家的任何一个人，都没有来看过自己？为什么没有人愿意和这个家庭来往？

父亲出生的时候，祖父就不喜欢他。因为他有一对紫色眼眸，透着一股妖异。从很小的时候开始，父亲身边的人就一个个死去，而且都死得莫名其妙。最初是祖父，他死在一个全封闭的密室房间里，完全没有外伤，死因是心脏停搏，但是祖父一直很健康。那一年，父亲只有五岁。

接着祖母也死了。她是上吊而死的，可是脚下却没有垫脚的东西。和祖父一样，她也是死在密室里。然后是姑父、叔叔、父亲的好友，几年内连续死了将近十个人。而所有人死之前，都被父亲那双诡异的紫色眼眸凝视过。这个传言越来越厉害，甚至有人怀疑那些人都是被父亲杀害的。

那个时候，父亲的灵异体质就已经表现出了能力，只是，连父亲自己也不清楚这种能力意味着什么。他也恐惧于周围的人的死，但是那些人的死并非他所愿。父亲是无辜的，却要忍受世人异样的目光。终于，再也没有人敢和父亲交朋友，甚至连说话都不敢。所有人都避开他的目光，都害怕如果和父亲的紫色眼眸对视，自己就将不久于人世。

　　直到母亲出现。那个时候父亲考取了心理学硕士，到海外留学。母亲是父亲的病人，身为豪门千金，在养尊处优的生活中却感到空虚寂寞，因而父亲被外祖父请去，治疗母亲的抑郁症。父母亲一见倾心，但是，父亲却对这段感情很犹豫。因为他知道，他会给自己所爱的人带来不幸，他不想让母亲因为自己而遭遇灾难。

　　可是，什么也阻挡不了爱情。当母亲怀着自己，和父亲一起请求外祖父为他们举行婚礼时，外祖父勃然大怒。外祖父查到了父亲是不祥之子，所以绝不答应这门婚事。于是，母亲为爱情舍弃了一切。

　　"阿静的眼睛如果像你就好了……我喜欢你的眼睛。"母亲并不把父亲的眼睛视为不祥，反而充满迷恋。父亲却很庆幸，至少他的女儿不是不祥之子。

　　父亲在母亲死去以前，灵异能力还没有全面苏醒，但是他已经感觉到母亲有危险，母亲对此却没有任何顾忌。可是，母亲还是被鬼魂杀害了。

　　父亲无法不自责，他认定是自己毁了母亲的一生。然而，这一切究竟是偶然还是必然呢？他渴望预知未来，因此激发了他全知全能的预知能力，灵异能力彻底苏醒了。他预知到，女儿也会死。他不想再将灾厄带给女儿，所以离开了。为了阻止未来女儿的死，他会不会连杀人那样的事情也做得出来呢？

　　母亲的死，是父亲心中永远的伤疤。而自己的生死，就是父亲今后最重要的事情了。该不该这么做？该不该现在就杀了欧雪雁？

　　欧雪雁突然惊醒了。怎么回事？自己在哪里？周围一片黑暗。片刻之后，她才想起，自己在任静家里，恐惧感逐渐散开。

　　她突然又感到有什么不对劲。屋里为什么没有灯光？她记得自己是开着灯睡的！

她立刻将床头灯拧亮，屋里并没有异常。她抹了抹额上的冷汗，紧紧抓住被角。

几点了？明天，不，今天要不要去上班？再无故请假，老总恐怕就要发火了……不，现在最重要的是保命，工作可以以后再找……

她又环顾了一下四周，确认没有异常后，才重新睡下。

但是，就在她的头碰到枕头的一刹那，她整个人一下跳起来，脸慢慢地转向床的左边。

不……不可能的……那个在她家自己动起来的箱子，现在就在这个房间的角落里！

那个箱子在她昏倒醒过来后，就消失不见了，现在居然出现在这里？

欧雪雁的脚几乎发麻了，只能一点点挪动，接着下了床，正准备逃走，突然又发现角落里的箱子不见了。

是幻觉吗？不，不会那么简单。

任静把刀放回了刀具柜里。

母亲不会希望她这么做的。如果杀死了欧雪雁，即使生命得以保全，也不能从自己的内疚中解脱。她不能为了自己而牺牲别人的生命。先睡一觉吧，接下来的事情，等醒了再考虑。

"哦，第四个人是欧小姐？"

"嗯，是的。可惜我们的预知不同步，否则就能立刻知道时间了。"

早餐桌上，润暗将和任静商量的一切都告诉了润丽。她越听越兴奋，说道："这样吧，行动那天我请个假，我也可以加入……"

见润暗的脸色渐渐变得难看起来，润丽只好低下头，叹气道："唉……你就好了，刚写完新书，能休息很长时间……对了，这段时间我都留意了新书畅销排行榜哦！哥哥，你的书……"

"吃饭啦，那么多话，你不用上班了？"

临走以前，润丽郑重其事地说："哥哥，你放心，我会好好调查线索帮助你们的。你们一定要保护好欧小姐啊！我有了预知就马上打电话给你!"

她什么也不知道,一心只关心着别人。润暗不禁感到自己有些卑鄙,他一心只想着让自己得救,甚至冒出过牺牲欧雪雁的念头,和妹妹比起来,他真是太自私自利了。

润暗刚打算回房间看书,身后的门突然又打开了,润丽急匆匆地跑进来。润暗疑惑地问道:"怎么,有东西忘记带了?"

"哥哥……我感觉到了……欧小姐……她……她的死期是三天以后!"

一小时后,润暗已经赶到了任静家。欧雪雁听到自己只有三天的命,脸顿时变得比纸还要白,反复向润暗求证了很多次。

"我……我不想死……我真的不想死啊……"

任静把地图摊开,耐心地说:"欧小姐,我知道你不想死,想活下去的话,就必须听我们的指示。目前已经确定你被诅咒了,那么,这三天时间里,我们必须要定出一个方案来,帮你活过死期。只要挨过死亡日期的零点以后,你就可以活下来了!你必须和我们一起努力才行!"

欧雪雁只好安静地坐下来,听任静讲解具体计划。欧雪雁不禁失望了,这两个人也就是普通人,她原本还以为他们能拿出什么镇妖法宝来,现在一切都幻灭了。

不过,这也好过只有她一个人面对。欧雪雁就各种细节提问,任静都一一作答。

"我想说的是……这三天里我是绝对安全的吗?"

任静托着下巴想了想,答道:"如果你所谓的'安全'是指活着的话,那你可以放心,这三天里你绝对不会死。但是,我不排除这期间会发生什么让你恐惧的事情。这也是没有办法的,请你忍耐一下吧。"

类似昨天箱子那样的情况?她一想到这里,就浑身起了鸡皮疙瘩,如果同样的事情再来一次,她就算不死,也会吓得魂飞魄散。

"这三天你可以回自己家去睡,待在这里也不见得安全,可以照常上班,一个人待着只会更加胡思乱想。"润暗给了她这个建议,可是欧雪雁听了以后拼命摇头,原来那个地方她死活都不愿意回去了。

"那个……任小姐……我想还是继续住在这里好了……"

虽然昨天晚上在这里看到了那个箱子，但是回家去的话，箱子也会跟过去的，酒店也不安全，那还不如继续住在这里，起码能待在任静的身边。

"我倒是不介意，不过，欧小姐，你住在哪里都是一样的，关键是三天以后。如果你实在害怕的话，要不我和你一起睡吧，两个人睡在一起，有危险就可以叫醒我。"

听任静这么说，欧雪雁立刻拼命点头致谢，哭着说："太谢谢你了，任小姐……你能这样帮我……"

任静心里很不是滋味。自己昨天还想过要杀害她，现在帮助她，也是为了自己。她如此感激自己，自己反而过意不去。

"你不用谢我。三天以后，你一定要全力配合我们，才能保证你可以活下来。我无法承诺你什么，真的，很抱歉。"

润暗站在张军出事的这间公厕前。还有三天时间，在那以前，他有一件事情想确认。

任静究竟是否能看到他看不见的东西？

她说过，灵异能力提升的话，肉眼就可以看见那些正常人要通过镜子或者照片才能看见的鬼魂。那么以她后天的灵异能力来说，是不会看见那类鬼魂的。

他打开了公厕的门。之所以敢来这里，他也是有足够信心的。他一直关注着以前那个城市的新闻，当初预知到应该在他和润丽之前死的人，其中有几个是知名人士，而现在他们都还活着。那么，在他们死掉以前，自己和润丽是不会死的。在死期来临之前，他就算想自杀，恐怕都未必死得了。所以，他进入这个公厕，应该不会像夏鹏和欧雪雁那样，被"那个东西"缠上。

在张军出事后，警察找过他和润丽，确定了张军最后通话时是在这个公厕里，但是排除了这里发生过谋杀案。

此时公厕里一个人都没有，这种安静多少让人不舒服。现场情况和事发当天一样，连哪个隔间的门打开了、哪个掩上了都一模一样。

这时，一个隔间内突然传出了冲水声。润暗有些心悸，很快又冷静下来，继续观察着。然而，一分钟后，里面的人还没有出来。

润暗蹲下身子，通过门下的缝隙，看到了……一双赤脚！而且没有血色！

润暗咬了咬牙，一脚把门踢开！然而，里面空空如也。他顿时后背发凉，倒退了好几步，脚下踩到了什么。他低头一看，是一堆盘起来的橡皮水管，这才松了一口气。

但是……他随即感觉有些不对劲。他记得，那天进入这个公厕时，也见到过这堆水管，现在仔细一看，实在是很诡异。

首先，这堆水管太长了。粗看一下，像是绕了几百圈，居然有半人高。这个厕所用得着这么长的水管吗？其次，就是这堆水管的颜色！

为了证实自己的猜测，润暗拿起水管，轻轻捏了捏。怎么会……

他想起之前的疑问。为什么谢小豪的尸体留了下来，而张军和夏鹏的尸体却消失了？还有任静预知到的那个关键词——扭曲。

他把这堆橡皮水管拉开来，笔直地放在地上。他看到了毛骨悚然的一幕。

这根本不是橡皮水管……这是张军的尸体！刚才捏的时候，他就明显感觉到，这是皮肤的触感！

和谢小豪一样，张军的身体也被拉得很长，身体变成橡皮水管一般粗细，盘绕在公厕里。张军的衣服被剥掉了，脸、脖子、手、脚扭曲着缠绕在身体中。张军的脸拉到五六米长，依稀可以辨别出变形的眼球和张得很大的嘴巴……

"畜生！"恐惧和愤怒同时升起，润暗跪倒在地上，狠狠捶着地面！他和润丽未来也会如此恐怖地死去吗？或者，比这更惨？他无论如何都要改变这一切！绝对不能让欧雪雁死去，绝对不能！

与此同时，任静站在夏鹏和欧雪雁订的那个酒店房间外。她对服务员说之前她朋友的东西忘在了房间里，她要进去拿。服务员打开了门，她快步走了进去。

任静站在床边，叹了一口气，拿起那床土黄色的被子，翻了过来。

果然不出所料。这不是被子，而是夏鹏！

他被拉成了长方形，头部横向拉长了几十厘米，脖子以下，手脚和身体扭曲着合在一起。扭曲……这个关键词还真是非常贴切。

最可怕的是，欧雪雁居然就是盖着这床被子，在酒店里等她！她强忍住恶心的感觉，把带来的大袋子打开，准备把被子塞进去。要是被打扫房间的人发现了，绝对会让警察查到的，要是三天后欧雪雁被关在派出所里，计划就无法顺利进行了。

这时，她忽然听到身后传来一声尖叫。她立刻回过头，是欧雪雁！

"那……那是什么？是……是夏鹏吗？"欧雪雁再也受不了巨大的恐惧，大喊一声跑出了房间。

"喂，欧雪雁，喂！"任静追到门口时，欧雪雁已经跑进了电梯。

离开公厕后，润暗的心情很低落。他把张军的尸体藏在了公厕附近，只希望不要被人发现。还要死多少人呢？每个人都会变成那种样子吗？

他的手机响了起来，是润丽打来的。

"哥哥，我预知到了……明天！明天欧小姐就会死！"

润暗觉得莫名其妙："早上你不是说三天后吗？怎么变成明天了？"

"早上？早上我出门后就没给你打过电话啊，哪里有和你说过什么三天以后啊？"

"你……你不是出门后又回来了一次吗？然后告诉我……"润暗的手已经颤抖起来了。

"没有……我没有回去过啊……"

"你现在在哪里？我立刻过去！"

一小时后，润暗赶到了报社，恰好是午休时间，润丽正在大门口等着他。他气喘吁吁地跑过去，一把抓住她，问道："润丽，告诉我……不，首先要确认你是不是真正的润丽。我问你，你小时候最喜欢的那个洋娃娃叫什么名字？"

"嗯……为什么突然问这个？是叫哈丽。"

"没错，你是润丽。"

那么，早上回来的那个润丽……是谁？或者说，是什么东西？

欧雪雁疯了一样地跑出酒店，接着漫无目的地在马路上狂奔！天啊……怎么会变成这样的东西！任静居然还敢把那个东西装到袋子里？现在她谁也不敢相信了，只知道逃！

大概跑了一公里，她终于气喘吁吁地停了下来，反复看着身后有没有人跟来。

"你说什么？欧雪雁的死亡时间是明天？"

接到润暗打来的电话，任静很诧异。她正在酒店的停车场里，而装着夏鹏尸体的袋子放在她的车子的引擎盖上，背对着她。

"欧雪雁的手机我打过去，她立刻就挂断了，也许她误会了我什么……总之得尽快找到她，她还以为自己会是三天后死呢……今晚零点以前，一定要找到她！"

就在这时，袋子里伸出一只手，抓住了任静的右手！她顿时尖叫一声，那只手立刻缩了回去。她立刻把袋子打开，里面已经空空如也。

"混蛋……你到底想要怎么样！"

任静恨恨地把袋子摔在地上，立刻打开车门，决定先去欧雪雁工作的杂志社看看，虽然她在那里的可能性几乎为零。而看她刚才被吓成那个样子，估计是绝对不敢回原来住的公寓了。一定要在午夜零点以前找到她！

赶到杂志社的时候，任静发现润暗也已经在那里了。不用问，没人知道她去哪里了。欧雪雁的父母都不在本市，而她在这个城市的朋友都是杂志社的同事。她会去找谁呢？

任静给欧雪雁的同事都留了自己的手机号，还反复强调："雪雁现在非常危险，一有她的消息，请马上给我打电话！"

"你说她有没有去外地找父母了？"

"也有这个可能……要是这样就麻烦了。"

任静和润暗决定分头去找，这样效率比较高。然而，五个小时过去了，天色逐渐变暗，欧雪雁依旧下落不明。

欧雪雁走进了一家二十四小时营业的餐厅。她打算先待在这里，无论如何，有人的地方能够让自己安心一些。

上了菜之后，她才感到实在很饿，立刻狼吞虎咽起来。她点了一份意大利面条，刚吃了一口，就感觉味道怪怪的……和平时的味道不太一样……

她本来想叫服务员，但是想到自己都朝不保夕了，还管什么味道，能吃就行了。可是又嚼了几口，实在太难吃了，她把嘴里的面条全吐在了盘子上。

看着眼前这盘扭曲成一团的意大利面条，她突然感到眩晕，不禁扶住额头，闭上了眼睛。

当她再次睁开眼睛时，那盘子里……哪里还是什么意大利面条！那扭成一团的，分明是人的身体！她清清楚楚地看见夏鹏的脑袋被叉子叉住了，他的眼睛死死地盯着自己！

"有鬼啊！"

欧雪雁一下把盘子打翻在地，周围的人都诧异地看过来。她大喊起来："救命！这面条……"

几个顾客围了过来，然而，大家都很疑惑，因为那就是普通的意大利面条。

"它不会放过我的，它不会放过我的……"

欧雪雁根本顾不上结账，就朝餐厅门口跑去。服务生想拦住她，却被她一把推开，一下冲到餐厅外，已经是夜色茫茫。

怎么天一下就变得那么黑了？她抬起手腕看了看表，顿时整个人都僵住了。她记得上菜的时候还看了表，那时是五点半，自己顶多吃了十分钟，可是现在……居然已经是十一点五十九分了！

怎么会？自己刚才闭了一下眼，再睁开，居然过了六个多小时？再过一分钟，就是午夜零点了！

虽然感觉很诡异，她还是自我安慰道：没关系的……反正要死也是三天之后，现在我不会有事的……

不过，她的脚还是不由自主地飞奔起来，也不知道跑过了几条街，忽然发现周围的路人越来越少了。最后，她一个人都看不到了。

虽说这个时候街上人很少也不奇怪，但是……为什么大楼的灯全部都黑着，也没有月光？

忽然，她发现……自己居然看不见了！这不是在城市里没有灯光的黑暗！而是像眼盲了一样完全看不见！

这时，她的背后传来了一声很重的喘息！她吓了一大跳，接着又听到了脚步声。

"谁？是谁？"她尽量提高音量来给自己壮胆，然而那个脚步声丝毫没有减慢。

此刻，午夜零点已经过了。

"不要……别过来，求你别过来！"

欧雪雁立刻拼命跑起来，尽管脚几乎没有力气，但是她知道，一旦被追上就死定了，哪里还敢停下来。而背后的脚步声也变成了跑步声，每一下都像踏在她的心上。

突然，她被一个硬邦邦的东西绊了一下。在摔倒的时候，她的头磕到了地上，脚也扭伤了，她只好扶着那个东西站了起来。她感觉到那个东西的中间是空的，正在疑惑时，周围忽然亮了起来，她又能看到了。

那个硬邦邦的东西，居然……又是那个箱子！而且是打开的！

欧雪雁还来不及逃开，一双手就从箱子里伸出来，死死地抓住她的胳膊，把她整个人拖了进去。

箱子盖上了。

"欧雪雁也许已经死了。"

虽然还没有放弃寻找，但是润暗和任静已经很困乏了。这是第二天中午，二人从昨天到现在什么都没有吃，再次集合在杂志社门口。

"我在零点的时候，去过她的公寓。"任静说道，"她的手机到现在都是关机。"

润暗不时打着呵欠，天气已经转冷了，夜里他不知打了多少个喷嚏。

"我们再去杂志社看看吧……"

来到办公室里，问了欧雪雁的几个同事，还是同样没有消息。

就在这时，欧雪雁办公桌上的电话响了起来，任静抢着拿起话筒，问道："喂？你找谁？"

"你是不是《康月》杂志社的欧雪雁小姐？"

"不好意思，她人不在，有什么事情我帮你转达。"

"真是的……我是富康公寓三楼的房东，就是出了命案的那个公寓。她前几天和一个警察来过，说要看一下那个死了人的房间，所以我把钥匙给了他们。可是他们一直没有把钥匙还给我！我后来去公安局找那个警察，那个人失踪了，他们告诉了我欧小姐的名字和工作单位的电话号码，我想让她把钥匙还给我啊！"

这时，电话里传来了一个女人的咆哮声："喂，你还在打什么电话？还不来帮我！都堵成这样了，快点给物业公司打电话啊，你看这一地的水！还有那么多垃圾！"

"你叫什么叫啊！真是的，今天一早就这样……啊，小姐，我不是和你说话，你早点和欧小姐说一声，快点把钥匙还给我！"电话挂断了。

"谁打来的？"润暗好奇地问。

"没什么，没有关系的电话。"

润暗有点不安。当他感应到欧雪雁是第四名被害者时，他感觉仿佛身体被注入了什么很可怕的东西，全身汗毛都竖起来了。绝对没有这么简单，欧雪雁一定跟前面三个人有些不一样……

"先去吃点东西吧，这附近有家不错的西餐厅。"走出杂志社后，饥肠辘辘的润暗提出了建议。

任静也感到浑身无力，也该吃点东西恢复体力了，她点了点头。

坐下来后，润暗一边翻看菜单一边问道："你想吃什么？这顿我请客。你说你看了我所有的作品，最新的那本应该也看了吧？"

"随便点就行。新书我当然看过了，你的想象力很丰富。"

"牛排还是烤鸡翅？嗯，我写书只是为了谋生，一直在搬家，都没有好好念书，找工作也不容易。"

点好菜等待上桌的时候，两个人互相对视着，一时不知道该说些什么。

"你有没有想过……未来自己死去的事情？"任静问道。

"想过。想了太多次，都麻木了。后来我都不去想了。"润暗下意识地摆弄着刀叉，敲击着盘子，似乎想减轻不安。

"我一次也没有想过。因为我很信任父亲。"任静提到父亲时，眼里充满光彩。

"除了我们，还有别人吗？"润暗问道。

"什么？"

"你父亲既然是全知全能的，他只预知到了我们兄妹吗？难道没有其他具有灵异体质的人了吗？"

任静微微一笑："你果然很聪明。他还提到过，要我去找一个可以看到一般人看不见的事物、并把它们画下来的画家，叫做宁洛。据说这个人具有强大的灵力，能够将寄宿于人体的恶灵赶出来，这已经是人类能拥有的最大灵异能力了。"

润暗诧异道："宁洛？这个人我见过！"

"什么？"任静一下提高了声音，"什么时候？在哪里？"

"大概是一年前，那个时候我想找素材，编辑就推荐了这个人，说是个奇怪的画家，我和他接触了一段时间。"

"后来呢？"

"第一次拜访他的时候，他的态度很古怪，先说要赶我走，随后似乎感觉到了什么，又把我请进屋，变得很热情。他带我去了画室，指着那堆画架问我，有没有看见一个女人？可是那里明明什么也没有啊。"

"他的眼睛是什么颜色的？"

"啊，是深紫色的……"

没错！就是这个人！任静很兴奋，没想到那么快就找到了父亲名单上的第三个人。

"能不能带我去找他？"

"嗯，当然。我对他的印象很深，他家的地址也还留着。不过，你为什么会问他眼睛的颜色？"

"眼睛变色是高级灵异体质者的特征，如果遗传了这样的体质，眼睛肯定是紫色的。这类灵异体质者，灵异能力很活跃，不过多数人都要通过后天的努力才能完全觉醒。像你这样的灵异体质者，如果以后灵异能力提升了，眼睛也会变色的。"

菜送上来后，任静拿着刀仔细地切着牛排。这时，邻桌一对男女的谈话引起了她的注意。

"哦？还有这样的事情啊？"

"那个女的斯斯文文的，却把一盘意大利面打翻了，还大喊'有鬼'，账都不结就跑了，还把服务员推倒了，我看八成是脑子有点问题。还有哦，昨天我进那里的时候，就听到几个服务员在议论，说那个女的大概五点多进去的，一盘意大利面只吃了一半，然后就呆呆地坐着一动不动，服务员好几次上去问她，可是她什么反应都没有，要不是探了探鼻息看她还活着，大家还以为她死了呢。后来快十二点了，她才醒了过来，一下就喊'有鬼'，我看她自己就像鬼。"

任静把刀叉放下，走到邻桌，问道："这位先生，你刚才说的人可能是我的一位朋友，你在哪里见到她的？"

"哦，你认识她啊？就在西杨路，一家叫'鹿原'的餐厅。"

任静和润暗立刻去到那家餐厅，找到服务生询问了昨天的详情，描述了欧雪雁的长相，确定应该是她。

那个时候快到零点了，莫非她已经步了夏鹏的后尘？但是这里是繁华的商业区，她如果变成一具扭曲的尸体的话，没有道理不被人发现啊……她的尸体被扭曲成了什么姿态，又在哪里？

任静突然一个激灵。难道说……

她立刻对润暗说："跟我走！欧雪雁的尸体很可能在那里！"

他们赶到富康公寓的时候，发现地上积满了水，居民们怨声载道。

任静看着这副光景，心中的不安不断加剧。难道……

润暗也隐约明白了。他的心狂跳起来。真的是这样吗？

"走吧，润暗。我不想看到那个答案了。"任静把头埋了下去。

"嗯，我知道了……"

就在润暗准备发动车子的时候，楼上忽然传来惊呼声，接着一个人的头伸出窗外喊道："不得了啊！排水管里堵的东西弄出来了……你们知道是什么东西吗？脚啊！是人的脚！"

警车很快就到了。和谢小豪那次不同，这次很多人都知道了这件非常诡异的事情。

欧雪雁的尸体被拉成了二十多米长，被塞进富康公寓的下水管道里，就这样塞了好几个小时。而且，在她那被拉得变形的手指旁的管道内侧，还留下了指甲抓过的痕迹。

也就是说，她变成那样塞在下水管道里，居然还活了一段时间？看着自己的身体变成了那个样子，岂不是比死亡还要恐怖千万倍！

究竟是什么东西把她变成了这样，又是怎样塞进下水管道的，这个谜一直没有解开。

从那以后，再也没有出现过扭曲的尸体。润暗和任静认识以来面对的第一个恐怖事件就这样落幕了。

第04章
〔画中凶灵〕

一个没有月光的夜晚。城郊的一栋别墅孤单地伫立着，破败残旧，荒凉而毫无生机。

"跃真，真的要进去啊？"

在别墅已经生锈的大铁门前，有四个身影。其中一个稍矮的人，对旁边一个高大的身影瑟缩地问道："听附近的人说，自从这里的主人去世后，一直废弃着，晚上都能听到里面传出古怪的声音唉……我真的不想进去……"

"傻瓜，有什么好怕的，我们可是有四个人啊！"那个高大身影笑道，拿出了一个手电筒，按下开关。

这三男一女都是大学生，平时总聚在一起，都对奇闻逸事很有兴趣。带头的人名叫段跃真，较矮的男生叫古进，还有一男一女叫做罗广明和周枫。

"这个锁还真旧啊……"段跃真仔细看了看锈迹斑斑的锁，对身后说道："广明，能不能弄开？就看你的了。"

"嗯，我试试看。"罗广明拿出一根铁丝，放进锁眼里。他的大伯是开锁匠，所以他也学过一点皮毛。

周枫有些不安地问道："这样好吗？就算现在这里废弃了，我们这样进去……"

罗广明就着手电筒的光，一边开锁一边说道："不是说好了今晚来这里探险，作为今年试胆游戏的活动吗？往年那些地方都没意思，凶宅越来越多假的，灵异照片更是一百张都找不出一张真的。据说这里的主人是个能看见鬼魂的画家，虽然不知道真的假的，不过要比以前那些地方有趣多了。"

只听"咔嗒"一声，锁已经打开了，比预期的还顺利。

推开铁门，他们仔细地打量这栋别墅。这是德国风格的别墅，庭院里的树木都已经枯萎了。走到门前，他们发现四处都结满了蜘蛛网，灰尘也积了很厚。

"好……现在就进去吧。"

门一推就开了。一条长长的走廊，地板上已经有了裂缝，走上去不时发出声音，似乎稍微用点力就会踏破。墙壁有不少地方也开裂了，墙纸发黄破损。天花板上虽然有灯，但是肯定没有电，四人都拿着手电筒。

拐过几条走廊，他们进入了正厅。

"咳……咳……"周枫忍不住咳嗽起来，这里有太多灰尘了。她其实本来不太想来，主要还是因为段跃真的关系，他们都对对方有些意思。段跃真喜欢红色，周枫就穿了一件深红色外套。

沿着已经掉了漆的楼梯，他们一级一级慢慢朝上走。最前头的是段跃真，跟随其后的是罗广明和古进，最后是捂着领口、四处张望的周枫。

"这房子很阴森啊。"古进扶着楼梯扶手，拿手电筒不停照着四周，有些不安。罗广明的反应比较平淡，只是默默走着。

到了楼梯的拐弯处，古进的手电照亮了前面的墙壁，他立刻大叫起来："哇！鬼，鬼啊！"

其他三人立刻将手电对那个方向一照，只见墙壁上挂着一幅油画，上面是一个满脸都是血的女鬼，乍一看到很是骇人。

"什么呀，不就是一幅画吗？"段跃真上前摸了一下，"画得蛮逼真的。"

这幅画的背景是一个书房，女鬼在书房中间的书桌旁，弓着腰，眼珠全是白色，很多血流下来，地板上全是血。

罗广明把古进扶起来，讥笑道："一幅画就把你吓成这样，这要是真的鬼出来，你还不得尿裤子？"

"喂喂喂，罗广明，你以为自己胆子很大啊？这个女鬼如果是真的，你肯定跑得比兔子还快！你信不信？"

"好了，你们两个消停一点。"周枫出来调停道，"我们又不是来这里吵架的，不就一幅画嘛，快点走吧。"

"不和你计较！"罗广明昂了昂头，继续跟在段跃真后面向上走去。

走到二楼，房间比一楼更多，四个人随便走进一个房间，地上扔满了画布和颜料，一些画架倒在角落，一个西式壁炉在房间的左侧。

"刚才看到屋顶有烟囱呢。"段跃真走到壁炉前看了看，"看来这里是画室，壁炉里还有没有烧干净的纸。这里的主人到底怎么死的啊？"

罗广明想了想："我也不太清楚，不过应该不是被杀害的。我在附近打听的时候，他们都不太愿意详细说这件事情。跃真，你对这个房子有没有什么感觉？你不是对超自然现象的感应力很强吗？"

"幽灵的气息似乎不明显，再看看吧。古进，你怎么站在门口啊，不进来吗？"

"我站在门口就可以看得清清楚楚了，还进去干吗？"

段跃真捡起地上的画布，上面厚厚一层灰，拍掉之后，上面画的内容还是模糊不清，色块很混乱。地上散落的颜料管都敞着口，里面的颜料当然早就干了。难道那个画家发生了什么事情，就这样把颜料扔在地上？

"嗯，画架、颜料和画都在，不过还缺两样东西。"

罗广明好奇地问道："什么啊？跃真？"

"调色板和画笔。不知道在什么地方。这里太混乱了……会不会这个画家想把地上这些画都烧掉呢？但是他还没来得及烧光，就已经死了。"

周枫皱了皱眉头，说道："别瞎猜了啊，跃真。"

"谁说我瞎猜了。调色板和笔大概是被画家扔掉了，颜料也没收拾好，就连画都扔在地上。你说这个画家为什么要毁掉自己的画呢？对了，楼梯拐角处那幅画是不是这个画家画的啊？"

"应该也是这个画家画的吧。"罗广明说道，"不是说这个画家能看见鬼魂，并且把它们画下来了吗？"

古进突然冲进房间，大喊道："喂，你们快来看啊——"

"怎么了你，大惊小怪的。"罗广明实在受不了这个神经质的家伙，早知道不带他来了。古进平时一副天不怕地不怕的样子，现在原形毕露了。

段跃真问道："出什么事了?"

"总之，你们快跟我来，就知道是怎么回事了……"

三人顿时有些好奇，于是跟着他拐过一条走廊，来到一个房间门口。古进推开门，手电筒往里面一照，三个人顿时愣住了。

这就是刚才那幅画里的书房！除了没有女鬼之外，其他地方一模一样，简直就像照片一样记录了这个书房的情形。几个人不由自主地都有些发抖，难道这里真的曾经出现过那个女鬼?

"切……这，这有什么……"罗广明壮着胆子说，"女鬼肯定是画家虚构的啦。哪里真的会有鬼，你们说是不是，啊?"

"我说……我们还是回去好了……"周枫毕竟是女孩子，不管有鬼没鬼，这种气氛实在让她心里不舒服，只希望能早点回去。

段跃真考虑了一下，说道："好吧，这座房子也算看过一遍了，我们回去吧。"

罗广明本来还想取笑一下跃真，可是看着这个书房，的确有些心悸，也就顺水推舟地说："那就回去吧。"

古进自然是求之不得了。四个人像逃亡一样，加快脚步跑出别墅。

到了大门的时候，段跃真无意中看到挂着的门牌，问道："广明，那个画家叫什么名字来着?"

"我想想哦……啊，对了，叫宁洛。"

与此同时，远在市区的伊家，润暗从睡梦中惊醒。他的脑海中有一个人的影像开始形成，一个名字浮现了出来。

"古进……这个人，将会死去。"

"润丽，那个叫古进的人，由你来查，我和阿静一起去市郊找宁先生。"

这一天，润暗起得很早，特意梳洗打扮了一番，还罕见地打了领带。

润丽还以为他要去出席宴会呢，一听他说原来是要和任静一起出去，顿时笑嘻嘻地说："哥，之前不是称呼任小姐吗？现在怎么变成'阿静'了？"

"多嘴……爱怎么叫是我的自由！好了，你有了预知就立刻告诉我。对了，为防止再出现上次的情况，我们约定一个暗号吧。到时候你在说出预知的时候，先说一句'黑峰'，然后再说时限。"

润丽想起上次那个伪装成自己的东西曾经进过这个家，不禁不寒而栗。她匆匆地点了点头。

润暗离开以前，还特意关照了一句："记住，润丽，你只负责给我提供时间，绝对、绝对不要加入任何具体行动。我真的很担心你，我要想尽办法保护你。"

润丽看着哥哥无比坚定的神情，心里一暖，郑重地点了点头。

润暗来到楼下的时候，任静已经在那里等很久了。

"抱歉了，阿静。"他一边打开车门一边道歉。任静反而是一副兴高采烈的样子："没关系，今天就可以见到父亲名单上的第三个人了，我为了找你们兄妹俩就花了三年时间。"

三年……润暗忽然感到这是一个可怕的巧合。阿静的母亲遭遇鬼魂袭击死去是在三年前，而他和润丽搬来这个城市也是三年前，这难道真的只是偶然吗？而在阿静的父亲失踪后，她的外祖父就帮她买下了一栋房子……莫非一切都受到了某种力量的操纵？他不禁想起了几天前在她家的经历。

"我还是太天真了，欧雪雁的死证明了，我们不能够以这么弱小的灵异能力来对抗那些冤魂厉鬼，以凡人之躯和智力，只会被它们玩弄于股掌之间，最后预知还是会如期展开。所以，提升灵异能力是当务之急。我带你到地下室去。"

任静家的地下室很宽敞，有三分之二个足球场那么大。地下室里有好多房间，有的房间有古怪的仪器，有的有许多药品试剂，最夸张的是一个四面都是镜子的房间，能够看到无数个自己的身影。任静说，如果灵异能力非常高，就能在那些自己中看到什么。

"这个地下室的建造参考了父亲的笔记和我搜集的资料。不过，大部分的研究都还没有成果，这三年来我的灵异能力的提升也不明显。但是你的灵异体质是天生的，应该发挥得比我好。"

他们先进入了一个像是化学实验室的房间。

"这是我试制的药水。"任静拿起一根试管说，"我已经喝过了，可以在短时间内提升灵异能力，原理是通过药品来刺激体内沉默的基因，唤醒未被开发的能力。不过对我的效果不明显，但也没有副作用。你要不要考虑喝下去？这是速成方法，也可能在你身上会有副作用的。"

润暗皱着眉头看着这管绿色液体，有点恶心的感觉，摇了摇头说："算了吧，速成方法往往要付出较高的代价，我还是从基础开始吧。"

"好吧，不过你要有心理准备。"

任静带润暗又走进一个房间。房间里几乎什么都没有，只在四个角落各放了一个似乎是塑胶的人偶，制作粗糙，面无表情。

她指着房间中央的椅子，说道："这个方法是父亲的笔记里写的，你坐在椅子上，我把门锁上，这个房间的灯开关在外面，我一关掉灯，你就置身黑暗之中。你要一直坐着，不吃不喝，直到你听到室内有动静为止。一旦有了动静，并且确认是来自角落的，你就大声喊，这个房间里装了窃听器。我来打开灯后，如果发现人偶的位置移动了，那就证明你的灵异能力被激活了。"

润暗听得脸色发白。这不是在等着见鬼吗？

"我说……要这样还不如去玩碟仙呢，这不是很危险吗？"

"那你就喝下刚才的药吧，二选一。"

润暗也不知道哪一个方法比较安全，但是一想到欧雪雁那变形的尸体，想到未来极度危险的妹妹，他咬了咬牙，如果现在就恐惧的话，那以后该怎么办？他攥紧了拳头，说道："好吧，我就待在这个房间里。不过，人偶真的会动起来吗？"

"我曾经试过，大约二十多个小时后就听到了声音，人偶的位置确实移动了。"

就连没有灵异体质的任静都可以做到，那么自己就更加不会有问题了吧？润暗决定接受这个挑战。

"话还是要和你说清楚，危险绝对是有的。我保证不了你一定可以活下来。如果你死在这里的话，那也就意味着，你的灵异才能不过如此。"

门锁上后，润暗的心猛跳了一阵，过了半个小时之后，他渐渐冷静了下来。

没什么可怕的。他这样安慰着自己。过去自己就是一味逃避，才一直被命运玩弄，如今只有迎头直面恐惧，才有可能获得一线生机。

这个房间一丝光都透不进来，所以即便过去很长时间，周围依旧是一片黑暗。润暗一直注意听着四周的动静，但是，只有死一般的寂静。

不知不觉过了好几个小时，润暗开始发困，因为一直没有吃饭喝水，身体也有些疲乏。

"怎么犯起困来了……我不能睡……"他尽力睁着眼睛，还摆着手臂活动，但是倦意袭来无法抗拒，他终于彻底进入梦乡。

也不知道过了多久，他揉了揉眼睛，清醒了过来，然而……他感觉有东西压在自己身上！

"真没想到你那时居然睡得着。"在前往宁洛家的路上，任静还不忘调侃润暗："你要是再晚醒过来几分钟，也许现在就不能坐在车上了。"

润暗苦着脸说："真是诡异……我说，那个人偶不会是你趁我睡着放到我身上的吧？"

"你开什么玩笑，我为什么要那么做？"虽然明知道润暗并不是认真地这么说，任静还是感觉又好气又好笑。

润暗的心情放松了一些，看着窗外郁郁葱葱的景色，感慨地说："在城市里除了高楼还是高楼，根本看不到地平线，市郊的空气很清新呢。这里也许会有很新鲜的海鲜，可以考虑买点回去给润丽吃。"

"我说你啊，还真是不紧张。"

对阿静来说，能找到他这样的伙伴，也算是一件幸事。那一天人偶房间实验结束后，她对润暗说："有件事情，想拜托你。"

"什么？你说吧。"

"我们今后不仅是合作关系，也是生死与共的伙伴，你就别叫我'任小姐'了，听起来太见外了，你叫我阿静吧。自从我母亲去世、父亲失踪之后，就再也没有人这样叫过我了。"

"嗯，好啊，那么，再见，阿静！"润暗很爽快地答应了。他对阿静的为人有所了解后，对她很有好感。

眼前不远处就是那栋别墅了。下车后，润暗感觉有些不对劲。房子看起来败破，庭院里的树木也都枯萎了，一种不祥的预感在他心里升起。

走到铁门前，他发现锁被弄开了，难道是小偷？但是更震撼的事情还在后面，他往地上一看，居然发现了……

"怎么，怎么会……"阿静也蹲下身子看着这些痕迹，"应该是昨天留下的。"

二人迅速推开大门，冲进别墅里。里面空无一人，然而那道痕迹一直指引着他们，他们找到了终点……不，应该说是起点。

"你看，这上面有一个手印，旁边都是灰尘，只有这里没有。刚才我还发现，门口到走廊尽头之间，有几个破损的蜘蛛网，地上也有脚印，最近应该有人来过。但是，这道血痕是怎么回事？"

二人此刻正站在楼梯拐角处的那幅画前面，画中是一个书房，书房中间的地板上有一摊鲜血，血一直延伸到了画的边缘。

那个本该存在于画中的女鬼……不见了！

而那延伸到画框边缘的血迹，居然进入了现实中！这血迹隐约形成了一个爬行着的人的轮廓，从画框爬到楼梯，又爬向大门！

"啊！"阿静忽然抱住头蹲了下来，她感觉头嗡嗡作响，紧接着，一个关键词在她的脑海里闪现出来。

"鬼画……'鬼画'就是这次的关键词吗？"

古进正在屋里吃着泡面。昨天去了那个怪怪的别墅，到现在心里都很不舒服。他今天不用去实习单位，这里是他一个人租的房子。

"真是的，早知道就不听跃真的怂恿去了，还说什么这能体现男人的气魄。他还不是想在小枫面前扮酷啊，真老套！"

把最后一根面条吸了下去，古进将方便面盒随手一放，接着就躺在床上。这个房间实在是乱得像狗窝一样，地上扔满了废报纸和餐巾纸，书架上凌乱不堪，塞满了漫画和影碟。

"唉，难得休息一天，又不知道该做些什么，出去天太冷，最近也没有好看的电影。"他叹着气，看着床上那堆三天没洗的臭袜子。

"一个人住真是不方便啊，早知道当初找个室友一起租房了。"

电话铃声突然响了起来。古进立刻跳起来，到处翻找，过了一分钟才从一堆书里找到了电话。

"古进吗？我是罗广明。"

"哦，你有什么事情？想约我打篮球？"

"是这样的，后天我可能要加班，不过我已经和跃真约好了去唱卡拉OK，不如你帮我代班？放心，不会让你白做的，事后我请你吃饭。"

古进一口回绝："免了，我还是喜欢待在屋里。"

"哎哟，帮帮忙嘛。我和跃真一个星期前就约好了，现在不去多扫兴啊。怎么样？"

"我考虑考虑，晚点再打给你。"

古进直接挂了电话。去唱卡拉OK，都不叫上我？我就不去，看你们怎么办！

晚上，他被强烈的尿意催醒，揉了揉眼睛，伸了个懒腰，起身披上一件衣服就向厕所走。出来以后，因为迷迷糊糊的，本来应该走回房间的，却走到了门口，一头撞在了门上，这才完全清醒过来。

这一撞，他的左眼正好对准了门上的猫眼。就在他睁开眼睛的一刹那，他看见了让他魂飞魄散的一幕。

在他门前，是一条长长的走廊，尽头拐角就是楼梯，因为大家都坐电梯，那里很少有人走。而现在，就在拐角那里，居然站着一个浑身是血、披头散发的女人，面对着他的大门！而且……而且……

这个女人，像极了那幅画里的女鬼！

古进吓得肝胆欲裂，浑身瘫软地靠着门倒下。

不……一定是自己睡迷糊了，眼花了，一定是……

古进勉强撑着站起来，鼓起勇气，又向猫眼里看去……

她还在那里！那个披头散发的女鬼！

"哇啊啊啊!"他立刻跑回房间,把所有的灯都打开,然后钻进被窝里,除了头以外裹得严严实实,心里把能想到的神佛求了个遍。

他看了看床头钟,已经是凌晨两点了,这个时候阴气最盛吧?古进始终认为世上绝对没有鬼,但是现在亲眼所见,他的世界观也动摇起来。虽然他拼命寻找合理的解释,比如是谁故意扮鬼来吓唬他,可问题是,谁能够预料到他半夜会起来上厕所,还那么巧地去看猫眼?

要是现在打开门出去看个究竟,他万万没有那个胆子。他也想过要不要报警,但是难道和警察说自己见鬼了?谁会相信他?

古进不敢闭眼。难道就这样挨一晚?那个东西会不会进来?一道防盗门挡得住她吗?

千万……千万别进来……别进来……

虽然屋里很亮,但是家具在地上有影子。他盯着看久了,那些影子仿佛都会动起来一般,他甚至感觉,那些影子里会突然蹿出一个浑身是血的女人来。

古进又看了看窗台。他住在四楼,跳下去最幸运也要半身不遂,更何况他也没那个胆子。

就这样挨了三个小时,古进的神经绷得太紧了,倦意终于完全把他淹没了。当他醒过来的时候,已经是上午十点了。

"糟糕!上班要迟到了!"

他立刻下床穿鞋,窗外洒入的阳光驱散了他心头的恐惧。走到门前,他咽了咽口水,往猫眼里一看……

走廊拐角处空空如也。昨晚看到的地面满是鲜血,现在却很干净。那么,真的是自己迷糊中产生的幻觉吗?这样最好了。

他匆忙穿好衣服,脸都没洗就出门了。一路上他还不停地四处看着才敢放心。

来到实习单位,领导的脸色已经非常不好看了。古进心里叫苦不迭,乖乖地去做事,脑子里却还浮现着那个女鬼的形象。莫非是自己被那幅画吓到了,印象太深刻了,才有了这么荒唐的错觉?

到了吃午饭时间,他无精打采地去打饭,罗广明和周枫坐到了他对面。

周枫关心地问道："古进，你怎么了？再怎么样你也不该迟到那么久啊。"

古进苦笑道："如果我说，我见鬼了，你们相不相信？"

罗广明哈哈大笑起来："我说古进，你还没睡醒吧？你是不是不想帮我代班，连这么蹩脚的理由都想出来了？"

"信不信随便你！"古进说着就闷头吃饭。他感觉肩膀被拍了一下，马上抬起头一看，是段跃真。

"你见到了什么鬼？和我说说。"段跃真坐在古进旁边，一本正经地看着他。

"你……你相信吗？"

"那要看你怎么说了。"

润暗的灵异能力被激活后，他的感应能力也空前活跃。对于会死亡的人的方位，他也能够大致感应出来了。

"你感觉古进就住在这附近？"

"嗯，是啊。"

昨晚他们在附近借宿了一晚，吃了不少新鲜海产。从这里再往东几公里就是海岸，这一带住的大都是渔民。

此时润暗和阿静坐在海滩上，海风吹来，浪涛不时拍打过来，天上有几只海鸥盘旋，远方还能看到几艘船。如果他们不是心里有这么多恐惧的事，就能好好欣赏眼前美好的风景了。

"你妹妹还没有预知到时间吗？"阿静盘着膝，双手轻抚着沙子，向"大"字形躺在地上的润暗问道。

"没有呢。"润暗望着天空，云朵迅速漂移着，他的心里莫名地有不祥的感觉。

他们在这附近打听后就知道，宁洛早就去世了，听说是心脏病发作死的。然而他们知道，这绝对不寻常，加上阿静感应到的关键词，这一切显然都和那幅诡异的画有关。

如果是因为有人进入了那栋别墅，并且看到了那幅鬼画才遭到诅咒的话……润暗从那幅积满灰尘的画上有手印来推断，一定是有人接触了画。宁洛可以看见别人看不到的鬼魂，这一点润暗深信不疑，否则阿静的父亲不会在笔记里提到这个人。而且，以前去拜访宁洛时，第一眼见到他，他就看出自己具有灵异体质，这也证明他绝非普通人。

"附近的人家说有几个年轻人曾经来打听过宁洛的事情。"阿静说道，"我们向他们描述了你预知到的古进的长相，但是他们说没见过这个人。是弄错了吗？"

"不，应该有关系。你不是预知到了'鬼画'吗？之前的事情也都和你预知的关键词一致，那么可以肯定古进的死和鬼画一定有关。我们必须先查出古进住在哪里。谢小豪案件的资料不是你从网上查到的吗？那找到古进的户籍档案，对你应该没什么难度吧？"

"嗯，只好这么做了。"

阿静说做就做，她立刻拿出笔记本电脑，两三分钟后，所有叫古进的人的户籍档案全部显示出来了。润暗看得目瞪口呆，不禁对阿静更加另眼相看。

"别这么看着我……我又不是为了犯罪学习黑客技术的。有一些是父亲教的，还有后来我自己摸索的，因为考虑到以后会用到。"

"还好这个名字不多见，你看着照片，如果是这个人就喊停。"阿静开始拖动鼠标，然而，这些叫古进的都不是润暗感应到的人。

"父亲在笔记里写了，你的预知能力不能跨越城市。难道他是外来人口，户口不在本市？"

他们觉得头痛起来，这下该怎么找？

听了古进的话，三个人都将信将疑。

"你是说那天我们看到的那幅画？别开这样的玩笑啊！"罗广明虽然心里怕得要死，可还是嘴硬。

段跃真陷入了沉思。周枫更夸张，她紧紧抱住双肩，明明食堂里开着暖气，可是她却感觉犹如置身冰窖一般。

"那个画家确实有不少奇怪的传言……"段跃真开口了，"听说他的眼睛天生是紫色的，而且他身边的人都很短命，一个接一个地死了。他一个人住在那里，不和邻居来往，很少有人看见他。"

"喂喂喂，别说了好不好！"周枫已经无法忍受了，她捂着耳朵跑了出去。

"总之，你要小心一点，古进。是我考虑得不周到，应该把事情搞清楚了再去那里的。"

段跃真越说越严肃，古进的心里越来越紧张。他本来已经认定昨晚看到的一切都是错觉了，现在被段跃真这么一说，刚压下去的恐惧又浮现起来了。

罗广明还在嘴硬："怎么会……跃真，难道你真的相信这个世界上有鬼？"

"世界上确实有不少难以解释的谜团，这是不能够否认的。我们所知有限，却还是去接触超自然的东西，或许……我们太不知天高地厚了。"

"别说了！"罗广明感到头晕了，他匆匆扒了几口饭，说道："这个世界上哪里会有鬼！鬼都是小说和电影里编出来的！"他也走了出去。

"跃真，你刚刚说的是玩笑，是为了吓我，对不对？那个画家的眼睛是什么颜色的，又有什么关系呢？"

段跃真点头道："嗯，也有可能没关系。"

古进看着段跃真淡漠的表情，心里琢磨着今晚该怎么挨过去。

"如果户籍资料找不到，那接下来该从哪里着手呢？"润暗正思索着，润丽来了电话。

"哥哥！古进的死亡时限应该是在明天。"

润暗拿着手机，沉默了半天。

"喂喂喂，哥哥，你怎么不说话啊？"

"你……真的是润丽吗？"

"怎么了？哥哥，你连我的声音都听不出来了？有没有搞错……"

如果电话那头的润丽不是假的，那么就是她完全把暗号的事情给忘得干干净净了。润暗叹了一口气，只好又问道："嗯……暗号……"

"暗号？什么暗号？我又不是007。"

忘得还真彻底……不过这的确是润丽的风格。

"喂，说话啊！哥哥，你今天不回家吗？"

"你最喜欢吃哪种水果？"

"草莓啊！哥哥，你不是知道的吗？"

"你最喜欢看的推理剧是……"

"《金田一》啊！"

"你最喜欢和最讨厌的颜色是……"

"我没有最喜欢的颜色，也没有最讨厌的颜色。"

"没错，你是润丽。"

润丽愣了一下，还没有反应过来，哥哥的电话已经挂断了。

"你妹妹很可爱嘛，长得又那么漂亮，有没有男朋友？"任静笑问道。

润暗收好手机，苦笑道："她迷糊得很，什么也不会做。七年来一直都是我照顾她的生活。而且，我们在每个城市待的时间都很短，她连交朋友都不敢，怕很快又要分别，哪里会有男朋友呢？真是苦了她了。"

天色暗下来了。

"时间过得好快……"阿静合上笔记本电脑，"你放心吧，我们三个人一定能解开诅咒的……一定……"

古进下班后，在路上瑟缩地走着。要不要回住处去？现在马上搬家是不可能的，可要是回去……

这样胡思乱想着，古进已经走到了房门口。他回头看着走廊拐角，依旧感觉无比阴森。他实在没有勇气走过去看，于是赶紧掏出钥匙进了门，反复检查了几遍防盗门才锁上。他搬了一张桌子、好几张椅子顶住房门。这样大概多少可以起点作用吧？

他走进厨房想泡方便面，却发现已经吃光了，冰箱里也什么都没有了。但是，他无论如何也不想开门出去了。要不叫外卖？他看了看门口这架势，搬上搬下也太麻烦，索性饿一顿算了，反正死不了，明天多吃一点就是了。

决定了之后，古进倒了一杯热水，打算用来应对胃的抗议。但是几杯水下肚，饥饿的感觉越来越强烈。他又实在怕一开门，一个女鬼就会站在他面前。

谁说不做亏心事就不怕鬼敲门了？他那天不过是跟着跃真他们去了那栋房子，又没做过什么伤天害理的事情，那个女鬼又不是他害死的，为什么她要来找自己？古进越想越困惑。

看了看狗窝一样的房间，古进想反正待着瞎想也没用，不如整理房间，搞不好还能翻出一点儿吃的。

过了两个小时，地上的垃圾才减少了一半，中途他还好几次感觉累了在床上躺了一会儿。体力劳动让他更加饥肠辘辘，好不容易终于收拾完了，已经是晚上十点多了。他倒在床上，也不脱衣服，蒙头就睡。

古进醒过来的时候，感觉身上冷得要命，抬起头一看钟，已经过了午夜零点。他的头晕乎乎的，有风吹进来，原来窗户没关好。他起来锁好了窗，又不安地走到房门前。

今天不会来吧……

他拿掉了一把堵在猫眼前的椅子，把眼睛凑到猫眼前去看。

天啊！他一下从桌子上滑下来，不由自主地发出惨叫声，爬着回了卧室。

他居然看见……那个女鬼……那个女鬼就站在房门前两三步的地方！

"救命啊！救命啊！"

古进什么都顾不得了，立刻给跃真打电话。电话刚接通，他就用哭腔喊道："快接电话啊！求你快接电话！"

"喂……你也不看看现在几点了……啊呵……"

"跃真！快点到我家来！你，你你你快来救我啊！那个女鬼现在就在我家门口……快点来救我啊！求求你了……"

"你在说什么啊……"

段跃真的声音听起来很困倦，这也是当然的，这个时候大家基本都在睡觉。

"女鬼啊！那个画家画里的女鬼！快来啊！你再不过来我就没命了！"

"唉……听不懂你的话，我挂了啊……"段跃真打了个呵欠，就把电话给挂上了。

"喂喂喂喂喂！跃真！跃真！"

古进一把鼻涕一把眼泪地大喊大叫，接着又给罗广明打电话，对方也是过了很久才接。

"广明……有鬼，有鬼啊！救我，救我啊，快点来救我啊！我不想死，我不要死啊！"

"这都几点了……你说什么有鬼没鬼的……"

"广明，求你过来吧！"古进不时盯着房门，对着电话大喊道。

"你又见鬼了？"

"是啊！你快来救我啊！叫出租车来，钱我来付！"

罗广明皱了皱眉头道："那好，你等着我，我这就赶过去！"放下电话后，他开始穿衣服，心里半信半疑。一想到鬼，他不禁也有些头皮发麻，虽然他嘴上说不可能有鬼……可是万一，万一真的有鬼呢？那他不是去送死吗？

想是这么想，罗广明还是叫了出租车，不一会儿就到了古进的住处。

敲门声传来时，古进先是整个人惊跳起来，听到罗广明的声音才放下心来，挪开门前的桌椅让他进来。

"广明，太好了，你来了……"古进就像抓到了救命稻草。

"你不是说有鬼吗？鬼在哪里？"

古进朝门外看了看，哪里还有什么女鬼？

"喂，你耍我啊！"罗广明第一反应就是被这小子给骗了。

"我，我真的没骗你……"

"三更半夜打电话，叫得跟杀猪似的，你看你还是男人吗，快给车费！"

古进完全糊涂了。他明明看见那个女鬼站在门口的呀……

突然，古进明白了什么，说道："难道是，每天晚上她会慢慢接近我家门口，然后……直到可以进门为止？天啊，太可怕了！"

"你在说什么啊？我真是服了你了，现在还在装！"

古进扯了扯头发，说道："我不要继续住在这里了！广明，你不是说过要我帮你代班吗？"

"嗯，是啊，怎么了？"

"我答应你了。"

"我爷爷说，大海里有我们看不到的幽灵。"在润暗投宿的渔家，编着渔网的老渔民说道："宁先生住在这里的时候，我就觉得他不是一般人。"

"你没有和他说过话吗？"

"唉，他的性格很古怪，就算主动和他打招呼，他也不会理人。他那双紫色的眼睛，让人感觉有点害怕。"

现在还是查不出来古进在哪里。虽然可以确定有人进入过宁洛的别墅，但是目前的线索只有古进一个人。

"唉……"罗广明此刻不停地打着呵欠，昨天晚上被古进吵醒，回去后就睡不着觉了。虽然感觉他是在演戏，但是又不明白他为什么要做得那么过火。电话里的惨叫怎么也不像是装出来的，他似乎真的遭遇了鬼魂……难道他是中邪了？或许那栋房子真的有点古怪。昨天跃真的神情似乎也很认真……或许应该去问问他？他是不是隐瞒了什么事情？

罗广明困得实在撑不下去了，他对一个同事说："小王，能不能帮我去买一罐咖啡？"

小王似乎不太情愿，说道："可以叫你的好朋友去啊，为什么让我去？"

"跃真？他现在不是不在办公室吗？我手上有工作忙不开，拜托你了。"

小王只好答应了，在他离开后，罗广明突然意识到了一件事情。

为什么今天办公室里如此安静？平常这个时候都是很热闹的。现在大家工作都很忙啊！他站起身看了看四周，办公室只剩下他一个人了。他突然感觉有些寒意。

但是工作还是要做的，于是罗广明又坐了下来。这时，身后的窗户猛地传来震动声，他顿时吓了一跳，把桌上的文件都碰到了地上。他回头一看，原来是一只鸟撞在了窗户上。

"可恶……吓死我了……"

罗广明松了一口气，弯腰去捡地上的文件，有几张落到其他桌子下面了。他只好跪在地上去捡。

其中一张纸落在了办公桌隔断的缝隙里。就在他的指尖快要碰到那张纸时，纸居然慢慢地向隔断的另外一边移了过去！

这……这怎么可能?! 这张纸牢牢夹在缝隙里，就算是风也不可能吹走。唯一的可能就是，对面还有一个人，那个人从另外一边把纸抽了过去。可是……可是现在办公室里只有他一个人啊! 他刚刚明明确认过了!

罗广明现在和对方就隔着这么一道一米多高的隔断，他只要站起身，就可以看到对面了。但是，他不敢……他不敢去看!

刚刚还很沉重的倦意，此刻消失得无影无踪，罗广明不禁后悔刚才让小王出去了。他只好壮着胆子问道: "有，有人吗? 那，那是我的文件，请还给我……"

他低着头，紧盯着那道缝隙。这时，那道缝隙里开始流出了殷红的鲜血! 真的是血!

越来越多的血从缝隙中流出，罗广明脸色煞白地倒退着。然而，他发现，血似乎在向着他退后的方向流动! 而鲜血上，映出了一个女人的身影! 正是那幅画里的女鬼!

第05章
〔海滩驱魂〕

"别，别过来！不要啊！"

罗广明吓得一下子爬了起来，向门口跑去，冲向电梯。他必须逃走！

电梯门刚好打开了，是小王回来了，他手里拿着一罐咖啡，问道："你怎么了？小罗……你干吗撞我，喂！"

段跃真也在电梯里，他见到罗广明那惊怖的表情，连忙拉住他问道："喂，到底是怎么回事？广明，你怎么了？"

"跃真……我们走进了不该进入的禁地……"罗广明紧紧抓住段跃真的肩膀，"那个女鬼……她出来了！从那幅画里出来了！她来找我们了！你到底隐瞒了什么，快告诉我！"

段跃真皱了皱眉，把他拉进旁边的卫生间，关上门，问道："告诉我，到底发生了什么事情？"

"是你要告诉我！那个画家和那幅画，到底是怎么回事？"

段跃真的手也发抖了，他想了想，说道："听着，别告诉小枫，她胆子小，禁不起吓的。我真的没想到会这样的……那个画家，有可能是被他自己画的鬼魂杀死的。"

"被自己画的鬼魂杀死？"润暗诧异地问老渔民。

"嗯，很难相信吧？但是这里的人都这么说。宁先生的死真的很奇怪啊。他是死在画室的，警察赶到的时候，发现那里是个密室，没有其他人进去。宁先生就倒在画架前，他表情惊恐地看着眼前一张还没有画完的画。警察还发现，他家里所有的画，画的都是鬼魂，而且非常逼真，很吓人。"

润暗有些纳闷，宁洛的死他为什么没有预知到？如果他的死真的是画中的鬼魂造成的……难道是因为这里是市郊，已经超出了他预知的范围？但是为什么他又能感应得到其他几个人？

或许可以这么推断，灵异能力高于自己的人，对方的生死就超越了他的预知范围。只有像阿静父亲那样全知全能的预知者，才能预知到宁洛的死吗？那么，提升自己的灵异能力，就非常重要了。

段跃真对罗广明说出自己的分析："那个画家活着的时候就把画笔和调色板都毁了，可能是担心会让鬼魂再度出现。我之所以之前不告诉你们，是因为这是以讹传讹的说法，真实性非常值得怀疑，只会吓着你们……"

罗广明二话不说，一拳挥向段跃真，咆哮道："你有没有搞错？这是关系我们生死的大事！我们对灵异现象只是好奇，这样会把命赔进去的！现在该怎么办？那个女鬼已经盯上我们了，古进是第一个，我是第二个，接下来会是谁？你还是小枫？"

段跃真被打了一拳，也没有恼火，扶着洗手池站起来，说道："古进昨天晚上打过一个电话给我……"

"他也给我打了！这么说，他真的是被那个女鬼缠住了！要不，我们拿一桶汽油，再回那栋别墅去，把那幅画烧掉！这样一来，那个女鬼就无法作怪了，不是吗？"

段跃真点了点头："嗯，好，就用这个办法吧。不过不要在房子里烧，万一引起火灾就麻烦了，我想把画带出来，找个没人的地方烧掉，也许就可以解决问题了。"

段跃真回到办公室的时候，同样没有看见罗广明所说的血迹。

"你们要去烧画？我也去！"古进听说了他们的计划，立刻提出也要参加。当然，他不敢进入房子，而是想等他们出来再一起烧画。

"你还是算了吧。"段跃真看得出来他很害怕，说道："你就待在单位帮广明代班好了，等到画被烧掉了，你们就都不会有危险了。"

想到也许可以摆脱那个女鬼，古进的心情兴奋了起来。他答应了跃真，待在这里等他们的消息。反正要到明天早上才回家，今晚没什么可担心的了。

"还有，这件事情，务必要对小枫保密，她一个女孩子，知道了要被吓死的。"

古进点了点头，只期望他们今晚可以顺利地烧掉那幅画。

"还是没有线索啊。"

此时润暗和阿静站在宁家门前，两个人都愁眉苦脸的。

润暗说道："古进这个人，只能放弃了。唯一的办法，就是在他死后，通过报纸上的报导，找到他身边的朋友。"

"朋友？"

润暗说出他的推断："肯定不止一人来过这里。一是有过其他人打听这房子的事情，二是留在屋里的脚印也不止一个。能够一起来这废弃的房子，应该不会是萍水相逢的路人。到时候，我们调查古进身边的人，在产生预知之后，第二个人就可以很容易找到了。只有古进死后，才能够让我们找到其他人。"

"真的只能这样了吗？"阿静很不忍心。

这时，二人都注意到，黑暗的小道上走来两个身影。

深夜在单位加班的古进，因为担心跃真他们的情况，根本没办法安心工作。昨天晚上也没睡好，他只有强打精神地胡思乱想。烧掉那幅画，那个鬼就不会出来了吧？还来得及吗？好在办公室里加班的人不是只有他一个，还有两三人也在，所以他的恐惧少了一些。

发完了工作邮件，古进已经睁不开眼了。他实在忍不住，趴在桌子上。闭目养神几分钟，应该不要紧吧？

也不知道过了多久，古进恢复了意识。

"我怎么睡着了啊……周围怎么这么黑啊……"

他抬起头看看四周，感觉这里不是办公室。这是怎么回事？他挠了挠头，更加清醒了一些，手碰到了墙壁上的开关，按了下去。

什么！这怎么可能……这怎么可能?！

他居然睡在卧室的床上！

"不！不可能的!"他翻滚下床，来到门口，刚要开门，手又停住了。

他逃不掉的……无论逃到哪里都一样……这间房子已经成了关住他的牢笼！

一动不动地站着，犹豫了十几分钟，古进才鼓起勇气向猫眼看去。

一只苍白的眼睛正在看着他！

"看起来他们不像这附近的居民啊。"阿静说道。

这两个人自然就是段跃真和罗广明。罗广明提着两个汽油桶，看到宁家大门口居然有两个人在，一时愣住了。

"跃真，那两个人怎么一直待在那里？我们该怎么办？"

段跃真攥紧了拳头，说道："这样，我去引开他们，你藏起来，把汽油桶先藏在附近。广明，今晚我们一定要让一切结束。这都是我的错，我会承担这个责任。"他也想到了，小枫也在那幅画前停留过。如果传言是真的，宁洛画下了肉眼不能看见的鬼魂，而画里的鬼魂会咒杀所有看过画的人……那么小枫也逃不掉。只有烧掉画，才能保全大家的性命。为了小枫，他会不顾一切地阻止鬼魂。

段跃真走到润暗和阿静的面前。

"晚上好，先生，小姐，你们不知道这个房子的传言吗？这房子会闹鬼的。"段跃真先试试把他吓跑，而且这也是真话。

润暗皱了皱眉，刚才还和这个人一起走的人突然离开了，只有这个人过来莫名其妙地搭讪，有点不对劲。

润暗决定先试探他一下："听你这么说，难道你进去过？"润暗注意观察对方的表情。果然，对方的神色闪过一丝慌乱，说道："没有，我怎么会进这种地方。但是这种事情，宁可信其有，不可信其无，你们还是快点离开吧。

阿静也感觉这个人有点古怪，但是感觉直接问，对方不会回答，看他的样子，明显是想支开他们，不如将计就计，看他到底想玩什么把戏。于是她说道："那我们走吧，太可怕了啊！"她向润暗使眼色。润暗立刻明白了她的意思，心领神会地点了点头，和她一起走开了。

段跃真见二人走了，顿时松了一口气，向躲起来的罗广明挥了挥手，跑进了别墅里。因为天色很暗，他一心只想着画，根本没注意到地上的血迹。随后，广明也跑了进去。

"没想到那么顺利就引开他们了，还以为会很费事呢。"

段跃真上了楼梯，来到那幅画前，非常讶异地看到画里根本没有女鬼了！他手里的手电筒吓得掉在地上。

"怎么会……怎么会这样……"

他这时终于注意到了画框上的血迹，顿时恍然大悟。原来那个女鬼早就从这幅画里出来了，而她的第一个目标就是古进！

"你们在这里做什么？为什么要进这个鬼屋呢？"

两道手电光芒射来，段跃真和罗广明回头一看，润暗和阿静正拿着手电筒照着他们的脸。

真是天无绝人之路！润暗心里已经确定，这两个人就是进入过这个别墅的人，通过他们找到古进的可能性很大。现在是十一点半，离古进的死亡时限还有半个小时，现在去找古进，尝试用自己已经激活的灵异能力来保护他，或许就可以解开诅咒了！

时间不多了，所以润暗也不和他们拐弯抹角，开门见山地问道："你们认识古进吧？"

"你，你是谁？"段跃真不清楚他们的来意，不敢大意。

"没时间和你们解释了。"阿静冲上来，迅速跳到罗广明身后，还不等二人反应过来，一把冰冷的刀子架在罗广明的脖子上。

"说！古进在哪里？不说的话，你就没命了！"阿静这么做也是迫不得已。如果和他们详细说明情况，半个小时根本不够，只好事后再向他们解释了。

润暗有些吃惊，没想到阿静居然有这么好的身手，看来这三年里她做的准备非常多啊。

段跃真和罗广明没有见过这样的场面，顿时惊骇不已，以为自己遇到了黑社会。段跃真只好松口说："我们是认识古进，可他得罪了你们什么，要去找他？"

"你放心，我们没有伤害他的意思。你再不说出古进在哪里，就不要怪我刀下无情了。"

此时阿静脸上的神情还真是冷酷，段跃真没有选择和思考的余地了。

"他……他现在在我们的实习单位加班，地址是……"

记下地址后，阿静点了点头说："麻烦你们和我们一起去吧，我不知道你们有没有骗我。"

下楼梯的时候，润暗警惕地看着他们，防止他们耍花招。

来到润暗的车子旁边，阿静打开了车门，对罗广明说道："你先进去，别想逃走！"

罗广明心里暗暗叫苦。他们非但没有解决女鬼的问题，反而惹上了两个来历不明的人物。润暗和段跃真也坐了进来，润暗发动车子，不时看着坐在副驾驶座上的段跃真，说道："你来指路！听好了，半小时之内不赶到那里，你们就会死！"

这里是市郊，马路上没有什么人，二人想求救也没辙。实习单位离这儿并不远，十分钟后就到了。

润暗心里松了一口气，问清楚所在楼层和办公室后，冷着脸对段跃真说："你跟我走，找到古进后，我会打手机给她放了你的朋友。我再说一次，别想耍花招！"

段跃真看着阿静手里拿着的刀子，只好叹了一口气，跟着润暗上去了。刚走到二楼，润暗忽然自言自语起来："不对……不是这里……"

激活了灵异能力的润暗很快感觉不对劲。这个建筑物里，根本感觉不到古进的存在。润暗警觉起来，莫非对方有什么计策？他连忙抓住段跃真的衣领，把他推按到墙上，问道："古进到底在哪里！快告诉我！他会被杀死的！被那幅画里的鬼杀死！你还不明白吗？过了午夜零点，他就要死了！"

此时润暗顾不得许多了，把这些事情都说了出来。段跃真听得糊里糊涂的，愣了好半天才问道："你到底是谁？你怎么会知道这些的？"

"零点就要到了！不想他死的话，立刻告诉我他到底在哪里！他不在这里，我感觉得出来！"

"不会啊……他应该就在这里加班啊……"段跃真更糊涂了。

这时，段跃真的手机响了。他掏出手机来一看是古进的号码，顿时暗暗叫苦，怎么偏偏这个时候打来？

"谁打来的？"

"一个……一个朋友。"段跃真尽可能装得比较自然，但是润暗已经看出了端倪，抢过手机一看，立刻接通了电话。

"跃真，快来救我！我不知道为什么一下子回到了自己家里，那个鬼就在门口！快来救我啊！救救我！"

因为润暗按下了扬声器，段跃真也听到了，他难以置信地看着眼前这个男人，真的被这个人说中了？

手机里继续传出古进的号叫声："哇……门，门要开了——"接着，电话就挂断了。

"快带我去他家！"润暗大吼道，"不然他真的会死的！"

听到了电话的内容，段跃真现在知道事情的严重性了，马上和润暗向楼下跑去。现在离零点还有十五分钟！

润暗迅速钻进车里，阿静说道："我们要马上去古进的家！"

古进此时正看着已经打开的大门，可是，并没有人进来，几秒钟后，门迅速关上了！接着，天花板上开始渗下鲜血，然后如同雨水一样倾泻而下！

时速一百，一百一十，一百二十……润暗咬着牙不断加速。

"还有五分钟……喂，就在前面那个街区吗？"润暗的喊声越来越大，段跃真战战兢兢地答道："啊，是，是啊！"

古进跑进厨房抄起一把菜刀，又回到客厅。他很清楚，女鬼已经进来了！

"出来！你给我出来！我不怕你！你给我出来啊！"

这时，一个影子迅速掠到他的身后，他立刻回头，可是后面什么也没有。天花板上洒下的鲜血越来越多，地板上积起了十厘米深的血水洼，他也被鲜血染成了一个红人。

恐惧吞噬了他的理智，他拿着菜刀到处乱挥，可是哪里都没有女鬼的踪迹。

"我要杀了你！我要杀了你！"

地上的血水里，突然伸出一只手来，抓住了他的脚！接着，血水里浮出了一个被染红的头颅！

停下车的时候，时间只剩一分钟了！润暗大喝一声，抓着段跃真的手臂就冲下车，撒腿跑进公寓的楼梯，好几次差点扭了脚。段跃真被他的冲劲惊呆了，还没反应过来，已经来到了古进所在的楼层。

还有三十秒！

润暗拼命撞着门，大喊道："古进，我们是来救你的，快开门啊！"

"让开！"阿静一把推开了润暗，拿出一把钥匙，立刻打开了门。还有五秒！然而，一跨进屋里，他们就看到了可怕的一幕。

古进蜷缩在客厅角落里，他的脸极度扭曲，整张脸变成了扁平状，嘴巴张得很大，已经开裂了。他的右手紧抓心口，左手指甲在地板上抓出了深深的印痕。而最为骇人的是，他的眼球有一半凸出了眼眶，好像随时都会掉下来。

润暗一个箭步冲过去，探了探古进的鼻息，已经是气若游丝。古进的手指略微颤抖了一下。当指针指到零点时，颤抖停止了。古进这下算是死透了。

"还是没……没能赶上……"

段跃真突然尖叫一声，因为他看到客厅另外一个角落里有一个女人的身影！

"你，你快看……"他刚把眼神移到润暗身上，再看向那个角落时，那里已经空空如也了。

"我们没有来过这里，你和你的朋友一定要记住。"走出房间后，阿静重新锁好门，对段跃真说道："否则，我们就会有杀人嫌疑。刚才抱歉了，因为时间紧迫。找个地方，我们有重要的事情要和你们谈谈。"

"古进死了？"从段跃真口中确证之后，罗广明如遭晴天霹雳。他真的被那个女鬼杀死了！那自己也会这样死去吗？

"首先，我要向你们解释一下事情的始末。"

他们来到老渔民家里，四个人围桌坐下，脸色沉重。

"刚才拿刀威胁你，真是抱歉了。"阿静恢复了和善，润暗也向他们道歉。他们放松了一些，觉得这两个人应该不是坏人。

段跃真看着润暗，一针见血地问道："你是不是有预知能力？我从来没有告诉别人进入那栋别墅的事和古进见鬼的事，知道的人只有我们两个。你们却知道他死亡的时间，甚至一分一秒都不差。虽然我也听说过有灵力的人能预知，不过没有真的见过。"

"不错，我的确有预知能力。宁洛和我一样，都具有类似能力，他的眼睛是紫色的吧？那就是具有这种能力的特征。我的能力还在初级阶段，所以眼睛的颜色还是正常的。"

段跃真观察着润暗的表情，随即提出疑问："那么，你知不知道，宁先生的死，是不是因为画中的鬼魂呢？如果是，既然他有预知能力，没有道理会还去画那些画才对啊。"

"那是因为预知不够完整的关系。"阿静插话道，"只有具有先天灵异体质，又经过后天的训练发展，才能预知所有情况。我们的预知能力也是有限的，否则早就找到你们了。"

润暗是第一次听到阿静这个说法。那也就是说，阿静的父亲是因为既具备先天体质又在丧妻的刺激下，才产生了全知全能的预知能力吗？

"那么，一旦到了预知中的死亡日期，我们就有生命危险了？"罗广明急切地问道，"你们有办法吧？你们可以预知到鬼魂会在哪里、何时出现吗？那样我们就可以躲开了！"

"我们的预知达不到那个程度。"阿静说道，"我们对鬼魂的存在感应强于一般人，不过也要看具体情况。现在还没有任何可以对抗鬼魂的方法，所以，如果想活下去的话……"

段跃真和罗广明屏住了呼吸，焦急地等待着她的回答。

"只有依赖灵异能力躲避鬼魂的袭击。这是唯一的办法！"

阿静对于保护人不受鬼魂袭击，经验值为零，搜集到的资料少得可怜。坦白地说，润暗的灵异能力还只是刚激活，眼睛都没有变色，以这种状态和鬼魂较量，根本没有任何胜算。不过，她有另一番考虑，润暗的实战经验太少，让他多和鬼魂接触，也可以让他更快提升能力。

阿静最为恐惧和担忧的，还不是这种会显现出形体的鬼魂。真正恐怖的，是那种根本没有实体、无法接触和看到的诅咒。一旦遭受这样的诅咒，那就绝对死定了，没有丝毫生还可能。

"接下来，我来说明一下……"润暗忽然又问道，"看到画的就你们和古进三个人吗？还有没有其他人？"

段跃真顿时心里一抖："还有一个女孩子，她也看到过那幅画。难道看到了那幅画就非死不可吗？我们和那个女鬼无冤无仇，为什么她非置我们于死地不可？"

阿静看着他们，就像看着三年前的自己。她也不明白那么善良温柔的母亲为什么会被残忍地杀害，更不明白为什么连自己都要遭受诅咒。她憎恨过上天给了自己这样的命运，也很想知道，这一切到底是为什么？

但是三年来，她已经习惯了。没有人可以回答她，她想活下去，就只有挣扎求存。

"那就等人凑齐了再说吧。集合地点就选在罗广明家吧，你们三个聚在一起后，我告诉你们在接下来的日子里怎么活下去。记住，不要自作主张地做鲁莽的举动，只有听从我们的安排，才有一线生机。等我妹妹预知到你们的死亡日期，我会立刻告诉你们，做好防范措施。你们绝对不要放弃！无论如何都要有活下去的信念！"

润暗的这番话对于置身近乎绝望境地的二人，是很大的鼓励。虽然不知道自己能不能活下去，但既然有希望，当然要拼死一搏。

二人离开后，阿静也和润暗离开渔民家，走到海滩上。此时海风很大，浪很高，远处被黑暗遮蔽了。

"我想测试一下你的灵异能力达到了什么程度，然后再决定对策。我不是天生灵异体质，已经很难再增强灵异能力了。你的眼睛还没有变色，我也不会奢望太多，但你至少要有面对有形鬼魂的抵御能力。"

润暗疑惑地问道："怎么测试？难道你能放出一只鬼魂来吗？"

"很简单啊。这个海滩上，现在应该是很拥挤的。"

润暗顿时后背发凉，他慢慢地转过身问她："你……你不要开玩笑了，好不好？"

"我何必和你开这种玩笑？虽然我的灵异能力不强，但是足够拍到灵异照片了。昨晚我就在这里拍了很多照片。那个老渔民说得没错，海上存在许多看不见的幽灵。说不定现在就有一只幽灵在你背后呢……"阿静故意压低了声音，润暗开始有些害怕了。

"我绝对没有和你开玩笑。这个海滩现在挤满了幽灵，恐怕都是海难中死去的人的魂魄。你现在立刻释放灵异能力，把它们驱走。如果一小时后，我对着你拍照片，发现你周围没有幽灵了，就证明你的灵异能力已经可以抵御鬼魂了。"

润暗心想，又是赌命的试练。命只有一条，哪能这样赌法？他虽然已经有了心理准备，但还是很怕死的。尽管根据预知，他现在绝对不会死，但是如果这样做实验作死，能保证百分之百的安全吗？

"我也同样有危险，这一点你别忘记了。"阿静悠闲地坐在海滩上，看着满头是汗的润暗笑着说："这七年时间里，你应该尝尽了绝望吧？别以为活下去是件轻松的事情，也别指望毫无困难地解除诅咒。在这个世界上，没有这种力量。如果没有这样的觉悟，你可以现在就自杀。但是，如果想让你妹妹拥有未来，那么，你现在就要去冒所有危险，去接受所有考验！"

润暗被阿静的话震撼了。难道他的觉悟还不够吗？活下去真的太沉重了，对于他这样被诅咒的人来说，唯有赌上性命才能够对抗命运。

于是，他放下了害怕，开始将体内的灵异能力释放出来。他越来越清晰地感觉到，周围确实存在着未知的东西，耳边听到了许多低语，而且离他很近。一大群幽灵此刻就聚集在这个海滩上！他已经可以确信这一点了！

要活下去……一定要活下去，为了守护润丽，为了拥有未来……他不断在心中默念着，对抗着内心不断涌起的恐惧。

天色越来越昏暗，海面如同恶魔张开的大嘴，那些低语声越来越响。润暗散发出来的灵异能力也越来越强，他感觉身体如同被抽空了一般，但是他还在咬牙坚持着。

阿静开口宣布一个小时过去了。润暗本想立刻逃离海滩，但是他的腿已经软得挪不动了，一个趔趄就倒在海滩上。阿静对着他拍了一张照片。她仔细地查看照片，润暗周围确实没有一只幽灵了！

"好厉害！"阿静对这个结果还是挺意外的。其实她说要润暗驱赶身边的幽灵，要求是过高了，她只预期他身边的幽灵能减少一些，就算是通过了。

现在阿静就有信心可以去救还活着的三个人了。不过，这些海上的幽灵，和宁洛画中的怨灵相比，是小巫见大巫，所以润暗也不可能像现在这样这么顺利地将其驱赶走。

"你辛苦了。"扶起润暗后，阿静给他看了照片。

"你成功了！接下来，必须要救那三个人！"

刚刚结束工作离开报社的润丽，孤单一人落寞地走在大街上。走在马路的横道线上时，她忽然看见对面走过来一个异常俊美的男子。那个男子看起来二十几岁，个子很高，身材好得像模特，宽宽的额头下，是一双……紫色的眼睛？

就在二人擦肩而过的瞬间，这个紫眼俊美男子对润丽说了一句话。

"你还没有觉醒啊……"

润丽惊讶地回过神看着那个男子的背影，喊道："你……你是什么意思？"

"希望下次见面时，你可以成长到那种程度。"男子回过头，那双紫色眼睛散发出妖异的气息，令人感觉很不舒服，他的表情也异常冰冷。

润丽想跑过去追问，可是绿灯已经转为红灯，她只好作罢。等到红灯再转绿，润丽追过去时，哪里还看得见那个男子的身影？

那个男子是谁？他到底知道些什么？

这一天，所有相关的人都聚在罗广明的家里。

"古进已经被杀害了。如果你们想活下去，只有听从我们的指示了。听好了，这段时间尽可能不要靠近镜子和电梯。洗澡要洗淋浴，因为洗盆浴的话，水里很可能会窜出鬼魂来。绝对不要进入光线昏暗的场所，尽可能待在公共场合。"

三个人听得聚精会神。周枫一开始不太相信这件事情，但是当段跃真告诉她古进已经死了，而且他和广明都说见到过那个女鬼，她不得不相信这是真的，也对润暗和阿静抱有很大期待。

"在死亡时限之前，不需要太过紧张。"阿静安慰道，"一旦到达死亡时限，就要执行我的计划，先待在一个公共场所，然后由我们负责逃生路线的安排。润暗会释放出灵异能力，给女鬼制造一点障碍，那就是逃跑的最佳时机！"

指针指到午夜零点的刹那，就是死里逃生的关键点。而润暗在那个时刻之前，必须储备灵异能力，到那时才能全力应对。只要挨过了午夜零点，就可以活下来了。

女鬼绝对不会突兀地站在面前让人去对付她，一定会隐藏起来，发起突然袭击，甚至让人消失不见。考虑到这一点，要在一个没有死角的区域来进行保护。那么，就必须在被诅咒者四周都安排人监视着，无论女鬼从哪里出来，都可以第一时间察觉。这是目前最好的安排了。阿静很清楚，即使润暗的灵异能力提升了，救活他们的可能性还是很小。

考虑再三，阿静还是决定让润丽亲自来一趟，死亡日期的确定攸关生死，大意不得，必须要让润丽亲口说出来才作准。目前的润暗，可以做得到判断妹妹的真假。当然，说服润暗要花费一点时间就是了。

"我向你保证，她只用提供时间，绝对不用参与行动，这样可以了吧？我承认我对她的灵异能力很有期待，但这是我们合作的大前提，我不会因小失大的。"

润暗也很明白润丽的重要性，权衡再三后答应了。

然而，阿静此时并没有想到，她实在太过低估画中女鬼的可怕了。

古进虽然已经死了，不过因为他一个人住，尸体还没被发现，这件事情也没有人知道。根据阿静的意思，不能报警，只好暂时让他的尸体待在那里，等着被人发现了。因为那天润暗和段跃真出现在他们的实习单位的事，可能被人看到了，如果古进的案子被调查，他们可能也会被带走协查。一旦那个时候正好在死亡日期内，就太不利于计划展开了。

阿静已经在古进的尸体上撒了一种她自己调配的药水，可以让尸体腐烂发臭的时间延迟一星期左右。段跃真也去房东那里帮古进交了房租。润暗很佩服阿静心思缜密，而且没想到她居然还能制作出那种药水，看来她家地下室里有不少宝贝啊。

罗广明辞职了，只好在大街上瞎逛，算是待在公共场所。因为暂时还没有轮到他，所以他现在生命无虞。

也就是从这一天开始，罗广明注意到了一件事情。

在他所住公寓的对面，也有一栋公寓，而正对着他书房窗户的对面公寓的窗户里，那个房间是空的。本来他也没怎么在意，但是，这一天他晚上站在书房的窗前时，竟然发现那个窗户里居然有亮光。那里有人搬进去住了？

本来这事也不稀奇。不过现在罗广明一个人待在家里，未免胡思乱想。在好奇心驱使下，他就一直站在窗前看着。

因为两栋楼距离很近，他的视力也很好，因此看得很清楚。对面的窗户里似乎也是书房，窗前摆着一张书桌，左边是一个书架。而令罗广明有点在意的事情是……依稀可以看到右边也有一排窗户。而那排窗户的窗帘拉上了。他总感觉在那一排窗帘后面有东西，因为窗帘有些凸起。因为窗帘下方的视角被书桌遮住了，所以看不到。

罗广明拿出一个望远镜。对面窗户里的景象，一下子就近在眼前。他清楚地看到，那些窗帘确实凸起了，而且，凸起的轮廓明显是人类！

拿着望远镜的手微微颤抖起来，他自我安慰道：或许这就是那个人的怪癖，喜欢躲在窗帘后面而已。这么解释完全说得通，而且即便真的是"她"……也可以直接出现在自己家的窗帘后面，又何必跑到对面公寓里去呢？

这样想着，罗广明放下望远镜，躺到了床上。但是，望远镜里看到的一幕，始终在脑海中挥之不去。他还想到，就这样对古进的尸体不闻不问，他的鬼魂会不会也对自己心生恨意呢？可是这也没有办法，是为了生存下去啊……希望古进泉下有知，能够理解自己吧……

罗广明醒过来的时候，是早上六点。阿静建议他照常生活，不必过于焦躁，比如可以继续投简历给其他单位去实习，这也是一个可以继续待在公共场合的好机会。于是，他打算先上网投简历。这时，鬼使神差一般的，他又取出望远镜，再次看向那个房间。

如果那个窗帘后的人形消失了，他就可以将昨天看到的解释为是那个人的怪癖了。

但是……窗帘上那个凸起的身影还在！而且位置和形状跟昨天一模一样！

他手上的望远镜一下掉到了地上，连砸痛了脚也没有反应。难道窗帘后的那个人从昨天晚上一直站到现在？再怎么怪癖，也不会那么夸张吧？

不……还有一个解释，那个人真的很喜欢做这种毫无意义的事情，所以一早起来又在同样的位置躲着。但是……真的是这样吗？连他自己也感觉很牵强。

罗广明什么也想不出来，只好穿上衣服出去了。走在路上，他给阿静打了电话。

"看到窗帘后面有人？明白了，知道那是几号房吗？我可以进去帮你去看一下。"

听阿静这么一说，罗广明真是感激不尽，把之前她拿刀挟持自己的事情抛到了九霄云外，连连道谢。

润暗和阿静来到了那栋公寓前。

"你不用工作吗？你是插画家吧？"

"最近我合作的作者没有新作，所以暂时没有工作。我还在帮一些药厂调配药物，我学了不少药物和化学知识。"

"你都是怎么学习的？"

"通过采集植物，研究其成分，然后在各种动物身上做实验。当然这需要时间和金钱。父亲曾经给我寄了一大笔钱作为最初的经费，我想他是希望我学会独立。我大致猜得出他的钱是怎么来的，像他那样的预知者，想要赚钱方法实在太多了。我并不讨厌他的做法，这样对我来说也许是最好的。他从小背负着不祥之子的命运，所以一直很独立，他也想用同样的方式来让我成长。这三年里，虽然我很孤单，但是一想到父亲在某个地方注视着我，期待着我的成长，我就能够坚持下来。这一切，只为了可以活下去。"

两个人向公寓管理员问起那个房间的事。管理员说，那里从三年前开始就一直空置，至今也没有人住进去。听到这里，两个人自然明白是怎么回事了。

电梯当然不能坐，否则简直是邀请鬼来见他们。不过，走楼梯的时候，感觉也蛮心悸。虽然现在是白天，但空无一人的楼道还是挺瘆人的。

润暗和阿静蹑手蹑脚地一级一级往上走，润暗的手心已经满是汗了。这是他第一次直接面对鬼魂，到时候进去……会是怎样的情况呢？

"听好了，我们的目的并不是要杀死'她'。别说是你，即使是我父亲，也不可能做得到这一点。"阿静此刻也很紧张，但还是强装镇定地嘱咐润暗："我们的目的是试探对方的虚实。不了解敌人的话，对我们是很不利的。"

有问题的房间是 401 室，四层楼的楼梯，他们花了二十分钟才走完。因为走到一层楼，他们都在原地停留很长时间，才敢继续走上去。

"润暗，我把万能钥匙插进锁孔的时候，你先别释放出灵异能力，否则会打草惊蛇。进去以后，我们要保持警惕。直接面对'她'的时候，不用害怕，因为'她'并不是你的诅咒中来杀死你的鬼魂。你要做的，就是尽可能释放出灵异能力，如果情况不对，就立刻逃走。你放心，我有办法保证我们一定逃得掉。"

办法？难道她还有可以脚底生风的药水？润暗安心了一些。

他们终于站在 401 室门口。阿静拿出万能钥匙打开了门。

一进门就看到满地的灰尘和墙上的蜘蛛网，房间空荡荡的。润暗明显感觉到，这个房间里绝对有什么东西存在着。虽然此时外面艳阳高照，但恐惧丝毫未减。如果没有阿静和他在一起，他是肯定无法继续待下去的。

二人肩靠着肩，一步步地挪向对着罗广明的公寓的房间。这种气氛实在是太压抑了，那个女鬼似乎随时会跳出来。其实要是女鬼真的出来了，反而不怕了，但是无形的敌人远远恐怖于有形的敌人。

两个人挪到了那个房间门口。走进去一看，就见到了咖啡色窗帘，但是这个房间里并没有书架和书桌！很显然，窗帘后根本没有人。

"难道罗广明看错了？"

松了一口气的润暗走了过去，拉开窗帘，后面只有一扇窗户。窗户后面是另一个小房间。似乎女鬼不在这里。

但是，刚才那种感觉是什么？莫非是错觉？

然而，就在这时，房间外面居然传来了轻微的脚步声！随即"哐"的一声巨响，大门被关上了！

阿静立刻冲了出去，外面依旧空无一人。她想打开大门，却发现怎么也打不开了。

刚才那个脚步声……到底是……

阿静忽然发现，在大门前的地板上，居然有……几缕头发！从长度上来判断，绝对是属于女性的！

润暗顿时惊恐起来。难道那个女鬼就在这个房间里？刚才是她把大门关上的？他立刻跑到阿静身后，问道："你……你不是说至少可以逃走吗？现在怎么逃呢？"

阿静一时语塞。她说可以逃走，是建立在可以离开 401 室的前提下。因为考虑到这个女鬼不会要他们的命，没有理由会封死他们求生的路。但是，现在的状况出乎她的意料。莫非这个女鬼真的要把他们关在这里？

令润暗目瞪口呆的是，阿静拿出一个塑料自封袋，又拿出一把镊子，把头发夹着放进袋子，就像是法医在现场取证。

"如果我们能够出去，这头发是最好的研究素材。"

真是疯狂……居然敢把女鬼的头发收起来？这样的胆色，就算是男人也自叹弗如。润暗看着这个理智得可怕的女人，或许她的恐怖，并不下于女鬼……

"别这样看着我，这是可以直接了解鬼魂的一个绝好机会，不是吗？收集资料是非常重要的。"

他们在房间里四处张望。女鬼会在哪里出现？屋子里没有家具，根本没有可以隐藏的地方啊！

"阿静，拿照相机照一下四周，或许可以看到她！"

阿静迅速取出相机，四处拍摄。不过，拍出来的照片都没有古怪。他们又转完了其他几个房间，拍了很多照片，还是一无所获。

"看来她好像不在这里。"阿静虽然嘴上是这么说，心里却难以确信。而且照片拍不到，并不代表"她"就不在这里。

就在这时，润暗忽然注意到，书房的门背后有什么东西，他过去拉开门一看，发现居然是……宁洛的画笔和调色板！

润暗以前去过宁洛的家，自然见过他作画。润暗的记忆非常好，他可以确定，这绝对是当初宁洛使用的工具。最可怕的是，调色板上的颜料居然没有干！

润暗吓得一下把画笔和调色板狠狠扔了出去。调色板摔在地上，里面的颜料流了出来。然而，接下来发生的事情，让润暗和阿静看得眦眦俱裂。

那些早就应该干了的颜料，顺着地板的缝隙流动。然后，各种颜色的颜料混合在一起，居然开始形成一幅画面！

因为过震惊了，润暗和阿静愣在原地一动也不能动，连眼睛都不眨一下。这些颜料就像被一支看不到的画笔在涂抹着，形成了一张狰狞可怖的女鬼的脸。而且，和宁洛所画的女鬼一模一样！

鬼脸终于画完了，逼真的程度令人咂舌。润暗这时才反应过来，一脚对着地板上的鬼脸踩了下去！谁知他的脚还悬在半空时，那张鬼脸居然开始立体化了！鬼从地板上隆起了！

二人哪里还敢停留，迅速跑出这个房间，然后把门关上，死死地顶住！

可是，门缝中开始流出鲜血，房间里还传出怪笑声。然后，他们感觉到有一股力量想把门推开。润暗勉强把门顶住，与那股力量对抗几乎耗尽了他所有的力气。

对峙大约持续了一分钟，那股力量忽然消失了。润暗正感觉奇怪，突然他想起了一件极其重要的事情。他怎么能把那件事情给忘记了！

这个房间里，有一扇可以通往旁边房间的窗户！

他刚要过去顶住旁边房间的门，然而，已经迟了。那扇门打开了……

第 06 章
〔 公寓幽灵 〕

润丽向报社请了三天假。她叫了一辆出租车，看了看抄下来的地址，心里直打鼓。哥哥……你一定要没事啊……

想起昨天那个奇怪的紫眼男子和他最后说的那句话，意思是以后他们还会再见面吗？难道他认识自己？而且那双紫色的眼睛……他也是一个具有天生灵异体质的人？他究竟是谁呢？

就在这时，忽然有一阵强烈的寒意涌上心头，润丽的脑海里产生了预知。

"是在三天后？这种感觉好强烈啊……过去也有过这种感觉……"

如果和以前一样，那就代表了一个情况。三天之后，会死的人，不止一个。

来到市郊的时候，润丽按照润暗之前的指示，在宁洛家门口等他，但是却没有看到哥哥。

这是怎么回事？她打了哥哥的手机，没有人接。她接着打阿静的手机，也是同样的结果。润丽顿时紧张了起来。难道他们出事了？

与此同时，罗广明也在给润暗和阿静打电话，但是也联系不到他们。他也紧张起来。莫非……他们被那个女鬼给……

想归想，就算借给他十个胆子，他也不敢跑到对面公寓 401 室去。就算报警，警察也不可能相信他的话。现在他该怎么办？没有了他们，自己不是死定了吗？

他又用望远镜看着对面的窗户，房间里的情景还是和早上一样。

"怎么还在那里……没错，那个女鬼……还在那里！"

逃跑吧！可是，逃到哪里去？先去段跃真家住个几天？但是他随即否定了这个想法。段跃真的情况跟他半斤八两，去他家住也不见得就比这里安全。也许待在这里反而好些，如果窗帘后面就是那个女鬼，那么自己至少可以随时用望远镜监视情况，"她"一有动作，自己就立刻逃走。

润暗睁开了眼睛，周围是一片黑暗。而他的眼前，居然是……地板！

他感觉身体被什么东西牢牢地捆绑住，嘴也无法张开。他再仔细一看，这才惊讶地发现，他和阿静都被密密麻麻的头发缠绕着身体，被结结实实地绑在天花板上，手脚和嘴都丝毫动弹不得。这些浓密的头发犹如是从天花板上长出来的一样。

他顿时明白了。如果一直被这些头发捆缚在这里，那么，当那个女鬼对那三个人下手时，他和阿静就没有办法出手相助了。这些头发，恐怕只有那三个人都死了之后才会解开。

他只记得，那扇门打开之后，自己就两眼一黑昏了过去。自己到底昏迷了多久？

润暗心里非常焦急，他开始释放出灵异能力。在这一瞬间，那些头发就紧紧勒住他的脖子。他几乎要窒息了，能力的释放停止了。接着，头发更紧密地将他的身体缠绕住，连他的眼睛也封了起来。

这时，润暗的脑海中，浮现出了罗广明的影像……

润暗根本没有告诉润丽那三个人的名字、住址和电话号码。唯一的线索人物古进现在已经死了，而且尸体还没有被发现。润丽没有任何线索，只好到附近的渔民家去找，一家家地问过去，有没有见过一男一女。

润丽的手机忽然响了。来电显示是哥哥的手机！她顿时松了一口气，接通电话后马上问道："哥哥，你现在在哪里啊？"

"润丽，我们临时改变了计划，你先回市区吧。我会再联系你的。"

"你很过分啊！我等了你们多久啊？现在让我回去？别开玩笑了！"

"润丽，听话，真的是情况临时有变化，你先回去，我一定会再联系你的。"

"那好吧……啊，对了，三天以后，会有不止一个人死掉。哥哥，你一定要注意这一点！"

"嗯，明白了。"电话挂断了。

润丽看着茫茫夜色，非常头痛地想：唉，现在回去……不知道赶不赶得上末班车啊？还有，为什么感觉哥哥怪怪的？

三天时间转瞬即逝。

"他们会不会是死了？我们现在该怎么办？"

在罗广明家里，三个人聚在一起讨论着。再这样拖下去，古进的尸体就会被发现了。而此时，三人根本不知道，今天就是他们中两个人的死亡期限了。

"我提议……一样是死，"段跃真看着对面的窗户说，"不如我们拼死一搏，进到那个屋子里，三个人的话，总会有办法的吧？"

"不，不要！"周枫首先反对道，"伊先生和任小姐那么有经验的人都有去无回，我们去的话，根本就是送死啊！"

"也许我们的死亡期限还没到。那么，在这种情况下，鬼还不会杀死我们。这样一来，我们就有了优势！而且现在我们都还活着，也就是在最坏的情况下，今天我们至少有两个人具有这种优势。怎么样？三个人一起过去的话，胜算还是很大的……"

"别开玩笑了好不好！"罗广明几乎是吼了出来，"我现在天天念'阿弥陀佛'求'她'别来找我，你居然要主动去找'她'？说到底，段跃真，一切还不是你害的？！要不是你，我们会去那个地方吗？我们至于会变成现在这样朝不保夕吗？"

"我记得那个时候你也很踊跃地去搜集资料啊。"

"可是提出这个地点的人是你！好，你有胆子，我们没有，那你现在一个人去那里吧，去把那个鬼给干掉啊！如果今天不是你的死期，那么你绝对可以做得到的，去啊！"

周枫连忙劝解道："你们这是何必呢？大家不是好朋友吗？拜托你们

别吵了！现在这种时候……"

"滚吧！你们两个都滚吧！"罗广明吼道，"听着，我就是不会去！那个女鬼要是敢来，大不了我跟她拼了！"

段跃真摇了摇头，说道："算了，小枫，他现在不冷静，和他说什么也没用，我们还是先走吧。"

"可，可是……"

"没有听到我的话吗？给我滚啊！我不想看到你们！"

周枫的眼里满是泪水，只好擦着眼睛和段跃真离开了。

他们走后，罗广明把门紧紧地顶住，就和之前的古进一样，到厨房里抄起一把刀，对着空无一人的房间大吼道："你给我听着！老子才不怕你！有种的就给我出来，我一刀砍死你！出来啊！你出来啊！"

他挥舞着刀子朝四周的虚空砍去，有几刀砍在了墙壁和沙发上。

"你给我滚出来！老子要是怕你就是你养的！出来，出来啊！"

就这样疯狂地砍了十几分钟，罗广明累了，才坐在地板上喘起气来。

他回到书房，又拿起望远镜，观察着对面窗户。然而，他惊恐地发现……虽然窗帘还是明显凸起，但是……位置明显改变了！

难道"她"要开始行动了？

紧接着，他就看到，凸起的轮廓渐渐移出了窗帘外。一头黑发就在眼前……然后，女鬼的整个身体都露了出来。

没错……是那个家伙……是那幅画中的女鬼！罗广明咽了一下口水，放下望远镜，又去拿起刀子。他就这样左手拿着刀，右手拿着望远镜，继续看着对面窗户。

"你想过来是不是？老子不怕你！"

那个女鬼现在来到了窗前，她慢慢爬上窗台，手向前伸。

"她想做什么？难道要爬过来？这怎么爬，两扇窗户之间又没有任何连接……"

罗广明从望远镜里看到，这个女鬼离自己的眼睛越来越近。他下意识地后退了几步。女鬼的手还在向前伸着，似乎要摸索到什么。突然，她的身体猛地向前一拱，手迅速伸向前方，已经超出望远镜的视线范围。

就在这个瞬间，罗广明突然感觉自己的胸口被死死地抓住了……

走出公寓后，周枫不知道是因为天气太冷还是恐惧，身体一直颤抖着。

抚摸着她的头发，段跃真温柔地说："你别害怕，我一定会保护你的。有句话，现在不说，也许以后就没有机会说了。小枫……我真的很喜欢你。如果可以活下去的话，我一定会尽我的力量好好照顾你的。"

周枫眼中的泪水终于夺眶而出，她一下紧紧地抱住了跃真。他是她在这个世上唯一的希望了。

送周枫来到她住的公寓前，段跃真又把她紧紧地抱了一会儿，才舍得和她分开。

"明天见。放心吧，我一定会找出可以让我们活下去的办法的……"

依依不舍地和心上人分开后，周枫走进公寓。阿静曾经说过，不要坐电梯，所以她这些天都是走楼梯上楼。

楼道里十分安静，她先走到信箱前取出报纸。就在这时，楼道的灯突然忽明忽暗起来。她紧张地看着这诡异的灯光，不禁紧张起来。难道……鬼魂会来袭击她？

她紧张得站在原地一动也不敢动。她畏缩地四处张望，不知道该怎么办才好。

就在灯不知道第几次变亮的时候，周枫讶异地发现，在楼道左侧，也就是楼梯的入口处，蜷缩着一个身影！灯随即又暗了，所以她根本没有看清楚那个身影的具体形象。下一次灯再度亮起来时，那个蜷缩的身影已经不见了。然而，灯暗下来又亮起来时，那个身影又再度在那个地方出现了！

周枫渐渐摸清了规律，灯暗了一次再亮起来时，那个身影就会出现，第二次亮起来时就会消失，然后第三次会再度出现。她也看清楚了那个身影……那是一个长发女人！她吓得把报纸扔在地上，不断后退。

这时，灯再度亮了起来，那个蜷缩在楼梯入口处的身影，居然一下子就站在了距离周枫只有五步的地方！

而接下来的一瞬间，灯居然完全灭了！

"哇啊啊啊——"

黑暗中，周枫拼命地向后逃去。这时，在她面前，电梯门"叮"的一声打开了。

周枫早把阿静说的不可以坐电梯的忠告忘得一干二净了，一个箭步就冲了进去，立刻按下了她所住的七楼按键，电梯门关闭的一刹那，她瞥见那个女鬼正在向电梯走来！

电梯开始向上升，她在心里不断祷告。这时她才发现，自己的裤子已经湿了。

终于到了七楼，她松了一口气，只要回到家，应该就不会有事了吧？

可是，当电梯门缓缓打开时，周枫的身体一下僵住了。

那个女鬼居然就站在电梯门口，浑身滴着鲜血，面对面地盯着她！

周枫叫都叫不出声来了，呆了两秒之后，才想起去按下关闭电梯的按钮，然后又按了一楼的按键。她已经什么都顾不得了，只要能逃离这个公寓就可以……

电梯到达一楼后，她做好了一开门就冲刺跑出去的准备。然而……

门口居然还是站着那个女鬼！

周枫的心脏简直要从喉咙里跳出来了，她再次按下关门按键，那个女鬼也不进来，就这样看着电梯门关闭。

这时，周枫已经明白了。不管她选择停在哪一层，门口都会站着那个浑身鲜血的女鬼。她就只能够待在电梯里了吗？

她这才明白为什么阿静对他们说，绝对不要去坐电梯了。因为这就等于把自己关进了一个绝对无法逃走的封闭空间。她拿出手机，想让父亲到电梯口来接自己，但是却发现手机已经关机了，而且怎么也开不了机。

忽然，电梯门中间出现了一条缝隙。她看到一只苍白的眼睛从缝隙中死死盯着自己。一只手伸了进来！

她拼命地去按关闭按键，但是没有用。那道缝隙继续扩大……

在这个生死关头，周枫也不知道哪里来的勇气，拿起手机狠狠地砸向那只手。那只手缩回去了，电梯门关上了。

周枫赶紧死死地按住电梯门，她不愿意就这样放弃。好不容易才等到段跃真才向她表白，好不容易才了解了他的心意……她不要死在这里！

夜幕下，银白的月光洒落在一座高楼的天台上。

一个身影孤零零地坐在天台边缘，俯瞰着整个城市。风很大，但是他似乎不觉得冷，衣服穿得很单薄。他那双紫色的眼睛里，满是落寞和无情。

"慕镜……"在他背后的黑暗中，不知道何时出现了一个人影。那个人影没有从黑暗中现身，就站在他背后说道："你已经很久没有看到真正的星空了吧？很多事情，你需要亲身接触才能了解呢。我会继续培养你成长的。现在的你，还没有足够的能力。怎么了？你在想些什么？"

那个被叫做慕镜的人表情并没有什么变化，他答道："没想什么。反正，我也找不到继续活下去的理由。如果你认为我有用，我可以继续帮助你。其实，你对我做的一切都是多余。在'里面'和在'外面'，对我来说没有什么区别。和那些人一样，对你而言，我不过是个仿冒品而已。"

又一阵狂风吹来，空气似乎变得浑浊起来。

"回去吧。这里太冷了。你怎么考虑，是你自己的事情。重要的不是对我而言你是什么人，而是对你而言，你是什么人。明天我会带你到下一个目的地去，做好心理准备吧。"他转身刚打算离开，又说道："对了……你见过伊润丽了吧？为什么去见她？现在还不到你和他们兄妹接触的时机。"

慕镜已经站起身来，他回过头。在月光下，他那俊美的容貌更显冷峻。

"没什么，我只是想看看低阶的预知者而已。而且，似乎她连自己被诅咒的事情都不知道。无论是谁，只要被这种诅咒限定了时间，就死定了。"

拼命顶住电梯门的周枫感到精疲力竭的时候，忽然发现门外那股力量没有了。她这才稍微松了一口气，开始考虑接下来该怎么办。难道她会一直被困在电梯里吗？如果有人来坐电梯的话……

这时，电梯上方突然传来了奇怪的声音。

她猛然抬起头一看，电梯的顶盖被拆掉了，几缕头发伸了下来，紧接着，一张惨白的面孔出现在她面前！

"哇啊啊！"

她连忙去按开电梯门，谁知道门刚打开一半，就看到女鬼依旧站在外面！她连忙又关上了门。这时，那几缕头发已经缠住了她的脖子。接着，她的身体被吊了起来……

第二天一早，公寓里早早去上班的一对夫妻，来到电梯前摁下按钮。电梯门缓缓打开时，出现在他们面前的，居然是……一具面部扭曲变形的女尸！

警察迅速赶到现场进行勘察，很快确定她是窒息而死的，脖子上的勒痕表明这是谋杀。

段跃真是在睡梦中被警察打来的电话吵醒的。

"段先生吗？是这样的，你的大学同学周枫被杀害了，我们想请你协助我们进行调查……"

电话一下掉在了地上，段跃真眼神空洞地看着墙壁。他感觉到有温热的液体顺着脸流下，心仿佛在一瞬间被撕裂了。虽然早料到可能会这样，但是当事情真的发生时，他还是受不了。他明明说过，他会保护好小枫的……可是，他没有做到。

"你是说，你朋友公寓对面的 401 室里有人监视你们？"

"是的，小枫昨天去过我朋友家，看到对面窗户里有一个怪人拿着望远镜看着这边，他很可能就是犯人……不，一定就是他……"

"明白了，你在这份笔录上签名，我们会进行调查的。"

段跃真不知道自己还剩多少时间了。

周枫的父母都认识他，他去到周枫家时，她的父母已经哭成了泪人，双眼都哭肿了。

"小枫怎么就这么死的？她听话懂事，怎么会有人杀她呢……为什么会这样啊……"

周枫的母亲嗓子都哑了，声音颤抖，手上拿着一件大红外套，断断续续地说："这……这是小枫最喜欢的衣服……现在，她……她再也没有机会穿了……"

警察根据段跃真的口供，前往罗广明家核实情况，从罗广明所住公寓的管理员那里得知，昨天晚上段跃真和周枫确实来过。然而警察在他家门口按了很久门铃，也没有人来开门。

"管理员说他没出去啊。"

"奇怪啊……"

警察开始感觉不对劲了。根据段跃真的供述，如果对面公寓里真有人在监视他们，那么罗广明也许会有危险。于是，警察去楼下把管理员叫上来开了门。

警察进入房间，在书房门口就看到，窗户前倒着一个人，他两眼翻白，一只手拿着望远镜，另一只手里还握着一把菜刀。

一个警察上前检查了一下，摇了摇头说："已经没救了。"

段跃真对周枫的父母说："这件红色外套给我吧，我想你们对着它也会很伤心，请给我做留念吧……"

看着他如此真诚而痛苦的神情，二老都流下了泪，白发人送黑发人实在是令人肝肠寸断，看着这个青年对女儿那么深情，自然不会不满足他的要求。

就在段跃真接过衣服时，手机响了起来，是警察打来的。

"段跃真，你为什么要对我们撒谎？难道你不知道作伪证是犯法的吗？"

段跃真的心咯噔一下，他说有人用望远镜监视他们确实是在说谎，但是他难道能说实话吗？谁会相信画里的女鬼会跑到现实中来？

"警官，我……"

"那栋公寓根本没有4楼！因为忌讳"4"这个数字，原本应该是4楼的楼层成了5楼，所以根本没有401室！而正对着罗广明家的那一户人家，只住了一位眼盲的老伯，难道是他用望远镜监视你们？而且他一直一个人住，没有人来家里作客。另外，还要告诉你，你的同学罗广明已经死了，他死的时候，手上拿着刀子和望远镜。你是不是把事情都说反了啊？"

段跃真惊呆了。罗广明住在那个公寓里有三年了，过去他也从没注意过书房正对着的对面窗户。当他告诉自己，用望远镜看到对面那个一直没人住的房间里的窗帘后面藏着一个人的时候，自己也没有多想。

但是，如果那里实际上住着一个盲人的话，广明为什么要骗自己说那里没人住？而且他还说看到那个书房里有书架和书桌，都是在前几天刚刚出现的。

不……广明没有撒谎。他看到的，是那层根本就不存在的 4 楼！他脑海中关于无人居住的 401 室的存在，是受到那个女鬼的迷惑而产生的假记忆！

那么，伊先生和任小姐呢？难道他们现在被困在那个根本不存在的 4 楼里了吗？如果这个假设成立，那么，广明用望远镜看到的一切，也都是在那个不存在的楼层中的景象！而广明现在被杀死了……

现在只剩下自己一个人了……那个女鬼绝对不会放过自己的！

原本，段跃真还抱着一线希望，想让警察去 401 室找到伊先生和任小姐，去救出他们。但是现在不可能了，也许他们已经死了。接下来，他必须孤身一人面对一切了。

段跃真又接受了讯问。

"你的两个同学，罗广明和周枫都死了，而你给了我们假证词。根据你所在实习单位的人反映，你这几天的行为很古怪。我们希望你说出实话。"

"你是说我杀死了他们？"

"我们希望你能协助调查。"

段跃真此时胸中憋着一股火，连续三个同学死了，其中一个是他心爱的人，而他自己随时都会面临死亡，他已经无法再保持理智了。

"我没有杀人！我怎么可能会杀小枫！你们什么也不懂！我告诉你们好了，他们全部是被鬼杀死的！信不信随便你们！我没有杀死过任何人！

没有!"

段跃真已经快要发疯了。要不是几个警察强摁住他,他真的会做出连他自己也无法想象的行为来。

看着越来越激动的段跃真,刑警队队长方槐和副队长赵鹰都感觉,他一定知道些什么,但是他现在这么激动,根本无法问出来。

"报告出来了吗?"

赵鹰答道:"罗广明是心脏停搏而死的,看起来没有他杀的迹象,但是他死时拿着刀子,而且他的死状也很凄惨,应该不是自然死亡。周枫是被勒死的,还失禁了,很明显是他杀。只是还不太明白为什么选择在电梯里下手,因为随时都可能有人来坐电梯。"

"我也感觉奇怪,段跃真为什么要说这种马上就会被拆穿的谎话?这根本没有意义啊……要不要给他安排做精神鉴定?他刚才居然说是鬼魂杀人,也许精神不太正常吧?嗯,找认识他的人来继续调查。"

"他的父母就在外面,已经提出要保释,而我们目前还没有确切的证据……"

被保释出来之后,段跃真的父母都很焦急地问他最近到底怎么了,但他始终一言不发。就算是父母,告诉他们真相,也是没有用的。

段跃真深切地意识到,这种超自然的事物,不是他这种门外汉可以随便接触的,稍有不慎就会万劫不复。如今,不仅是他自己,就连三个朋友也……现在就算悔青了肠子也没有用了。

夜晚,段跃真瑟缩在被窝里,紧紧抱住小枫的红色外套,怎么也睡不着。尽管室内开着灯,他还戴着耳机听着音乐,把音量调到最响,依旧驱散不了恐惧。他知道"她"会来找自己,但是,她会从哪里来?

第二天下午,段跃真再度走进了宁洛的家。

如果画出了这个女鬼的是宁洛,那么,在这栋房子里,会不会还隐藏着什么可以解除诅咒的东西呢?

那幅画依旧孤零零地挂在原处。现在他不会毁掉这幅画,留着它,或许可以指望那个女鬼哪一天会回到画里,再也不出来。当然,这只是他的幻想而已，几乎没有实现的可能。

阿静说得很清楚，被预知到的人，绝不可能凭借自身力量逃脱，他只能面对死亡。而且还不是安详的死，而是在巨大恐惧之下的死亡。光是想一想，就让人感觉还不如自杀算了。

段跃真也考虑过自杀。但是，他没有勇气。即使小枫已经死了，即使他知道自己已经时日无多，他还是没有勇气自杀。

那么，他该怎么办？有什么办法可以活下去？

他站在楼梯的台阶上看着那幅画。这个房子他已经四处都走了一遍。忽然，他发现了一件不对劲的事情。

那幅画就是这栋房子里的书房的景象，除了地上那一大摊鲜血以外，其他都很正常。然而，书房的景象却让段跃真觉得熟悉，好像在哪里见过。不是在这栋房子里，而是其他什么地方。

他走近那幅画，又仔细地看了一番，脑海中顿时蹦出另外一幅景象来，这两个景象完全重合在一起！

之前，罗广明也给过他望远镜，让他看了那个不存在的401室的景象，而那个房间和这幅画……完全一样！只是当时他完全被窗帘后面凸出的人形吸引了，丝毫没有注意到这一点。

要不要再到那个书房去看看？

尽管内心很恐惧，但是段跃真也知道，不去的话，自己还是一样会死，还不如赌上一把，说不定可以绝处逢生。求生的希望在内心燃起，他立刻朝楼上走去，迅速来到书房门口。

推开房门，他第一眼就注意着书房左侧的窗帘，确实和望远镜里看到的一模一样。他过去将窗帘拉开。墙上写着一行字，似乎是用颜料写的，字迹有些模糊不清，但还是可以认出来。

"致最后一人：不要收藏红衣。"

这是谁写的？"最后一人"指的是谁？

等等！段跃真的脑子飞转起来。他开始回忆起润暗和阿静所说的话。他们说过，紫色眼睛是天生具有灵异体质的表现，也就是说，宁洛很可能具有预知能力。

但是，为什么具有预知能力的宁洛，还要去画会让自己死去的画呢？他的目的到底是什么？而现在留在墙上的字，难道是他留下的警告吗？警告他所预知到未来会进入这里的人？"最后一人"不就是自己吗？

宁洛知道他画出来的画作会在将来害死一些人。而为了身边的人不受到伤害而搬到这里独居的他，为什么还要画出这种画来？答案只有一个了。

宁洛是被"某个东西"所胁迫，"那个东西"不断杀害他身边的人，以此威胁他作画。恐怕宁洛就是因为具有灵异体质而被鬼魂盯上了，为了获取实体而逼迫宁洛，或者控制他的肉体来作画。当鬼魂具备形体之后，就成为了无所不能的恶灵。

宁洛知道，最后自己也会被鬼魂杀害，但是他希望身边的人能够活下来，不被那个鬼魂杀害，所以才不得不继续作画。而宁洛预知到，未来遭受诅咒的最后一个人——也就是段跃真——会来到这个房间揭开窗帘，所以他留下了这个重要提示。

宁洛最终被鬼魂杀害的时候，想毁掉一切，但是他失败了。他的画笔和调色板被"那个东西"拿走了。

"宁先生，谢谢你。如果可以活下去的话，我一定会为你烧纸的，让你能够安息。"段跃真迅速朝屋外跑去！

红衣……难道是指小枫的那一件？怎么会？

段跃真冲出别墅，一边狂奔一边拿出手机给家里打电话。现在妈妈在家里，他想让她尽快把家里所有红色的衣服都扔掉。但是，却没有人接电话。

难道，妈妈她……

挂断电话，段跃真飞快朝附近的公路跑去，正好那里停着一辆出租车。他急忙冲了进去，让司机以最快的速度赶回去。看着车外景物飞快后退，他还是嫌速度不够快，心里不断祈祷母亲能平安无事。

终于到家了，段跃真把钱塞到司机手上就冲进楼里。鉴于小枫的死状，虽然赶时间，他还是去爬楼梯。

到达他家所在楼层时，段跃真已经气喘吁吁了，但是不敢停歇，跑到门口，边用钥匙开门边喊道："妈，妈！开门啊！"

段跃真冲进家里一看，妈妈确实不在，不过留下了纸条，说单位临时有事情。他这才松了一口气，赶紧跑进卧室，打开衣柜，看见红色的衣服就往外扔。不一会儿，就找出了五六件衣服。把自己的所有红衣服都找出来后，他又跑进父母房间，把衣柜里的红色衣服也都拿了出来。总共有十二件红衣服。

最后，他拿起小枫的那件红外套，犹豫了一下，还是放在了那堆衣服里。他准备拿个袋子把衣服全部带出家去，找个地方全部烧掉。这样做，或许自己就可以活下来了。

但愿今天不是自己的死期……只要不是今天，他就有足够时间烧掉所有红色衣服。

段跃真正在把红色衣服装进大袋子，忽然听到寂静的房间里响起"咯咯咯"的怪笑声！

他顿时毛骨悚然，一屁股跌坐在地。他注意到，在一堆红衣服最上面的那件小枫的红外套，就是那怪笑声的来源！

笑声更加响了，而从那件外套的领口，开始涌出黑色的头发！

段跃真立刻站起身来，抄起身边的一把椅子，就朝衣服堆扔了过去！椅子砸中了红外套，但是那些头发还是不断朝外涌。然后，从衣服的袖口里伸出了一双满是鲜血的手！

"哇啊啊啊啊啊！"段跃真看到茶几上的一盘水果旁有一把水果刀，立刻拿起水果刀，冲到外套面前，一刀猛刺下去！

在这几天的巨大压力之下，他已经发狂了，反正横竖都是死，不如拼了！

他此时杀红了眼，在刺入衣服的一瞬间，他根本没有觉得刺到了实体，但是鲜血却不断地流出来，好像他真的在杀人一般。此刻他什么也顾不上了，即使身上溅满鲜血，他还是不断地猛刺下去。

他实在是太疯狂了，以至于他根本没有发现，那个头颅和双手早就缩回了衣服里，他现在真的只是在刺一件普通的红外套而已。

当他终于发现这一点时，才疲惫地停下来，继续去装红衣服。

拉上袋子拉链后，段跃真松了一口气，低头看着满是鲜血的衣服，脱下来重新换了一件。他带上打火机，提着袋子出门去买汽油。上次的汽油没有用上，后来就交给广明了。

这里是市郊，段跃真家的后面就有一条河，附近平时没有什么人。段跃真来到河边，在袋子上洒上汽油，打着了打火机。

"给我见鬼去吧！"

看着火苗升起，段跃真安心多了。港台片里的僵尸都是怕火的，不知道这个女鬼怕不怕。他还有点担心会不会烧到一半，那个女鬼就从袋子里钻出来。不过，火焰越升越高，没有任何异常，看来今天并不是他的死亡日期。

黄昏时分，所有的红衣服终于烧得一干二净。

"终于……结束了。我活下来了……我不会死了……"

段跃真坐在地上，满脸是泪。

阿静醒了。她看了看四周，居然是在那个满是幽灵的海滩上，润暗躺在不远处。她连忙跑过去摇醒他："喂，喂，润暗，你醒醒，这到底是怎么了？"

润暗睁开眼睛，看着阿静，脑子一时没转过来。他迷茫地看看四周，才记起是怎么回事，说道："对了！之前我们被女鬼的头发绑在401室的天花板上，现在为什么会在这里？不知道他们三个人现在到底怎么样了。"

润暗闭上眼睛，感应了一会儿，说道："我已经感觉不到罗广明和周枫的存在了，恐怕他们都死了。段跃真还能感觉得到，他应该还活着！对了，得马上联系润丽，要知道段跃真的死亡日期才行！"

段跃真就这样默默地坐在一堆灰烬前，已经好几个小时了。

虽然他活下来了，但是，小枫和广明都死了……一个是自己心爱的人，一个是自己最好的朋友，而他们都是被自己间接害死的……还有古进，他本来根本就不用死的……

今后自己该怎么办呢？灵异的东西他是绝对不会再碰了，毕业后，好好找一份工作，坚强地生活下去，再等待一个像小枫那样令他心动的女孩出现……

终于有些释然了，段跃真站起身来，准备回家去。然而，他忽然感觉有些不对劲。

紧接着，那个怪笑声再度在他耳边响起！

那个女鬼还没死！

他顿时惊恐得汗毛直竖，连忙朝家的方向跑去。那个充满恶意的怪笑声却始终萦绕在耳边，不管他跑多远都可以听得清清楚楚。

跑进了公寓的小花园里，段跃真才觉得笑声似乎轻了下去，也感觉有些累了。他跑进一个小亭子，想稍微休息一下。这时，他无意中低下了头，却发现……

不，不可能！

他清楚地记得，他出门时，穿上的明明是一件蓝色外套，而此刻，外套居然变成了血一般的鲜红色！

那个恐怖的怪笑声再次响起，段跃真连忙去脱下外套。可是，两只袖口里各自伸出了一只手来，紧紧地把他的手抓住了。紧接着，他感觉脖子后面也伸出了什么东西来……

与此同时，润暗感觉不到段跃真的存在了……

"啊？你们那个时候被那个女鬼关在一个不存在的楼层里？"

尽管是在自己家的客厅里，但是听着润暗和阿静说着那么恐怖的经历，润丽也不禁浑身发抖。

"那么……那天打电话给我的人，不是哥哥吗？那是谁？"

"这还用问？当然是那个女鬼了！我们在楼下见到的那个管理员恐怕也是……"润暗很沮丧地说，"看来暗号双方都要约定啊。润丽，你这次不会忘记吧？"

润丽立刻点了点头，拿出一本笔记："你说吧，哥哥！我这就记下来！"

"嗯，以后不管打电话还是见面，你向我传达预知内容之前，要说'黑峰'，而我向你传达前要先说'龙岳'，阿静向你传达时要先说'乾坤'，记下来没有？"

"嗯，记下来了。那么，如果是你向阿静传达，或者是我向阿静传达，也是同样的暗号吗？"

"对，你说'黑峰'，我说'龙岳'，阿静说'乾坤'。如果有一个人没说这个暗号，无论在任何情况下，就是鬼魂假扮的。"

润丽认真点头道："我记住了。这样以后就没问题了。"

"谁说没问题了？"阿静之前一直坐着一言不发，这时突然反驳道："这次我们可以说是一败涂地，四个人一个也没能救下来。最惨的是段跃真，连尸体都没有留下来，彻底失踪了，只在他家附近的亭子里找到了他的衣服。我们明明预知到了他们的死亡，却救不了他们，接下来我们该怎么办？眼睁睁地看着这一切发生，却什么也做不了吗？我们太天真了，以为只要做好准备就可以在死亡日期里展开行动。但是，那些东西会用各种方法阻止我们的任何干涉行动。

"只有增强灵异能力才是上策。润暗，目前你的灵异能力只达到了最基础的。如果你的眼睛没有变色，根本什么也做不了。所以，我建议，这段时间就算产生预知，我们也不要贸然行动，否则会遭受鬼魂袭击，反而把灵异能力也吸收掉了，得不偿失。"

兄妹二人瞪大了眼睛。润丽着急地喊道："你的意思是见死不救？"

"救人也要有实力，我们现在没有那个能力。这次润暗被那些鬼发缠了那么长时间，体内刚被激活的灵异能力被吸取了一半以上，如果我们不改变策略，那等于是原地踏步。这是毫无意义的。"

阿静的话其实很有道理，但是对润丽这种心肠软到无药可救的人来说，实在是听得很不舒服。

"那，可不可以加快进度呢？想办法在下次预知产生以前，让哥哥的眼睛变色？应该可以吧？"

"不是所有的灵异体质者都是紫色眼睛的，那是高阶预知者的特征，从低阶跨越到高阶，绝对不是一朝一夕可以完成的。好在他的灵异能力已经被充分激活了，大概半年左右就可以让眼睛变色了。"

润暗眼珠子都快瞪出来了，他上前拉住阿静，凑近她的耳朵问道：

"半年？你能保证这半年内我和润丽身上的诅咒不会被启动吗？"

"我只是说，如果没有外界力量引导的话，需要半年。不过，速成的办法也不是没有……"

"你不会是说上次那种药水吧？"

"那只是用来激活灵异能力的，我还没有研制出能让眼睛变色的药水。我父亲的笔记上还记着一些人的名字要我去找，其中就有一个灵媒师。只要得到她的帮助，你的灵异能力一定可以大幅提升，眼睛变色不难做到。"

润丽立刻思索起来，灵媒师要找到恐怕不容易，搞不好是隐居在深山老林里，那样的话要怎么找啊？也许半年还找不到呢。

"阿静，你的父亲就不能把那个灵媒师的地址写出来吗？这样找很麻烦啊。"

"他这是为了锻炼我收集情报的能力啊。"阿静耸了耸肩，"我们今后经常要只靠名字和长相来获取情报。这个灵媒师名叫闻紫魅，也是天生灵异体质，一出生就有紫色眼睛。不过她比我父亲好一些，她的身边没有那么多人死去。据说她可以将人类体内的恶灵驱走，但是必须以生灵为饵。考虑到这一点，她应该会住在比较有灵气的地方。"

润暗若有所思道："我怎么感觉，与其说是灵媒，更像是阴阳师呢？也有点像道士啊。"

"嗯，说是灵媒，其实是为了让一般人也听得懂，说得更准确一点的话，闻紫魅是灵异体质者中也极为罕见的半人半恶灵体质。"

润丽顿时冷汗直流："半人半恶灵？

"人类的灵异能力强大，其实是因为灵魂本身具有了部分鬼魂的特征，是轮回转世的时候，有一部分和生灵抵触而产生的异变。"

润暗大骇道："你是说，我有一部分鬼魂的特征？你开什么玩笑！难道我其实是鬼魂吗？"

"人类目前认知的鬼魂，还仅仅局限于人类死去以后变化的那一类。但是，大多数鬼魂连来历都没有，纯粹是毫无来由地残忍杀害人类。前者就是死灵，死灵投胎转世时，一旦和投胎的肉体产生了抵触，那么融合得不完全的部分就会逐渐死灵化，那个部分也就是人体内灵异能力的基础。

而半人半恶灵是厉鬼投胎而成的，厉鬼是死灵中最恐怖的一种，如果厉鬼投胎融合的时候，有些部分没有完全融合，就会恶灵化。这种体质的人，就会成为半人半恶灵。"

"这类体质的人，一旦体内的恶灵部分失控，就会非常危险，需要生灵的部分将恶灵镇住才能如同人类一般生活。父亲的笔记中说，闻紫魅是目前为止，唯一一个将自己体内恶灵压制住的半人半恶灵体质者。也正因如此，她才能驱除缠住其他人的恶灵。润暗，你体内属于死灵的部分和生灵部分互相牵制，因此你和普通人类没有两样。而如果将灵异能力不断提升的话，也就是将你体内受到束缚的死灵力量不断释放……"

"你……该不会是想让我变成鬼魂吧?!"这句话润暗是吼出来的。

"没错，我就是这个意思。"

润暗怀疑这个女人是不是发疯了！

"你别这么紧张嘛，只要找到灵媒师，就可以压制住你体内的死灵，所以，即使你变成了鬼魂，也可以变回来。这一点请你相信我。只要能有效地操纵这种能力，是可以成为非常有用的战力的。否则以你现在这点程度，面对鬼魂时能做什么？面对那些没有来历的绝对邪恶的存在时，我们就只能眼睁睁地等死了。"

最后一句话，阿静说得很轻，只有润暗听到了。

润暗觉得庆幸的是，幸好没让阿静去训练润丽激活她的灵异能力，否则妹妹不就要被她改造成鬼魂了吗？光是想想就不寒而栗。

闻紫魅在哪里呢？找不到她，就不能实行下一步计划。润暗最担心的是，她会不会像宁洛那样，现在已经被鬼魂给杀死了？

"这三年来我一直没有找到她的下落。我对她的长相、年龄一无所知。"阿静看向润丽，"你是记者，这个任务就交给你了。还有，你不会因为不想让你哥哥变成鬼魂而犹豫吧？"

这都被你看出来了……润丽心里虽然是这么想的，表面上还是呵呵笑道："怎么会呢……"

"你是认真的吗？"送阿静走到停车场的时候，润暗心有余悸地问道。

"找到闻紫魅的话，你体内的死灵即使完全释放，也可以在一定程度上被她操控。那样的话，至少你不会暴走。以人类的血肉之身，你根本不可能对付得了鬼魂。"

虽然润暗为了活下去，早已有了觉悟，但是，变成鬼魂这种事情他从来没有想过，虽然这是目前最有效率的办法了。

"如果不是因为我没有天生灵异体质，我也不会要你那么做的。请你理解，这么做，对我们大家都有好处。还有，眼睛变成紫色只是第一步，能成为高级灵异能力者，但还是在人类范畴内。只有当你的眼睛变成红色，才是从人类到鬼魂的分水岭。"

润暗感觉，这好像是一条不归路。他问道："眼睛变成红色时，我就成为了鬼魂吗？那个时候我就不再有自己的意识了？我还算是一个活人吗？"

"我也不知道，只有等实践过了才可以确认。还有一件事情让我有点在意。前几天我上网看消息，发现罗广明和周枫的尸体消失了，警方正在追查盗窃尸体的人。我想，恐怕……"

夜晚，依旧阴森黑暗的宁洛宅邸。

那幅油画还挂在原来的位置上，只是……

那个女鬼回到了画里原来的位置，然而，画里多出了四具浑身惨白的尸体。赫然是……古进、周枫、罗广明和段跃真！

第07章
〔死神的脚步〕

唐英瑄翻开了日历。自从那天之后，已经满一百天了。

唐英瑄在一家大型广告企划公司工作，这家公司在本市很有名气，策划了许多名牌产品的广告。她离开原来的公司，是想换一个环新境。那恐怖的一幕，她直到现在也忘不了，她只能搬了家，连工作也不得不换了。她也不知道自己到底在恐惧什么，但是，本能地感到有危险。

唐英瑄新搬进来的这栋公寓，地段并不好，不过治安还算好。但是，她还是很不放心，门上一共上了三道锁。

她的父母从国外打来电话，得知她的情况时，觉得是她太敏感了。但是，她自己很清楚，她从小就对危险有很强烈的预感。小时候，有一次同学约她一起去看电影，那是她一直很期待的大片，她却拒绝了，因为心里有一种不祥的预感。结果，那一天电影院失火，她的同学葬身火海。类似的事情，在她成长的过程中还有很多，她对自己的预感越来越信服。

此刻，她手上拿着一封信，令她更加确定，她的警觉并非是空穴来风。

寄信的人，是她以前公司的同事林言臣。信不长，只是告诉她，左欣死了，是被割喉杀害的。左欣是和唐英瑄关系最好的同事。她陈尸的地点是她所住公寓的天台上，第一发现人正是林言臣。左欣的追悼会安排在明天七点，林言臣特意很正式地写信请唐英瑄参加。

但是，唐英瑄不想去。这是第二次了。她感到很恐惧。她把信纸揉成一团，双手抱住肩膀，头靠在墙壁上。

信上还说，虽然致命伤在喉咙，但是身上有无数刀伤，凶手极其残忍。这段时间，唐英瑄刻意不去看报纸和新闻，所以对这个案件一无所知。她知道是谁杀害了左欣，这件事情果然是不会结束的。

第二天，下起了倾盆大雨。追悼会会场内，大家都是一身黑衣。在小欣的遗像前，她的父母泣不成声。会场的角落里蹲着一个男子，他的手微微颤抖着点燃了叼着的香烟。他的头发很乱，脸色憔悴，领带也打歪了。

"你还好吧，言臣？"唐英瑄放下包，蹲在他面前问道："告诉我，到底发生了什么事情？"

林言臣吐出一口烟来，眼神迷茫地答道："也许我本来可以阻止的。到今天，正好是一百天。"

"为什么这么说？"

"你辞职后，我和小欣、竹冕还是照常工作。但是，我发现小欣的情况越来越不对劲。她的脸色越来越差，经常会莫名其妙地大叫起来。她母亲说，她被杀害前的那些天，几乎每天都吃不下饭，问她又什么都不说。出事那天，我本来是待在她家，想劝劝她的。她突然歇斯底里地大叫起来，接着就冲了出去。我看她上电梯到了顶层。我担心她出事，也从楼梯跑到顶层，听到了她的惨叫声。我跑到天台一看，就发现她浑身是血地倒在地上了。"

唐英瑄脸色一变："你这是什么意思？"

如果听到了惨叫声就立刻跑到天台的话，为什么林言臣会没有碰到凶手？

"我也想不通，我听到惨叫声时已经到了顶层，去天台的路上，我一个人也没有看见。当时看到小欣出了那么多血，就知道她不行了。凶手的身上肯定会沾上不少血的，而警方找不到一个目击者。"

这个情况不就和那个时候很相似吗？唯一的不同就是……唐英瑄看着哭天抢地的小欣母亲，不知道该怎么安慰她才好。

"要不是我没有杀害小欣的动机，警察一定会怀疑我了。唐英瑄，你认为，杀死小欣的和杀死藤月的，是同一个人吗？"

"你看看！"

润丽怒气冲天地把报纸扔到阿静面前，吼道："那么年轻的女孩子，死得那么惨……"

阿静拿起报纸扫了一眼，叹气道："这也是没办法啊。就算我们出面干涉，她也不见得能活下来。"

"但是至少你和哥哥应该通知她一声啊！之前那个叫范藤月的女人是被鬼魂杀死的吧？这两个人是同一家公司的，都在我预知的日期死了！"

"我就奇怪你怎么会知道左欣的死是鬼魂所为，原来是你推测出来的啊。"

"还有，你和哥哥到现在也没有那个灵媒师的线索啊，再这么拖下去，不知道还会死多少人！"

阿静淡然地说："我会找到她的。具有那种体质的人，身边死掉的人数绝对不会比我父亲当年少，只要筛选历年的刑事案资料就可以了。"

"嗯？"润丽不明所以地问："为什么有灵异体质的人，身边的人会不断死掉？"

"这你就不用知道了。"

润丽忽然明白了什么，连忙抓住阿静的手问道："难道这就是父母让我们逃走，不再和任何亲人联系的真正原因？是因为和我们有关系的人都会死吗？父母也是因为这样才死的吗？"

"这个你去问你哥哥吧，我怎么会知道？"

"告诉我！爸爸妈妈会死，是不是和我们具有灵异体质有关？"

"当然和你们无关。"阿静甩开润丽的手，揉了几下："想不到你手劲还挺大的。你们两个连眼睛都没有变色，灵异能力处于潜伏状态，所以，在成年以前，不会造成身边的人死亡。你父母的死，估计是他们其中一人具有灵异体质，不过眼睛也没有变色。可能是在一些外在因素刺激下，灵异能力刚觉醒不久，就招来了那些东西。"

"招来？灵异体质者果然会带来灾难吗？"

"你不用想这么多。这是个概率问题。首先我向你保证，你父母的死，和你、你哥哥是没有关系的……"

润丽的神情很痛苦："但是，你可以百分之百确定吗？虽然父母死时我们还没有成年，但是，如果那时候我们的能力就开始觉醒了呢？父母死后不久我们不是就有了预知能力吗？"

"你到底想证明什么？"阿静的脸色有些不悦，她把桌上的报纸折起来："你的猜测根本没有意义。无论你父母的死因是什么，都改变不了过去。重要的是未来！"

润丽的泪水止不住地流了下来。

"我……如果是这样，那我是不是不能再和任何人交朋友，甚至不能爱上任何人？否则就会害死对方？我的灵异能力会招致灾祸吗？"

"我不知道。未来的路只能靠你自己摸索，怎么做由你自己决定。你有时间考虑这些问题，还不如去找资料，尽快找到闻紫魅，提升你哥哥的灵异能力。"

"这里是你的新家？"

"是啊，是二手房，地段也不好，还不算贵。"

林言臣开车送唐英瑄回到她家后，唐英瑄请他上去坐坐。进入客厅时，简朴的家具和狭小的面积让林言臣不禁有些感慨。

"你在害怕什么，对不对？"

唐英瑄反问道："你也是一样，对不对？藤月死去的那一幕……我现在还能清晰地回忆起那个场景，记得她当时穿的衣服，甚至记得……"

"够了！别说了好不好！"

林言臣抱住头，他明显对这个话题感到极不舒服。他歇斯底里地吼道："是那个家伙！你，我，还有竹冕，那个时候我们不是都看得清清楚楚吗？他会把我们都杀掉的，一个人也不会活下来！"

是的……就是那个人……一切都是从那一天下午开始的……

"诶？你们两个在来应聘时就认识了啊？"

东宇传媒公司的策划部里最抢眼的两位美女，就是左欣和唐英瑄。这两个人的性格几乎完全相反，居然还是好朋友。

左欣为人乐观热情，一头爽利的短发，眼睛炯炯有神，办公室里只要有她在，就会欢声笑语不断，她爱讲笑话，也爱打抱不平，所以人缘很好。

而唐英瑄内向安静，做事低调，安守本分，大家聚集在一起闲聊时，她也很少发表意见。她的策划案都做得很好，工作认真，所以上司都很欣赏她。

范藤月在策划部算是元老级人物了，她大学毕业后就在公司工作，已经过了六年。这一天，在每日例行的闲聊八卦时间里，她又对左欣问东问西的。

这时，一个三十岁出头的男人走进办公室，扫了几眼，所有人都以迅雷不及掩耳的速度各自归位，办公室里立刻鸦雀无声。

"现在再装，晚了！聊得真开心，交代的事情不做了啊？你们几个，今天都要留下来加班！策划案明天就要交去审核，你们几个还能偷懒！"这个人叫孙竹冕，是唐英瑄所在策划小组的组长。

当天深夜十一点，策划部办公室里还有五个人，分别是组长孙竹冕，组员范藤月、唐英瑄、林言臣和左欣。连续几个小时的工作，大家都感觉眼皮打架，尽管灌了好几杯咖啡，但是一点用处也没有，都不知道十二点以前能不能完成工作了。

"大家振作起来！"孙竹冕也很疲倦了，但是这份策划案明天如果不能交上去，这个责任他可负担不起，就算熬一个通宵，也一定要完成！

范藤月脑子迷迷糊糊的，她慢慢地走出去上卫生间。

看她一脸没精神地离开办公室，孙组长心里七上八下的，他继续催促另外三人："动作快一点，完成了今天的工作，我会申请为你们加薪的！加油吧！"

听到这句话，每个人就像打了鸡血，立刻精神起来。尤其是左欣，她飞快地敲击键盘，刚才还是一副萎靡不振的样子，现在完全复活了。唐英瑄的嘴角微微动了动，有些忍俊不禁。她基本没有困意，她从小就很容易集中精神。

然而，大家开始感觉不对劲了。为什么范藤月出去了这么久还没有回来？卫生间就在出了办公室再拐弯就到了。到底出了什么事？

"她是不是太累了，干脆回去了？"

左欣提出了这个可能性，随即被组长否定了："不可能！小范她不是那种不负责任的人。会不会是闹肚子了？"

当零点到来时，大家更担心了。唐英瑄坐不住了，她说道："组长，我去看看吧。"

唐英瑄走出办公室后，突然感到有一阵危险的预感袭来。眼前是一条昏暗的走廊，尽管一切如常，但她不禁后退了几步。她想起小时候那次对危险的预感而救了自己一命的经历，但是，现在又不能不走过去。

她犹豫了一下，还是朝前走去。走过长长的走廊时，那种危险的预感越来越强烈，似乎在大声地告诉自己，前面有着很大的危险，绝对不要过去！

卫生间终于到了。唐英瑄环顾四周，并没有任何异常。她深呼吸了一下，把卫生间的门推开，慢慢走了进去。她走到每一个隔间前，敲门问道："藤月，你在吗？"

没有任何回答。

唐英瑄把所有隔间的门都打开了，空无一人。藤月不在！

然而，预感却在告诉她，这里曾经发生过什么可怕的事情，而且……就发生在大约几十分钟之前！

唐英瑄没想到自己对于危险的预感居然可以达到如此精准的地步，她再也待不下去了，迅速地跑回办公室内，大喊道："藤月不在厕所里！她一定是出事了！"

大家脸色铁青，他们一方面感到惊讶，另一方面也奇怪唐英瑄为什么会这么慌张。她那么惊慌地冲进来，还不时朝身后张望，就像有什么人在追赶她一样。

林言臣关切地问道："你没事吧？"

"嗯……我没事。藤月恐怕出事了，我们一起去找她吧！"

组长皱了皱眉，问道："你们打一下她的手机？"

左欣立刻说道："组长，她的手机还留在桌子上。"

组长沉吟了一番，做出了决定："那好吧，大家一起去找！要注意安全！"

　　这时，公司里其他办公室的电闸都已经关上，拿供电室的钥匙的员工已经下班了。办公室里没有手电筒，大家只好在黑暗中搜寻。

　　"藤月！你在哪里啊！"大家扯着嗓子叫喊，把策划部所在的三楼翻了个遍，也没有找到范藤月的踪迹。

　　大家来到电梯前，组长叹了口气说："看来得去其他楼层找了。不过，先去哪一层找？"

　　"七楼。"

　　"嗯？"所有人都诧异地看向说出"七楼"的唐英瑄。她怎么会知道在七楼可以找到范藤月？

　　"别问我原因，我也不知道，我只是站在电梯面前，就感觉，在七楼可以找到她……没有什么根据……"

　　林言臣说道："组长，不如我们试试看吧，漫无目的地找很耗时间，拖得太久，不知道会发生什么。"

　　组长犹豫道："那好吧……"

　　七楼是几个大会议室，公司召开大型高层会议的时候才会用到，而大多数会议室都上了锁，范藤月也不可能进得去，因此也不需要进去找。

　　七楼的电梯门打开后，组长先去看了楼层平面图，毕竟他也不经常上来。这个楼层一共有两个贵宾接待室，四个会议室，卫生间在电梯附近。

　　唐英瑄和左欣到卫生间里去了，虽然可能性微乎其微，但还是想确定范藤月在不在里面。不到一分钟，二人就走出来，对大家摇了摇头。这是在意料之中的。

　　他们来到右边走廊，左边是一间贵宾室，旁边是其中一个会议室。大家沿着走廊来到拐角处，左拐可以看到走廊尽头是第二间贵宾室，再朝右拐就可以到达第二个会议室。

　　唐英瑄站在队伍中间，心里七上八下的。那种危险的预感已经强烈到几乎令她窒息，她现在每迈出一步，心脏都要狂跳。她知道，在前面等待她的，绝对是极为可怕的东西。

组长自然是站在最前面，来到拐角处，他往右拐，左边应该是第二个会议室，而走廊尽头还有第三间会议室。但是，当所有人都右拐之后，却看到了令他们难以置信的一幕。

眼前居然再走两三步就到达走廊尽头了，而尽头处是一扇紫红色的门。

平面图上根本不是这么标示的！难道大家都记错了吗？

"难道七楼重新装修过，而平面图没有换掉？奇怪了，没听说公司施工装修过啊。"孙组长感觉非常奇怪。

林言臣走上前说道："组长，这扇门上面没有标牌啊，真是奇怪。"

这时候，唐英瑄已经瑟缩到了墙角。她知道，这扇门背后一定有什么东西。而此刻，林言臣居然去拧那扇门的把手……

"住手！言臣，别开那扇门！"唐英瑄歇斯底里地喊起来。然而，已经来不及了。

林言臣已经打开了那扇门。

"这门打得开？进去瞧瞧！"

唐英瑄看着眼前三人都走了进去，她此刻只想逃跑，但是，她又压抑不住强烈的好奇心，居然也鬼使神差地走了进去！

门后面是一个非常大的房间。而大家进去以后，门居然自动关上了！

这里看起来像是西式别墅的房间，门前就是一道十几级的向下台阶，两边是护栏。台阶下面是一团黑暗，而远处似乎还有更大的空间。七楼怎么会有这么大的房间？

所有人的好奇心都被挑起来了，就在他们准备沿着台阶走下去的时候，唐英瑄大喊了一声："不行！你们不要下去！"

"嗯？"所有人都奇怪地看着唐英瑄。

林言臣忽然说道："嘘——你们听，是不是有奇怪的声音？"

大家立刻屏息凝神，竖起耳朵捕捉四周的动静。接着，真的有奇怪的声音传入他们的耳际。

那是一种夹杂着喘息的怪笑声，虽然声音不大，但是听起来令人感觉毛骨悚然。渐渐适应了眼前黑暗的左欣忽然尖叫起来："你们看！"

眼前这道长长的台阶下面，开始出现了两个身影的清楚轮廓。其中一个人身体半蹲，另一个人则倒在地上。渐渐的，众人看到的景象越来越清晰了。

一个浑身黑衣、头发蓬乱的男子，此刻右手正挥动着一把尖刀，不断地刺向倒在地上的一名女性。那个女性的胸口已经血肉模糊了，一动不动地躺着，双眼睁得大大的，似乎死不瞑目。

不会错的，那个女人就是范藤月！

这一幕实在太诡异了，尽管有两个男人在场，可是没有人敢动一动。

"报，报警……我们快去报警！"

组长第一个转过身，把房门拧开，冲了出去。其他三个人也不敢再待下去，迅速地逃出了这个诡异的房间。

四个人心照不宣地跑出了公司，才掏出手机来报警。其实要报警，根本不需要逃离公司，但是，没有人敢待在公司里面了。

很快，警车停在公司门口，来了很多警察。四个人的胆子也壮了一些，孙组长带着十多名警察来到七楼。因为听说行凶歹徒拿着刀子，警察都不敢怠慢，靠着墙壁慢慢移动。

等到达走廊尽头时，眼前哪里有什么紫红色的门？完全和平面图标示的一样，眼前就是一间会议室。警察进入会议室后，里面毫无异常。

本来还打算大干一场的刑警队队长，顿时有被耍的感觉。他在七楼集合四个目击者，严肃地问道："你们这是什么意思？哪里有什么西式房间？你们知不知道报假警是要负责任的？"

四个人都瞠目结舌地看着走廊尽头，不知该怎么解释这个诡异的现象。

"这，这怎么可能？"孙组长不敢相信自己的眼睛，难道刚才的一幕是自己精神错乱产生的幻觉？可是，其他三个人不是也看到了吗？难道是四个人同时产生同样的幻觉？

不管怎么样，范藤月的失踪是千真万确的。她不在公司里，也没有回家，所有认识她的人都没有她的消息。这证明四个人说的情况并非是幻觉。

警察怀疑四个人是不是联手杀害了范藤月，然后编造一个荒唐的故事，捏造出一个子虚乌有的男人，想要脱罪？可是就算如此，也不至于虚构出一个根本不存在的房间吧？

第二天，唐英瑄就辞了职。

然而，这个噩梦才刚刚开始。

"那天之后，小欣就开始有变化了……"

打火机打了好几下都没有打着，林言臣一脸茫然地丢下了叼在嘴上的烟。

他忽然用一种非常古怪的眼神看着唐英瑄，问道："你那个时候为什么会知道是在七楼？那件事情以后我就很疑惑，但是你马上就辞职搬家了，半个月之后才又和我联系。现在，你可以告诉我了吗？如果你说这只是直觉，未免也太唬人了吧？"

唐英瑄的手紧抓着沙发，根本不敢直视林言臣。她该怎么说呢？她自己都解释不了自己的预感，谁又会相信这样的说法？

"你回答我！已经死了两个人了，你还打算继续沉默吗？难道你还不明白事情的严重性吗？"林言臣越来越激动，他上来抓住唐英瑄的双肩摇起来喊道："现在的情况，你也应该明白吧？我们都知道，一定是那个男人杀死了小欣！她是你最好的朋友啊，而且他也不会放过我们的！"

唐英瑄的眼里满是泪水，她甩开林言臣的手，哽咽道："你走吧，我什么也不知道。我无法告诉你任何事情，真的……"

林言臣叹了一口气，捡起丢在地上的烟，说道："你那个时候，叫我们不要打开门，而且还阻止我们走下台阶去……你说你什么也不知道，谁会相信？但是警察都认为那是我们精神错乱的胡言乱语，现在小欣也死了，警察恐怕会因为藤月的案子再来询问你，到时候你也要这么回答他们吗？难道你不想帮小欣破案吗？她死得那么惨！"

唐英瑄用双手捂住脸，已经泣不成声了。

"你走吧……我真的什么也不知道……我，自己也不知道当时为什么要阻止你们，我只是有那种感觉而已……我当然知道这说服不了你，但是我没有办法给你更好的解释了……"

看到她如此悲伤，林言臣也不忍心再为难她。更何况，他也没有证据证明英瑄和这两个案子有关系。他只好就此作罢，怏怏告辞。

出门前，他还说了一句："如果你有什么话想说了，就给我打电话吧。或者，直接来找我也行。"

听着门关上的声音，唐英瑄这才抬起头来。

他不会放过其他人的……那个时候，他们打开了那扇禁忌之门，那不是属于人类世界的，那是通往另一个世界的通道。唐英瑄也进去了，所以她也不会幸免。

这就是唐英瑄现在的想法。杀死范藤月的那个男人，他不是人类！

润丽此刻坐在东宇传媒的贵宾接待室里。等了几分钟后，一个戴眼镜的青年男子走了进来，礼貌地对她说道："伊小姐，你好，我是东宇传媒的总经理傅腾，很高兴见到你……"

润丽也对他笑了笑，心里的想法却是：你会高兴才怪呢，但是我必须尽可能多搜集一些情报。阿静可以对那些被诅咒的人不管不顾，这可不是我伊润丽的风格。

七年来生活在恐怖的阴影中的润丽，很了解被鬼魂诅咒的痛苦，虽然她没有直接接触过鬼魂，但是她明白那是多么无助和绝望的心情。

"伊小姐，你是想要了解三个月前，我们公司职员范藤月的失踪和这一次左欣的死亡事件？"

"嗯，是的，傅经理。我希望能够从这里找到一些线索。事实上，关于范小姐的失踪，我查到了一些资料。当初，贵公司策划部有四名员工，声称在七楼的一个房间看到范小姐被一名男子杀害，但是警察事后没有找到那个房间，更不用说范小姐的尸体了……"

傅经理皱紧了眉头，看来对这个消息的外泄相当恼火。想想也知道，这么荒唐的事情，公司当然不会希望外传。

"伊小姐，哪里有那么荒谬的事情……"

虽然他还想否认，润丽已经转变了话题："无论如何，范藤月小姐是在贵公司加班的时候失踪的。而左小姐在事隔三个月后被残忍地杀害，这两个事件之间……"

"伊小姐……"傅经理的脸色变得难看起来,"我希望你不要用这些捕风捉影的消息来探听我们公司的事情。左小姐并不是在公司里去世的,所以她的死和公司毫无关系,更不用说和范小姐的失踪有什么联系了。"

他的表情已经让润丽确信情报是准确的,那么,下一步就可以采取行动了。

"那我就先告辞了,傅经理。"

傅经理看起来很惊讶,她居然什么都没问出来就这么轻易放弃了?润丽自有她的打算。要查出那几个员工的详细资料,是很容易的事情。

目前,润丽还没有预知到死亡日期,不过估计也差不多了。范藤月和左欣的死,都是在死前一个星期预知到的。她问过阿静,关键词是什么,阿静很爽快地告诉她了。这次的关键词是"虚像"。

润丽估计,这是指当初他们都看到的那个根本不存在的房间。她离开贵宾室后,特意来到了那个拐角处。

但是,这里并没有特别的感觉。润丽认为,既然自己是天生灵异体质者,那么多少应该可以感觉得到一点特殊的气息吧。这么说来,那个鬼魂已经不在这里了吗?

会不会……那个房间还会出现在幸存的那几个人面前,继续杀害他们呢?嗯,必须去提醒他们,绝对不要再走进那个门里。

林言臣在追悼会之后,心情非常烦闷,晚上独自跑到酒吧去喝酒。他猛地灌下一口酒,呛得咳嗽起来。他的脑海里再度浮现起当初藤月被杀害的情景。

三瓶酒半喝半吐地下肚后,在酒精的作用下,林言臣的脑子变得非常混乱,双手在吧台上哆嗦起来。这时候,一只手扶住了他。

"他喝了多少酒啊?居然醉成这样?"

"喝了三瓶,你们认识就好了。"吧台前的调酒师说,"我还怕他发起酒疯来呢。"

林言臣的眼前模糊起来,脚下不再是吧台的地板,而是那一天那个诡异房间里的台阶。而在台阶下,那个男人正在拿刀猛刺着藤月……

"哇！为什么，为什么喝了那么多酒还忘不掉这一幕……再来，再来酒！"

"你这是怎么了啊，小林！喂，喂！"

扶着林言臣的人正是孙竹冕。他当然非常清楚，为什么林言臣会这个样子，他心里也是非常不舒服的。

"你一定要喝，干脆我陪你一起喝。今天我的心情也不好，索性喝个痛快！"

唐英瑄此刻坐在家里的床上，紧紧地抱着枕头，周围一片寂静。她感觉这里简直是个冰窖。尽管把所有的灯都打开了，也已经多次确认三道锁都上好了，但是恐惧感丝毫没有减弱。

不管她如何去回忆一些开心的经历，脑海里还是像放电影一样重现着藤月被杀害的情景，如此真实而血腥。

她不断拨弄着头发，发出无意义的大喊，但还是无法把藤月被杀害时的场面驱赶出她的脑子。越是不愿去想，就越是看得清晰。

酒吧门口，走路东倒西歪的孙竹冕和林言臣互相搀扶着，可还是迷失了方向，好几次撞到墙上，身上散发的浓重酒气让经过的路人皱眉。尤其是林言臣，脸上通红，嘴里在胡言乱语。终于，一股腥辣涌上喉咙，他顿时低下头，开始呕吐起来，秽物溅到了他和孙竹冕的鞋子上。

孙竹冕醉得也不轻，两条腿根本不听使唤地发软，他还能够站着不倒下已经是个奇迹了。终于，两个人双双地倒在酒吧旁停车场的一辆车前。林言臣被这么一撞，头更昏沉了，耳边响起嗡鸣声，而一旦闭上眼睛，又会看到藤月的尸体和那个黑衣杀人魔。

"竹冕啊……"

"啥，啥事？"孙竹冕挣扎着要站起来。

"你还记不记得……藤月被杀时的情景？哈哈，真是好笑，明明我们都看得清清楚楚，可是警察却说是我们的错觉……我告诉你，我现在可以清楚地看到那个男人身上西装的样子……"

"呵呵，我也能啊……杀了藤月的那个混蛋，绝对不是我的错觉，哪儿有那么真实的错觉？他的头发乱乱的，那件黑色西装背后的领子没有翻好，裤腿也没有拉好，脚上穿的袜子也露了出来……那把刀，那把刀大概有二十多厘米，不，好像更长……"

孙竹冕说这些话的时候，林言臣的酒醒了一半。因为他此刻就在脑海中回忆着那一幕，而孙竹冕居然述说得分毫不差！难道说……

"你……难道你也记得清清楚楚的？即使过了那么长时间，还是能把整个过程在脑海里重放一遍？"

孙竹冕满嘴酒气地说："是啊……我也不知道怎么的，就是忘不掉，早上在想，晚上在想，就连上厕所的时候也在想！就连现在，你看，我们都喝了那么多酒，还是在想！"

唐英瑄不敢入睡。

她知道，一旦闭上眼睛，那恐怖的一幕就会继续在自己面前上演，无论自己愿意与否。人类有"遗忘"的能力，可以将一些自己不希望记住的场面压抑到记忆的最深处，然而，这段记忆却永远浮在记忆的最表层。她甚至开始考虑去看心理医生，听取一些建议。

但是，杀死了小欣的这个黑衣杀人魔，为什么非要杀掉他们不可？事实上，他们看到的只是他的背影，连他的脸都没看到啊！为什么七楼会出现一个根本不存在的房间？这简直是灵异现象！

越想这些事情，就越感觉头痛，脑袋如同要炸开一般。终于，唐英瑄放弃了思考。不管怎么样，她要生活下去。她决定明天先去开点安眠药，要摆脱这残酷记忆的纠缠。

当她关掉灯、闭上眼睛时，那个场面果然还是出现了。她在心里试图说服自己，这不过只是虚像，没什么可怕的。

就在她靠着枕头，等待着进入梦乡时，她突然发现有些不对劲。在脑海中浮现出的影像里，那个黑色西装杀人魔忽然停止了用尖刀刺藤月的动作，本来一直蹲在地上的他，居然……站了起来！

与此同时，回到家中烂醉如泥地倒在沙发上的林言臣，他脑海中的影像里，那个杀人魔也站起来了！

怎么可能……脑海中的影像怎么会脱离自己意念的操纵而自由变换？

接着，他们看到的虚像继续产生着同样的变化。

那个拿着刀子的杀人魔，居然回过了头来！两个人同时看清了他的脸！那是一张多么狰狞可怖的脸啊！杀人魔的眼睛里只有眼白，从额头到嘴唇有一条长长的伤疤，整张脸上满是青筋。

接着，他定定地把目光看向他们……不，准确地说，是看向了当初他们各自所站的位置！这张恐怖的脸上满是怨毒和恶意！明显是针对当时站在台阶前看着他的这些人！

在这一刹那，唐英瑄猛地睁开眼睛，大口喘起气来，脸上的汗不断滴落在枕头上。

怎么可能……她当时根本就没有见到那个凶手的脸，怎么会在脑海中浮现出他的面目？她难道已经精神错乱了吗？然而，脑海中那个杀人魔恐怖的面孔就这样清晰呈现着，那不是人类能做出的表情……

第二天早上，润暗讶异地看着桌子上摆好的早点和一张字条。

"真受不了，润丽又自作主张了。"字条的大意是，既然他这个哥哥见死不救，那么她也就只能用自己的力量去救余下的几个人了，如果他不怕看到自己的妹妹出事，那就继续待在家里吧。

"胡闹！太胡闹了！她以为这是小孩子过家家吗？这是灵异事件啊！可恶，下一个死的人是孙竹冕……嗯，不过润丽不知道这一点……"

润暗打润丽的手机，果然是关机。没办法了，他只好去找阿静商量。

"你妹妹来过我这儿，我告诉了她关键词。"

"你……"润暗气得几乎说不出话来，"你不是答应过我吗？只让润丽提供时间，绝不会让她参与进去？你知不知道这样做非常危险？"

"我只是告诉了她关键词而已，并没有要她去做任何事情，而且也是她问我的，我不算是违反约定吧？"阿静真是冷静得可怕，这让润暗更加愤怒了。

"你这不是强词夺理吗？你明明知道润丽的性格，还让她参与到那么危险的事情里去！这一次我和你必须行动了，我不能让她有事……"

润丽第一个去找的人是林言臣。

"嗯……应该是这里，901 室……"

站在门口，润丽却不知道该说些什么了。根据她查到的信息，今天林言臣休息。而且，因为左欣的死太轰动，所以报社领导才让自己放手干。

"见到他说什么好呢？嗯，林先生，你几日之内必有血光之灾……这样是不是好像是江湖术士？再要不就是说，林先生，实际上你是被鬼魂缠上了……会不会把他吓着了？"

"你在干吗呢？"

身后突然传来的声音把润丽吓了一大跳，她回头一看，一个头发乱糟糟、穿着一件白色衬衫、嘴上叼着根烟的男人站在她后面。

润丽看着这个男人的样子，一时间不知道该如何回答，却见他笔直走过来，情急之下说："你，你要做什么？你别过来！再过来我就喊人了！"

"你喊啊！喊完了给我让开，你背后是我家大门。"

咦？润丽瞪大眼睛看着这个男人，他是林言臣？他走近的时候，一股酒气冲来。林言臣的照片自己是见过的，明明是风度翩翩的白领，怎么会是这副邋遢相？

"那个……林先生……"

林言臣拿下香烟，问道："你是警察？还是记者？我都没空接待你，关于左欣的死，我没有什么可说的了。"

润丽气恼地想：拜托，我是来救你的命的好不好……嗯，还没救的话也不算恩人……

就在他即将关门的时候，润丽终于下定决心喊道："你难道不想知道，范藤月是怎么死的吗？"

门就要关上时停住了，接着微微打开了一条缝，林言臣露出了眼睛。

"你……想说什么？"

润丽决定再扔出一颗重磅炸弹，试探对方的反应。她声音不高地说出了两个字。这两个字刚一出口，林言臣就马上把门打开了，只见他满脸惊惶之色。

那两个字是："虚像"。

"你到底是谁？为什么会……你先进来再说。"

林言臣本来是个很爱整洁的人，但是此刻他的房间实在是很乱，桌上的碗筷东倒西歪地放着，地上还有很多瓜子壳，沙发上胡乱叠着几条被子，估计晚上他是在沙发上睡的。

"家里太乱，让你见笑了。"林言臣也感觉有点不好意思，尴尬地说了一句。左欣的死，对他的打击实在太大了。

"你是谁？你知道藤月之死的真相吗？"他直接问道。

接下来就是等哥哥过来了，相信他看到那张字条，绝对会跟到这里来的。有了哥哥的灵异能力，才有胜算可言。

润丽进入了正题，这是她第一次正式和一个被诅咒者谈话，自然缺乏经验。

"简单地说，你遭到了诅咒。杀害范藤月和左欣的，都不是人类，而是鬼魂。"润丽考虑过，不管用什么方式来表述这句话，都不可避免令人感觉荒唐可笑。但是，也只能这么说了。

"鬼魂？"林言臣并没有露出太惊讶的神色，点了点头道："其实，我也这么想过。毕竟这一切都太不寻常了。请问你的名字是……"

"伊润丽，我是一个具有灵异体质的人……"润丽之所以还不告诉他自己是记者，是怕对方听到自己的职业反而不信任自己。但是，对方更疑惑了。

"灵异体质？这是什么意思？"

阿静不在，没有人可以帮润丽解释，她也不知道该怎么回答才好。不过，反正对方什么也不知道，大致意思说对就行了。

"是可以预知鬼魂即将杀害的人的一种特殊体质。我和我哥哥都有这种体质。林先生，你那天所看见的并不是幻影，而是鬼魂。"

林言臣开始思索起来。这一系列事情确实太过诡异了，不过，他对这个人也还是怀有戒备之心的。突然有一个人跑过来自称是什么"灵异体质者"，还说自己是被鬼魂缠上了，他不会轻易相信的。

"伊小姐，你能不能把情况说得详细一点？"

润丽点了点头，索性从七年前父母的死开始说起，然后是现在阿静的出现，以及灵异体质所能预知到即将被各种诅咒和鬼魂杀害的人类的事情，全部和盘托出。

林言臣听呆了，他不得不相信润丽的话了。她提起的死去的那些人，都是非常轰动的案件，尤其是欧雪雁之死，她的尸体被扭曲成那样的姿态，网上甚至还有是外星人的实验的说法。如果这个女人的话是真的，那倒是可以解释这一切了。

既然对方如此坦诚，自己也没有必要隐瞒了。于是林言臣也把三个月前看到藤月被杀害，直到左欣之死，以及昨天晚上看到的虚像变化，一五一十地告诉了润丽。

润丽听着的时候，也吓得不轻。但是她不能在林言臣面前表现出来，只好强装镇定。心里还恨恨地埋怨哥哥怎么还不来……莫非，这个男人不是下一个要死的对象？嗯，也有可能，还有孙竹冕和唐英瑄，也许哥哥在他们那里呢。

林言臣说完以后，把疑惑的目光投向发呆的润丽，问道："伊小姐，听你的口气……我们没有办法逃避这个诅咒吗？如果你预知到了我什么时候会死，我就一定会死？还有什么办法可以解救的，对不对？"

润丽默不作声。她无法说出口："很抱歉，没有。"

润丽整理了一下思路。范藤月和左欣都是被利刃杀害，因此林言臣和唐英瑄都立刻意识到凶手可能是同一个人。而他们脑海中一直无法挥去的场景产生了恐怖的变化，那个行凶男子在虚像中回过头来。这是鬼魂向他们宣示要再度行凶吗？

这一次的情况真是特殊，过去鬼魂杀人，只靠一张脸，或者头发和手脚，就能让一个人死得无比凄惨，身上还验不出任何伤痕来。但是这次居然用刀子来杀人，看起来像是人类所为。当然，既然她能够预知行凶时间，就证明这绝对不是人为的谋杀案。既然这是会让他们死的关键词，虚像中鬼魂的变化不可忽视。只要把每个人保护起来，阻止那个鬼魂用刀子来杀害他们，似乎比之前那两次要简单多了。

不过，想到上次哥哥和阿静被女鬼暗算，在一个不存在的楼层被鬼发绑了那么长时间，润丽不禁感到害怕，鬼魂会不会对自己下手？

"既然如此，我带你去见英瑄吧，她和小欣是好朋友，她也希望知道小欣之死的真相。而且，如果我们真的都有生命危险的话，必须要集合起来商量，考虑出一个对策来才行！"

言臣看起来很急迫，这也难怪。虽然他还没被预知到会死，可是照这样的状况发展下去也是迟早的事。

"她现在在哪里工作？"

"嗯，她到了另一家广告公司工作……"

"那好，事不宜迟，快走！"

"我认为左欣的死有点奇怪。"阿静坐在电脑前，指着网页上的相关报导："你看，她尸体上的刀伤极多，喉管被割是致命伤，那么，为什么目击者林言臣只听到了一声惨叫呢？"

"你这么一说，也有道理……"润暗只顾着担心润丽，也忘了注意事件本身。

阿静继续指出有问题的地方："还有，根据林言臣的供词，当时左欣是突然尖叫起来，跑去了天台。你认为这正常吗？她既然惨叫，那么多半是感觉生命遭受威胁，为什么还会向根本没有逃生路线的天台上跑？不管威胁她的是鬼魂还是人类，她都应该向楼下跑才对。"

润暗皱紧眉头，也感觉很有问题。

"不搞清楚问题，就算去帮你那个热心肠的妹妹也没用。你放心，只要你脑海中不出现她的影像，就证明她绝对不会死。与其干着急，不如我们先一起考虑这些疑点？"

润暗强迫自己冷静下来，在沙发上坐下。这个房间很大，天花板近十米高，书架有八九米高，没梯子有些书根本拿不下来。这里是阿静的图书室，大多数书籍是研究神秘现象的。她声称，这里所有的书她都至少读过一遍。

阿静的手指在桌面上游走。润暗想她现在一定在仔细思索这件事情的前因后果。

"你有什么想法吗？"

"有一个可能。"

"嗯?"润暗立刻来了精神,仔细倾听。

"不,还是不说了。"

润暗顿时怒道:"你有没有搞错啊?话说一半,想把人急死啊?既然你不想说,那就干脆什么也别说!"

"你冷静一点。主要是我说的这个可能性,令人很难接受,就连我也无法说服自己。必须进一步搜集资料,我才能够得出确切的结论。"阿静站起身来,"还愣着干什么?走啊!搜集资料去!"

走向车库的时候,阿静忽然问道:"当初你父母留下来的日记,你并没有全部给你妹妹看吧?"

润暗的脚步停住了,眼神也变得落寞:"你怎么知道的?"

"你妹妹已经猜出了什么。当初你父母留下那本日记,叫你们逃走,最大的原因还是怕你们成年后,灵异能力逐渐苏醒,会为周围的人招致灾难吧。当然,更害怕你们在出生的地方生活下去,还会遭遇危险。"

润暗决定不能把这些内容告诉润丽,因为她一定会胡思乱想,担心父母的死和她也有关系。她太过善良,胆子又那么小,告诉她所有的事情,除了让她不安和苦恼,没有任何益处。

"你要做好心理准备。也许有一天,你要把所有的真相都告诉她。如果真的到了那一天,你必须要让她也为自己的命运奋战!不管她愿意与否,都必须面对。这是没有办法的事情,和公平与否无关,只是为了生存下去而必须做的努力。"

阿静的话,令润暗的心中更蒙上一层阴影。润丽至今也不知道她被诅咒的宿命,她始终认为,他们现在去拯救那些人,只是出于人道主义精神,她根本就不知道,这是在救他们自己的命啊!

"润丽终究要面对这个难题的。要逃避,还是迎头挑战,要她自己去选择。即使你是她哥哥,也不能替她做决定。你现在一味地隐瞒、欺骗她,不让她去面对自己的命运,你认为这真的是对她好吗?"

阿静的话,字字都对润暗的心造成极大冲击。他很清楚阿静说的是事实。

"至少……至少再让我努力一下吧。润丽没有必要承担这么多痛苦,她没有做错任何事情。"

"这一点，多数被诅咒者都是一样的。只有极少数真的犯下了深重罪恶的人被诅咒，因为鬼魂并没有人类的善恶观，他们不会以此来挑选诅咒的对象。"阿静打开了车门，"你要考虑清楚，这样做的利弊。"

唐英瑄看到了虚像的变化，已经预约了心理医生。因为在这家公司工作的时间还不长，试用期没过，她不想轻易请假，所以时间约在两天后的周六。从昨天晚上开始，现在她回忆起那一幕时，再也无法变回原来那个只是背影的男人刺杀藤月的一幕，而是他瞪视着台阶上的她，手中的刀子还在不断滴血。

唐英瑄还上网查询了自己的心理情况，以这是自己的精神焦虑造成的癔症来说服自己。可是，这并不能驱散她的不安。她的头越来越痛了。她不明白，小欣既然生前已经那么不安，为什么不来找自己呢？她告诉过小欣自己的新地址和电话号码啊。她为什么不找自己商量呢？她不该什么都不告诉自己，就这样独自承担，直到死去……

她倒了水，把止痛药扔进嘴里，将水一饮而尽。虽然不知道有没有效果，但她总要做些什么。这家公司的业务很多，自己的工作量也很大。一直走不出这种状态，工作的效率自然不高，最近上司已经对自己有所不满了。

然而，即使吃了止痛药，那种几乎把她的意识割裂的头痛还是没有减轻，脑子里不断播放着那个虚像。她的额头上已经沁出汗来，眼前的电脑屏幕越来越模糊。她现在满脑子都是那个杀人魔的脸。

这张无比丑陋的脸，现在似乎越来越扭曲了，神情越来越狰狞，如果现实中有这样一个人站在自己面前，自己肯定会当场被吓得昏死过去。

唐英瑄越来越后悔当初说出了"七楼"，然后大家一起到上面去。如果他们没有去七楼，虽然救不了藤月，至少小欣就不会死了……

这时，一个可怕的猜想突然产生了。

难道……难道说……这个猜想，看起来合情合理，但又完全无法解释。

那个时候，她说出"七楼"是偶然的吗？她的危险预感，表现上是在让自己避开危险，但是，实际上不正是在引诱着每一个人到那个房间去吗？

虽然藤月去上厕所是个偶然，但是，之后去找她的人是自己。因为危险预感让自己极度紧张，以至于她一回到办公室，就提出了藤月可能出事的猜想。而且她当时表现得很恐惧，这种情绪不是感染了其他留在办公室的人吗？结果，每个人都同意一起去找藤月。

接着，她预感到了藤月是在"七楼"。如果她没有那么说，谁也不可能一下就从三楼去到七楼找人吧？而当时，孙竹冕组长居然还听了她的话，让大家一起上去了……而在上去以后，看到那扇门时，她也感觉到了危险，但是，自己不也进去了吗？然后，又是自己叫大家别到台阶下面去。当时她感觉自己是救了大家，但是，他们四个人，为什么要害怕一个人呢，即使对方手持凶器？可是所有人居然都如此害怕地逃走了……

全部都是偶然吗？不是的。这是必然。自己的危险预感，是完成这个必然的关键。是七楼的那个房间在召唤着他们！然后，他们每个人都陷入了这个无法摆脱的困境……

就这样，那个影像在她的脑海中扎根，而现在居然开始发生变化！这个变化是不是还会继续下去？

"唐小姐，有两个人找你。"

一名同事的话打断了她的思绪。现在是午休时间，她因为没有胃口，所以没有去吃饭。她顺着同事的目光看去，办公室门口站着两个人，一个是林言臣，另外一个是不认识的年轻女子。

唐英瑄放下手上的工作，来到二人面前，说："言臣，找我有什么事？这位小姐是谁？"

"你好！唐小姐，我叫伊润丽，是晚报的记者……嗯，你别误会，我不是为工作的事情来的……"

"你是伊润暗先生的妹妹吧？"

"咦？"

唐英瑄微笑道："我是你哥哥的书迷。我听过他在'幽冥之声'栏目的访谈，他提到过你。"

"是这样啊，唐小姐……"

"不过，你为什么来找我？"

因为两个客人都没有吃饭，唐英瑄把他们带到公司食堂，让他们边吃边谈。于是，润丽把她所知道的情况都告诉了唐英瑄。

唐英瑄听完后也相当吃惊。她虽然已经隐隐约约感觉到世界上的确存在科学无法解释的存在，但没想到会如此广泛普遍存在于生活中。润暗的每一本书的前面，都会有这么一句话："恐怖就在每个人身边。"

以前，她认为这是小说家为了制造气氛，但是现在看来，这就是他的感慨。人类只要一不小心，就会进入不该踏入的禁区，招惹不属于这个世界的存在。

"伊小姐，我也是一个灵异体质者吗？"

"嗯？你是说你的危险预感？"

"是啊，虽然我的眼睛不是紫色的，不过按照你的说法，我也可能是低阶的灵异体质者啊。"

润丽正不知该如何回答时，一个声音传来。

"你不是灵异体质者，因为你身上没有鬼魂的气息。你对危险的预感，应该是你的灵魂对鬼魂比较敏感而已。"

润丽抬起头一看，来人是阿静，哥哥也一脸焦急地站在旁边。

"太好了！哥哥，你来了……"

"好你个头啊！"润暗在润丽头上轻轻打了一下，"留下一张威胁我的字条就这样走了，你这算是什么意思啊！别自己逞英雄！"

阿静说道："你好，唐小姐。刚才润丽把一切都告诉你们了吧？既然如此，那我就开门见山地说了。你和林先生，现在都被虚像所困扰吧？"

"是的……你是谁？"

"任静，我是一个灵异能力者。"

孙竹冕满脸是汗地待在公司的厕所里。他蹲在角落里，双手抱住头，自言自语道："不……不要啊……不要……"

他的脑海里也产生了虚像。不过，那的确是虚像吗？

即使是高清晰的屏幕，也没有自己眼前看到的一切来得逼真。无论怎么做，也赶不走这个虚像，想不出任何办法来阻止眼前出现的恐怖异变。

在他看到的虚像里，那个杀人魔的脸也转了过来，其形象和唐英瑄、林言臣看到的一样！这个变化产生已经好几个小时了。而且，现在的情况又开始变化了。

那一天，孙竹冕是站在台阶偏右的地方，而此刻，那个十七级台阶下——因为这个虚像出现的次数实在太多，他已经能把台阶的级数都数出来了——的杀人魔，居然狞笑着走上了台阶！

虽然杀人魔走了三级台阶后就站住不动了，但是，他的眼神直直地盯着孙竹冕！

第 08 章
〔人鬼同体〕

润暗告诉了林言臣和唐英瑄，他们可能都会死。虽然早就有所预料，但是当确切地知道自己命不久矣时，两个人的脸色还是很苍白。

"那我们……会怎么死？"林言臣还抱着一线希望，"我不想死……我不想就这样等死啊！"

润暗无奈地答道："我们的预知只能知道你们死去的日期，以及会导致你们死亡的关键词。如果你们要活下去的话，只能等我们找到一个灵媒师……"

润暗把目光转向妹妹："润丽，死亡日期是在什么时候？"

"嗯……还没有感应出来呢。"

两个人难以置信地看着润暗，问道："总之，那个杀人魔一定会来取我们的性命，对吧？"

"目前所知有限，我们也不太清楚。不过下一个会死的人……是孙竹冕。"

孙竹冕已经难以忍受这个恐怖的记忆了，那个虚像让他感觉到周围的空气都弥漫着血腥味。他此时对着马桶大吐特吐，而眼前的那个杀人魔……居然还在继续沿着台阶向上走！虽然他每走两三级就要停下一段时间，但是他距离自己越来越近了！

孙竹冕不禁回忆起左欣死前的一些行为表现，一个不可思议的假设在脑海中浮现了出来。难道说……

虚像之中，那个杀人魔脸上的恶意越来越凶狠，脸上的疤痕也越来越深，孙竹冕甚至已经感觉到了这个恶魔的浓重喘息！

天啊……一定要逃走……但是，逃到哪里去呢？有什么办法可以逃离一个存在于脑海中的虚像？

就在这时，厕所门猛然打开了。孙竹冕惊恐万分地回头一看，站在门口的人是林言臣。

"竹冕，你没事吧？你昨天的酒还没醒？"

"言臣，那个杀人魔，他正在过来……他向我走过来了啊！"

林言臣一惊，正想追问，身后的润暗抢先一步把孙竹冕拉了起来，说道："孙先生，详细情况稍后再向你解释。你现在去请个假，马上跟我们走。"他眼神坚定地说，"一定要尽快找到那个灵媒师！"

六人正好三男三女，女的上了阿静的车，男的上了润暗的车。

"时间很紧，要做好心理准备。"润暗系着安全带，对坐在副驾驶座上的林言臣说："如果想活下去的话，抗争是非常辛苦的。现在我们要去的地方是柏光市。"

"其实，我还是不太明白……"林言臣疑惑地问道，"那个灵媒师到底是……"

"半人半恶灵体质的特殊灵异能力者。不过你们放心，这次我们要去寻找的这个叫闻紫魅的灵媒师，是能用人类的灵魂压制体内的厉鬼的。"

润暗又给孙竹冕详细解释了诅咒的规则，如果预知没有产生，诅咒暂时就不会杀死他。

"但是，接下来会怎么样呢？难道说虚像不断变化，预示着预知中的那个杀人魔会现实化吗？或者那个杀人魔一直在找我们？"

在车子驶上高速公路后，林言臣还是有数不清的问题。

"这个我也不太清楚，不过如果那个杀人魔有心要杀害你们的话，躲到天涯海角也都是没有用的。"

阿静终于找到了和灵媒师闻紫魅相关的线索。在柏光市的一个渔村，二十多年前，发生了多起渔民在海上惨死的事件，有不少闹鬼的传闻。极少数的生还者提到，他们在海上遭遇到的鬼魂，眼睛是深红色的。

这是一条很有用的线索，虽然大致上厉鬼的眼睛都是红色的，但是遭遇厉鬼居然还有人能够存活下来，是不是可以说明那个厉鬼并非完全的鬼魂呢？目击者至今还有一个人活着。而且，那个渔村曾经传出过有超能力者的传言，是一个小女孩。

无论传言真假，现在他们都要去那个渔村查看一下。毕竟这是目前最有可能与那个灵媒师相关的线索。润暗还特别强调，如果可以找到那个灵媒师，提升他的灵异能力，令眼睛变色的话，也许就能解除他们身上的诅咒。必须要赶在孙竹冕遭到诅咒以前，找到那个灵媒师！

两辆车进入了柏光市近郊。那个渔村在地图上是找不到的，只能找人问。经过收费站的时候，润暗打听了一下。

"你是说哪一个渔村呢？这里朝东就是海岸，那里有不少渔村呢……"

"那个渔村二十多年前有过闹鬼的传闻，你知道吗？"

收费站工作人员的脸色顿时变得很难看，声音有些发抖地问："你们……难道是电视台的人？想来采访？唉，这几年已经有好几拨人来过了。我好心劝你们一句，最好别去那里。那个村子现在每年还会死人，变得死气沉沉的。以前来调查过的人，多半都出事了……"

因为这里不属于润暗居住的城市范围，所以这个城市的灵异事件他预知不到，听到这个情况，他更加认定了这里有问题。

"我们非去不可，拜托你告诉我们吧。"

工作人员叹了口气，向润暗详细指明了路，说道："你们做好心理准备，那里真的蛮诡异的。"

润暗点了点头，向他道了谢，发动了车子。

这一带看起来真是有点荒凉，公路上都看不见多少车，附近的树林幽深寂静，听不到鸟叫声。

在阿静开的车子上，唐英瑄坐在副驾驶座上，她沉思了很久，问道："伊先生他……在小欣死去以前，也预知到了吗？"

"是的。"阿静的回答平淡如水。

"那……为什么你们不去救她？她是我最好的朋友啊！"

阿静长叹一声道："这一点，我爱莫能助。我们不是神，以我们目前的能力，不可能拯救被鬼魂威胁生命的人，请你理解。至于现在决定救你们，实不相瞒，是因为润丽希望救你们。唐小姐，你别怪润暗，这是我的提议，你尽管恨我好了。"

唐英瑄无法接受小欣的死居然已经被他们预知，可他们却没有采取行动！虽然他们确实对小欣没有任何责任和义务，但是人怎么可以见死不救呢？对唐英瑄来说，小欣的生命是很重要的。而现在，连自己也可能会步小欣的后尘。她将头深深地低埋下去。

阿静看了看唐英瑄的神情，心里也很不是滋味，她很清楚唐英瑄现在的感受。她最初的计划是，利用这段时间，让润暗的灵异能力提升到使眼睛变色，而第一步就是先找到灵媒师闻紫魅。如果连眼睛变色都做不到，那么根本不可能应付今后的状况。而且，她也不知道自己还剩下多少时间，也不知道这对兄妹还能撑多久。

不过，阿静没想到润丽非要做这种徒劳的事情。她索性让润丽在残酷的事实面前认识到，没有力量就做不到任何事情，缺乏力量的见义勇为，根本就毫无意义。润丽根本对现实没有清楚的认识，只一味坚持正义。

而早在三年前，阿静就知道，单凭正义感是做不了任何事情的。她甚至想过自杀，因为不知何时死亡威胁就会到来，但是，她也恐惧死亡本身。她没有杀死自己的勇气，她想活下去。既然要活下去，就要忍受比一般人更多的痛苦、无助和孤独。可是，当初有着可以杀害欧雪雁的机会，她还是没有动手。她没有对同样背负着这种宿命的人挥下屠刀。

想到这里，阿静瞥了一眼后座正在一脸坏笑的润丽，问道："大小姐啊……你这下满意了吧？因为你自作主张，你哥哥太疼你，所以我只有帮你了。我可先声明，下不为例。"

润丽立刻一脸很乖的表情说道："好的……好的……"

就在这时，润丽突然感觉到脑海里掠过了什么，身体如同被电击一般，一个时间出现在她的脑海里。

"黑峰，两天……"润丽喃喃道，"还有两天就会死第三个人……"

阿静的眉头皱了皱。两天……恐怕孙竹冕是死定了，这么短的时间内，就算找得到闻紫魅，也来不及提升润暗的灵异能力啊。那么，其他两个人能不能救得了呢？

唐英瑄很慌张地问道："这，这是说孙竹冕再过两天就会死了？"

"嗯……没错。"

就在这时，唐英瑄脑海里那个虚像再度行动了！那个本在台阶之下的杀人魔，走到台阶的中间，跨上了第一级！而她当时就是站在中间的！

"开……开始动了……那个杀人魔开始动了！"

惊恐的唐英瑄紧紧捂住双肩，苍白的脸直视着阿静，声音哆嗦地问道："我们……能不能早一点找到那个灵媒师？"

公路的尽头是一条乡间小路，左拐再直走就可以到达那个渔村了。但是，这条路越来越坎坷，逐渐进入了铺满石头的地面，好几次颠簸都让人头撞车顶。他们只有把车停在附近的树林里，下车步行。

六个人聚集在一起的时候，阿静把刚才润丽的预知小声告诉了润暗。她嘱咐了润丽和唐英瑄不要说出来，让孙竹冕知道他只剩下两天的命也没有什么意义。

路越来越难走，很多石头堆在路边，几乎找不到一处平坦的地方。走了差不多一个小时，一排房屋终于出现了。大概是靠近海边的缘故，风有点潮湿。

他们走进村子，感觉异常冷清，哪里也看不到有人。每家每户都把门关着，整个村子寂静得如同一个鬼村。这村子里难道一个人都没有吗？现在还是白天啊！即使是晚上，也不可能一点声音都没有吧？

有一些房屋从外面看已经很破败，窗户上都是窟窿，门也有不少裂缝。那些房屋在这个村子里占了很大比例。看起来还真像一个已经荒废的村落。

这个渔村只是在城郊，何况又是沿海，但是这里的经济水平看起来很差。润暗注意到一些人家门口还有水井，似乎这里没有自来水，附近也看不到电线杆，难道这里连电都没有通吗？

"没时间了，不能再犹豫了。"阿静这么一提醒，润暗点了点头，他扯开嗓子喊道："有人吗？有谁在吗？"

他喊了几声，一个房子终于传来了一点动静。门打开了，走出来一个满脸胡须的老人。老人看起来很没精神，面黄枯瘦、老态龙钟，眼神完全没有生气，面颊凹陷了进去，乍一看有点像鬼。

他身穿一件有不少补丁的棉袄，眼睛向他们这里扫视过来，声音沙哑地问道："你们是谁啊？从市区来的？"

润暗还在组织语言的时候，阿静已经开口了："这里就是闻紫魅住过的村子吧？"

空气仿佛凝固了一般，那个老人的脸一下变得惨白。从他的表情，所有人都立刻明白了，那个灵媒师的确曾经住在这里。大家心里都暗暗佩服阿静，干净利落，丝毫不拖泥带水。进这个村子还不到十分钟呢，就已经确定了这一点。

然而老者接下来暴跳如雷，他捡起地上的石头，吼道："滚！给我滚！那个怪物不在这里，你们给我滚出去！"他高举着那块石头，看样子如果轻举妄动，他真的会把石头扔过来。

润暗立刻对他喊道："老伯，请你不要这样。我们来这里，只是想知道闻紫魅现在在什么地方，请你告诉我们，这关系到我们的性命！"

这句话确实是真的。当然，在润丽和其他三个人听来，以为他指的只是脑海里产生虚像的人，实际上，润暗指的是他们全部都被诅咒了。

老者的反应依旧非常激烈，把手上的石头扔了过来，但是并没有砸中任何人。他继续吼道："她该死！她早就该死！她不是人，她不是人啊……"

"因为她的眼睛是血红的，对吗？"

阿静实在是不鸣则已，一鸣惊人。老者一听到这句话，浑身的战栗停止了，他慢慢走过来，仔细端详着阿静，问道："你……你到底是谁？你怎么会知道这件事情？村子外的人不可能知道的……"

"那个孩子，不是足月出生的吧？"阿静继续用平稳的声调说着，就好像一切都是她亲身经历过的一般："而且，她比一般的婴儿要重得多吧？她出生以后，从来都没有哭过吧？那双血红色的眼睛，后来转变成了紫色的。而从她出生那天起，这个村子就灾难不断吧？"

从老者的表情，润暗看得出，阿静完全说中了。

"你……你怎么可能会知道这些……不可能的……那个孩子该死，一出生就该杀了她的……她是幽灵，她是索命的冤魂，她绝对不是人！"

老人说完这几句话后，忽然冷静下来，发出怪笑声："你们的性命有危险？你们被诅咒了？哈哈哈哈，好啊，进来吧，亏你们有本事，找到那个怪物出生的地方来！"

他们走进老人的房间，屋里非常残破，屋顶还有两个大洞，如果刮风下雨就麻烦了。家具很少，房间也小，六个人进来一下就把房间挤满了，凳子不够，只能站着。

老人看了看六个人，问道："你们是怎么知道那个怪物的事情的？"

唐英瑄忍无可忍地说："老人家，为什么你一直称呼闻小姐是怪物？她到底做过些什么？难道就因为她的眼睛和一般人不一样吗？"

"哈哈哈哈……你这个外人懂得什么！就是她毁了这个村子！你好好看看，这个村子现在都衰败成什么样子了！现在村子里只有我们这些老年人了，年轻人全都跑到大城市里去了，而且再也不会回来了！本来这个村子是靠打鱼为生的，但是现在根本没有人敢出海捕鱼了。但是我不会离开村子，就算死也不会！"他又重新问了一遍，"你们和那个怪物……是什么关系！"

"我们正在找她。"润暗答道，"我们没有见过她，听说她是很有能力的灵媒师，所以想找到她。"

"呵呵……是吗？你们真的那么想死吗？居然想去找她？灵媒师？我不知道……自从七年前她离开这个村子，她都不再和我们有关系了！"

七年前？别人对此没有什么反应，但是润暗和润丽却是反应极大。这是巧合吗？又或者是冥冥之中的某种安排呢？

老人继续说道："这么说来，你们是招惹了什么邪物吗？如果是这样，就给我尽早离开村子！这里死的人已经够多了！"

"没办法了……"阿静一副无可奈何的表情，对润暗说："润暗，你和林先生把他按住，别让他动。"

"啊？"润暗和林言臣异口同声地问道："为什么？"

"想活命就按我说的做！"

老人不明所以，吼道："你们要做什么？喂……"话音未落，他的两只手都被按住，只见阿静取出了一管装着黄色液体的试管，对孙竹冕说："孙先生，你去撬开他的嘴巴。这是我制作的药水，可以控制大脑神经。"

"你……你们是谁啊？我，我要喊人……"老人的嘴巴已经被孙竹冕强行掰开。孙竹冕已经知道下一个就会轮到自己死，自然非常积极。阿静把药水滴进了老人的嘴巴里。

"这点剂量应该差不多了。"阿静把试管收起来，谁也没看清她是怎么收回去的，只见她手心一捏，再松开的时候，掌心就空空如也了。

老人开始干呕，想把刚才喝进去的药水吐出来，没多久，他的眼神开始迷离起来。

阿静紧盯着他的眼睛，满意地说："不错，看来是成功了。"

"什么成功了？"润暗不解地问道。

"这是昨天刚刚配好的，还来不及做实验呢，今天就用上了。"

众人顿时感到后怕，阿静居然敢这么随便地在人身上进行药物实验，万一失败了，这个老人出了什么事，那刚才按住他的自己不就变成帮凶了？

"这种药水可以让喝下的人对药力生效后第一眼看到的人唯命是从。因为没做过实验，所以药效能维持多久还是未知，不过我想一两个小时应该没问题。"阿静注视着眼前的老人，轻启朱唇，问道："告诉我，闻紫魅现在在哪里？"

老人立刻答道："我不知道。"

"她在村子里还有没有其他亲人？"

"没有了，她父亲是第一个被她害死的人，她母亲也病死了。"

"那好，把你所知道的她的所有事情都说出来，尽可能详细。"

老人点了点头，随即就打开了话匣子。

"二十多年以前，我们村子里的一对夫妇怀上了孩子，那个时候他们已经结婚七年了，本来还以为不会有孩子了，所以非常高兴。丈夫叫闻豪山，妻子叫冯英，那个孩子的预产期是在那一年的四月。

"但是，就在那年的二月份，还在过年的时候，冯英忽然要早产了，大家手忙脚乱地帮她找来接生婆，那个时候，我忽然注意到，地面上有一个影子，晃悠着进入了房间，而那个影子……根本没有主人！我本以为我看错了，而那个影子进去不到一分钟，就传来接生婆的喊叫："生出来了！生出来了！

"但是我们都感觉有点奇怪，为什么没听到婴儿的哭声？大家都想看看那个孩子，但是，所有人都发现，闻豪山脸上的表情一点都不兴奋，他抱着那个婴儿，似乎很焦虑，那个婴儿一直很安静。我凑过去看了一眼，发现那个孩子的眼睛居然是血红色的！而且，她看着我的眼神，似乎充满了怨毒！

"那个孩子就是闻紫魅。从那一天起，村子的灾难就开始了。她出生时的血红眼睛，在她满周岁那天变成了紫色。这实在是太诡异了，红色眼睛本来就很奇怪了，居然还会变色，就连她的父母都觉得很不对劲。

"在她眼睛变色的那一天，村子里有一个青年叫王成，劝他们带这个孩子到医院去看看。而那个时候，他忽然注意到……那个孩子居然在怒视着他，她的眼睛有一瞬间变成了红色！第二天，王成就死了，是出海捕鱼的时候淹死的。奇怪的是，他淹死的那一天，海面上风平浪静，而且他很会游泳，怎么也没有道理会淹死啊。警察来调查过后，也查不出什么来，只能断定为意外死亡。

"接下来，村子里所有当着那个孩子的面议论过她的人，都诡异地死了，而且全部是淹死的。有些人和王成一样是出海的时候死的，有些人是根本没有靠近海，却被发现淹死在海里的。

"于是，大家渐渐得出了一个结论：那个孩子不是人。而且我那天目击到的场面也是一个很好的证明。她是来自大海的亡灵，这个亡灵附在了闻豪山夫妇的孩子身上，是一个妖孽！最后，就连这对夫妇也开始怕这个孩子了。因为这个孩子，他们被村子里的人在背后指指点点。终于有一天，闻豪山想把那个孩子掐死！还好被冯英及时发现救了下来。闻豪山很害怕，他知道那个孩子不会放过他的。果不其然，第二天他的尸体也被冲到了海岸边！

"那个孩子是恶灵……她不是人！随着她渐渐长大，村子里的孩子都不愿意和她玩，也有些死在海上的人的孩子仇视她，拼命欺负她。但是，欺负她的人都看到，她的眼睛变为了红色。所有欺负过她的孩子，无一例外都淹死了……"

"果然如此……"阿静并不感到意外。闻紫魅是半人半恶灵，她在幼年期当然不可能操纵得了寄宿在她体内的恶灵，那些欺负她的人自然都会一个个被恶灵杀害。

不过，作为恶灵却还只是杀害对自己不利的人，可见闻紫魅早在那么小的时候就已经对恶灵有了一定牵制，否则，这个村子的人早就全部死光了。阿静顿时明白了，父亲为什么让自己找到她。她实在是一个天才中的天才。

"七年前，她母亲病死后，她就离开了村子。在她离开的那一天，村子里的人都在庆祝，以为可怕的日子终于结束了。一直不断有电视台或者报社的人来进行采访，来多少人就会死多少人。而我们慢慢发现，就算她走了，诅咒还是存在的，村子里的人只要出海，还是会有人死。我不明白，为什么她离开了，我们还是逃不过？到底这个诅咒什么时候才能消除？"

润暗把询问的目光投向阿静。

"别问我，我也不知道。"

阿静又对老人问道："她过去的家在哪里？"

"就在村东口，从这里出去左拐，看到一棵树再向后走一段路就到了，墙上写满了字的，就是她家了。"

接着，六个人离开了老人的家，按照他的指示去找闻紫魅的家。他们很容易就找到了。她家的墙壁上写满了辱骂和诅咒的字眼，门一推就开了。进去一看，所有家具都被砸得稀巴烂，到处都是蜘蛛网。房子很小，几步就走完了，什么线索也没有找到。

阿静仔细地翻找了一遍，她的唇边露出了一丝笑意。

"我知道接下来该去哪里了。"阿静敲了敲脚下的一块地板，又摸索了一番，抓住了什么，居然把地板掀开一个盖子，下面是一条石头台阶！

"这……这是暗道？"唐英瑄凑上来看了看，没想到这里居然会有这种机关。

"润暗，你走在最前面，大家都紧跟着。要小心！"

大家都顺着台阶走下去。就在所有人都走进去以后，过了一分钟，一只不知从什么地方伸出来的惨白的手，把盖子给关上了！

润暗拿出手电筒，分发给大家。走了五分钟，他们才走到了底部，是一条宽阔的长廊，不知道会通往哪里。

"难道这是以前挖的防空洞吗？"唐英瑄不解地问，这样一条暗道的修筑，绝对不是闻紫魅一个人能做到的。

"谁知道呢……不过，我想这条暗道下面，必定有什么秘密。"阿静用手电筒照了照长廊前方，似乎有一扇门。

唐英瑄他们现在看到门就避而远之，更何况在这样一条暗道里面。阿静却说："怕也要去，除非你们不想活命。"

走在队伍最后的是润丽，她忽然感觉有谁在后面拍了一下她的肩膀，她立刻用手电筒往后一照，可是身后什么人也没有。

"鬼……这里有鬼啊！"她一边喊一边往前跑，居然一下就跑到了那扇门前。

身后的人也跟着跑到门前，润暗不解地问润丽："出什么事情了？"

"哥……刚才，有人在背后拍我肩膀，可是后面根本没人……"

其他三人顿时吓得面无人色。

阿静却异常冷静地说："这里有鬼我早就料到了，不用太在意。"

"拜托……这种事情怎么可以不在意？"

阿静不理会润丽的抱怨，拧着门把手，将门拉开。众人凑过来一看，这里面……居然躺着几具骷髅！

除了阿静以外的女人都尖叫了起来，阿静却神色安然地说："嗯，果然如此啊。这扇门附近没有结蜘蛛网，灰尘也不多，近期闻紫魅绝对来过这里！"

阿静面不改色地走着，众人不得不佩服她的胆色。大家都不明白为什么有这些尸骨，按理来说，这个村子虽然死过不少人，但都是送去火化了的，没理由会留下这些骸骨才对啊……难道是闯入这个暗道的人的尸体？想到这一点，大家的脚步都停下了。

"阿静……你不觉得这样太危险了吗？"润暗实在感觉很不妥，问道："你怎么好像很熟悉这里似的？"

"放心好了。我们不会死这里的，因为……还没有'轮到'我们死。"

这句话让润暗的心咯噔了一下。阿静的话的确没错，在他们的死亡日期没到之前，的确是不应该会死的。

然而，事实上，阿静紧捏着手电筒的手正不断沁出汗来。她此刻很庆幸，除了她以外，没有一个人发现了那件事情……还能支撑多久，她自己心里也没底。会死在这里的可能性高达百分之三十，这次的赌注是不是太大了？

阿静的脑子飞快思索着，但是脚步丝毫不停，她不能让润暗看出破绽来。根据阿静的计划，首先要继续朝这个暗道的深处走下去，再选择一个恰当的时机展开行动。她必须要表现得镇定自若、临危不惧才行。如果不做到这个地步，是对不起父亲的期待的。

而唐英瑄已经预感到了这里存在着可怕的危险，但是她又说不出危险在哪里。似乎那个危险并不在前方……难道是来自后方吗？莫非，又有一个鬼魂在利用自己的危险预感，让他们再次掉进陷阱里？

润暗也越来越有一种不舒服的感觉，似乎是被什么东西在窥视着。他记得那次跑到那个不存在的 401 室，也有过这样的感觉。想到这里，他更觉得继续前进不妥当，凑到阿静耳边说道："喂，我感觉很不对劲啊，别继续走了吧？"

阿静心中顿时暗骂润暗是笨蛋，现在时机还未成熟，万一停下脚步来就完蛋了。她继续走着，说道："听好了，我自然有我的考虑，继续向前走就是了，到时候我会向你解释的。但是，现在不能说。"

这个时候，她的左手伸进衣服的一个口袋里，捏住了一个小药瓶。这是她花了三个月研究出来的。这个药倒是做过实验，但是她也不能确定到底有没有作用。

危机越来越逼近，阿静的脚步依旧非常稳健。

还差一点……还差一点就到了……

阿静心中不断默念祈祷着，只要到了那个地方，活下去的可能性就能提高到百分之五十以上，所以，不能让任何人发现那件事情！

她估计，距离她的目的地还有五十米左右。而这个时候，身后的人都已经开始有点不耐烦起来，尤其是孙竹冕最为急切："到底得走多久啊？这条走廊没有尽头的吗？"

"是啊，任小姐，不如先回去吧？贸然深入不好啊。"唐英瑄也提议道。

如果出一点差错，搞不好六个人都要死在这里……就在这时，前方一股逼人的灵气冲来，润暗已经感应到了，而那股灵气是一般人感觉不到的。

"那里，有什么东西！"润暗这么一说，阿静暗叫不好，如果后面的人逃走的话，后果不堪设想！

"别跑！任何人如果后退，我就立刻让他死！"阿静从口袋里掏出一瓶药水，拧开盖子道："这是一种一旦在空气中挥发就能变成剧毒的药水，我已经预先喝过解药了，想死的就往后跑！"

大家之前都见识过了阿静做的药，哪里还敢迈上一步，润暗大骇道："你……你这是什么意思？"

"我说过以后会解释的……继续向前走，后退者死！"

阿静心里默默倒数着：三十米，二十五米，二十米……只要到达那里就可以了……千万别在中间出什么问题啊！

虽然用手电筒照着前方，可是什么也看不到。就在所有人都感觉诧异的时候，突然有人注意到了什么声音，举起手电筒向上看去。

"不，不要……"

阿静连忙阻止，但是已经来不及了！

只见上面居然悬挂着一个穿着古怪服装的女人，她的四肢如同蜘蛛一般紧紧吸住顶壁，正冷冷看着下面的六个人，她的眼睛正是血一般的鲜红！

说时迟，那时快，那个女鬼凶恶地吼叫一声就扑了下来。阿静暗暗叫苦，只有掏出药水，刚要拧开瓶子，却发现那个女鬼瞬间消失得无影无踪了。

润暗也感觉到这个鬼魂就在附近，好在这条走廊不宽，所以她能够袭击的地方有限。他做好了准备，并释放出灵异能力。阿静此刻很是懊恼，居然功亏一篑。

难道真的要死在这里吗？对方可是恶灵啊，虽然还并不算是真正意义上的鬼魂，但是她的实力已经和厉鬼相差不远了。尽管阿静没有遭遇过厉鬼，却也知道，至今还没有遭遇厉鬼能存活下来的先例，即使是灵异能力者。

厉鬼是指午夜零点时死去、具有强烈怨念而诞生出来的鬼魂。当然，这只是指人类世界的厉鬼，来自未知次元的厉鬼就完全不知道了。人类世界和许多异次元都有交集，而异次元的大门也随时都有可能会在某处打开，另外一个世界的鬼魂就会侵入这个世界。

阿静警觉地注意着四周，捏紧了手中的药水瓶。起初她认为，用之前的药水问出的话，可以保证绝对的真实，所以闻紫魅的确是在七年前就离开了这个村子。但是，她忽略了一个事实。

她制作的那种药水，确实可以完全控制人类的脑神经，但是，仅仅只局限于服药者本身的大脑，也就是说，这种药物能够让人说出的，只是对服药者而言的实话。对人类来说，所谓的真相，并非是客观现实，而是人类对现实的认知。即使是错误的事情，只要人类的认知是如此，那么对他来说即使是谬论也是真相。

闻紫魅在七年前离开了这个村子，仅仅是对那个老者来说的真相而已。事实上，闻紫魅从来没有离开这个村子，而是躲在了这个密道内。

这就可以解释，为什么直到现在，村子里还是有人会死去。闻紫魅很清楚，如果光明正大地继续待在村子里，总有一天会有人想方设法杀害她。所以，在母亲死后，她躲进了这条密道。

估计密道还有通往其他出口，可以离开这个村子。而闻紫魅就以灵媒师的身份在其他地方活动，村子里的人对此一无所知。不过，也有偶然发现了这个密道入口而进来查看的人，结果……估计就是那些白骨的来源吧。

不离开这个村庄，大概是因为这样就会逐渐失去灵异能力。灵异体质的人的能力，和自己出生的地方息息相关。闻紫魅虽然控制住了体内的恶灵，但毕竟不能完全支配它，恐怕恶灵到了后期也逐渐开始导致她的暴走。刚才进来后，阿静就发现她倒挂在顶壁上，跟随着他们。

过了五分钟，还是毫无动静。

突然——阿静意识到了危险，对润暗喊道："快躲开！"

然而，已经来不及了，润暗的左脸颊出现了一道深深的红印，紧接着，那个女鬼出现在墙壁上，极为灵活地爬了过来。

阿静连忙向她洒药水，然而她的身形一缩就躲了过去，又隐入了黑暗中。阿静暗暗叫苦，这个厉鬼实在是太可怕了，速度快到根本就看不清楚。

润暗的脸颊还在流血，然而现在没有时间管那么多了。他拿着手电筒四处照，却一无所获。走道中的六个人站在原地，一动也不敢动。

"听我说，她并不是纯粹的鬼魂，而是半人半恶灵体质的。现在的她，恐怕是恶灵部分的灵魂失控的了，大家千万不要乱动，她虽然是厉鬼，但是肉体还是人类的，所以不用太害怕……"

半人半恶灵因为具备实体，也就是说可以被打伤。而能够让对方的红色眼睛变为紫色眼睛的方法只有一个……

阿静又继续拿着手电筒照着前方，突然身后一股寒意侵袭而来，她想也不想地就向身后倾倒了自己手中拿着的药水瓶，接着猛回过头，只听那个女鬼发出一声惨叫，虽然看起来没有变化，但是她蹿到了顶壁上。

阿静对润暗喊道："她受伤了！封死她逃走的路，在后面释放灵异能力！"

润暗快步跑到走廊另一头，开始发出灵力。女鬼终于忍受不了，又跑回了原地，接着倒了下去。接下来阿静的动作让所有人都目瞪口呆，只见她三步并作两步跑到女鬼身后，一把抓起女鬼的头发，说道："快看！"

这时候大家才注意到，前面居然也有一个女鬼？不，看起来更像是女鬼在镜子里的映像。紧接着，那个镜像女鬼的脸，渐渐由满脸的暴戾转变为和善，红色的眼睛也渐渐转变为紫色的。

"终于成功了……"

阿静这才松了一口气。刚才她洒出的药水，是根据之前拿到的女鬼头发作为材料研制出来的，是一种可以伤害一般灵体的药水，滴在之前女鬼头发上的时候，就将其完全溶解了。

这时候，润暗注意到，之前出现的那个镜像消失了。他走到前面摸了摸，居然真的触碰到了一块玻璃。这是镜子吗？

"就是这面镜子，把她变了回来。这是灵媒师的'照灵镜'，只能映照出鬼魂体或者僵尸的影像，普通人是照不出来的。我一直等着把她引诱到这里。"阿静解释道。

润暗不解地问："你怎么知道前面是镜子？"

"很简单，我在距离镜子大约三百米的时候，就感觉光在反射回来，所以判断前面一定有一面镜子。而且，照不出我们的镜子，应该就是'照灵镜'。"

"这……这是怎么回事？"

女鬼恢复成了人类，也就是闻紫魅。这个七年来一直潜伏在这个暗道中，不为人知地继续生活在这个渔村的灵媒师。

"闻小姐，你终于清醒过来了。"阿静松了口气，"起来吧……刚才你可把我们所有人都差点吓死了。嗯，自我介绍一下……"

谁知道闻紫魅警觉地怒视着阿静道："你是谁？是村民请来的人吗？又有人发现这个暗道了？"

阿静冷静地说："不，我们和村民无关。你刚才可差点杀光我们呢，又控制不住体内的恶灵了？还是……你希望如此？"

闻紫魅闻言大惊，问道："你们到底是谁？"

"这个暗道里有没有像样一点的房间？"

闻紫魅现在已经完全变回人类，而对方有六个人，她知道自己不可能抵抗得了，只好点了点头，她敲了敲身后的墙壁，整个墙壁顿时翻转过来，出现了一个小房间，有着床和书桌，还有灯光，大概是闻紫魅自己偷偷接的电。

进去以后，因为有了光线，闻紫魅注意到润暗脸上的伤痕，问道："这是……我造成的伤？"

润暗点了点头，问道："你不记得了？"

"啊，忘记你的伤了。"阿静取出一个乳白色液体的药瓶，"你用这个……离我那么远干吗？放心，这是外用药，而且是我早在三年前就研制出来的治疗外伤的药水，我自己用过很多次了。顺便说一下，刚才那个也不是什么剧毒药物，我不可能会把那么危险的药水装在这种一不小心就能弄碎的瓶子里的。"

润暗抱着半信半疑的态度，把那种乳白色的液体抹在伤口上。惊人的事情发生了，伤口居然迅速愈合，几乎是刹那间，疤痕都没留下。

"这是什么药啊？"唐英琯非常惊讶，"什么伤都能治疗吗？"

"嗯，多么重的外伤都能治好，如果伤到内脏就不行了。无论出血量再大，只要还活着，抹上这个药水，伤口就能立刻愈合。"

"这药物是什么成分？"润丽也有点感兴趣。

"这个……是秘密,不能泄露。"

"现在该告诉我了吧,来找我有什么事情?"闻紫魅对药水没有什么兴趣,她对这六个不速之客充满警惕。就在这时候,阿静说了一句话,让她彻底呆住了。

"我是任森博的女儿。"

此言一出,闻紫魅惊惧不已。她沉默了很久,才说道:"的确,你的眼睛和他很像。既然你是他的女儿,不会把暗道的事情泄露出去吧?"

"当然不会。对了,那些骷髅是……"

"都是发现了这个暗道的人,但是,那都是因为他们触怒了我,导致我的身体恶灵化,当我清醒过来的时候他们就已经死了。我不能离开这个村子,绝对不能,否则我一定会彻底被恶灵吞噬灵魂。是你父亲告诉你我在这里的?不对啊,我没有告诉过他我在什么地方啊。"

"父亲和我已经很久没有联系过了,这次我来找你,是有事情请你帮忙,不会把你待在这里的事情告诉任何一个村民的。"

"是吗?那就好。"

"顺便问一句,"阿静指了指外面的照灵镜,"那面镜子是……"

"是我制作的镜子,只要在镜子上滴上我的血,并灌注灵气,普通的镜子就会变成照灵镜。只有这面镜子可以让我从恶灵状态中恢复过来。我和体内的恶灵斗争了很多年了,无论我是否愿意,恶灵都会诅咒那些人死去。我也不希望如此啊,但是没有办法,每次都会变成这个样子。"

"我理解。"阿静说道,"这三位都受到了诅咒,很可能会丧命,我希望你能够想办法提升我朋友的灵异能力,尽量在两天之内。"

闻紫魅注视着阿静许久,问道:"这是你不把我的事情告诉村民的条件?"

"就当是帮旧友女儿一个忙吧。对你也没有损失,而且,你不是灵媒师吗?我可以付钱给你。"

闻紫魅略一思索,答道:"好吧,我明白了,我会帮忙的。那,你说的朋友是谁?"

五个人都把指头指向了润暗。

"他！"

然而，这时大家却发现，润暗抱住了头……

此刻，被阿静的药水控制住，还待在屋子里的那位老人，现在因为可以指挥他的人离开了，就眼神呆滞地坐在原来的位置上一动也不动。

就在这一瞬间，老人突然站起来，打开门向外走去。他沿着村子一直朝东走，不久就到了海边，向海水深处走了过去。

他完全失去了自我，不是因为药，而是因为……

不久，海水淹到了他的膝盖，可他还是在继续朝前走。终于，他的头向下低去，一双手从海水中伸出。一个巨浪打来，将老人彻底吞没了……

润暗刚才感应到了那位老人的死，脑海里出现了他的影像，他的名字叫黄中。尽管润暗感应到之后，立刻和其他人一起离开暗道去他家，但那里已经是空空如也了。

老人的尸体，想必会在将来的什么时候，在海上被发现吧。

孙竹冕并不知道自己的生命仅仅只剩下两天了。不过，无论还有多少时间，有一点可以肯定，自己一定会死。只是不知道理由而已。

关于左欣的死，他知道一件别人并不知道的事情。其实，从理论上来说，左欣是不可能会被杀害的。这一点让孙竹冕很费解。

在一年前的夏天，孙竹冕和左欣到外地出差，就在回去的前一天，两个人在一条僻静的小路上被三个人围住了。

他们手里都拿着尖刀，要他们把钱交出来。然而，就当这些人全部围上来动手的时候，左欣单单凭借一个人的力量，就打倒了这三个拿着凶器的人。

当时孙竹冕看得目瞪口呆。左欣事后说，让他别告诉公司里其他人，她的父亲是一名武术家，她从小就接受了许多武术训练，对付这群小混混足够了。

事实上，那天他就感觉奇怪了。进入那个不存在的房间时，见到那个陌生男人在刺杀范藤月，左欣居然也恐惧得逃走，当时他还以为左欣会出手去对付那个男人呢。而她后来居然被人用刀杀死，怎么想也感觉太奇怪了，不过只隔了一年而已，她不可能就突然变得那么弱了，更何况，她丝毫没有抵抗过的痕迹……

他曾经问过左欣，为什么那天看见那个杀人魔却吓得逃走，她当时的回答难以理解："我不知道……我只感觉眼前的那个家伙不是人类，是一个怪物……我当时看着他都已经要崩溃了，逃跑是我唯一的念头……"

润暗一个人待在这间空无一物的石屋内，开始释放出灵异能力。他开始回忆起一个小时以前发生的事情。

"嗯，我大致上明白了。"

让其他四人先到附近找一个旅馆住下后，暗室内只留下了润暗、阿静和闻紫魅。而阿静详细解释了希望让润暗的眼睛变色的愿望。

"其实，有一点我很在意。"闻紫魅说道，"你身为任森博的女儿，居然没有继承紫色眼睛，实在是太不寻常了。其实像你父亲那样的人，可以考虑为了保持灵异体质血统的纯正，娶一个灵异体质的女性嘛。虽然这类人非常稀少，但是你父亲这种人，娶一个普通人，难道他不知道这等于是在害死对方吗？"

"实际上……"阿静眼神落寞地说，"父亲虽然天生具有紫色眼睛，不过他的能力觉醒，是在母亲过世以后才发生的。他也是在那之后，才彻底了解了具有先天灵异体质意味着什么。我也经常在想，如果我继承了紫色眼睛就好了，那样我的灵异能力就可以进一步提升。我即使具备现在的灵异能力，也要每个月定期服用药物来维系灵体的活跃程度。"

对灵异知识几乎一窍不通的润暗，只能听着二人对话，完全无法插话。

"药物？原来如此，因为具备了灵异能力，所以你的智慧也大大提高了啊。其实我真的很惊讶，以你的灵异能力，居然可以利用照灵镜，让我暴走的灵体恢复原状。真的太可惜了，你的天分实在是很高，如果具有先天灵异体质的话，能力绝对不会在你父亲之下。所以，对你来说，这个男人就是你最大的希望了？”

“是的。这也是父亲给我的提示。”

润暗终于说出了一句话来：“那个……闻小姐，你认识阿静的父亲吗？听起来似乎你们好像认识了很多年啊。”

“你在说什么啊？”闻紫魅仿佛看到天外来客一般看着润暗，“你真的是先天灵异体质者吗？你听好了，至少在国内，凡是具备灵异能力的人，或者对灵异有真正研究的人，没有一个人会没有听说过‘任森博’这个名字。那个男人，被我们这类灵异能力者称为‘紫瞳之王’。”

“紫瞳之王？”

“嗯，这个世界存在着数不清的未知恐怖事物，都是无法用人类的常识去理解的，有的是死者化为的冤魂，有的是根本不知道从何而来的鬼怪，有的是莫名其妙的诅咒。极少数能够了解那些东西的存在的，只有我们这些一半是人类、一半是鬼魂的灵异能力者了。灵异能力者已经存在了上千年。而紫色眼睛，一直是高等灵异能力者的特征。”闻紫魅非常耐心地给润暗补课。

“虽然历经千年，我们始终无法彻底探究出灵异的本源，也不能完全了解其性质、特征，更无法将其分类。所以，我们所有灵异能力者全部都有一个共识。这一点，你也要听好了。”

润暗见闻紫魅态度变得如此严肃，不禁正襟危坐起来。

“那就是——人类绝对敌不过它们。不知何时开始，也不知何时结束，像是故意要带给人类绝望和恐惧一般，恐怖在这个世界不断散播着，无论人类的灵异能力如何进化，历史上所有向鬼魂和诅咒挑战的人，从来没有成功的例子。”

“怎……怎么会这样？”润暗感觉难以想象，历史上不是有很多道士除妖镇鬼的传说吗？根本没有成功例子？这怎么可能？

“这就是真正的历史，只有具备天生灵异体质的人，才会有代代传承下来的记忆，如同编写在遗传基因中一样。大概你和你妹妹是比较特殊的情况，等到你的眼睛变紫，你就会了解灵异能力者和恐怖源头之间的历史。"

"那……我们现在做的一切还有什么意义呢？"润暗不解地问，"唐小姐他们呢？难道就无法解开他们的诅咒了？我们到底能够做些什么？就算我提升了灵异能力，又能够做得了什么？"

"是的，没有意义。但是，你想活下去，不是吗？"闻紫魅看了看阿静，又转向润暗，说道："我只能让你眼睛变为紫色，今后要怎么做，由你自己决定。"

不久后，闻紫魅将润暗领到了这个暗道的另外一个密室内，这个房间非常小，四面都是石墙，空无一物。接着，她对润暗详细解释了可以变化眼睛的规则："瞳眼的进化规则很简单，也就是要凝聚灵异能力，并令其空前活跃，就可以让眼睛改变颜色了。这个房间是我造的和异次元相通的一个通道，只要在这里待一段时间，肯定会有某些东西从那个地方入侵。至于那些究竟是什么，我也不知道。这段时间，你的体内灵异能力将充分凝聚，然后在危机中进化，这是最短时间内可以将眼睛变为紫色的方法。这全部要靠你自己的实力来摸索。"

润暗虽然知道接下来的这个问题是非常多余的，但他还是问了一句。

"如果失败了……会怎么样？"

"那还用问？到时候，你自然就不在这个房间了，至于会到哪里去，我也不知道。"

这实在是比死亡更加恐怖的事情，面对不知道何时会到来的异次元入侵者，还有可能被带去一个未知的世界，光是想想就能让人胆寒了。

"那么……你知道来自异次元的……是什么吗？"

"不知道。曾经有发现这个暗道想来抓我的村民误入这里，结果全部都在这个房间里消失了。也有一部分类似你这样的灵异体质者想来提升能力，在这个房间待过，但是也全部都消失了。我也没有进过这个房间。"

这时候润暗才发现闻紫魅根本没进来，只是站在门外。

"让我出去——"

润暗跑到门口的时候，闻紫魅已经把门关上了。

"伊先生……你身上有镜子吧？眼睛变成紫色以后，马上大喊。这个房间隔绝一切电波，手机是不能用的。你也千万别尝试强行打开这扇门，否则我不保证你不会掉进异次元世界。"

润暗很快就冷静了下来。他很清楚，一旦慌乱，搞不好就会掉进另外一个世界去。虽然已经释放灵异能力，但目前周围还是没有任何动静。时间不断流逝，他的心跳也不断加速。这实在是一种折磨。为了防止有人在他背后攻击，他就紧靠在墙壁上。

房间的空气似乎渐渐变得稀薄，周围的温度似乎也在上升，不知道这是不是他的错觉。

刚才他为了确定时间，拿出过手机来看时间。然而奇怪的是，时间始终定格在他进入的时刻。仿佛他进入了一个时间的裂缝中一般。又或者他已经进入了无法用人类世界的时间单位来划分时刻的异次元吗？

就在这个时候，他忽然注意到，对面的墙壁上，似乎有着无数的轮廓。

那些轮廓大小不一，他已经记不清是一开始就有的，还是刚才产生的。最初还不觉得什么，但是，那些轮廓，现在却觉得有些不太对劲。

他出于好奇心，走到前面的墙壁去看了看，这时候注意到，四面的墙壁上，无一例外都有这样的轮廓。而且，数量相当之多。渐渐的，他感觉这些轮廓清晰了起来。

它们就像……就像是……

第09章
〔复苏的灵瞳〕

孙竹冕漫步在他们住宿的旅馆附近的一片密林里。

夜已经深了，一片月光洒下，他的心也略微平静了下来。也不知道润暗那里进展到什么程度了呢？

就在这时候，他发现那个杀人魔又继续沿着台阶上来了！

啊……第九级，第十级、第十一级……不会吧，还没有停下？

他不禁向后倒退了几步，随后索性撒腿狂奔起来。但是，虚像中的杀人魔，动作还是没有停止，还在往上走。

已经过了午夜零点了。

今天正是润丽预知中的死亡日期。润暗进入异次元房间已经过去了两天，然而因为房间里面的时间流逝和外界不同，所以他感觉在里面只待了几个小时，而外界却已经过了几十个小时。他在十一点多的时候，连手机也没带就离开了旅馆，所以现在没有人能够联络到他，告诉他死亡日期的事情了。

阿静的最理想打算是，让润暗的眼睛变为紫色后，再立刻到旅馆来想办法解除诅咒，但是失败了。没能来得及。

那个杀人魔已经走到了第十六级台阶。孙竹冕脚下一别，摔倒在地面上，而此刻在虚像中，杀人魔与他正面对面站着。

这实在是惊悚骇人的场面，虽然是虚像，可是他感觉非常真实的。

那个杀人魔狞笑着举起了手中的刀子……

而此刻，在那个异次元房间里，润暗终于看清了那些轮廓。

是脸！那些轮廓，是人的脸！

润暗看着眼前这些酷似人脸的轮廓，心都凉透了。说来也真是奇怪，如果一个人辨别了一个形状的真面目，再去看它，就绝对无法再看成是没有辨别时的姿态了。

四面八方的这些脸……全部都在瞪视着他，有的是怨恨，有的是怒意，有的在狞笑……仅仅只是看着这些脸，就已经足够让人发疯了，然而，如果闭上眼睛，又害怕会从哪里跑出一个怪物来。

渐渐的，润暗感觉那些轮廓越来越清晰，到最后，他可以把那些脸的五官看得清清楚楚，他们就如同是真实存在的人一般，他们的视线全部都集中在润暗身上。

接下来，润暗发现在天花板上，居然也出现了类似轮廓！他甚至感觉，那些轮廓有一些凸出一般。而一面墙壁，平均就分布着大约几百张面孔！如此之高的密度，他根本躲不开这样的视线！

然而，更可怕的事情还早后面。润暗紧紧盯着地面，果不其然，地面上也开始出现了类似的轮廓！他被所有的视线包围了！接下来会发生些什么事情？

润暗刹那间感觉到背后一片冰冷！

怎么可能？他刚才的确靠着墙壁，但是现在却是站在房间中央啊！为什么，墙壁为什么会跑到他背后来？更可怕的是，他居然发现自己浑身一动也动不了，哪怕是想要眨一眨眼睛，动一动手指也做不到！

然后，他发现，脖子下方的身体开始麻痹，失去了所有感觉。

他逐渐意识到了什么……莫非，那些人之所以在这个房间消失是因为……现在他也要变成墙壁上的一个轮廓！

不可能的……他不可能杀死我的……

孙竹冕打心眼里希望这只是一个噩梦，然而，只见杀人魔拿着刀子就朝着自己的胸口刺来……

与此同时，孙竹冕真的感觉到有什么东西刺入了他的胸膛……一下，再是第二下，第三下……转瞬间，他的胸口已经被鲜血染红了。

剧痛真实地传导到他的神经，此刻他才开始发出惨叫声来。

明明，明明没有人真的在刺他，明明周围什么人也没有……可是他却在流血，他却真的感觉到剧烈的痛楚！

逃……逃走，一定要逃走啊……

但是，没用的。他逃到哪里，都不可能摆脱一个虚像。

"不……不要啊……"

这是他在这个世界上说的最后一句话。紧接着，孙竹冕的身体就倒在了地上。

润暗知道，他再稍微迟疑一下，立刻就会被墙壁融合，被带到异次元世界去了，而他的灵异能力仿佛都被封印在体内一般。

这个时候，记忆全部浮现在他的脑海中。父母留下的日记里，其中有一页在给润丽看以前，被他撕掉了，烧成了灰烬，但是那一页的内容被他牢牢记在了心里。

和阿静家的情况相反，具有先天灵异体质的，是他的母亲。母亲的母亲，也就是润暗和润丽的外婆，在怀上她的时候，有一次开车经过一个十字路口，遭遇了一次极其严重的车祸。那次车祸是一起连环撞车事故，所有人几乎都死了，而外婆居然在弥留之际将母亲生了下来。

当时润暗外婆的骨盆几乎被撞破，在这种情况下胎儿还可以存活，实在是不可想象的，甚至外婆生下母亲时也没有了意识。虽然母亲生下来的时候体重非常轻，但是身体很健康。

母亲就是这样一个本来应该死去、却活下来了的婴儿。然而，母亲后来渐渐发现自己的体质不同寻常，直到某一天，她遇到了一名灵媒师，被告知了真相。

母亲应该是被某一个在车祸中死去的怨灵找到的替身，也就是说，母亲的灵魂只有一部分属于当时的胎儿，因为母亲没有紫色眼睛，所以不具备灵异能力者的记忆。而她的孩子，也会具备灵异体质。

那个灵媒师告诉母亲，将来有一天，她的灵异能力也许会觉醒，如果那样，她身边的人可能会一个接一个死去，连她最爱的丈夫孩子也不能幸免。而那个时候，润丽已经出生了。虽然生下来的孩子也许会遭遇那样的不幸，但母亲还是奢望可以和丈夫厮守，陪伴自己的孩子长大。然而，后来还是发生了惨剧。

润暗感觉到，自己的身体正在逐渐和墙壁融合在一起，现在只有脸部略微凸出，然而，也正在被封入墙壁。看来过去来过这个房间的人，也都是如此消失的。

不……不要死……我还想活下去……我要和润丽一起活下去……

就在他的面部几乎已经没入墙壁的瞬间，忽然他感觉到浑身都震动了一下。周围的墙壁居然开始出现裂痕，随即，许多脸部轮廓开始消失。接着，裂痕开始扩展到整面墙壁，润暗感觉右手已经能动了。接着，他那已经被封入墙壁的左手也拨了出来。

"碍事的东西……全部给我消失吧！"

就在润暗打算跨出双腿时，墙壁里伸出一只手抓住了他的肩膀。然而几乎也是在同时，墙壁终于彻底垮了下来。奇异的是，没有一块碎片砸到润暗身上。

这个时候，门打开了，阿静和闻紫魅满脸讶异地看着身上都是灰土的润暗。阿静叫出声来："润暗，你……"

只见润暗的眼睛已经成为了紫色！润暗的灵异能力彻底苏醒了！

就在这一瞬间，一段记忆涌入他的脑海中。他顿时了解到，自己已经成为真正的灵异能力者，不再属于人类了，而是一种灵类生物。而他的瞳眼属性，是噬魂瞳眼。能力是可以将附体在人类体内的恶灵或者冤魂，用这双眼睛的力量直接将其扯出来，令其恢复本来面目。

"噬魂瞳眼？原来如此。紫色眼睛中，噬魂瞳眼也算是比较高级的鬼眼了。"闻紫魅还是不敢进来，详细解说起来："紫瞳中最强大的，是任森博的阴阳瞳眼，可以打开阴间之门或者将鬼魂送回阴间去。"

"那接下来呢？就是红色眼睛了？"润暗突然想到红瞳的等级在紫瞳之上。

"是啊。红色眼睛又称为恶灵鬼眼，如果眼睛变红，那么就是纯粹的恶灵体，只有用照灵镜照一下才能够将其消除掉。这种瞳眼虽然可以和鬼魂抗衡，但是毕竟不可能杀死鬼魂，而且这种力量属于暴走型，敌我不分的。"

润暗用手抚摸了一下眼睛，问道："紫色瞳眼主要有哪几种类型？"

"紫色瞳眼又称为生灵鬼眼，一共有七种，透视瞳眼、破邪瞳眼、凶像瞳眼、幻视瞳眼、噬魂瞳眼、裂灵瞳眼、阴阳瞳眼。不过，即使是最强的阴阳瞳眼，也只能将鬼魂送回阴间，并不能将其消灭。而且，生灵鬼眼的力量再强大，也只能对付有形的鬼魂体，对于那些无形的诅咒，是根本就没有任何对抗能力的……例如这次那三个人身上的虚像诅咒。"

润暗紫色的眼睛充满震愕："你……你说什么？"

"那是当然的啊。那些被诅咒的人本来就是死定了。"闻紫魅面无表情地说。

阿静却是一副如我所料的表情。她终于开口道："孙竹冕已经死了，今天是他的死亡日期。我们走吧，必须去处理他的尸体。"

"要不要我来猜猜你的想法？"回旅馆的路上堵车，润暗说道。

"哦？你不妨说说看。"阿静完全无所谓。

"左欣死的时候只惨叫了一声这一点很不自然。一个人身体受到伤害，神经接受到痛苦的信号而引发惨叫声，是很自然的事情……但是，如果当时，比起痛苦这件事情本身，还有更加令她为之震撼的感觉呢？"

"哦？怎么说？"

"例如，错愕。他们脑海中的那个虚像，如果任其发展下去，会怎么样呢？如果左欣也是遭遇了同样的事情，那么我大致可以想象了。脑海中产生回忆的场景，她无法控制，而这个虚像因为过于真实而令她恐惧不已。即使是最亲的人也无法倾诉，否则只会被视为精神病。如果是现实中的人，即使是一个鬼魂，也可以想办法逃避，但是现在无论对方是谁，那个杀人魔作为一个虚像都无法被抹杀掉，而且会不断产生变化……"

"你是说，接下来还会发生变化？"润丽插了话，"可是，无论虚像再怎么变化，又如何影响到现实中的人呢？这一点我不明白啊。"

"还有一件事情，也很令我在意。"润暗注意着阿静的表情，"那就是为什么林言臣没有看到应该可以看到的凶手。是不是可以做这样一个假设呢？虽然如果是鬼魂杀人，那么他看不到也就没什么可奇怪的，但是我却认为，并不是看不到，而是……根本就不存在。杀死左欣的凶手，根本不存在于现实中。"

润暗说出了他的结论："左欣是被她脑海中的虚像杀死的。那个不断变化的虚像，开始走上那道台阶，最后终于到达了她当时在那个房间所处位置，接着，她就被杀害了……"

润丽忽然感觉车内变得很冷。

"这也就可以解释为什么左欣要往天台上跑去。因为不管朝上还是朝下，那个虚像都一样无法从脑子里驱除。但是，虚像中那个杀人魔是沿着楼梯的台阶向上走，那么，如果逃走的时候再朝下，就感觉好像是在接近那个杀人魔。虽然这两者其实毫无区别，但是从心理上来说，她感觉往上跑，多少可以驱散一点恐惧感。"

阿静微微点了点头。

"她之所以只发出一声惨叫，是因为她没想到，虚像中的杀人魔对自己进行袭击，自己在现实中居然会受伤！"

没错，这就是这个诅咒的可怕之处。人类不可能逃脱脑海中的虚像，只有眼睁睁看着那个杀人魔不断在虚像中接近自己，并将自己杀害！

几滴液体滴在了孙竹冕身上，接着，他的身体居然和地面融为一体！

阿静拿着一个蓝色液体的小瓶子说："变色龙液体，这是我一周前刚刚研发的药水，是一种可以将人类的肤色，甚至衣服的纤维，都变得和周围环境颜色完全相同的液体,再滴上这种延迟尸体腐烂、能够将所有侵入尸体的微生物全部杀死的药水。这样他短时间内就不会被人发现了。"

阿静抬起头,看了看站在她身后面无人色的林言臣和唐英瑄。他们的死不过只是时间问题而已,根本就没有可能获救了。

阿静收好那瓶液体,对身后二人说道:"润丽,你先回旅馆去吧,我们有事情要谈。"

润丽本打算拒绝,但是当她看到阿静的眼神时,顿时打了个寒噤,此时阿静的眼神很认真,她很清楚,真惹怒了阿静的话,一瓶药水就可以让自己吃不了兜着走了,只好匆匆离开。

唐英瑄看阿静支开润丽,也感觉到了什么。她渐渐紧靠住林言臣:"言臣,也许……我们没有获救的可能了。"

"你……你说什么呀?英瑄?"林言臣完全被弄糊涂了。

阿静看了看四周,这个树林很茂密,人迹罕至,距离旅馆也有一段路程。她已经感觉到了真正的危险。

"最初我抱有过期待……但是现在,事实证明我想错了。"唐英瑄的脸色突然变得阴沉起来,"你们……也受到诅咒了,对不对?我的凶像瞳眼可以看得到哦,你们要面临的未来。小欣那个时候也是……你们根本就不打算救我们,只是作为试验品吧?"

凶像瞳眼?润暗立刻想起了闻紫魅的话,凶像瞳眼是可以预知危险而避开的,无论危险来源于何处。

林言臣的表情非常错愕。唐英瑄冷笑道:"你们都是伪善而已!哈哈哈哈哈……从小我就感觉奇怪,为什么我总可以预感到危险的来临而躲避呢?这是因为我具有鬼眼——凶像瞳眼!"说着,她用右手手指从双眼中取出了什么。

"我从八岁开始,就一直佩戴着隐形眼镜,遮挡住我眼睛的真正颜色!"

润暗和阿静都看得清清楚楚,唐英瑄的眼睛是紫色的!

"凶像瞳眼的能力在我十六岁那年彻底觉醒,让我具有了相关的记忆和对灵异事物的认识。"此刻唐英瑄的表情发生了变化，不再是那个看起来柔弱的女子，双目充满凶光。

"尽管是对鬼魂不具备什么攻击性的鬼眼，但是对躲避危险还是很有好处的。我也是到了十六岁才知道，为什么我身边一直有人死去，包括小时候死在电影院火灾中的朋友。这就是我们灵异体质者的宿命啊！注定没有朋友，也无法拥有爱人。遇到小欣的时候，我就知道，如果我和她交朋友，也许就会害死她，还有藤月，言臣，你也是。你们都因为我的存在，才会不断遭受危险的。这次你们之所以受到诅咒，也是我的体质的缘故，大家都会因为我而死。所以，言臣，至少让我为你做一点事情吧！"

唐英瑄目露凶光地看着润暗和阿静，说道："我会杀掉你们，对小欣见死不救的伪善的人！当初听说你们可以来找灵媒师提升灵异能力的时候，我还抱着大家可以一同存活下去的希望，因为如果伊先生有比我更强大的瞳眼能力，也许我们可以得救。但是，事实证明，无论我的灵异能力再强大，也不可能杀死一个虚像！那么，至少让我在被这个诅咒所杀害以前，为自己赎罪，言臣……我至少要让你活下去！本来，只要我自杀，在死亡日期以前死去，也可以救你。但是，我已经尝试自杀很多次了，结果都失败了……"

说到这里，她撸起袖子，手腕处有一条醒目的刀疤！

"大概我死不了吧……所以我只有这条路可以走了。"唐英瑄快步走过来，在距离润暗只有两三步距离的时候说道："真是抱歉了，伊先生。我本来是很崇拜、欣赏你的。但是没想到，你也不过只是一个伪善的人。如果，在藤月死之前你就来阻止，也许藤月就不会死，之后的事情也不会发生了。我无法原谅你……"

润暗将右手伸出，对身后的阿静说："阿静，你退后。这噬魂瞳眼我还不太熟练。很抱歉，唐小姐。我确实是见死不救了，我不会为自己的行为找借口。但是我和你一样，你想让林先生活下来，我也要保护我的妹妹。好不容易得到这个力量，我今后要使用这双眼睛，创造出让她活下去的希望。所以，我不可以死在这里，即使你阻止我，也是一样！"

阿静重重叹了口气，无奈地说："我第一眼看见你，就感觉出你是天生灵异体质者了，唐小姐。你也不用那么自责的，那些人的死，都是我们的宿命，并非你的罪责。大家都一样是为了生存而战，何必自相残杀呢？毕竟你还活着，现在就彻底放弃了？"

唐英瑄的双眼几乎要喷出火来："对小欣见死不救的你，有什么资格在那里对我说教？她，她是我最好的朋友啊……我们一起去公司应聘，她却完全不把我当竞争对手，那么温柔和善地对待我，她开朗的性格，把我从黑暗的泥沼中拖了出来。她如果没遇到我，就不会死，我们这些灵异体质者，本来就是最大的罪孽，既然如此……让我们全部都死吧！言臣，你快点离开！"

看来，这一战是无法避免了。

唐英瑄渐渐远离润暗，她很清楚，噬魂瞳眼比凶像瞳眼等级高，是可以将鬼魂拉出体内的。一旦自己体内的鬼魂被润暗拉出的话，她也就会失去凶像瞳眼的能力了。但是，润暗才刚刚得到这个力量，根本没有任何实战经验，但是凶像瞳眼她早就已经熟练运用了，所以，这一战，她的优势大一些。

润暗知道，先发制人很重要，但贸然出击会被对方发现破绽。二人现在的距离十步左右，还在对峙，寻找最佳的攻击时机。

林言臣跑到唐英瑄身旁说道："英瑄，住手吧，难道死的人还不够多吗？求求你，你就……"

唐英瑄的眼睛略微斜视了一下言臣，接着，言臣似乎是被什么魔力迷惑住一般，不再说话，安静地走到她身后去了。

这就是凶像瞳眼的摄魂能力，虽然凶像瞳眼主要是以预感危险为主，是主防御的鬼眼，但是也具有一些特殊能力，而这就是唐英瑄的王牌！

只要杀掉其中一人，林言臣就可以活下去。这就是唐英瑄现在脑子里唯一在思考的事情。其实她早就有觉悟了。

一阵风飘过，卷起了几片树叶，遮挡在对视的润暗和英瑄面前，就在这一刹那，唐英瑄抓住了机会。

"凶像瞳眼能力释放！"

一股强烈的气势袭向润暗，挡在他们中间的几片树叶居然在瞬间都被切为两段，润暗来不及闪躲，肩膀被割伤，血瞬间就洒了出来！

"我不会给你机会进攻的！"

唐英瑄找准机会继续攻击，她的眼睛进一步释放能力，润暗只感觉心脏一麻，胸口就像撞到了什么，身体一下冲了出去，撞到了后面的一棵树上！

润暗还来不及站起来，居然发现唐英瑄已经来到他面前，对方什么也不做，只是看着他，润暗顿时就感到喉咙一甜，一口鲜血喷了出来。

"你的能力还太弱了……你连百分之一的灵力也无法发挥出来呢，不知道你体内的鬼魂生前是怎么死的……我可是知道的哦，投胎在我身上的鬼魂，是一个被强盗杀害后分尸的女人，这种怨灵的力量，你是绝对挡不住的！"

润暗本打算反击，然而眉角又被划了一道伤口，他虽然迅速向后闪避，但是行动已经迟缓了许多。血很快模糊了他的左眼。

"差一点点……就可以弄瞎你一只眼睛了……"

唐英瑄不禁有些懊恼，眼睛可是灵异能力者间战斗的最重要武器啊！唐英瑄回头注意了一下阿静。阿静还是在原地一动不动，非常安静地观战，以她的性格，这多少有点不自然。

就在唐英瑄打算继续向润暗进攻的时候，却发现润暗的眼神开始发生变化。

"可恶，你想弄瞎我的眼睛吗？我都说过了，我是不可以死在这里的！"

润暗怒视着唐英瑄，瞬间释放出灵异能力。

"糟糕……让他有时间使用噬魂瞳眼了……"唐英瑄向前踏了两三步后，再度释放凶像瞳眼能力，谁知道，在释放的一瞬间，她那头齐肩长发居然被削断了！

"怎……怎么会……"唐英瑄不解地看着润暗，他刚刚获得噬魂瞳眼能力，难道那么快就能够精准攻击了？

"对不起，唐小姐，我不会让你死的，但是，我也不可以被你杀死。一定要拼个输赢的话，我只有夺走你的力量了！"

润暗的噬魂瞳眼锁定住了唐英瑄，大喝道："噬魂瞳眼！拉出她身上的鬼魂！"

唐英瑄立刻明白了，她绝对不可以让这样的事情发生！她的手狠狠攥紧，下定决心，即使把力量发挥到极限，也绝对不可以在这时候失去灵异能力！

就在这一瞬间，唐英瑄将凶像瞳眼的力量提升到极限，接着，紫瞳瞬间爆发出强大的威力，润暗也感到身体像被什么牵引住一般，空气中仿佛有一把看不见的刀刃袭来！他连忙用右手护住眼睛。他的整只右臂，一下被凶像瞳眼的力量切成了三段！

剧痛顿时袭来，润暗不得不跪下身子，血如同泉水一般喷涌。

"你输了，伊润暗。啊，任小姐，你最好别过来，我身体周围五米都是凶像瞳眼能力的释放范围，任何生物入侵都会受到攻击，别说我没警告过你哦。伊先生……抱歉了，你就受死吧！"

就在唐英瑄打算继续发动攻击的时候，却诧异万分地看到，润暗将断开的手接在一起，然后用左手取出一个小瓶子，用牙齿咬开了盖子。

那是……阿静的药水！

紧接着，润暗就把白色液体倾倒在两个断面上，只是一瞬间功夫，他再度抬起手来，手居然已经接好了！

"上次我忘记说了。"阿静的声音在唐英瑄背后响起，"这种药水不但可以愈合伤口，也可以将断开的肌肉或神经组织再度连接在一起，如何？非常方便吧？"

润暗抬起头来。唐英瑄意识到不妙，但是已经来不及了，噬魂瞳眼能力已经完全释放了！现在她根本动弹不得！

"让我把你体内那个女鬼给拉出来吧！"

"不……不要……"唐英瑄凄惨地喊叫着，她挣扎了几下，突然身子一软就倒了下去。

阿静这才松了一口气，急急地跑到她面前，拿出那瓶可以操纵脑神经的药水，滴进了唐英瑄嘴里。然后，阿静迅速将唐英瑄搀扶起来，喊道："润暗，快拉着林先生走！你马上打电话叫润丽到旅馆门口来！快！"

润暗明白为什么阿静会那么紧张。唐英瑄体内的鬼魂已经脱离了生灵的牵制，被他拉到了她的体外，接下来，谁也不知道那个鬼魂会怎么做。他点了点头，迅速拉起被眼前场面惊呆的林言臣，撒腿狂奔起来。

这时候，耳边居然传来了什么人在拨动草丛的声音。那个鬼魂就在附近！

润暗按捺不住好奇心回头一看，看见身后的密林深处，一个正在地上爬动的身影，正以惊人的速度向他这边追来！

"好……好快的速度！"

虽然润暗和阿静都带着一个人，但是二人都竭尽全力跑着，而身后那个黑影只是在爬行而已，速度居然快到和他们的距离始终在十米以内！

自从获得噬魂瞳眼能力以来，润暗就感觉精神力和体质似乎比以前好了许多，脚下如同生风一般，要不是因为带着林言臣，他此刻早就冲出这片树林了。

拨动草丛的声音越来越响，润暗已经不敢再回头看了，因为他怕一回头，说不定那个鬼魂就站在他身后。无论是哪种鬼眼，都不可能直接伤害鬼魂。

"阿静，怎么还没跑到车子那里？"

"少啰唆，应该快到了！"

二人说话间，眼前忽然出现了润暗的车子。润丽就站在车前，惊恐地看着他们。

"哥哥！阿静，你们……"

润丽这句话才刚出口，身边如同掠过一阵风一般，她还没反应过来，整个身子已经被拉进了车里。

"坐稳了啊，润丽。这是我有生以来第一次飙车……"

润暗刚准备发动引擎，突然看到一张惨白的脸出现在引擎盖上！

虽然润暗被吓得身体向后倾，但还是很快镇定下来，吼道："给我滚！噬魂瞳眼释放！"

鬼眼的能力也不是鸡肋，那张惨白的脸在被噬魂瞳眼直接冲击后，"嗖"的一下消失了。润暗咬着牙发动了引擎。

"润丽，阿静，坐稳了……"

车子咆哮着向前冲去，迅速驶上了附近的公路。

这条公路几乎没有看到任何人，润暗感到有些诡异。他扫了一下车后镜，顿时再度咬紧牙关。在昏暗的月光下，他依稀看到那个鬼魂还在公路上爬行着！而且速度完全追得上车子！

润暗知道，噬魂瞳眼只能牵制鬼魂，如果是正面冲突，自己绝对是没有胜算的。他只好继续踩油门。

这条公路没有多长，本来这个时候应该可以看到头了啊……但是，眼前还是延绵不绝的公路！再看向车后镜，那个鬼魂还是死死跟着，不管如何加速，始终和车子保持着一两米的距离。

润暗很清楚，如果这条公路变成无限长的话，汽油迟早会被耗光。这个鬼魂，到底该怎么对付才行啊？

他忽然想起了什么，对副驾驶座上的阿静说："你那个对付鬼魂的药水，可以用了。"

"你开什么玩笑，难道要我下车去洒药水吗？何况那个药水还不稳定，在真正的鬼魂身上还没有实验过呢。你难道不知道每个灵异体质者身上都有鬼魂吗？你把鬼魂从他们体内拉出来，这不是在找死吗？"

"我也是没有办法啊……总不能就那样……天啊！"

车后镜里，已经不再是一只鬼魂在追了，而是……三，四，五，六……数也数不清，后面好像还在不断增加！

"怎么会这样？这样被追上是迟早的事啊！"润暗开始绝望了，难道他要在死亡日期到来以前就在这里送命吗？估计是因为刚才释放了噬魂瞳眼，所以鬼魂不从正面攻击他们了，但是鬼眼的能力是有限的，那么多鬼魂……就算是阴阳瞳眼，也不一定对付得了啊。

这个时候，就连阿静也开始有点紧张了。这可是很难在她身上看到的表情。

"你有什么策略吗？"润暗发现自己越来越依赖阿静了。

阿静咬牙咬了很久，才说道："到目前为止，你也还没有产生出自己会死的预感吧？那么就别太担心了，我们的死劫并非是在这个地方。绝对不要向命运低头！"

就在这时，润暗突然看到车子前面站着一个人。然而，因为速度太快，即使立刻踩刹车也来不及了，那个人瞬间就被撞飞了！

阿静担心润暗会把车子停下来，几乎在撞上那人的同时就对润暗说："别停车！停车的话我们就完蛋了！现在不是考虑道义的时候！"

润暗其实也清楚这一点，所以只好心中默默地对那个人道歉，然后继续朝前开。

润暗突然发现，不知道从何时开始，车子两旁居然也各自有一只鬼魂在爬行！速度也和车子同步了！

这个时候，他总算是看清了，这是个头发不算长的女鬼，根据唐英瑄的说法，这个女鬼是被人分尸杀害的，果然在公路上拖了一段长长的血迹。而那个鬼魂在爬行的时候，头始终低垂着。

"快！释放灵异能力！最大范围！"阿静这么一喊，润暗才释放出能力来。车子两旁的鬼魂被触及，身体瞬间碎裂，头颅也飞到了空中。

"好厉害……"润暗自己也不敢相信。

"喂……润暗，"阿静问道，"眼睛变色的时候，你脑海里应该有一段关于附在你身上的鬼魂的信息吧？"

"嗯，是的。是一个被自己信赖的朋友背叛、在荒野被杀害的鬼魂，是非常凶残的鬼魂。"

"原来如此，如果死亡时间是在午夜零点的话，那绝对是一只厉鬼啊……难怪可以把这个女鬼的身体粉碎……"

但是，润暗丝毫不敢大意，目前他所释放的灵异能力最大范围是五米，这种程度只有近身战才有胜算。现在无论润暗还是阿静，都是满脸汗水。就在这时，润暗才突然注意到了一件让他毛骨悚然的事情。

车后座的润丽不见了！难怪……刚才他撞上人的时候，她都没有任何反应！他立刻踩下了刹车！

润暗刚一打开车门，就看见一只女鬼朝自己扑了过来！他连忙释放噬魂瞳眼能力，那个女鬼顿时在他眼前消失得无影无踪。此刻他已经愤怒到了极点，四处搜寻润丽，并扩大灵异能力释放范围。那些女鬼还没来得及接近他，身体就四分五裂了。不久，周围就看不见女鬼了。

然而，哪里也找不到润丽！

"润丽！润丽，你在哪里？"

这时，润暗又注意到了另一件毛骨悚然的事情。

车子不见了！只有他一个人站在这条没有尽头的公路上！

恐惧令他释放的灵异能力开始减弱了，而此时，公路上什么也没有，周围非常安静。

就在这时，他忽然听到背后传来了汽车的呼啸声。他还来不及回头，身体就被重重地撞出去了，在那一瞬间，他似乎听到了阿静的声音："别停车！停车的话我们就完蛋了！现在不是考虑道义的时候！"

润暗什么都明白了。接下来他的身体就重重地坠落在地面上，失去了知觉……

再说阿静那边，润暗从发现润丽不见了到下车，实际上全是他的幻觉，润丽一直好好地坐在车上。而阿静从撞上那个人开始，就感觉开车的润暗有点奇怪。再看后面的公路，虽然女鬼还在不断追赶，但是速度似乎慢了许多。

润丽也感觉有些不对劲了，她试探着叫道："哥哥……哥哥……"

润暗毫无反应。阿静立刻将手伸入衣袋内，拿着那瓶对付鬼魂的液体。就在这时，润暗的头转向阿静……

这不是润暗！是一张惨白的女人面孔！几乎在同时，阿静向这张脸洒上了药水，然后立刻握住方向盘！

因为速度很快，现在如果刹车，肯定会因为惯性撞上车窗玻璃，而当阿静的视线回到驾驶座时，那个女鬼已经不见了。于是她立刻挪坐到驾驶座上开车。

润丽急切地问道："哥哥呢？他跑到哪里去了？"

"我怎么知道啊……也不知道什么时候给调包了……现在只有先想办法对付这个女鬼了，没有别的办法！"

"不！不行！"润丽的头凑过来，"把车子开回去！开回去啊！我不能让哥哥死！"

"别说了，润丽！现在把车开回去根本救不了润暗。放心好了，好歹他体内也有一只鬼魂，现在又拥有了噬魂瞳眼能力，更何况死亡日期也没到，没那么容易死的……"

话虽然是这样说，但是阿静也紧张了起来。润暗不在的话，接下来如果她产生预知，那不知道会不会就是自己或者润丽遭遇灾厄呢？

"对了……润丽，如果要报预知时间，你应该先说什么？"

"黑峰！"

"很好，你是润丽，万一你也是假的，那我就不知道该怎么对付了……"

阿静突然感觉有些不对劲。

这种感觉……她忽然意识到了什么，猛地低头一看……那个女鬼的身体居然就伏在她脚下，正以怨毒的表情盯着她！

女鬼根本没有离开！一直在这个车子里！

这一次，阿静来不及拿药水了。她毕竟是人类体质，直接面对鬼魂袭击，是根本无法抵挡得住的！

润丽开始感觉奇怪，为什么阿静突然变得那么安静了？她渐渐感到了危险，于是问道："阿静，如果是你要报关键词，应该先说什么？"

没有回答！润丽感觉心彻底冰凉了！

这时候，她突然发现，脚下的空间，居然变成了一个正方形的空洞！接着，她就和林言臣、唐英瑄一起掉了下去！

润暗醒来的时候，居然感觉身上没有任何痛楚。这怎么可能？他刚才可是被车子撞飞了啊！而在他眼前，站着一个英俊无比的男子，而这个人……也有紫色眼睛！

"真的很难看啊，好歹你也是噬魂瞳眼的拥有者，再怎么样也不应该这么狼狈吧？不过你拥有紫色眼睛后，体质和复原力也变强了，否则，那一撞，你就算现在不死，也没办法保持意识。"

润暗环顾了一下四周，是在那条公路旁的草地上。他看着眼前的男子，问道："你……你是谁？也是灵异能力者？"

"嗯，也可以这么说。"

"什么意思？"

"我和你们的情况有点不太一样。你刚刚拥有这个鬼眼，所以操纵起来还不适应。某个人委托我来这里照顾你们一下，你要是刚获得鬼眼就失败了，他会很失望的。"

润暗打量了这个男子一番，忽然想起了什么，问道："那我妹妹呢？还有阿静？"

"哦？你放心吧，我已经使用了我的鬼眼，虽然不可能杀死那个女鬼，但是要救出两个女人还是不成问题的。哦，对了，还有两个被诅咒者，是吧？"

润暗还是不明白地问："你到底是谁啊？"

男子以极其冷漠的眼神看着润暗，音调低沉地说："你最好别多问了。我最憎恶的，就是你们这些灵异体质者……比起鬼魂，我更恨你们！"

润暗被他的眼神瞬间震慑住了，居然一动也动不了。

"要不是那个人的委托，我绝对不会来救你们的。伊润暗，好好地考虑一下未来该怎么办吧，不要以为拥有了鬼眼就可以高枕无忧了。你的能力，还处在噬魂瞳眼的最低程度。"他突然往前走了一段路，伸出双手在半空中摸索着什么，然后，用手指在天空中划出一个正方形。

接着，润暗就看到了令他目瞪口呆的一幕。一个正方形的空间裂缝出现在他眼前，随即，有四个人掉了出来，倒在地上。正是阿静、润丽、林言臣和唐英瑄！

"那个女鬼你就不用担心了，我已经用我的裂灵瞳眼在唐英瑄的身上施加了封印生灵气息的法印，她应该会另外再去找一个替身。接下来，就随便你怎么做了。"

裂灵瞳眼？润暗记得那是仅次于阴阳瞳眼的一种鬼眼！他还来不及问个究竟，那个男子的面前就出现了另外一道空间裂缝，他走了进去，随即，那道裂缝就恢复了原状。

唐英瑄睁开眼睛时，第一眼看见的，还是那个虚像！而此刻，那个杀人魔距离自己，只剩下三个台阶了！

果然……要死了吗？

"哦，你醒了啊。"

唐英瑄环顾一下四周，这里居然是她的家，而她正睡在自己家的床上！润暗和润丽坐在床边看着她。

"伊先生？"

"润丽，你去叫阿静过来。"

"啊，好！"

看着妹妹离开，润暗又帮唐英瑄披了披被子，说道："你终于醒了。怎么，还是对生命没有希望吗？还是憎恨着自己，憎恨着我们吗？"

唐英瑄沉默不语。她知道自己已经失去了灵异能力。

"那个鬼魂……距离你还有几级台阶？"

"还有三级。那么，我什么时候会死？不用隐瞒我了，伊先生。我现在没有能力伤害你了，言臣和我，都会死的……说到底，真正该死的，不正是我们这样的人吗？被鬼魂寄宿在灵魂之中，伤害身边每一个人，我们是不应该存在的……那个时候，如果你杀了我，或者我杀了你，对谁来说都是好事……"

"你还有完没完了！"润暗愤怒地咆哮道，"你以为死是那么容易的事情吗？有一死的决心，为什么还要放弃希望？难道不想活下来吗？不想看到明天的太阳吗？为什么要那么简单地否定自己的生存价值！什么叫我们该死？该不该死是谁决定的？你凭哪一点，连我，还有我妹妹的生存价值一起否定？"

唐英瑄悲伤地看着润暗，苦笑道："那我该怎么办？我该怎么逃走？我不可能消灭一个虚像的，不是吗？而且我现在连灵异能力也失去了。你的噬魂瞳眼也不可能救得了我的。其实，我真的好害怕，他在接近我……他在不断接近我……"

"你知道关于裂灵瞳眼的资料吗？"

"嗯？裂灵瞳眼？"

"一个有着这种鬼眼的人救了我们，他似乎能够制造出空间裂缝，这种鬼眼到底是……"

"可以分裂灵魂和亚空间的一种鬼眼，拥有的人极少。"这是阿静的声音，她不知道何时悄无声息地来到了门口："其实我感觉很奇怪。根据我的调查，这种瞳眼的拥有者，全国也不超过五个人，而且这五个人应该都在多年前去世了。这种鬼眼如此稀有，所以，那个人很可能是五人中一人的子嗣，不过他是受到谁的委托来救我们呢？如果能驱使一个拥有这么厉害的鬼眼的人，想必也不是泛泛之辈。"

润暗叹息一声道："真可惜。如果我拥有裂灵瞳眼的话，或许就可以想办法将那个在七楼的房间再度打开，说不定就可以解开诅咒了。阿静，鬼眼可以进化为高阶吗？"

"可以啊。不过，再厉害的灵异能力者，要做到这一点，恐怕也要花费一两年时间，越是高阶，跨越一阶就越困难。"

"那我该怎么办？我该怎么活下去？"唐英瑄再度绝望地低下了头。

该怎么和她说呢？润暗实在不忍心告诉她，今天就是她的死亡日期。即使唐英瑄现在就在他面前死去，他也不会觉得有什么奇怪。

润暗在对润丽提起那天出现的男子时，发现润丽神情有异，但是她什么也没说。莫非润丽认识那个人？

"如果真要说办法的话，也不是没有。"

阿静的这句话，犹如给唐英瑄注入了一针强心剂，她猛地抬起头，眼神里充满了对生存的渴望。

"润暗的噬魂瞳眼，虽然不可能杀死那个虚像，但也许可以改变一些事情。"

当她向唐英瑄详细解释一番，唐英瑄顿时双眼放出光彩来："真的可以吗？你没骗我？"

"骗你对我有什么好处？如果你真的决定了的话，润暗，你就用鬼眼紧紧盯着她的眼睛看。大约两分钟左右就可以了。"

润暗点了点头，对唐英瑄说："准备好了吗？"

"嗯，准备好了……"

润暗开始凝视着唐英瑄，说道："记住，这是最后的机会了。"

"嗯，我知道。"

就这样盯着润暗的双眼时，唐英瑄的虚像中，那个杀人魔又上了一级台阶！

"伊先生，快，求你快些……"

就在她话音未落之时，她忽然发现，在虚像之中，自己的视线居然可以移动了！噬魂瞳眼令她可以操纵虚像中的自己了！

唐英瑄于是闭上了眼睛，犹如正在那个古怪的房间一般。她毫不犹豫地朝门那边冲去，回忆着平面图，向电梯跑去。她刚走进去，就见杀人魔向电梯口冲来！

她看了看身边，却找不到任何武器，眼看那杀人魔距离电梯口只有一米了，电梯门终于关闭了。

她顿时全身瘫软，盯着电梯不断下降。只要到了一楼，再跑出去，就可以得救……对了，只要这样一直逃，等过了死亡日期，自己就可以得救了！

强烈的求生欲开始在她心中产生，唐英瑄从没像现在这样渴望活下去。然而，电梯却奇异地在五楼停住了。接着，电梯门打开了，外面空无一人，但是她却感觉背后被人一推，接着就倒在地板上，回头看的时候，电梯门已经关上了！

怎么可能……电梯里不可能有人的……

这时候，她才想起，此刻这是在虚像的世界，发生任何事情都不足为奇啊！她顿时不敢再坐电梯了，向楼梯口跑去，可是逃生梯的门居然……上了锁！

她顿时面色惨白，难道……就这样被锁在五楼了？要她再去坐电梯是绝对不敢了，但是，待在五楼的话……杀人魔会来找她的……

唐英瑄跑进五楼的营销部，冲进其中一间办公室，也没去想为什么办公室没上锁，就钻到了一张桌子底下。

周围一片寂静。

真是可悲……她实际上正待在自己家里，却要如此恐惧地蜷缩着。到底该怎么办？

走廊里响起了脚步声，她还听到了液体滴落在地面发出的声音，那一定是他刀子上的血吧？接着，隔壁办公室的门被猛地踹开了，她听到一阵翻箱倒柜的声音。他在搜索……待在这里被发现只是迟早的事……

唐英瑄睁开眼睛，看着润暗和阿静，双手紧抓住他们说："我要逃走啊……求你们救我……"

然而，她的耳边还是听得到那个杀人魔在隔壁办公室摔东西的声音，听得到他的喘息声。

阿静摇了摇头说："我们帮不了你的……你只有自己想办法才可以逃走。"

"别……别那么说啊……我不想死……我不想死……"

唐英瑄突然意识到了什么，把声音压低道："我现在说的话，他会不会听得到？"

润暗和阿静互相看了看，给她的回答是："我怎么会知道。"

唐英瑄又重新闭上了眼睛，而对面砸东西的声音……已经没有了，随即她听到了那个杀人魔发出的狞笑声……天，他会过来的！

不要……她不想死……不想死……

唐英瑄慢慢地在桌子间穿梭，搜寻可以充当武器的东西。但是，即使真的找到了，对方是持刀的男性，而且还不是人，自己怎么可能对付得了他？

脚步声越来越近了……

唐英瑄此刻连大气也不敢出，心中不断盘算着接下来可能发生的一切状况。如果发展到非要面对面搏斗的时候该怎么办？她只是一个弱女子，现在连灵异能力都没有了，正面对抗的话，被砍死的可能性非常高。

阿静看着此刻满脸是汗、闭目躺在床上的唐英瑄，摇了摇头，走出卧室，来到储藏室，把门打开。

储藏室中间倒着一个男人，他躺在一片血泊之中。这是林言臣，已经死了一天了。

"只剩下最后一个人了……"阿静压低声音说，"逃不掉的……谁也逃不掉……"

唐英瑄终于听到了进入这个办公室的脚步声。那个杀人魔正在搜寻自己。只听"咣当"一声，一张桌子被重重掀翻，只听到文件掉落在地上的声音。接着是第二张桌子……

唐英瑄此刻真希望自己是个魔术师，手里可以变出一把枪来，那么就能够对付那个杀人魔了。她决定孤注一掷了。

她猛地从桌子底下钻出来，跑到门口迅速关门。可是，还没等她锁门，一把刀就穿透了大门，她吓得连忙朝电梯跑去。不管电梯里现在有鬼没鬼，她都要进去了，因为不进去的话，自己绝对会死！

谁知道，她按下按钮，电梯还在缓慢地上来。而她已经听到身后传来的喘息声……

这时，电梯门开了！唐英瑄冲进电梯，就去关上电梯门。而鬼魂已经将一只手伸了进来，那只手上正拿着那把带血的刀！

杀人魔把电梯门慢慢打开了。唐英瑄知道，她已经死定了！

就在这时，突然冲过来一个浑身是血的男人，死死地抱住那个杀人魔,拼命把他往外拽。那个男人正是林言臣!

林言臣使尽了力气,才勉强把那个杀人魔抱出电梯,电梯门终于关上了。

林言臣的鬼魂救了唐英瑄。

然而,不祥的预感也升上她的心头,难道,林言臣已经……

唐英瑄很清楚,林言臣对自己一直默默地怀有爱慕之意,却一直没有表白。她也因为感受到了这份心意,才想回报林言臣,可是,她却反而让他给救了。

"谢谢你……言臣……"

终于,可以活下去了吗?

当唐英瑄知道自己的灵异体质会给身边的朋友带来杀身之祸时,她非常痛苦。明明什么也没有做,却感觉自己就是一个杀人犯。一个鬼魂寄宿在自己体内,不断伤害身边的人,自己却还要以此为自己的能力来源,对抗因此招致而来的鬼魂。光是想想就会发疯了。

但是,现在自己没有灵异能力了,今后也不用再恐惧什么了。如果可以活下去的话,她想好好地享受人生,想好好地活着……

电梯到达了一楼。终于……终于……可以离开了。

"逃不掉的……"阿静再一次重复了这句话。

就在唐英瑄接近公司大门的时候,一道铁闸门突然落下,将可以离开公司的大门堵住了!大厅里一片黑暗。

然后,一道光亮出现,另外一扇电梯门打开了。

唐英瑄回过头一看,是那个杀人魔!他的手上,正拿着林言臣的人头!

已经无路可逃了。唐英瑄只能够眼睁睁地看着杀人魔表情狰狞地一步步向自己走来,越来越近,越来越近……

第10章

〔啤酒鬼上身〕

灵异的话题，无论何时都是非常吸引公众眼球的新闻素材。在网络上，灵异爱好者们热烈探讨并互相交流资料。

"冥府之门"是一个非常有名的灵异网站，这个网站创办三年以来，会员已达几万名。而且，论坛的版规非常严格，版主每天都会严格审核各个帖子，对一些真实的灵异新闻素材加精，而那些伪造假灵异照片的都会删帖。主站定时更新各地的灵异新闻，而且所有新闻都附有照片，每次都是实地采访，做足了工夫。

这个如此负责的网站站长，名叫仇舜轩，他一直都致力于灵异现象的研究，在三年前聚集了一批同好，一起创办了"冥府之门"。他们惊奇地发现，如果仔细去找，真实的灵异现象数不胜数。

这一天，"冥府之门"论坛的版主岳洁窝在家里查看论坛的帖子，精华讨论区一个帖子引起了她的注意。

该帖主题名为"真实的鬼屋哦！有没有胆量去看看？"大家都了解这个论坛的作风，所以没有人敢未经确证乱发帖。而这个帖子出现在精华讨论区啊。

一个月后，"冥府之门"采访组的七名成员奔赴安川市西南方向，前往月青山上的著名鬼屋——拂晓之馆。

那是星期二的下午，七个人坐在两辆车上，沿着月青山的环形高速公路向山顶进发。这次的采访，已经征得该房子目前的主人——藤菊夫人的同意。拂晓之馆是已故安川市富豪东古南生前的居所。东古南曾经是叱咤制药界的大亨，他名下有不少产业，他和夫人藤菊没有子嗣，所以庞大的财产都由他夫人一手打理。

这次的采访组组长是站长仇舜轩，虽然他一直很注重实地采访，但是亲身参与还是第一次。他之所以如此重视，还是因为那个帖子。

发帖人的用户名为"失落的末裔"，他说自己是安川市人，是月青山附近的居民。拂晓之馆有不少闹鬼的传闻，而且，东古南本人的死也是众说纷纭。这个帖子只是列了一些信息，并没有任何实证。

仇舜轩的儿子在五年前去世了。本来他儿子是没有理由会死的。那天凌晨，他在家里睡觉，被阳台外吹来的风冻醒，却见儿子穿着单薄的睡衣站在阳台上。他想去叫儿子进来，突然儿子就转过头来，冷冷地看着自己。

那不是儿子的眼神。当时才三岁的儿子，对着自己冷笑，这种神情怎么看都太不自然了。接着，儿子就说了一句话："到拂晓之馆去吧！"

那个声音……不是儿子的声音！

仇舜轩就这样眼睁睁看着儿子爬上了阳台，他惊得几乎要停止呼吸，急忙上前要拉住儿子，可是来不及了，儿子坠下了阳台。

葬礼那天，妻子哭得死去活来。他默默地注视着儿子的遗像，他不相信儿子会自杀，那天在阳台上的人，真的是自己的儿子吗？他总感觉有什么线索存在。

在那之后，他开始疯狂地迷恋灵异现象，他认为这可以找出儿子死去的真正原因。然而妻子却认为丈夫走火入魔了，二人为此不知道争吵了多少次，感情彻底破裂了，最后离婚了。

离婚后的舜轩还是没有放弃，建立起了"冥府之门"，他搜集大量的灵异资料，就是想找出儿子的死因。而且，他心中还存着一丝幻想，儿子有没有可能还活着呢？尽管他自己也知道，这是非常荒谬的想法。但是，随着许多灵异现象被证实，他坚信，世界上的确有鬼魂存在。

而"拂晓之馆"这个名称，是和儿子的死相关的重要线索。岳洁是仇舜轩的好友，也知道他儿子的"遗言"。所以，她一看到那个帖子里提到了"拂晓山庄"，就立刻告诉了仇舜轩。因此，才有了今天的行动。采访组的七个人，大多是建站时的元老，有些人住在不同的城市，但是互相之间很熟悉。

山路很颠簸，负责开车的摄影师沈昂有些好奇地问坐在旁边的岳洁："副站长，为什么站长这次也来了？他平时不是很少到第一线吗？"

"站长他对这次的行动感兴趣啊。"岳洁笑吟吟地说，"你的技术是业界公认的，应该可以拍得到灵异照片吧？"

"那是自然！可惜的是，我至今还没有机会拍到真正的鬼魂啊……"

看他抚摸着挂在脖子上的照相机，岳洁会心地笑了，回头看了看仇舜轩，说道："站长，我们是先去拜访藤菊夫人吧？她似乎也忌讳那个房子，在拂晓之馆附近的一座房子住着。"

仇舜轩默默点了点头，就不再作声，看得出来他很紧张。

后面另外一辆车子里的四个人，有一名刚加入不久的新人，名叫丘叶。她并非是爱好灵异，而是因为恐惧灵异，她过去经常接触到各种灵异现象，比如家里突然有怪异的声音，经常在各种场所看到血迹，放置好的东西会自动改变方位等。因为太过害怕，大学毕业后不久，她就加入了这个专门研究灵异现象的网站，和一大群"行家"待在一起，她感觉比较安心。

其他三人是真正有经验的人。其中资历最老的人是录音师赵峰。因为鬼屋很可能会有鬼魂的说话声，人类的耳朵不一定听得到，但是仪器可以记录下来。而赵峰能够感觉到哪里可能有鬼魂聚集，就进行录音。这一点，他是很有自信的，过去他曾经多次录下过许多诡异的声音。

还有两个人，一个是招灵师颜瑞欣，她十岁就成功用笔仙招灵，后来也在海外主持过降灵会。这次为了能够拍摄到灵异照片、接触鬼魂，由她来进行降灵。另一个是超能力者童莫炎，他是年纪最小的，只有十六岁。他的超能力货真价实，不但能够透视，还可以通过念力成像、录音和写字，小时候因为父母发现了这种能力，被他的父亲带到赌场去透视骰子的点数，后来被人发现他父亲出老千，赌场的人砍死了他父亲，童莫炎却因为这件事情出了名。后来他母亲病死了，他被姑姑收养。"冥府之门"创建后，就有人请他来帮忙，他也答应了。不过，这孩子始终沉默寡言，不是很合群。

车子已经开到了藤菊夫人居住的绿屋前。绿屋伫立在月青山东侧的山岩下方，并没有想象中的豪华，是普通的西方庭院式建筑，整个屋子被一块环形绿色草地包围，屋子也是圆形的，东南西北各自都有着一扇门，外部是红砖墙，庭院内的草地修建得很整齐。

停下车后，仇舜轩、岳洁还有沈昂先走下车，随后后一辆车的人也都走了下来，一行七人沿着庭院前的小径向绿屋走去。

敲了敲门后，出来开门的，是一个梳着头髻的四十岁左右的女性，戴着眼镜，面无表情地看了看来客，道："是'冥府之门'采访组吧？请进，夫人等几位很久了。"

看起来似乎是女管家，因为她太过开门见山，而且表情又很刻板，仇舜轩一时也不知道该如何寒暄，只好礼节性地点了点头："那就打扰了。"

沿着门口的走廊来到中央，发现是绿屋的圆形构造中央，是一个巨大的圆形客厅。藤菊夫人就坐在客厅的沙发上，见仇舜轩等人进来，便站起身，表情看起来也是非常冷淡，说道："诸位请坐。"

气氛一时有些僵。仇舜轩只好先说话："夫人，您好。昨天通过电话后，我很感激您同意我们进入拂晓之馆，进行一个星期的采访……"

"就你们七个人吗？"藤菊夫人突然问出这句话，神情似乎带着一丝轻蔑，让人感觉有点不愉快，仇舜轩竟然一时愣住了。

"是……是的。"

藤菊夫人又说道："那么……小心一点吧。你们住在那里的时候，房间可以自由分配，各种设施可以随便使用，不过，你没有忘记条件吧？"

"是的，夫人。"

"那就好。我会让管家陪同你们一起去拂晓之馆。一周后……期待再度见到你们。"

不知怎么的，仇舜轩感觉有点诡异。所谓的条件，是指在这一个星期内，拂晓之馆所有出入口的钥匙，不能交给他们保管，而是由绿屋的人负责开门，然后再将门锁上离开。因为拂晓之馆的门无论内外，都需要钥匙才能够开启，所以一旦上锁，就等于让他们与外界隔绝。一个星期后，绿屋的人才会再来开门，让他们离去。

不想让外人持有亡夫生前住所的钥匙，这倒也可以理解，但是在封闭状态下生活一个星期，有一种被人关起来的感觉。而且毕竟是鬼屋，谁也不知道会不会有什么危险。但是仇舜轩考虑到，这是查证儿子死亡之谜的重要线索，就答应了下来。

藤菊夫人向那个站在她身后待命的女管家说道："芝芳，你带他们去拂晓之馆。把馆内的房间钥匙给他们，一小时内回来。"

"知道了，夫人。"

主仆二人的一问一答都太过机械了，而且说话的时候完全面无表情，语气也很冰冷。还未进入拂晓之馆，大家都已经感觉有些不对头了。

离开绿屋以后，仇舜轩让女管家坐到他的车上，发动了车子。距离拂晓之馆有半个钟头的路程，一路上，女管家始终一言不发，这让仇舜轩也无法和其他人对话，否则显得轻慢了。

在月青山的山巅，他们看到了拂晓之馆。

拂晓之馆是已故的著名建筑设计师左义的最后一件作品。整个房屋的格局都很不可思议。屋顶是一个巨大的五角星，五角对应着五扇门，角的尖端部位下面由一根柱子和地面连接，然后是一条长廊，一直通到门，就是五角星的中央部分了。奇怪的是，他们视线所及，墙壁外面没有一扇窗户。

"为什么要叫拂晓之馆，不叫五星之馆呢？"沈昂不由自主地询问起女管家来。

"星星的消逝，也就是拂晓的来临，不是吗？"

这个建筑只表现了"星"，哪里有表现"消逝"呢？大家一时间都不太明白，但是看女管家的表情，没有深入追问。

沿着距离车子最近的一个角，大家走入长廊，来到门前。

"已经很久没人住过，可能比较脏，要劳烦你们打扫了。这里的水电是和绿屋连在一起的，各位可以放心使用。"女管家一边叮嘱着，一边取出一把形状非常奇特的钥匙，钥匙的前端就是一个五角星。

门打开后，大家又吃了一惊。拂晓之馆的两边墙壁非常狭长，与地面成四十五度角倾斜，天花板是两边的墙壁合拢在一起。仇舜轩记得杂志上提到过，左义的建筑风格一贯都很怪异，根本不讲究建筑本身居住的实用性。在如此奇怪的走廊上走着，实在很是别扭。

地板是光滑的大理石，可以映照出身影来，仿佛下面还有一个自己在走动一般。不过，似乎因为长时间无人居住，地面堆积了不少灰尘，所以看得并不是很清楚。

他们走到了一个地方就停下来，女管家指了指左右两扇门说："各位，这两扇门都可以做卧室，你们自由分配。五个角的每一个入口，都有这样的两个房间，互相都连接起来，中间是客厅。"

大家顿时瞪大了眼睛，这简直是在开玩笑嘛！因为墙壁是倾斜的，所以门自然也是斜的，那房间里是什么光景？仇舜轩顿时想起了岛田庄司的《斜屋杀人事件》，难道左义设计这房子的时候参考了那本书？

"可不可以看看里面的房间？"仇舜轩着实有点不安，童莫炎却说道："放心好了，里面除了这扇墙壁倾斜外，其他都很正常。"

童莫炎的透视能力是大家都已经验证过的，所以也就相信了他。仇舜轩感到奇怪的是，那个女管家却丝毫没有对此提出疑问，说道："这边走。"

到了走廊，打开门一看，是一个非常特殊的客厅。

客厅中央，有一根巨大的柱子，柱子连接着地面和天花板，而奇特的是，那根柱子的底座，居然制作成人手的形状！而且制作得非常逼真，因为柱子也是肉色的！

刚刚踏入客厅的一瞬间，没反应过来的几个人还以为是真的人手，甚至尖叫了起来。再抬起头一看，却发现天花板上有一张巨大的脸，当然这是壁画，但是画得也实在太好了，看起来就仿佛随时会从画中出来一般，而且，那根肉色的柱子就直接连在壁画上那张脸下方应当是手臂的部位。这样一看，就如同是壁画中的人伸出了手来一般。

"太……太惊人了……"仇舜轩几乎看呆了，随即又看了看四周，更是惊异。因为他看到左右墙壁上，各自都画着一只巨大的脚，和上空的壁画连在一起。仔细环顾一番，这个客厅就如同是被一个巨人占据着。这气势实在是很大，说实在的，到现在为止，他都还很难把壁画和现实分开。

"仇先生，这是各个房间的钥匙，每个钥匙上都标注着房间的名字，每个房间都配备有厕所和厨房。"

"好的……"仇舜轩还在感叹着这个奇异的客厅，手已经接过了各个房间的钥匙。

女管家说道："那我要回去了，一周后再见。"她说最后一句话的时候，表情怪怪的。好像是在说，他们不能再见面了。

仇舜轩也没有多想，说道："好的，多谢您了，嗯……不好意思，请问您怎么称呼？"

"刘芝芳，你可以叫我刘管家。"

"好的，刘管家，请向夫人代为转达谢意。"

刘管家走到门口的时候，把门关上，又上了锁。这个拂晓之馆和外界的纽带被彻底切断了。

"那么，现在开始分配房间。"舜轩将平面图摊放在客厅的茶几上，拿出一支笔，在上面写名字。

"嗯，房间的分配由我决定，如果有异议可以再向我提出。今晚午夜零点，准时举行降灵会，由瑞欣来进行主持，大家各司其职，尽可能拍下灵异照片来。出现意外的话，由瑞欣和莫炎来负责善后。"

"闻小姐怎么说？"

"她说目前接受了几个委托，暂时没办法和我们见面了。"

阿静看起来有些失落，她此刻正坐在一台电脑前，似乎有些漫无目的地查询资料。而她现在打开的网页，写着"冥府之门"四个大字。

润暗浏览了一番后说："'冥府之门'啊，我找素材的时候也参考过这里面的资料呢。你也有兴趣？"

"嗯，因为这个网站比较正规，是很罕见的对灵异有些了解的人创办的。"阿静下载着一些资料，把鼠标一放："嗯，这台电脑的硬盘也快满了呢……"

阿静家一共有五台电脑，润暗实在好奇这里面都有些什么东西。

"你的噬魂瞳眼练习得如何？有什么心得？"阿静转过身开始和润暗谈了起来。

润暗抚摸了一下左眼："嗯，这几天在地下室的几个房间训练过后，已经试验了瞳眼的最大能力。一旦释放，我身上的灵气就会变成充满杀气的刀刃，不过还没办法像唐英瑄那样，连物质实体也可以攻击。她的凶像瞳眼不如我等级高，却砍断了我的手，要不是你把药给了我，我现在就变成独臂了。不过，对灵魂类生物的攻击应该是有效的，至少也可以给灵体制造袭击的障碍。"

"还不够呢，上次你被幻觉迷惑，差一点被你自己撞死。"阿静看起来一点儿也不满意，对润暗提出了明确要求："你目前的能力，肯定可以透视一般的隐形鬼魂了，但是对危险的预感力恐怕还比不上唐英瑄。原因就在于，噬魂瞳眼是攻击性鬼眼，你体内的鬼魂因为被自己信赖的人杀害，对世间充满怨恨和憎恶，这份恶意让你具有这种能力，所以你也要尝试提高自身的防御能力，毕竟再强大的鬼眼也不可能杀死鬼魂。最重要的一点……你必须要记住……"

她说到这里，回头看了看下载的进程，接着说道："在鬼眼能力苏醒后，你身边物理体质的人都会遭受鬼魂袭击，一一死去，就像我父亲当年那样。当然你不用担心我，我多少还具备一些灵异能力，但是普通人几乎是必死。所以我建议你宣布封笔，不再创作恐怖小说，那样你可以避免许多公众活动，然后要尽可能地和朋友断绝关系。"

"也好，反正我在银行还有不少存款，就算封笔，一两年内也不会有经济上的问题。"润暗其实也早就有这个打算了，忙于修炼鬼眼的他，哪里还抽得出时间写作。而且他考虑到未来可能还会搬到别的城市去，所以交友一直很注意分寸，不会和任何人产生过于深厚的感情，所以他基本在这个城市没有朋友。

"那么，接下来，下一次预感产生后，我们就可以投入实战了。"阿静又把头转回电脑屏幕，说："还记得我说过吧？过几天可以联系上闻紫魅的时候，我会请她做一面照灵镜给你，然后你尝试释放鬼眼到极限，变为鬼魂，我再用照灵镜把你变回来。嗯，你离我那么远干吗？”

润暗再度确证了他的猜测，阿静绝对不正常！不过，仔细回忆认识她到现在的每一件事，她哪里做过一件不疯狂的事情？

上次见识过唐英瑄身上的那个女鬼后，润暗只要一想到自己体内也有一只这样的鬼魂，就时常感觉不寒而栗，仿佛有人在自己的体内窥视一般，这实在是相当恶心的感觉。然而阿静说过，她对自己没有灵异体质很介意。为什么一样都是被诅咒者，世界观就相差那么大呢？

“还有……”阿静忽然话锋一转，“上次你提到的那个救了我们的俊美男子，我估计和这件事情有关系。”她打开一个网页，显示的是几个月前的新闻，标题是：“诺索兰公司遥州市分部发生火灾，死伤数十人。”

“这是十年前突然兴起的一家涉及多个产业领域的公司，其产品在国内市场份额相当大，这几年也开始有一些出口。本来，这也没有什么奇怪的，让我感觉奇怪的是……发生火灾以后，公司对媒体的报导进行限制，报道比较含糊。”

“这和那个紫色眼睛的男人有什么关系？”

“事实上，这三年来我搜集相关灵异现象资料时，发现诺索兰公司有不少闹鬼的传闻，也有一些人怀疑这家公司在进行什么秘密研究，因为该公司有逃税的嫌疑，不过后来似乎都通过关系摆平了。有些人认为，被公司上层掩盖的那些没有对外公开的支出，可能是用在什么见不得人的研究，因为这家公司一直都在从事着许多新领域产品的开发。该公司开发部的成员，占了全公司员工三分之一以上。”

“原来如此……”

“还有，关于闹鬼的传闻，我发现，许多人的说辞都有一个共通点，那就是红眼的鬼魂在公司出现，许多职员因此而辞职。红眼的鬼魂，很可能就是厉鬼，不是吗？但是有厉鬼出现的公司却没有死过人，不是很奇怪吗？所以我有一个假设。这家公司，恐怕是调查到了关于鬼眼的相关资料，然后想要进行研究。”

“研究？难不成拿鬼魂来研究？这也太变态了吧？”

“人类的贪婪和野心所产生的罪恶，较之鬼魂，可以说是有过之而无不及。灵异体质的人具有鬼魂的部分能力，如果诺索兰公司的人认为，控制住灵异体质者，就可以制造出可以驱使的鬼魂作为一种武器的话，也不是不可能的。但是这种想法注定是不可能实现的。我之所以认为那个男子和诺索兰公司有关系，是因为他的鬼眼……似乎不是自然生成的，而是人工的。"

润暗实在是对阿静佩服到不能再佩服了，阿静根本没和那个人见过面，居然可以推断到这一步，实在是不容易。

阿静继续说道："所谓人工，是指可能通过某种技术，实现了人工创造灵异体质，或者移植鬼眼。自然体质的裂灵瞳眼，虽然很高级，但是能够达到制造亚空间的能力，一般来说使用者本身身体会有很大负担，或者至少也要接近灵魂失控的状态，但是根据你的说法，他当时完全是游刃有余，我怀疑已经有人通过某种人工技术克服了裂灵瞳眼分割空间对身体造成的负担问题。我一直在研究这类药物，至今也还在理论阶段。"

"阿静啊……"

"有什么事情？"

"关于鬼眼的理论，你能不能一次性全部教给我？我不是你，没有花费三年时间搜集资料和研究，你不告诉我的话，很多事情我都不知道啊。"

"嗯，所以我正在下载可以让你了解这类知识的电子书，等会儿我发到你的邮箱去。"

难怪她刚才一直在注意下载进程，润暗实在是自叹弗如，发誓回去后一定要好好恶补，以后也能够担任解说的角色。

忽然，有个影像一瞬间掠过润暗的脑海……

"沈昂……沈昂会死……"

润暗的眼前，正是采访组的成员之一，摄影师沈昂！

"莫炎，有什么特别的感觉吗？"

在分配好房间后，坐在童莫炎旁边的摄影师沈昂半开玩笑地说："这里有没有亡灵存在啊？"

"我只感觉到有一些微妙的气息存在。是不是亡灵，还不好说呢……"

童莫炎答了一句，取过平面图看了看："我是住在瑞欣和赵峰的中间啊……"

平面图上表示着这个拂晓之馆的五角星形状中，两个角之间会由两个房间连起来，这两个房间则是用墙壁隔开，一共有十个房间。

这里实在是比绿屋要大多了，不知道为什么藤菊夫人会选择住在绿屋呢？即使害怕这里的闹鬼传闻，大可以住得更加远一点啊。但实际上从拂晓之馆到绿屋，也不过只有几公里而已。也正因为这五角星的形状，外侧的走廊两边倾斜，走路的时候要很小心，头才不会碰到墙壁。

每个房间布局都差不多，只有一些基本的家具。灰尘确实多了点，但是还是能扫干净的。房间的大小都差不多，所以分在哪个房间也都差不多。

仇舜轩拧开自己房间的门，走了进去。他很快就感觉到有些不和谐，环视了一下房间后，很快注意到，这个房间根本没有窗户！这是怎么回事？难道这个建筑完全隔绝外界的阳光吗？再怎么怪异，也不能不建造窗户啊。每个人的房间都是如此，整个拂晓之馆就没有一扇窗户。

"不错哦，挺有鬼屋的气氛嘛。"赵峰看起来倒显得有干劲了。但是仇舜轩却多少感到不安。

仇舜轩有些疑惑的是，即使天花板是五星的一角，两边的墙壁也不会完全并拢在一起啊。如果说要解释这个构造的话，那么墙壁上一定还留有空间，只是，为什么要将这空间封闭起来呢？

简直……简直就像要隐藏什么人一般……

人？他很奇怪自己为什么脑子里第一考虑到的是人，为什么不是认为隐藏着什么东西呢？

再拿着平面图仔细看，他的眉头越皱越紧，记忆似乎和眼前的图错位了，变得扭曲起来。平面图和馆内的构造确实是一致的，但是总体的布局，却和外面有许多不相符合的地方。他记得，之前在外面看的时候，角和角之间，似乎并没有房间连接着。

难道是完全在建筑内部，外面看不出来？但是这样的话，距离就和平面图上的标注完全不一样了。而且他记得刚才在外面的走廊上也走了很长时间，似乎和外面看到的长度也不太一样。怎么会产生这种不一致呢？内部和外部的不一致……

他脑子里突然产生了一个荒唐的念头。

他们现在走进的这个地方，真的是他刚才在外部所看到的这座馆吗？难道不是进入了一个异世界？不过这个念头很快就被他驱赶走了，即使真的如此，刘管家难道会没有察觉吗？

是的，这里就是拂晓之馆，不会有错的。儿子在跳下阳台前，要自己来的地方。

回到房间后，他决定先睡上一会儿，无论如何，今晚零点要准备进行降灵会，一定要养足精神才是。他先是把房间打扫一番，把被褥铺好，调好闹钟，然后把自己一定会带在身上的、一家三口的照片摆放在床头，看了看儿子那灿烂的笑脸，这才上了床。

童莫炎住进自己的房间后，也不打扫，就直接坐在满是灰尘的地面，从背包里取出一盒拼图来。

拼图是他唯一的爱好了，他将拼图打开，将一大堆拼板堆放在地上，开始拼了起来。他拼图的时候，都不会去看成品图，这次带来的盖子也是另外一副拼图的。他只记得这副拼图是一个人物。

沈昂正在兴奋地摆弄着手上的数码相机。过去，只要是他找准的地方，拍出来的照片多半都会有鬼魂存在。而这次他一进入这个地方，就感觉这个馆里一定有着他可以拍到的东西存在。

"那个叫沈昂的人，他背后有什么标志性建筑物？"阿静和润暗讨论起新产生的预知。

润暗仔细回忆了一下刚才的影像，说道："他背后黑糊糊的，没有什么很明显的标志，现在只好等待润丽得出时间了。得查出这个人在哪里啊。你还是继续在网上查户籍资料吧？"

"嗯，是啊……不过你要做好心理准备。这次你的灵异能力因为有了鬼眼，而得到了突破，所以我估计，你这次预知的范围可能已经不只是局限于这个城市，也许周边的城市也会预知到。你别露出那种眼神，再难找也得找出来不是吗？你也不想再看到有人死在你面前了吧？"

"嗯……我知道，一切都是为了我和润丽……"

润暗看着旁边的一面镜子，那双幽深的紫眼在自己的眼眶中，似乎浮动着光芒，看起来一点儿也不像是自己的眼睛……

闹铃把仇舜轩唤醒时，他支撑着疲惫和浸透冷汗的身体坐起来，环视周围，意识还停留在梦境里。他刚才做了噩梦，又梦到了儿子死去的那一幕。

将闹钟关闭后，他擦了擦额头上的冷汗，想要看看窗外，却这才回忆起这里没有窗户，根本无法知道外面是昼是夜。他打开房间的灯，开始穿衣。刚把门打来，就看到对面的门也打开了，走出来的是沈昂。

"站长，醒了啊？对了，你有没有闻到香味？我想晚餐是已经准备好了吧。"

走入巨人客厅，在那只巨手柱子旁已经摆起一张圆桌，上面已经放满了饭菜。

"怎么样？精神还好吧？"岳洁看了看仇舜轩有些疲惫的表情，有些担心地问道。

"没有关系。"仇舜轩选了一个空位坐下，发现只有童莫炎还没来。

"莫炎呢？他还没醒吗？"

丘叶立刻回答道："我去他的房间问过，他正在拼图，说现在不饿，我已经在他的房间里放了一份晚餐。"

"这样啊……那好，大家先吃饭，吃完饭后收拾一下，做好降灵会的准备。嗯，小丘，你是刚加入，要不要我解释一下规则？"

丘叶连忙说道："嗯，好啊，我也的确不太清楚。"

仇舜轩就开始解释："现在一般的降灵会多数都被判定为是作假，而我们的情况不一样。首先要注意的当然是安全措施，这一点大可放心，只要按照瑞欣指定的规则做，就绝对不会有事。降灵会开始的时候，要点上七根蜡烛放在圆桌上，我们必须全部聚集在桌子前，而瑞欣会用她的念力将这个房间的灵气集中到这里来，蜡烛如果熄灭或者摇曳，那就代表幽灵可能到来了。嗯，当然不用紧张，不光是瑞欣，还有莫炎在，类似的降灵会我们做过很多次了，从来没有出过事，他们两个都是很有能力的人，这点你可以放心。"

丘叶听着听着，多少有点紧张起来。不过既然仇舜轩看起来那么有自信，她也只好放宽心，毕竟有那么多人在，而且其中两个还是有通灵能力的。

"一般的降灵会禁止拍摄，但是我们在降灵会举行过程中，拍摄和录影都是允许的，因为我们这是真材实料的。到时候，全部过程由你来负责撰写，笔记本要随身带着。"

到了十点左右，七个人不约而同地紧张起来。虽然降灵会不是第一次举行了，但是这次是在一个全封闭的空间，万一真出了什么事情的话，那可是逃也逃不出去的。

童莫炎此刻还是在房间内拼图，按理说这时候他也该出来帮忙了，不过大家也知道他的过去很悲惨，所以只要他不做出太出格的举动，大家也都不会太过苛责他。

"好奇怪呵……"童莫炎不时抓着自己的头发，看着眼前的拼图，疑惑地说："过去我顶多三个小时就可以拼完的……可是拼了一下午，怎么还不到三分之一呢？"

目前拼的部分，只到了人物的脖子部位，连下巴也没有拼出来，这让他多少有点烦躁不安。

这时候，门打开了，瑞欣此刻已经换上了一身黑色长袍，对童莫炎说道："差不多准备好了，现在已经十一点了，你还待在这里拼图？"

"我过会儿就来，你们先等着吧，不是还有一个小时吗？"

"还有不少准备工作要做呢……莫非，你害怕了？"

童莫炎略略抬起头看了看瑞欣，冷笑道："害怕的是你才对吧。又不是天生灵异体质，你这种半路出家的招灵师，也只是运气好才没碰上真正凶恶的鬼魂吧。"

颜瑞欣莫名其妙地说："什么灵异体质？我听不懂啊。"

"呵呵……原来你还什么都不知道啊……"童莫炎把一块拼图放好后，抬起头说："那你看好哦……什么是天生灵异体质……"接着，童莫炎闭上了眼睛，过了大约五秒，他一下睁开眼睛，而此刻他的眼睛已经是紫色的了！

"这就是高级灵异体质者的象征——紫瞳鬼眼。"

颜瑞欣顿时呆住了，他的眼睛本来明明是黑色的，怎么突然变色了？而且那紫色的眼睛，感觉很妖异……

"幻视瞳眼……我真没想到你居然对于灵异体质的事情一无所知。所谓灵异体质，就是指一出生就被鬼魂附身的体质，一般来说可以遗传。不过我的情况是突变，我父母都不是灵异体质者。大概是因为这样，所以我可以自由操控鬼眼，变换瞳色。"

颜瑞欣很快镇定下来，说道："那又怎么样呢？虽然我的确不清楚鬼眼什么的，不过这不重要，我只负责让鬼魂显形而已，你既然有鬼眼，那么看得到鬼魂吗？"

"那是自然，最低等的透视瞳眼就是可以看到透明鬼魂的鬼眼，幻视瞳眼的透视能力比其强上数倍。"

颜瑞欣也不再理会他，说道："好了，你这是鬼眼还是人眼都一样，做好你的本职工作就可以了……降灵会就要开始了，快点出来吧。"

就在颜瑞欣走到门口的时候，童莫炎又拿起一块拼板，说："对了，其实这个馆除了没有窗户以外，还有一样东西也是没有的，不知道你注意到没有？"

"什么……"颜瑞欣回过头，"什么东西？"

"电话啊。无论哪个房间，都没有一台电话。"

颜瑞欣仔细回想着，这是怎么回事？简直像是故意切断我们和外界的联系一样……

十一点三刻的时候，七个人都聚集在圆桌前，客厅的灯已经关掉了。蜡烛也都已经点好放在圆桌上，穿着黑色长袍的颜瑞欣端坐着，其他人也都静静地等待着午夜零点的到来。

兴奋的沈昂已经将相机准备好了，而颜瑞欣也在感受着这个房间里弥漫着的灵气。童莫炎的眼睛已经恢复正常，他还是有些懊恼，拼图始终还是拼得太慢。这群人里最紧张的，其实是仇舜轩。他不知道在这里，自己会遭遇什么，最理想的状况，当然是可以看见儿子的魂魄，但是，接下来呢？他就什么也不知道了。

这时候，岳洁紧紧握住了他的手，那温情的眼神像是在安慰他，这让仇舜轩的心多少安定了一些。

终于，午夜零点的钟声响起，颜瑞欣猛地睁开了眼睛。降灵会开始了！

午夜零点一到，围坐在圆桌前的人，双手都将对方的手抓住，然后在心里默默祈祷。

颜瑞欣开始感受到灵魂正在被召唤到这里来。这一次的情况，似乎和过去的召唤都不太一样。

一般的民间传说，鬼多半都是担任恶的角色，似乎凡是鬼魂，无一例外，全部是要索取人性命的恶鬼。而研究灵异的时候，仇舜轩就反复强调，既然要客观地看待灵异现象，就不能过多地受到世俗想法的限制，不用太过恐惧鬼魂。

事实上，颜瑞欣也的确对鬼魂没有感到什么恐惧。因为即使鬼要害人，也应该是害生前对其造成伤害的人，恐怖片里的鬼莫名其妙地害人，都是为了吓唬观众胡乱编造出来的，没做亏心事的人，没有什么可怕的。

但是，今天她却感到一阵心悸。这是过去从未有过的感觉，她不禁开始动摇起来。似乎被她聚集到这里来的灵气，随时都会显现成一个索命冤魂一般。

尽管心里已经浮现出了恐惧，但她不可以让其他人看出来，还是尽量保持表面的镇静。接着，一股战栗突然袭上她的心头，那感觉几乎让她有逃走的冲动。不会错的……她很确信这一点。

有什么东西，已经进入了这个客厅。

虽然是研究灵异多年的人，但是今天的情况实在是太不同寻常了。平时举行的降灵会招来的幽灵，自己可以明显地感觉到其意图所在，无论善意还是恶意，至少能够了解对方。但是这次不同，她什么也感觉不到。她感觉不出来进来了的……是什么东西！

"瑞欣，可以拍摄了吗？"降灵会一开始，赵峰就已经开始进行录音，以记录任何一般人听不到的"声音"，沈昂也有些手痒了，于是急切地问了一句。

这话着实把颜瑞欣吓了一大跳，拍照？她现在不知道怎么的，居然就像一个普通人一样恐惧，一点也不像个招灵师，明明不是第一次招魂啊！

"啊……再，再等一会儿吧……"

她只怕到时候拍出一张照片，显示着在她背后站着一个幽灵什么的……她怎么也想不通，自己这次怎么会如此恐惧。

"还要等啊？那好，等蜡烛灭了的时候，我可是一定要拍了啊。"

颜瑞欣不禁有点后悔这次随同采访组来这里，当听说可能要一个星期封闭着生活时，她就有不好的预感。但是她和仇舜轩的交情不错，而且感觉"冥府之门"是她发展的一个不错的平台，所以才答应了下来。可是，她现在却觉得当初应该拒绝才对。

不过仔细想想，万一真出了事，用手机和绿屋的人联系，也就能够让他们来开门了。

就在这时候，蜡烛突然摇曳起来，沈昂顿时来了精神，说道："那我要拍了啊……"说着也不等其他人回答，就开始对着四处拍摄起来。

"瑞欣……"仇舜轩看她从刚才开始神色就有点异常，关切地问道："太勉强了吗？要不要明天这个时候再举行……"

"不，我能行的。你别担心了，站长。"

虽然嘴上那么说，但是颜瑞欣有一种非常强烈的被人窥视的感觉。现在室内的光源只有这几根蜡烛，客厅又那么大，如果有谁潜伏着而不让人发现，也是有可能的。颜瑞欣怀疑，那东西也许现在就在伺机而动。

这时，她突然想到了什么，对在她附近的童莫炎低声说："喂，你能不能用你的那个幻视瞳眼，去帮我看一看周围？"

"嗯，问题不大，不过我为什么要那么做？"童莫炎此刻就是一副我不帮你，你又能拿我怎么样的表情。

颜瑞欣虽然早知道这孩子心理受到过创伤，但还是有点气恼，危险的并不是只有她一个人！

战栗的感觉越来越明显，蜡烛的火光也渐渐变弱，已经有两根熄灭了。这本是降灵会的一个固定程序而已，然而对现在的颜瑞欣来说，却是一个噩梦般的征兆。看着沈昂不断在室内拍照，她的脑海里反复回响着一个声音，要阻止他！

她有预感，沈昂他……会拍出什么恐怖的照片来！

"停下……快停下！"她已经顾不得许多，立刻失控地喊了出来，接着破坏降灵会的规则，跑到沈昂面前抢过了相机，说道："别再拍了！'它'会出来的，'它'会出来杀掉所有人的！"

"你发什么神经啊？瑞欣？"沈昂正拍得兴起，突然被抢走了相机，连忙要去抢回来，然而颜瑞欣却死死地抓着相机。

其他人也都感觉颜瑞欣的反应不正常，哪有降灵会举行到一半，就主动跑开的招灵师啊？看来这降灵会是失败了。大家打开灯，都用埋怨的眼光看着颜瑞欣。沈昂也拿过了相机，嗔怪地说："真是的，你不是一向经验丰富吗？怎么这次也会如此慌张啊？"

倒是岳洁为颜瑞欣解围道："算了，也许刚来这里，瑞欣和这里的灵还不熟悉，所以不能发挥最大的能力吧。大家就给她一点儿时间吧，现在也很晚了，都去睡吧。"

虽然如此，降灵会举行到一半莫名其妙地中止，无疑给大家的心里蒙上了一层阴影。毕竟，颜瑞欣会如此慌张，是从来没有过先例的，她平时是最为从容镇定的人。记得有一次，在降灵会上拍摄出来的照片出现白影，而那影子距离瑞欣很近，她当时看了照片后也没把这当一回事。但是，现在她却如此恐惧即将被招来的魂魄，一点儿也不像过去的她。

而且……万一那个亡灵已经被招来，而没有被送回去的话……

每个人在进入房间的时候都睡不着，脑海里尽是胡思乱想。而沈昂是最难以入眠的一个，他索性打开相机，查看刚才拍摄的照片，看看有没有什么特别的状况。当时他也不记得自己拍了多少张，一张张播放出来，都没有什么特别的，没有看到任何鬼怪的身影。他也只好死了心，把相机放好，上床睡觉了。

沈昂因为下午太过兴奋，所以几乎都没睡着过，在床上躺了不到半个小时，困意就已经来袭。但是就在这个时候，他突然产生了一种诡异的感觉。刚才看的那些照片，虽然都很正常，但是为什么他总感觉有些不对劲？

虽然一时回忆不起来，但是他总感觉，似乎某一张照片中，照出了本不应该会出现的景象。他想要再起身去看，但是这时候眼皮已经开始打架，维持意识都很困难了，不久，他就彻底被瞌睡虫征服，进入了梦乡。

而童莫炎则还是回到房间里，继续玩他的拼图。说实话，他倒是有一点后悔没有在降灵会上使用幻视瞳眼，那样也许就可以看到那个鬼魂了。他此刻已经让眼睛变为紫色，环视着整个房间，他发现自己居然也有点紧张。

幻视瞳眼的能力，在润暗的噬魂瞳眼下一级，可以制造出非常逼真的幻觉，能够看到一般人无法看到的鬼魂，宁洛所具有的鬼眼就是幻视瞳眼。不过，虽说可以看到鬼魂，但是也不知道鬼魂的具体种类，所以他也不可能知道是不是存在有幻视瞳眼也看不见的亡灵。

而七个人中最为紧张恐惧的人，当然是丘叶了。她本来指望跟在这些人身边，即使身边再遇到灵异事件，也可以随时得到帮助，如今见这些"行家"也是一副如此胆怯的样子，这不禁让她打了退堂鼓。奈何这个地方是全封闭的，想逃也逃不出去。她回到房间里，索性开灯睡觉。但是光太刺眼又睡不着，无奈到了凌晨两点的时候又把灯关掉了。

而最为难以入眠的人，就是仇舜轩了。今天看到颜瑞欣的异常反应，更让他坚信，这里就是儿子死前让自己到来的场所。其实他始终认为，临死前露出那样眼神的儿子，恐怕是被什么邪祟之物上身了。因为他实在想不通，那么小的儿子，居然会去自杀。

那么，如果这个推论成立，说要自己到拂晓之馆去的，自然也是当时附在儿子身上的某个东西。但是，要自己来这里，究竟想要做什么？他已经来了，为什么那个东西还不现身在他面前？但是，这个房子里的确有东西在，是的……一定有。

第二天早上，大家聚在一起吃早餐的时候，不少人都显得不怎么精神，一看就知道昨晚睡得不太好。早饭是岳洁做的，每个人面前都放了一个火腿三明治，一杯酸奶。

"嗯，我是到了今天早上五点多才睡着的……"丘叶打了几个呵欠，"不知怎么的，翻来覆去的就是睡不着……"

仇舜轩看大家都不怎么有精神，他想索性今天下午让他们好好睡一觉，反正有一个星期的时间。就在这个时候，他注意到沈昂吃完了饭，正在查看数码相机。

"怎么样？阿昂？"仇舜轩心一紧，急促地问道："有拍到什么吗？"

沈昂回答道："啊，我在看……嗯，这，这张照片……"沈昂一下子皱起眉来，再仔细看了看照片，顿时惊惧起来，连忙跑到仇舜轩面前说："站长，你看看啊，这张照片！"

乍一看，这张照片没有什么奇怪的，就是七个人围坐在圆桌前举行降灵会……

等等……仇舜轩的思维顿时停滞住了！

七个人！

怎么可能会有七个人？按理来说，这是沈昂拍摄的照片，那么他自己不可能会被拍进去啊！他再仔细看了看，沈昂也在照片里面，他手上并没有拿相机。

这张照片……是谁帮他们拍的？很明显，这张照片是在拂晓之馆拍摄的，因为这后面的背景明显是那个人手柱子，但这里只有他们七个人而已，这个数码相机难道设置了自拍？但是很快沈昂就否认他没有那么设置过。而且即使设置了，相机一直挂在他脖子上，也没有理由会把他自己也拍进去啊！

所有人顿时毛骨悚然起来。这里是全封闭的地方，也没有阳光照射进来，所以就算知道屋外是白天，可是在室内是感觉不到的。

昨天晚上，在降灵会开始后，这个房子里的某个东西，拿走了沈昂的相机，然后帮他们拍下了这张照片……只能这么理解了！

"怎么会这样？"颜瑞欣是反应最大的人，此刻就是在客厅里，想到昨天晚上被潜伏在这里的某个不知名的存在拍下了她的身影，她顿时忍不住双腿打战。

不会错的！帮他们拍下了这张照片的那个东西……就在这个拂晓之馆里！

"联系……快联系绿屋的人……让我们离开这里吧！"此刻的颜瑞欣哪里还像是一个招灵师，完全就是一个普通人见鬼的反应了，甚至让刚加入的丘叶怀疑她就是个江湖骗子了。

"不行！"仇舜轩也很恐惧，但是这是了解儿子死因的关键，他怎么可以在这个时候离开？他需要这些人的能力，来帮助他探索这个拂晓之馆的谜团！

"各位，先别太紧张了。"仇舜轩正色道，"我们本来就是研究灵异现象的，怎么可以临阵退缩呢？还是先冷静下来，讨论一下吧。"

虽然话是那么说，但是大家还是很紧张，过去虽然也拍到过灵异照片，但那毕竟是他们拍鬼，如今居然完全颠倒了过来。而且，有形的鬼魂，还多少可以依靠瑞欣和莫炎，毕竟他们两个都是有通灵能力的人，就算鬼神也该敬他们三分，然而这次却完全是一个未知的东西。沈昂想到昨天晚上被一个……一个不知道是什么的东西拿走了自己的相机帮他们拍了照片，就不敢再去碰相机了。

"莫炎，瑞欣，"仇舜轩指示道，"你们两个负责分析一下照片。沈昂，你拍过那么多灵异照片，有没有什么见解？"

"啊，那个……"沈昂想了想，取出了笔记本电脑，"其实我有一个同好，那个人对灵异很有见解，我想把这张照片发给她，让她分析分析。"

"嗯，也好，不过别告诉她拍摄的地点，万一是其他网站的竞争对手就麻烦了。"

于是，沈昂把数码相机和笔记本电脑连在一起，这台电脑使用的是无线网卡，他在邮件里先大致说明了状况，然后把照片作为附件发到了那个同好的邮箱里。

阿静的电脑显示她有了一封新的邮件。点开那封新邮件，她对身后的润暗说："润暗，你过来。"

"什么事？"

"这张照片的七个人里，有没有你感应到的那个叫沈昂的男人？"

润暗凑过来一看，顿时惊叫道："没错，右边的这个男人……就是他！可是你怎么会搞到这张照片的？"

阿静立刻开始写回信。

在发送完那封邮件后，七个人都焦急地聚在电脑屏幕前等候回信。当显示有新邮件的时候，沈昂刚要去点，突然整个电脑屏幕都黑了！

"怎么，出故障了吗？"沈昂惊慌地查看，但不知道是什么问题，重启也没有用。他索性取出手机来上网，但是，发现手机居然无法打开！

"嗯，谁的手机能借我用一下？"

然而，其他六个人拿出自己的手机，竟然没有一个人的手机是可以打开的！其他人也开始查看自己的笔记本电脑……

果然，所有可以对外通讯的设备，全部原因不明地出现故障。简直是有谁想故意把他们封锁起来！

这突发的状况着实让人措手不及。换句话说，无论之后发生什么状况，他们都必须要在这里待上一星期了？

仇舜轩此刻也很恐惧，但是想查明儿子死因的心情终究占了上风。他的人生因此而彻底转折，多年的努力就是为了今天，怎么可以现在就打退堂鼓呢？

是的……为了儿子……他才创办了"冥府之门"，才来到这里。一切都是为了儿子啊！他无论如何也要继续留在这里！

"阿昂，修得好吗？无论手机还是笔记本电脑，你都很精通吧？"仇舜轩虽然觉得希望不大，但还是尝试着问了问沈昂，而他果然摇了摇头。

"我都查看过了，完全正常，就是无法使用了。这果然是灵异现象吗？"

仇舜轩叹了一口气说："算了，大家先各自回房间去吧，待在这里唉声叹气也不是个办法。反正一个星期内我们是不可能出得去了。到时候绿屋的人就会来开门让我们离开的，所以也别太担心了。"

虽然话是那么说，但是他也很清楚，一周的时间，要全然平安度过，实在太困难了。当初研究灵异的时候，他就考虑过危险性，是豁出性命的。但是，其他六个人只是出于爱好，无论再怎么狂热，也不可能会像他这样敢于冒生命危险。

有不少轻易接触灵异的人，最后的下场都很惨，不是死去就是行踪不明。儿子的死更是让他触目惊心，如果一定要深入的话，他知道也许自己也会死。他当然不可能不恐惧死亡，但是一想到儿子死得如此不明不白，他就无法释怀。

各人回到房间后，心情都很复杂。虽然大多数人心里都想着尽快离开这里，但是现在的确没有什么办法可以离开。可以离开的五扇门全部都是上了锁的，之前调查资料的时候看到过，大门是用特殊金属制成的，非常坚固，就算用枪械轰击也未必可以打开，更不用说使用人力了。而且室内也没有任何窗户，墙壁也都是钢筋水泥所造，根本就打不破。只要把门一锁，这里就是一个绝好的牢笼。

沈昂心里烦闷，关上门后，拿出一罐啤酒，开盖就喝了起来。

"到底是怎么回事啊……到底那是什么东西？"他就只是仰着脖子喝酒，啤酒顺着他的下巴流到了衣服上，也丝毫没有察觉。罐装啤酒实在不禁喝，五分钟不到就全进了肚子，因为心情差，他就把啤酒罐往地上一扔，继续开下一罐。

这个时候，被他扔掉的啤酒罐躺倒在墙角边，从里面又流出了些液体来。沈昂注意到这一点，感觉很奇怪，他刚才明明喝得一滴不剩，还把罐子倒置看看有没有啤酒流出来，确定一滴也没有了才扔掉的。可现在却流出了那么多液体来……这是怎么回事？

因为房间里没有窗户，所以光线不足，再加上地上铺了深红色的地毯，所以他看不清楚那液体的颜色。而那液体，却好像……在朝他的方向流动过来！

沈昂渐渐感觉不对劲了，那个本该几乎已经没有啤酒的易拉罐，怎么会突然流出那么多的液体来？他连忙凑过去仔细看。然而，他很快就注意到了一件事情……

啤酒的液体，在地毯上逐渐形成了一个……一个人的形状！

沈昂吓了一大跳，仔细一看，那的确是一个人形！

是巧合吗？然而在那个人形的脸部，就连眼睛、鼻子和嘴巴也看得清清楚楚。如果只是液体的流动，怎么会形成那么标准的人形出来？

他开始恐惧起来，马上要把地毯卷起来。但是地毯的一部分压在床底下，没办法移动。沈昂恨恨地踩了踩那块地毯，考虑要不要叫其他人来看看。但随即一想，这种程度就大惊小怪，自己还算什么灵异研究者？于是，他跑到旁边的厨房里，找到一把刀子，然后回到房间里，打算把那块沾湿的地毯给割去。

刀子很锋利，他尽量小心不割到自己的手。就在这时，他稍微割得斜了一点，刀子划过了那个人形的手臂部分，从那个被割开的断口上，居然又流出了液体来……

这一次沈昂看清楚了，似乎是……血！

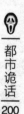

第 11 章
〔吃人的五角之馆〕

"不！不要！"沈昂顿时甩掉刀子，连忙向门口跑去，然而打开门跑到外面一看，他顿时惊呆了……

他居然又回到了自己的房间！

他再回头一看，门的两边，居然都是他的房间，无论怎么看都是一模一样！惊惧的他顿时退了回来，将门死死地关上，继续看着那个人形。流出的液体是越来越多了，而那个地毯上的人形……不，不可能！

他居然看到那个人形的手脚在摆动！

沈昂退到墙角处，惊恐不已地大喊："求求你，是我，是我不好，我不该割伤你的手……对不起……对不起……"

然而，整个房间里面，开始充斥着一种如同电锯运转时发出的声音。那个人形开始在地毯上移动了！地毯已经被割开一个大口子，而那个人形现在就在地毯上移动到了口子的另一边，正向沈昂这边飘过来！

沈昂这时候索性也豁出去了，他拿起那把刀子，跑到那个人形前，拼命地向下刺！那些液体飞溅出来，沾到他的身上，确实充满了血腥气。

不久，血液把地毯沾湿了一大片，那个人形也变得模糊不清了，沈昂这才松了口气，把刀子放了下来。他继续切割沾湿的地毯，也不管自己现在身上满是鲜血。最后，他把地毯卷了卷，再拿到浴室里，放入浴缸。因为昨天他已经在家里洗过澡，所以昨晚没用过这里的浴缸，现在浴缸里基本没有水。他拿出打火机来，点燃了那张地毯。

沈昂站在浴缸前，喘着粗气，慢慢地看着地毯被火焰舔食，接着，一股强烈的腥臭气扑面而来，那种如同电锯转动般的声音再度传来。

"死吧……你去死吧！"他真恨不得在这地毯上再浇上汽油，让它一口气烧光算了。而那股腥臭气越来越重，让他难以忍受。他皱了皱眉，实在待不下去，只好走出了浴室。刚离开不到一分钟，忽然浴室里就传来了什么人奔跑的声音，他连忙跑了回去，眼前的一幕，比他想象中更难以想象——浴缸里居然空无一物了！

沈昂甚至扑到浴缸里，去寻找有没有残留下来的灰烬。但是，什么也找不到！甚至空气中也闻不到那股怪味了，就连烟的味道也没有了。刚才，他真的在这里烧掉了地毯吗？

回到原来的房间，沈昂又仔细看了看地毯，居然也没有被他割掉过，还是保持着原来的样子！易拉罐还是好好地放在原地，没有流出任何液体来，打开门，外面一切正常。而他看了看身上，之前的血迹也消失了。

难道刚才的一切……都是幻觉吗？是他太过紧张而产生的幻觉？似乎这是唯一的解释了。

想到或许是幻觉，沈昂总算松了口气。他又打开一罐啤酒来喝。逐渐有了些醉意后，他索性就以"大"字形躺在床上。

暂时……应该没问题了吧？

但是，沈昂忽然感觉到，这床上似乎有腥臭气息。那气息和之前在厕所里闻到的一模一样！他连忙起身看了看床单，又蹲下身子看了看床底下，根本什么也没有。

但是，哪里来的腥臭气息呢？那个人形……不是幻觉！它还潜藏在这个房间的某个地方！他咬了咬牙，继续搜寻它的存在，可是不管怎么找，也毫无踪影。可是，这股腥臭气的确是在房间里面，这是不会有错的。

干脆换个房间住吧？但是，换到哪里去呢？把这里发生的事情告诉站长他们，他们会相信自己吗？不过，他是无论如何不要住这里了。

沈昂准备收拾一下东西去找仇舜轩，然后让他重新帮自己分配房间。就在沈昂打算离开的时候，忽然不知道什么原因，感觉全身乏力，走一步路都感觉很辛苦。没办法，只好坐下休息。

然而，坐下后，那种乏力感不但没有减少，反而不断增加。腥臭气实在是让人难以忍受，他眉头紧皱，好几次想要站起身来，但是都做不到。

奇怪了，怎么身体都动不了呢？这个问题沈昂怎么也想不通。

他有一种预感，那个人形正在窥视着他，准备要对他动手……不能再等了！

于是，准备扯开嗓子大喊，让别人来帮他。正准备张口，突然……从背后伸出一只黝黑的手来，将他的嘴死死地捂住了！

沈昂顿时什么都明白了！

那个人形……就在他衣服的背面！所以他才感觉身体没力气，因为他承受着两个人的重量！

"润丽，这么说来，今天就是那个叫沈昂的人的死亡日期？"

润丽正在报社的办公室里和哥哥打电话："是啊，怎么了？不是昨天就告诉你了吗？"

"我们已经确定他和'冥府之门'网站有关系，是那个网站的工作人员。必须要尽快找到他才行，刚才我们就尝试联系那个网站的负责人，但是都联系不上。"

润丽明白了，说道："好的，我帮你们调查。今天就是死亡日期啊，动作得快一点了，再见了，哥哥！"

她刚搁下电话，手就飞快地在键盘上飞舞起来。

当时在那条死亡公路上，她真的差一点儿以为自己会死，没想到居然得救了。听哥哥说，救了他们的是一个紫色眼睛的男子，根据哥哥的描述，很像以前自己见到过的那个奇怪的紫瞳男子，他当时说，还有机会再见面的……莫非就是他吗？

润丽还记得，当时那个男子眼中满是冰冷，似乎充满了仇恨和憎恶。在注视自己的时候，眼神中丝毫看不到善意。但是，那样的他却救了他们，这么说，其实他也并不是那么冷酷的吗？

其实阿静提到的事情，润丽也去查过一些，关于阿静提到的三年前她母亲死去的那场车祸，新闻报道是一名妇女被公车轧死，灵异的部分只字未提，看起来只是普通的车祸而已。

润丽甚至搞不懂，"冥府之门"的经费是哪里来的？没有色情内容也没有广告链接，经费肯定会吃紧，而且这个网站几乎没有收费服务，也就是说根本不赚钱啊！网站是怎么支持下来的？

唯一的答案是——某个人在赞助这个网站，那个人非常有钱。估计很可能是和网站的创办人达成了什么协议，提供给他们经费，同时利用他们的网站来搜集灵异方面的资料和情报吧。

会这样做的人，又符合有钱这个条件，很可能会是……阿静的父亲！如果是需要灵异情报的话，那么，必然是有这方面需求。而且阿静的父亲凭借全知全能的预知能力，想赚钱是非常容易的。

哥哥提过，那个紫瞳男子说是受人委托来救他们的。那么那个委托人会不会也是阿静的父亲？无论他们兄妹还是阿静，都没有什么亲朋好友，会特意委托他来救人，多半就是阿静的父亲了。

阿静的父亲真的很关心自己的女儿呢。想到这里，润丽不禁有些落寞。七年前父母就死了，她再也没有机会受到这样的关爱了，这样一想，居然有些嫉妒阿静……

润暗发来了那张照片后，润丽点开看了。然而，她仔细数了数，照片上只有六个人而已。

润丽连忙打电话给哥哥，问道："喂，哥哥，怎么回事啊？你不是说照片上有七个人吗？"

"你……你说什么啊？"

"只有六个人，绝对没有第七个人！我看得清清楚楚的！"

"怎么会……"润暗突然想到了什么，"右边……照片最右边的人就是沈昂，看到了没有？"

"最右边？没有啊，最右边没有人啊。"

沈昂消失了。无论在照片上，还是在现实中。

他的房间的地毯上，留下了两个清晰的、类似人的形状。其中一个形状，手脚摆动得很不自然，看起来，就如同在挣扎一般……

润暗打开电脑重新看照片时，也发现了这一点。

"看来，很可能沈昂已经死了。"他感叹自己还是迟了一步。接着，他注意到照片里面的一个少年，对阿静说："不会错的，是他。今天早上我预知到下一个会死的人，就是这个少年。润丽刚才发了短信给我，说明天还会有人死，而且是两个人！"

阿静只是"嗯"了一声，继续端详着那个少年，说道："居然是童莫炎啊……那个具有幻视瞳眼的少年……"

"你知道他？"

"我好歹也搜集了那么多灵异方面的资料，怎么可能连那么有名的人物都不知道。你昨天有没有好好看我给你的电子书啊？"阿静看起来着实有点头痛，继续详细解释道："童莫炎是一个突变类的灵异能力者，事实上有一些鬼眼本身是原本的初级瞳眼变异产生的。不过他的瞳眼并不是变异后产生的新种鬼眼，而是可以自由操纵瞳色的能力。正因为这样，他身边并没有如同一般的灵异体质者那样，不断有人死去。"

润暗听到这里，顿时兴奋不已地问："可以达到这种能力吗？消除掉鬼眼会降祸的副作用？真的可以吗？"

"只是这类突变者会出现而已，你的体质是不允许做到这一点的。不过，我正在研究可以达到这一功效的药物，已经研究了两年左右。"

润暗不禁纳闷，究竟阿静研究了多少药物啊？而且每种药都那么强悍，连可以伤害鬼魂体的药水都制作出来了。

"那……这样的药物大概何时可以制成呢？"润暗现在因为眼睛的颜色变化，每次和人见面，都要解释自己戴着一副隐形眼镜，和任何人说话都不敢超过三句，就怕因为和别人接触频繁而导致对方死亡。还好润丽是灵异体质者，不需要担心被降灾，否则他也得和她断绝兄妹关系。

阿静将电脑里的一个文档打开，里面有密密麻麻的化学方程式，还有大量理论依据和实际灵异案例报告，看得润暗头昏眼花，他摆了摆手说："你直接说结论吧，过程我看不懂。"

润暗记得闻紫魅说过，阿静的智慧是因为获得灵异能力而提升的，为什么他没有感觉自己的智商有很大变化呢？

"总之，这个药水的配制，还缺乏重要的配方。所以我有一个想法。"阿静看着那张照片，露出一丝狂热的笑容："如果，能够得到那双变异眼睛的解析成分，也许我的药就能研制成功了！"

疯了……润暗认为灵异能力根本是在让人疯狂！

他之前询问过阿静，为什么她没有天生灵异体质，却也可以获得灵异能力。阿静告诉她，这是因为和她父亲长期接触的原因。但是润暗总感觉这个说法有一个巨大的漏洞。

物理体质的人，如果长期和具有鬼眼的灵异体质者生活或者接触，就有可能诡异地死亡。阿静的父亲导致了他的父母和亲朋好友一一死亡，连自己的妻子也遭受厄运而死去，那么，为什么物理体质的阿静却会没事，反而还得到了灵异能力呢？

阿静和他的伙伴关系，是建立在共同利益的基础之上的，虽然也相处了一段时间，双方都已经比较信任，但是，润暗始终感觉阿静对他有所隐瞒。

阿静如果是物理体质的话，不应该活到现在。那么，一个疑问也就产生了。她真的不是先天灵异体质者吗？

润暗认为这一点很值得怀疑，到目前为止，说自己不是先天灵异体质的，只是她一个人。虽然没有紫色眼睛，但是也有可能和他一样是潜性的体质。她难道是对于润暗还有所顾忌，所以那么说让润暗放松警惕？又或者是"欺骗敌人，必先欺骗同伴"的策略？

之前遇到闻紫魅的时候，她也没有对阿静自称物理体质产生异议，但是那个灵媒师不会想不到这个漏洞吧？按阿静的说法，她父亲与闻紫魅认识，那么，会不会是阿静父亲的指示，隐藏阿静实际上的确具备灵异体质的事实呢？润暗越想越感觉有可能。

不过，他并没有就这个漏洞询问阿静。因为目前双方是合作关系，信任是基础，虽然有疑问，但他毕竟也对灵异方面的事情了解有限，所以只要阿静不想说，他也不打算勉强，也许她有自己的苦衷。

"那我先回去了，阿静，有消息我再过来。"润暗看了看也快到中午了，于是起身告辞。

阿静点点头道："那好，我还有事情，就不送了。"

润暗离开房间后，她又重新开始操作起电脑来。

"你可以出来了，紫魅，变色龙液体的解除液洒三滴就可以了。"

话音刚落，旁边的墙壁边上，显现出一个女人的身影来。她笑着看着一脸从容的阿静，说："可把我憋坏了呢，不管怎么样，希望这次能够有愉快的工作经历啊。"

阿静用手托着下巴，看着那张照片，说："润暗能知道的事情，暂时也只有这么多了。鬼眼是为了吞噬掉灵魂而存在的，如果让鬼眼启动，他就会一天比一天更加接近鬼魂。因为现在是初期，所以'征兆'还不明显。毕竟还需要继续观察他……物理体质很不方便，但是为了进行药物实验也是没办法的。"

"不过，这样好吗？用自己的身体进行实验，你应该知道这很危险吧？"

"危险？"阿静冷笑了一声，忽然一把掐住闻紫魅的脖子，眼神突然变得极其凶残，吼道："你根本什么也不懂！这三年来，我所看到的绝望！为了活下去，我什么都可以做，但是母亲遗传给我的血，让我在冷酷地计算的同时还需要兼顾人性！我早就什么都豁出去了，就算会死，我也绝对不要在自己的死亡日期死去！"

"你……你放开……我……"

阿静这时恢复了冷静，把手放开，一下又变得正常了，连忙向闻紫魅道歉："对不起，刚才……我好像被什么侵入了大脑一般……"

"难道是那个药的副作用吗？你还是不要继续服用那个药物了吧？"闻紫魅一点儿也不介意，非常关心阿静的身体："阿静，你父亲是我的救命恩人，我必定要好好地回报你。其实，你的做法，你父亲想必不会赞同的，你是在以自己的身体赌博啊……"

"我绝对不要被命运摆布，被那些东西决定我的死期……"阿静双膝跪倒在地，头倚靠在墙壁上："把那个药拿给我吧，我现在没什么力气。今天又是服药的日期了，没有那种药，我就无法维系灵异能力……"

"你的身体真的可以支撑下去吗？我担心副作用会越来越伤害身体的，

毕竟目前你的体质是物理性质的啊……"

"没关系。我很清楚，用一般的方法，根本不可能将这恐怖的宿命打破，我只有尝试着拿自己的性命和命运赌博，才有可能走出一条生存下去的路。"说到这里的时候，她的身体开始痉挛抽搐，不断冒出冷汗。

"而且，没那个药的话，你知道后果吧？我早就没有回头路了！"

闻紫魅知道，阿静的话也是事实，只好答应了。

因为闻紫魅很清楚，如果没有那个药水，以阿静目前体内残存的灵异能力，恐怕是没有能力抗拒的……抗拒那个东西入侵她的身体……

在拂晓之馆内，现在还没有人发现沈昂出事了。大家都还各自待在房间里，做自己的事情。童莫炎还是继续在完成他的拼图。在此期间，他还是继续打开自己的幻视瞳眼。说实话，他也很恐惧有一天自己会变成真正的鬼魂。

附在自己身上的鬼魂是一个因为失恋而上吊自杀的男人，似乎已经死了三十年左右了。每次使用鬼眼的时候，他都会有一种感觉，似乎这双眼睛并不是属于自己的，而是另外一个人在使用这双眼睛看着自己面前的一切。

尤其是在镜子前，这种感觉尤其强烈，似乎是某个人在凝视着自己一般，而镜子里映出的眼睛所蕴含的感情，根本就不属于自己。他很担心在未来某一天，自己的身体也会被鬼魂彻底侵占。他之所以玩拼图，就是为了集中精神，锻炼自己的精神力，以防止那一天的到来。

目前，他已经把这个拼图拼到了接近下巴的部分，进度实在太慢了。他继续搜寻合适的拼板时，突然注意到一件事情。目前他拼好的那个部分，看上去很像是一个人的脖子被切断的样子。

他自己也感觉这想法太怪异了，立刻想把这个念头从脑海里赶出去，然而，他却发现接下来越看越像是被砍去了人头的一截脖子。拼板的边缘仿佛就像是断面一般，似乎随时都会喷出血来。

这种感觉越来越真实，连他自己也想不明白为什么挥不去这个念头，甚至到后来，他居然因此而感到很恶心，跑进厕所去呕吐了一番。只要脑子一回想到那副拼图，就无法止住呕吐，几乎要把昨天的晚饭连同今天的早饭全部吐出来，胃里空荡荡了，他还是继续干呕着。

如同着魔一般，童莫炎跑出厕所，继续进行拼图，只有把脖子上的头部完成，他才能驱散这种诡异的感觉。但是他还是拼得很慢，过了很长时间，嘴唇才被他拼了出来。他知道，不把整个头部给拼完，恶心的感觉就不会消失。

终于，经过几个小时全神贯注的拼图后，脸部基本完成了，只剩下最后一块，就可以将这张脸的眼睛部分拼好，整张拼图就可以完成了。

但是，童莫炎却发现最后一块拼图消失了。

这是怎么回事？难道落在家里没有带来吗？现在的拼图看起来就如同缺少了一只眼睛，看着实在相当不舒服。

这时候，他感觉到拼图里这张脸的另外一只眼睛，似乎死死地瞪着他，仿佛要他立刻把另外一只眼睛拼完。

"这……这不能怪我啊……"童莫炎急得几乎要哭出来，他完全无法理解自己为什么那么急切地要把它拼好。

然而那只眼睛却还是将视线移向他，似乎不肯放过他一般。

"别……别看着我！别看着我！"他抬手就想要打翻拼图，然而，不知道怎么的，他居然下不了手。

"最后一块拼图去哪里了？到底去了哪里？"他翻遍了整个房间，也找不到那块拼图。他甚至跑到其他人的房间，敲开门就问："你们有没有看见我的拼图？"

最后到仇舜轩的房门口时，仇舜轩刚打开门，童莫炎就凶狠地瞪着他，吼道："是不是你？是不是你藏了我的拼图？"

仇舜轩根本不明白是怎么回事，不解地问："拼图？我根本没去过你的房间啊，莫炎。"

"你说谎！你说谎！"童莫炎已经失去了理智，像是被什么魔鬼上身了一般，居然一拳挥向仇舜轩，要不是仇舜轩躲得快，这一拳是会打得吐血的。

"你疯了吗？莫炎？我怎么可能知道你的拼图在哪里？"仇舜轩感觉此

时的童莫炎很不正常，他过去也就是有点不合群，但是从来没有这样狂暴过，甚至动手打人。而童莫炎以充满憎恶的眼神看了看他，就冲进他的房间去找拼图。

"在哪里？在哪里啊，那块拼图！"他此时脑子里只有那只拼图上的眼睛，没一会儿就把仇舜轩的房间翻得一塌糊涂，不久后，听到动静赶来的几个人连忙拉住童莫炎，岳洁以柔和的口气问道："嗯，莫炎，到底发生什么事情了？你的拼图不见了？"

此时童莫炎的神情完全可以用癫狂来形容，即使是想要杀人的眼神，也不过如此了。

"还给我！快把我的拼图还给我！"

他继续歇斯底里地吼叫，就如同那块拼图是他的性命，谁要是藏起了它，他就要把那人碎尸万段一样。

"你说什么？"仇舜轩怀疑自己听错了，又对岳洁问了一遍："你是说阿昂消失了？"

"是的。刚才我就奇怪，闹出那么大动静，他居然一直都没有出现，他平时可是很喜欢凑热闹的人啊。于是我到他房间去看了看，结果没有看到人啊！"

仇舜轩咬了咬牙说："你们几个，先把莫炎带回他的房间去，没收他的钥匙，把他的房门给锁上！其他人跟我一起去找阿昂！"

童莫炎被几个男人压制着，疯狂地挣扎，但是听到这句话，却大为骇然地哀求道："别，别把我关起来！不要！"

仇舜轩现在只想着沈昂的事情，根本没时间理会童莫炎了，吩咐了一句，就开始和其他几个人一起搜索。其实这个拂晓之馆的设计是很有规律的，不看平面图也可以轻易地找到路，而且房间的布置也很简单，能藏人的地方不多，连储藏室或者地下室都没有，如果找不到的话，沈昂难道是蒸发了不成？

童莫炎被关进自己的房间后，赵峰拿着钥匙关上门："莫炎，抱歉了，你先待在里面冷静冷静，食物我们会送进来的。"接着，他就开始上锁，却听到童莫炎拼命地擂打着门，发出歇斯底里的喊叫："别把我关在这里！

别把我关在这里！"

童莫炎以前虽然不爱亲近人，但还保持着起码的礼貌，现在实在是判若两人。这种反常，也令赵峰开始感觉到这个拂晓之馆的确是个不能够轻易进入的场所，难怪是安川市的著名恐怖传说之一。原本以为自己通过多年的灵异现象研究，完全可以应付任何状况，现在看来，恐怕他们几个只是粗通皮毛而已，实际上根本就是外行人。

而童莫炎此刻还在不断地擂门，甚至想用身体去撞击，然而就在这时，他忽然注意到了什么，回头一看，那副拼图居然就在自己脚边！

怎么可能？自己刚才明明把拼图放在距离门很远的一段距离，怎么跑到这里来了？他明明是锁好了门再离开的！

而那只眼睛，依旧凝视着童莫炎，看起来已经有了极其明显的变化，由原来的冰冷视线，开始变为恶毒的眼神，只是看着就不寒而栗了。

童莫炎蹲下身子，抚摸着那副拼图，喃喃自语道："不，不要，不要那么看着我……这不是我的错，我也不知道为什么没有最后一块拼图的……别那么看着我！"

他终于再也忍受不了了，一脚把拼图踢散！一时间几百块拼板散落在房间各处，而他这时候，仿佛才从魔障中苏醒一般，倚靠在门边，浑身虚脱到几乎没有一点儿力气，回忆之前自己凶神恶煞的样子，怎么也想不明白为什么他会那样做？简直像是鬼上身一般。

不过，现在总算没事了……

童莫炎决定休息一会儿，于是躺倒在床上，没多久就睡着了。

"咳、咳……"

阿静在吞药的时候太心急，一下子呛着了，把不少水都咳了出来。

"这药好奇怪，绿色的药片，闻着一点儿味道也没有啊。"闻紫魅捏着一粒如同糖球般大小的绿色药片，好奇地问："你怎么做出来的啊？"

"这个是……商业机密……"阿静好不容易才止住了咳嗽，擦了擦嘴角的水迹，"多谢你了，我感觉好多了。我的身体还必须支持下去……直到我的死亡日期到来。在那以前，必须准备足够的筹码，才足以与宿命一搏。紫魅，有件事情想麻烦你。"

"嗯？什么事情？"

"你用什么办法都可以……如果，童莫炎死了的话，你要想办法把他的双眼弄来给我。他的眼睛是我制作可以压抑灵异能力、变换瞳色的最佳材料，这样以后行动起来就方便了。"

闻紫魅点头道："好，我听你的。你对能变换瞳色药物的执著，是因为你母亲的死吧？"

"没错……咳，咳……"阿静服药后，脸上虽然有了血色，不过看起来身体还是有点不适应："如果有这种药水，咳……那么像我父亲那样的人，就不会被视为不祥之子，也就，咳……不会因此而失去身边至亲的人了……"

这时候，电话响了起来。阿静连忙接起来："润暗？"

"嗯，龙岳，下一个要死的人，名叫丘叶，她在照片上的位置是在……"

也不知道睡了多久，当童莫炎醒来的时候，看了看表，居然已经是晚上十一点了！他居然睡了那么长时间！而门口还放着两份食物。

他匆匆扒了几口饭，看着地面上散落的拼图，始终还是感觉很不舒服，打算干脆把它们全部扔掉算了。

但是接下来，他突然感到有点不对劲了。因为喜欢玩拼图，所以他平时总会去买上一大堆拼图放在家里面，这次是随手拿了一盒就放在包里出门了，当时根本没怎么注意。但是现在仔细回想起来，他记得当时拿的那一盒，似乎……画面应该是动物！现在为什么成了一张人脸？

当时因为他把拼板盒子上有着成品图的盖子拿掉了，所以他没办法知道拼图拼出来是什么样子，以至于现在才回忆了起来。

他连忙去翻自己的包，居然又找到了一盒拼图！里面的拼图粗略看了看，的确就是他最初拿的那盒拼图！那么……少了一块拼板的这副拼图……是从哪里来的？

不……比那更重要的事情是……那真的是拼图吗？接着他突然想到，

那副拼图上的人脸，似乎很眼熟，在哪里见到过呢？难道就因为缺少了一只眼睛，自己就想不起来了吗？

童莫炎开始搜索自己的记忆库，小时候因为特异的体质，很多人都将他当做异类看待，根本没有什么朋友。而好赌的父亲在他五岁的时候，就带他出入地下赌场。那个时候的他，根本不了解那些人为什么对几个骰子的点数大小如此介意，还能因为这个决定谁的钱可以给谁，他完全不能理解。

长大了一点之后，童莫炎认识到赌博是不好的行为，开始劝说父亲，但是每次都是被毒打。母亲太软弱，身体又不太好，从来也不阻止父亲的行为，不断放任他。不过因为自己的透视能力，父亲倒是有赌必赢，否则以他的赌瘾，他们家早就倾家荡产了。

但是父亲依靠自己的透视能力所赢得的钱，根本不用在正经的投资或者做生意上，而是胡乱挥霍，不懂节制。而且父亲好逸恶劳，可以依靠儿子作为摇钱树，他哪里还会想去工作？如果自己拒绝去赌场，父亲就会用尽各种方法威逼利诱，完全是将自己当成提款机。

终于有一天，童莫炎突然想到，如果告诉别人，父亲是通过出老千的方式赢钱的，那么就不可能再有一家赌场让他进门了。于是，某一天，他居然真的就在透视骰子的时候，说出了父亲赢钱的秘密，当着赌场所有人的面！

这还了得？出老千自然是开赌场的人最为痛恨的，而且父亲出入的都是黑社会性质的地下赌场，多数都有些地方势力，哪里还会管什么法律？自然是将他父亲带出赌场后，将其乱刀砍死！要不是当时正好有一辆警车经过，童莫炎也会被赌场的人杀死。

他还记得，父亲最后被砍死时，那种怨毒的神情，那双眼睛……对了……他想起来了！

那些赌场的人，在砍父亲以前，说要先给他点教训，看看他敢不敢再出老千，于是就把他的左眼给刺瞎了！当时他们还没打算要他的命，但是后来父亲对他们破口大骂，惹恼了他们，才把父亲杀死的。

父亲憎恨自己……没错……他很恨自己……

童莫炎终于想起来了，那副拼图的人脸就是父亲！那个他永远也不想再看见的恶魔！为什么会这个样子的？

他忽然感觉到一股浓烈的血腥气息开始充斥在这个房间里，他仔细看了看周围，立刻一屁股跌坐在地上，嘴里只能断断续续地发出意义不明的声音，不断向墙角退去。

地上哪里还是什么拼图碎片，分明是……一块块鲜血淋漓的肉块！

"我……我恨你！是你把我当做摇钱树的，你凭什么回来找我报仇？不要……不要……"

他只看见地板上还滚落着一颗眼球，那颗眼球还是那样笔直地瞪视着自己，紧接着，地上的肉块居然全部都蠕动着爬行，渐渐地开始慢慢聚拢起来，逐渐在地上形成一张完整的人脸。

"你是魔鬼……你不是我父亲！"童莫炎刚说了这句话，突然感觉喉咙里堵住了什么东西，拼命咳嗽起来。

好不容易止住了咳嗽，他重新看向那张血肉模糊的人脸，却发现……那里已经变回了一张普通的拼图！只是缺少了一块而已！

"你这是什么意思？我不欠你任何东西！你的眼睛……你的眼睛不是我刺瞎的，不要来问我要！"莫炎似乎完全没有了自己的意识，仿佛精神被什么东西操纵了一般。他死死地盯着那副拼图，就这样对峙着。那拼图上的画面，的确是他父亲，而且，是满脸是血的父亲！而那个空缺的眼眶部分，也似乎在往外冒血！那到底是拼图里的血，还是拼图外的血，童莫炎已经分辨不出来了……

"你出不来的，我不会让你出来！"童莫炎将手伸向自己的眼眶，咬了咬牙，狂吼一声，居然生生挖出了自己的左眼眼球！他挖出眼球后，似乎没有任何痛楚，就把这颗眼球塞到了那个空缺了一块拼图的缝隙里！

"你出不来的……我出不来的……"

童莫炎已经完全没有了理智，而空无一物的眼眶处，还在不断地向下滴血，童莫炎狂笑起来。

"我不会让你把我带到那个世界去的……不会……你出不来了……你出不来了……"

接着，他就一头栽倒在地。

听到童莫炎的惨叫声，仇舜轩等人都跑到他的房间前，将门打开。他们看到了很恐怖的一幕，童莫炎的一只眼睛里居然是一个凹陷的空洞，鲜血已经将他身体周边染红。再不想办法止血，他必死无疑！

"喂，快……快点想办法止血啊！你们谁带了急救药品？"

虽然大家手忙脚乱地想办法，但是这里实在条件有限，血根本就止不住。出血量不断增加，最后童莫炎还是断了气。

此刻是……午夜零点。

润丽预知会死两个人的第三天开始了。

五个人全部都恐惧地看着童莫炎，连大气也不敢出。

"报警……得报警啊……"丘叶第一个说道，"这，这是谋杀啊，喂，是这样吧？你们说话啊！"

"不管是不是谋杀，报警是不可能办得到的，我们没有可以跟外界联系的途径。"颜瑞欣是最镇定的，她仔细看了看童莫炎的尸体，说："如果这是谋杀，那就是纯粹的密室杀人啊……有钥匙的站长，是在和我谈话的时候一起听到惨叫的。我倒比较倾向自杀。你们看，他的右手手掌心的血迹似乎太多了吧？虽然有可能是眼珠被挖掉再捂住伤口，但是你们看，大拇指、食指和中指部分的血迹最为集中，不可能有人在眼珠挖掉后还刻意把手指伸进凹陷的眼眶里吧？"

"你……你是说，他是自己把眼珠挖出来的？这怎么可能呢？他为什么要那么做？"仇舜轩对这个结论感到很不可思议。

"你们还记得吗？他当时一直在说要找最后一块拼图吧？但是，好奇怪啊，"颜瑞欣注意了一下周围，问道："拼图在哪里呢？"

"是不是这副啊？"赵峰翻了翻童莫炎的包，找出了那副动物拼图，打开看了看说："完全没有拼过啊。不过，应该就是这副吧？"

颜瑞欣凑过来看了看，斩钉截铁地说："不，不是这副。那天我看过他在拼图。这些拼图碎片粗略看来是一群动物，但我记得那天他拼的是一个人像。那副拼图到哪里去了？"

丘叶此刻已经吓得几乎哭出来了，她实在不理解，拼图什么的有什么关系啊？而且，现在沈昂也失踪了……剩下来的五个人会怎么样？想到这里，她猛地拿起一把椅子就跑出房间，向门口冲去！她要逃走，绝对不要再留在这里！

丘叶对着大门猛砸了好几下，却毫无用处。

"没用的。"颜瑞欣走过来拦住她，"我们找不到阿昂后不是尝试过撞门吗？这门是打不破的，墙壁就更不用说了，除非我们身上有电锯或者炸弹，否则根本出不去。"

丘叶却如同没有听到一般，还在继续砸门，她已经什么也顾不得了。一个大活人居然在一个封闭的馆内消失，而被锁在房间里的童莫炎居然莫名其妙地挖出自己的眼珠死去，再加上那张诡异的照片，她绝对不想再在这里待一分钟！

丘叶从出生到现在，几乎不断遭遇灵异现象，她能活到今天，连自己都感觉不可思议。大概还只有三岁的时候，她就会在晚上听到女人的哭声；和同学一起走着走着，就会进入莫名其妙的地方，和自己原先所在地至少有几公里的距离；再大一点，她经常能在镜子里看到莫名其妙的身影。

因为她经常遭遇灵异事件，所以破格加入了网站的工作组中。本以为和一群对灵异有经验的人在一起，就算还是会碰到鬼，至少也互相有个照应，没想到那个有超能力的少年居然也死了……丘叶知道，再在这里待下去，自己迟早都会被杀死！

"我不要死……我不要死……"

丘叶双眼血红地不断砸门，但是这门造得实在结实，椅子都被砸破了，门上居然连个痕迹都没有。

"我们没有办法出去的，丘叶。"岳洁以她一贯温柔的口吻说，"无论如何，还是大家聚集在一起商量一下吧。你现在这样，根本不是个办法啊……"

"不，我要出去，我要出去！"丘叶手中的椅子，四条腿已经断了三条，椅背也已经是破破烂烂的了，可是她还是在继续砸。

"就算出不去，要是有人经过，也有可能听到这声音的，我们可以求救。"丘叶终于砸断了最后一条椅腿，又拿起另外一把椅子开始砸。

事实上，根本不可能有人经过。拂晓之馆是鬼屋，在这周围居住的居民都很清楚，怎么可能会到这附近来？而且月青山并不是什么旅游胜地，山峰也不算特别高，无论游客还是登山爱好者都不会选择到这里来。不管丘叶弄出再大声音，也不可能被人听到的。她本人当然不是不清楚这一点，但是她此刻已经没有了理智，只想着要离开。

大家上前要拦住她，她就拼命挣扎，甚至要拿椅子来砸他们。大家索性也不去管她，就让她在那边砸门，反正等她意识到这一点行不通的时候，自然就会放弃了。

客厅大家是不敢再去了，于是都集中到了仇舜轩的房间里。仇舜轩坐下后，眼光注视着那张全家福，随即转向三人说道："现在的情况，我知道大家心里都非常惊恐。我也一样。阿昂是失踪了，而莫炎挖出了左眼自杀，嗯，姑且就当莫炎是自杀的吧。现在我们的问题在于，这究竟是人为事件，还是灵异现象呢？"

大家顿时沉思起来。确实，目前的情况看来，几乎不可能是人为事件。姑且不去说莫炎，阿昂的失踪实在是无法理解。即使人死了，也该有尸体，但是他却在这个封闭的馆内完全消失了。这只能够理解为……一种灵异现象吧。除非这个拂晓之馆有暗道存在。

"那么姑且先退一步，现在阿昂他生死不明，而莫炎则是因为不明原因自杀，你们有什么看法呢？"仇舜轩再次发问，"嗯……我先整理一下目前的事态发展。我们入住这里的第一天，在午夜零点时举行降灵会，然后昨天的早餐餐桌上，阿昂发现了那张奇怪的照片，接着我们因为感到害怕，各自回到了房间里。大概中午的时候，莫炎突然反常地要找一片拼图，还对我们非常凶狠地大叫大喊。他被我们关入房间，就逐渐安静了下来。紧接着我们发现阿昂不见了，开始四处寻找他，但是却没能找到他。一小时前，因为莫炎房间里的叫喊把我们惊醒，所以我们就去他的房间查看……"

听到这里，岳洁突然说道："等一下……你们不感觉奇怪吗？阿昂和莫炎几乎是同时出事的吧？仔细回想起来，回到房间以后，我们各自也就无法知道其他人的情况如何。阿昂的房间的地上，掉了一罐啤酒，他房间的地毯上，有两个奇怪的黑色人形影子。怎么会那么巧，连续有两个那么像人形的污迹？"

大家都是研究灵异的，有些话不需要说得太明白，稍微一点，就全都心领神会了，几个人看着脚下的地毯，顿时浑身都不自在起来。

"巧，巧合吧？"赵峰的声音已经明显哆嗦起来，连他都尚且如此，如果丘叶在这里，还不知道会吓成什么样子。

"这当然只是我的推测。"岳洁继续说道，"还有就是莫炎的死。他挖出自己的眼珠，和拼图之间，我认为是存在着联系的。根据瑞欣的说法，房间里找不到他之前一直在拼的图。以他早上那副把拼图当成命根子一般看待的样子，我不认为他会随意将其丢弃，何况在那以后他就被锁在了房间里。那么……那副拼图恐怕就是令他挖出自己眼睛的关键。"

颜瑞欣立刻问道："那……要不要毁掉他身上另外一盒拼图？也许也会有什么问题……"

"不！千万别那么做，以我多年研究灵异的经验来说，如果是具有某种特殊邪恶力量的物品或者媒介，刻意去毁掉反而会遭遇灾难。所以，还是留着它比较好。"

颜瑞欣突然想到了什么，说道："等等啊……在莫炎的房间里，我们除了拼图以外，还有一样东西也找不到。那就是他的右眼眼球。接下来我要说的话，你们也许会不接受，但是我认为为防万一，还是搜一下大家的身比较好。"

大家立刻明白了她是什么意思。赵峰愤怒地说："你开什么玩笑！你是说我们中有人把眼球藏在了身上？有没有搞错啊！"

"眼球那么小的东西，要藏在身上是轻而易举的。毕竟还不能完全排除这是谋杀案的可能。搜一下身的话，不是比较好吗？毕竟有可能是在我们进入他房间的时候，某个人藏起了眼球。"

仇舜轩为这样做有点过了，搜身这种行为，不但侵犯隐私，而且还会伤感情，他立刻否决道："不可以！我们没有任何证据可以证明有人拿走了眼球，我坚决不同意那么做！而且，眼球一定是鲜血淋漓的，如果拿起来放在身上，肯定手上沾有血迹，那样不是很容易被发现吗？"

"但是，"颜瑞欣还在坚持，"说不定是用手帕包住后放在身上的呢？不搜身的话就没办法知道啊！"

"我说过了，不可以！嗯，你们谁去门口那边看看，丘叶是不是还在砸门？"

赵峰和颜瑞欣立刻异口同声地说："我去吧！"

丘叶还没有放弃。她已经把所有搬出来的椅子都砸坏了，可是大门还是固若金汤。她只好瘫坐在门旁，不停喘着粗气。

"我真笨啊，一共五个角，五扇门啊，我应该再去其他四扇门那边看看……嗯，再去找些可以把弄坏门锁的东西吧，我房间里的椅子都拿出来了……"

丘叶沿着两边墙壁倾斜的走廊继续朝前走去。但是，她开始感觉奇怪，为什么这条走廊突然变得那么长了？她走了很久，都没有到达房间入口处。

难道是……灵异现象？因为从小就经历这样的事情，即使是很细微的风吹草动，她也会如同惊弓之鸟，更何况出现了这种不正常的状况。她只希望这是她的错觉。

她不敢再朝前走了，索性继续跑回门口去，于是掉头撒腿就开始狂奔起来。谁知道……她居然也跑不到门口！周围就是两堵倾斜的墙壁，和地面成四十五度角，和走廊连在一起形成了一个直角三角形，顶部就是直角。

现在是凌晨，走廊当然没有灯，而开关则在房门旁边才有，她现在只能在黑暗的走廊里奔跑，虽然不是黑得伸手不见五指，但是能见度也很低。她已经跑了十分钟，终于明白自己根本不可能到达得了门口了，但是恐惧还是驱使她不断跑着。

在跑的过程中，丘叶已经无法抑制尖叫了，似乎身后就有什么人在追逐她一般。就在这个时候，她忽然感觉到……自己的头似乎碰到了顶部的直角！

不可能……这绝不可能！

丘叶记得，走廊到顶部应该有三米左右，她的身高不可能会突然变为三米吧？难道是墙壁变矮了吗？

不……一定是错觉，她只能这样理解了。

但是，接下来，她的双肩似乎也蹭到了旁边的墙壁！这就更加奇怪了，难道说，这个直角三角形的过道，正在按照固定比例缩小吗？不，不对，她感觉只是前方在这样变化，退后的话，就会感觉宽敞一些。这是怎么回事？

不……这都不重要……她现在似乎是在钻牛角尖，不是那种思想上的钻牛角尖，而是真正意义上在钻牛角尖！越是往前，似乎前方就越是狭窄，越往内部收缩。

丘叶思考了一下，决定还是往回走。然而她刚产生出这个念头，就听到身后……传来了脚步声！虽然听起来很轻，但是，那的确是有人在走路！

"谁？谁啊？瑞欣？赵峰？回答我啊！"

没有回答，脚步声还在继续前进。

丘叶知道，自己不能回头了，只好继续朝前跑。但是，她很快就感觉到顶部和两边的墙壁收缩得越来越厉害，甚至开始挤压她的身体，她现在只能硬挤才能够前进。过了两分钟后，她必须把头低下来才能继续走。

身后的脚步声还在，虽然似乎走得很慢，但是……的确在走过来！

越来越狭窄的过道让丘叶感觉走得极其艰难，她真恨不得有一颗炸弹能够把周围的墙壁炸得粉碎。

"你说什么？丘叶她不在门口？"

颜瑞欣和赵峰回到仇舜轩的房间里后，告诉他，他们在门口没有发现丘叶，地上只有一堆已经被砸坏的椅子。仇舜轩不禁紧张起来，问道："那……她的房间去看过没有？"

"门开着，里面没人。"

四个人都感觉很紧张，难道丘叶也出事了吗？

第 12 章
〔死宅求生〕

阿静正熬夜在家里的电脑上分析这张照片。她首先根据照片上的巨大的类似人手的柱子，来调查他们所在的建筑。再在地图上画出润暗能够感应到的城市区域，根据那些城市所有的灵异传说，配合"冥府之门"主页上的相关资料，来综合判断出照片的拍摄场所。

"如果能够再进一步缩小范围的话……"阿静毕竟还不清楚鬼眼能够让预知能力提高多少倍，之前也没有过实证，缺乏理论依据。再三考虑后，她在安川市、秦山市和燕西市这三个城市上画了圈，说道："那个建筑多半是在这个范围里。邮件只提到是在一座建筑物内，目前能确定有七个人在那里，能够一次住进那么多人，绝对不会是面积很小的屋子。而且，把柱子造得酷似人手，设计建筑的人必定性情古怪。选出几个符合条件的建筑师，再筛选他们设计得比较大的建筑，并且还要是在那几个城市里的，并且有闹鬼的传闻……"

"阿静啊。"闻紫魅劝道，"不用那么麻烦吧？你想啊，现在那个沈昂肯定已经死了，你查一下网上相关新闻不就可以知道了吗？"

"傻瓜……"阿静依旧目不转睛地盯着电脑屏幕，"你想啊，他们拍到这样的照片，发送邮件给我，之后却不再发邮件来问我结果，这不是很奇怪吗？即使是他们的电脑故障了，也可以用手机上网啊，难道七个人会没有一个人有能够上网的手机？多半是他们的通讯设备全部都出了故障，这自然是那个神秘的力量在断绝他们可以和外界交流的途径啊。"

"你这么说是什么意思？"

"我们可以肯定这是灵异事件，因此如果发生异常情况，自然是鬼魂或者诅咒的意志。假如他们所在的地方可以随意地离开，那么那个神秘力量破坏掉他们的通讯设备毫无意义。因此，有两个可能。一，他们住进的这个地方是封闭的。二，那个神秘力量封闭了那里。不管是哪一种，结果都是一样的，他们现在所在的这个建筑物，是封闭的空间！而且，没有通讯设备也无法报警，因此查新闻是没用的。"

"你真的好厉害……"闻紫魅实在是对阿静的推理能力佩服得五体投地，果然不愧是任森博的女儿，虎父无犬女啊！

"找到了！"阿静点开了一个网页。

"是已经去世的怪才建筑师左义的最后作品——拂晓之馆！地点在安川市！"

丘叶此刻很绝望，她知道，她很可能会死在这里。但是求生的欲望还是促使她不断地想推开两边的墙壁，但是毫无作用。

就在这时，她发现似乎顶部从刚才开始，似乎就没有什么变化了。但是，背后的脚步声还在不断逼近，她不得不继续前进。

忽然，两边墙壁迅速地向她的身体压过来，她感觉双肩死死卡住，完全无法前进了，而墙壁依旧没有停止挤压。这时候，她完全处在一种进不能进，退不能退的境地。

她渐渐开始明白了什么……这个直角三角形的过道，两边要并拢在一起！形成一条直线！

她想反抗，奈何墙壁挤压的力量太大，她已经连手都动不了了。随即，令人感到生不如死的剧痛传入脑神经，接着她听到了骨头碎裂的声音，肩骨肯定是断了。

墙壁就如同是一个巨大的夹子一般，没过多久，丘叶脖子两边的肌肉和骨头已经被血淹没。她只有在绝望中，看着两边的墙壁向自己的头颅压过来……

早上六点半，润暗和阿静在前往安川市的车上。

润暗有些不好意思地说："没办法，上次我的车子因为撞上去修理了，只好用你的车了。"

"没关系……"阿静完全无所谓，"我把那张照片在你我的手机里各自放了一张，随时观察照片的情况。现在，沈昂、童莫炎、丘叶三个人在照片上消失了，多半是死了，而且和你的预感也吻合，所以我认为今天会死的人都死光了，才选择这个时候出发。要是还有一个人会在今天死，凌晨的时候我就会拖着你上路了。润暗，你最好祈祷这次遇到的是有具体形象的鬼魂，因为你的鬼眼只有对这样的鬼魂才能起作用。"

"我明白了。你给我的电子书我已经全看过了，所以我现在对灵异也是有所了解了。"

"有所了解？哈哈，你开什么玩笑？"阿静瞥了润暗一眼，"就连我也只是略通一些皮毛而已，你不过才吸收了这点程度的知识，对灵异依旧是极度无知。你记住，所谓灵异，就是人类触及不到、无法理解的现象。妄图以如此有限的知识来认识灵异，根本是痴人说梦。"

其实，阿静甚至认为，"灵异"只是活下来的人所记录下来的。真正恐怖的，其实是那些当事人都已经死去了，所以根本没有记载下来的事情。这样来考虑，世人目前对灵异的研究，恐怕仅仅只是恐怖源头很小的一部分，是最不危险的一部分。那些没有人知道的、被完全掩盖的异常现象，到底会有多恐怖？

"我知道了。"润暗正色道，"我会救那些人的，一定会！"

"丘叶也失踪了……"

早餐桌上，四个人随便吃了几口，就什么也吃不下去了。

"是我的错……"仇舜轩已经泣不成声了，"为什么会这样？是我们的错，不该把她一个人留在那里，就因为这样，她才会……"

"冷、冷静点……"赵峰为了驱赶恐惧，尽量说些安定人心的话："也许她和沈昂都还活着呢？不是还不确定这个建筑物有没有暗道吗？总之，我们尽量乐观点吧？你们想啊，丘叶那么想要离开这里，如果她昨晚无意中发现了什么暗道的话……"

"你以为这是电视剧还是小说？"仇舜轩对暗道一说不抱希望，"哪里有那么多暗道！再说，就算有，他们离开了暗道，为什么不去绿屋通知东夫人来帮我们开门？"

赵峰其实也知道这个说法站不住脚，但是他毕竟还是要尽可能往好的地方想。现在这个拂晓之馆只有他们四个人了，危险随时都会降临！

"我考虑过了……"仇舜轩做了决定，"单独一个人的话，很容易会出事。他们三个都是在落单的情况下死亡或者失踪的。那么，我们正好现在有两男两女，这样好了，接下来，赵峰就住到我的房间来，瑞欣，你住到岳洁的房间里去，这样互相也好有个照应。到了这个地步，采访什么的自然是放弃了，只求接下来的日子里，我们四个能够平安度过，我不希望再出现新的牺牲者！"

这些人都是一起奋斗过的同伴，儿子毕竟已经死了，不管结果如何，他也不可能死而复生，仇舜轩怎么能够为了已经死了的儿子牺牲掉还活着的同伴呢？他决定放弃探索拂晓之馆的秘密了。

现在仔细回想起来，恐怕一切都是个陷阱。当初，一个不知名的东西操纵了儿子的身体，在自己面前说出了要他去拂晓之馆的遗言后跳楼身亡。似乎是故意引诱他到这里来，而牺牲掉了儿子。

在儿子死去以前，仇舜轩只是一个印刷厂的普通职员，他的前妻则是一名建筑系的大学生。他印象中，印刷次数最多的一本小说，是一个名叫伊润暗的人写的一本恐怖小说，不到两年内连续重印了七次。仇舜轩也看了几章，大为惊叹，后来到网上去追看他所有的作品。儿子死的时候，正值他的一部小说在网上连载，所以仇舜轩甚至没有分清现实和小说，立刻就将儿子的自杀和灵异联系在了一起。

这是不是有点太过巧合了？就像一切都被安排好了。接着，在一个月前，论坛就出现了那个帖子。事实上，在来这里以前，仇舜轩曾经去打听过，发现月青山附近的居民生活水平普遍很低，没有一户人家是有电脑的。那么，那个"失落的末裔"是谁呢？

真的存在着这个人吗？发了那个帖子后，把他引诱到这里来，就是为了把他们在这里全部杀死吗？

可是，为什么要那么做呢？难道自己过去得罪了什么人，造成对方死亡，然后鬼魂要报复自己吗？仇舜轩平时为人低调，不会轻易与人结怨，更不用提害死一个人了。如果从人类的逻辑考虑，他是没有理由被任何人憎恶到欲除之而后快的地步的。不，不光如此，还有其他几个人，他们为什么也要死？如果只是要杀死自己，那么直接冲着自己来不就可以了吗？

想到这里，仇舜轩问道："我接下来要问的这个问题，可能比较失礼，请你们谅解。你们印象中，从小到大，有没有因为什么过失，招致了某个人的死亡？我不是指杀人，而是指因为某些原因，而间接导致一个人死去呢？"

"我有。"回答的人是颜瑞欣。

"嗯？"舜轩连忙追问："那是谁？你造成了谁的死亡？"

"你们知道我小时候玩笔仙成功的事情吧？"

岳洁点头道："那件事情我们查证过。你说造成死亡，难道是指你的朋友罗月？"

"没错，那个时候，我是和几个朋友一起玩的。而那一次，我的愿望，就是想要我的一个朋友罗月死掉，因为她那时候一直欺负我。我……我当时还太小，什么也不懂，所以我使用了笔仙诅咒她。她后来的确死了，是从楼上摔下来死的。就是因为这个原因，别人才认为我的确请来了笔仙。真是讽刺，虽然每个人，包括我自己都认为自己是杀人凶手，可是法律又制裁不了我。所以，罗月可以说是被我杀死的。"

仇舜轩想，那毕竟是孩子年幼无知，何况罗月的死是不是和笔仙有关，根本没有证据。难道是罗月上了儿子的身？没道理啊，想复仇何必那么麻烦，拐那么大的弯？大可以直接去上颜瑞欣的身，然后杀死她啊。

不……仇舜轩随即想到，身为招灵师的颜瑞欣，恐怕就算鬼上她的身，她也可以轻易让对方离开自己的身体。难道说，是为了让颜瑞欣踏入这个拂晓之馆，封锁住她的力量，然后再杀害她？至于杀死其他人，是为了先让她受尽恐惧折磨，最后才死？利用儿子莫非也是为了通过另外的途径，让她踏入拂晓之馆，好令她放松警惕吗？

虽然这个推理有一点牵强，但是基本上可以解释得通。当然，一切都建立在罗月的确阴魂不散，想要回来索命复仇的前提下。

仇舜轩又向赵峰和岳洁看去："那你们两个……"

二人都否认自己过去直接或者间接害死过谁。那么，符合条件的人，就只有颜瑞欣了吗？仇舜轩还考虑了沈昂他们三个，也许他们过去也有过类似情况？莫炎父亲的死，也可以说是他造成的吧？不对，丘叶失踪以前，莫炎就已经死了，如果是莫炎的父亲复仇的话，没有理由在杀死了莫炎再去杀害丘叶。

仇舜轩又开始联想，假设是罗月要复仇，为什么选择拂晓之馆呢？

"瑞欣，罗月和东先生有没有什么联系？或者，就算他们不认识，有没有什么间接的联系？请你回忆一下。"

颜瑞欣沉思了一会儿，说道："其实……可以亲自问她啊。"

另外三人顿时都瞪着她，随即明白了她的意思。在这个拂晓之馆再举行一次降灵会，请来罗月的鬼魂？

"你……你疯了！"赵峰首先否决了这个疯狂的想法，"你还嫌这里不够恐怖是不是？还要再把那个冤魂给招来？"

"我也认为不太妥当啊，瑞欣。"岳洁也劝道，"这样太危险了吧？如果是以前那自然没有问题，可现在这种状况下……"

颜瑞欣早料到他们会那么说。事实上，罗月的死，她也一直非常自责。她之所以后来做招灵师，就是想赎罪，帮助那些徘徊在世间无法安息的亡灵，让其能够安然往生。

"好了，大家别说了，还是先按照我的提议，两个人一个房间住下，瑞欣，你的提议我否决，绝对不可以！"

颜瑞欣重重叹了一口气。

赵峰把行李和被褥搬到了仇舜轩的房间里。床很大，睡两个人完全没有问题。赵峰一边铺被子，一边对一脸茫然的仇舜轩说："站长，你真的认为是那个叫罗月的鬼魂作祟吗？其实仔细回想起来，你不觉得东夫人和那个女管家的态度，也都非常奇怪吗？如果不是她们提出的条件，我们不至于这样被彻底封闭啊，而且这个古怪的馆，似乎就是为了关人而建造

都市诡话
226

的……难道是那个鬼魂操纵着所有人完成这一切的？"

仇舜轩经他这么一提醒，回忆起之前那两个女人的反应，也感觉有点问题。

"这么说起来，好像是有一点怪怪的。你记得吗？刘管家说，星星消逝之后，便是拂晓来临之时。那么，星星消逝指的是什么？之前东先生为什么死在这里呢？"

"会不会是东先生的亡灵？他死后，一个人住在这里，感觉太过寂寞，来了七个人，他索性就……"

仇舜轩感觉确实是有可能的。难道是东先生的亡灵控制住了他的夫人，设计了一切，让他们进入这个死亡陷阱吗？

不……不对！儿子死的时候，东先生还活得好好的，这个推论根本无法成立！

"对了……降灵会上我录下的声音，不如听一听吧？"赵峰取出 MP3 播放器，"既然阿昂的照片会有古怪，那么我录下的声音，也许也会有同样的问题存在呢。"

"有道理，放来听听！"

接着，两个人对坐着，打开了播放器。

一开始很安静，只有蜡烛燃烧时发出的噬噬声。紧接着，出现了很多杂音，人说话的声音根本就听不清楚。

这个时候，响起了沈昂的声音："那……我要……"

这句话应该是："那我要拍了啊！"那个时候，蜡烛开始摇曳，所以他兴奋地要拍照。中间的声音被杂音盖过去了，根本听不清楚。

"好奇怪啊，怎么会有那么多杂音呢？"

"看来是坏掉了吧？"仇舜轩有些失望，杂音那么多，即使真的记录下了什么，也听不到啊，想从中找出线索是不可能的了。

突然，杂乱的声音中传出一个很高的声音，但是听不清楚是谁的。

"是瑞欣吧？"仇舜轩说道，"我记得当时她像中了邪一样，抢过阿昂的相机，叫他不要再拍了。"

"对啊，是这样没错！"

这时，声音居然清晰了一下，而清晰部分的话是："……杀掉所有人……"随即又变回杂音。

这一下让仇舜轩和赵峰都吓了一跳，回忆起来，当时颜瑞欣说的是："别再拍了！'它'会出来的，'它'会出来杀掉所有人的！"

仇舜轩突然感觉毛骨悚然。清晰部分的所有话，连起来的话，就是……"那我要杀掉所有人！"

那么，只能解释为，和手机、笔记本电脑一样，这些杂音是潜藏在这个拂晓之馆的邪恶力量施加的影响。

但是，怎么可能？当时颜瑞欣那么说，完全是出于她自己的意识，不可能是被鬼魂操纵的。颜瑞欣是个招灵师，有没有鬼魂上身她不可能事后无法察觉啊！但是，为什么……为什么她当时出于自己意识的话，在被杂音覆盖后，会产生出这样的一句恐怖的，宣誓要杀害他们所有人的话呢？

这根本就是诅咒之音！

开车进入安川市之后，润暗取出他在网上下载的安川市地图看了看月青山所在的方位，大致确定了方向。

"也许是我的错觉，为什么我总感觉你这几天总显得有些疲惫？"润暗注意到此刻开车的阿静，脸上似乎没什么光彩，虽然谈不上有倦容或者睡意，但总觉得和平时的阿静不太一样。这让他多少有些担心，于是提议道："要不我来开车吧？"

"不用，我不累。"阿静虽然嘴上那么说，但是却忧心忡忡：排斥反应居然还是那么大，这样下去我的灵异能力也会受到影响，说不定会反噬我的身体的，这个实验，果然还是太冒险了吗？可是，这是唯一的办法啊！

距离月青山还有几十公里，阿静握着方向盘的手根本使不上力气。她更加紧张了，只好在路边停车，把头埋在方向盘上，说道："润暗，你来开车吧。"

"你到底怎么了？"润暗感觉到阿静有些异样，"反正今天也不会有人死，你不如去医院看看？"

"不用去医院。"

"身体不舒服当然要看医生，怎么可以讳疾忌医呢？否则没有精神，怎么可能对抗得了鬼魂？"

"不是鬼魂……"阿静的声音变得越来越轻，润暗感觉到不对劲了，走下车来到另一边，一把将阿静抱了出来，只见她根本就睁不开眼睛，双手颤抖。润暗摸了摸她的额头："好像没有发烧啊……今天一切听我的，先去医院。"

"去医院也没用的……"这句话，她是好不容易才从喉咙里挤出来的。

"别多说了！我带你去医院！"润暗把阿静放到后座，让她平躺着，接着坐到驾驶座开车调转方向，他记得刚才开车的时候有经过一家医院，路怎么走他还记得。

阿静此刻已经很难继续保持意识了，她只感觉一阵晕眩。这次是身体的排斥反应发作得最厉害的一次，过去都没有那么严重。她知道，即使到了医院，那个药物造成的反应，是无法从身体上检验出来的，医生根本给不出任何诊断。润暗知道之后，说不定会加重对自己的身体并非纯粹物理体质的怀疑。

如果让他知道自己进行的这个实验，想也不用想，他绝对会反对的。这是她唯一没有按照父亲的指示，自己独立想出来的一个对策。她当然也相信父亲会帮助她，但是她不想坐以待毙。

她出生的时候，的确没有紫色眼睛。以至于三年前，自己有了灵异能力，也只是认为是受到父亲的影响，让自己的体质有了改变。但是随后，她逐渐发现，她的体质其实是属于突变类。就和童莫炎一样，她的灵魂是异变后的产物。

她可以感觉到潜藏在她体内的某个东西。但是和一般的灵异体质者不同，那并不是鬼魂，而是比鬼魂更为未知、更为令她惊惧的存在。所以，她并不是以鬼眼的形式来表现自己的灵异能力。她在那时候就确定，世界上果然还存在着比鬼魂更为恐怖的东西。而那个东西，时刻在她体内！

"请笔仙？"

当颜瑞欣向岳洁提出这个建议的时候，岳洁立刻发出惊呼："你是认真的吗？”

"是啊。反正这样干等着，我们也会精神崩溃，不如寻找一些精神上的寄托也好。怎么样？玩不玩？”

岳洁身为灵异研究者，笔仙和碟仙当然都玩过，早就没什么怕的了，但是在现在这个环境下，还是会有些紧张。

"你在怕什么？又不是第一次请笔仙，我们两个过去不也是经常玩的吗？这有什么好担心的？”

岳洁担心的是，万一请来了什么可怕的东西怎么办呢？在鬼屋里玩笔仙，这不是在找死吗？因此她非常犹豫不决。但是颜瑞欣随后说的一句话，让她有点动心。

"我们可以问问笔仙，到底这个屋子里有着什么东西存在，或者，也可以问问，我们能否安然离开。你放心好了，我会负责请走笔仙，你什么也不用担心，难道你还信不过我吗？”

确实，岳洁也认为，完全不知道这个地方潜藏了什么的情况下，无论如何也驱散不了恐惧，就算不死，说不定也会发疯。而且，如果能从笔仙那里问出能否逃出生天，那是最好不过的了。

于是，二人搬来一张椅子，在上面铺好了一张纸，事先在纸上写下了各种备选答案。因为颜瑞欣常年在海外参加招灵会，所以写的都是英语。

不过，真的开始要玩的时候，岳洁还是特别紧张，几乎都握不住笔来。在颜瑞欣的鼓励下，她才和颜瑞欣一起手背交错，将笔夹在中间，顶在纸上，颜瑞欣开始说一些请笔仙时说的话。

一般情况下，如果和颜瑞欣玩的话，顶多一分钟后，就会感觉笔开始动。不过今天的情况有些特别，两个人夹住笔已经过去超过五分钟了，还是没有感觉。

"会不会是笔仙看不懂英语？要不要写成中文？”岳洁问道。

"怎么会，我在海外也经过玩笔仙的，笔仙是平时就在我们身边的，既然在外国可以行得通，在国内当然也可以啊，安静等着吧。”

又过了很久，气氛一时变得有些僵持。岳洁也开始越来越紧张，既期待笔仙到来，又有点担心笔仙到来。而且，她最担心的是，如果问到她们可否逃离这里，笔仙的回答是不能，那该怎么办？那不就连一点点残存的希望都没有了吗？

以前岳洁玩笔仙以后，发现确实相当灵验，才开始对灵异产生兴趣。认识了仇舜轩后，了解到他想创办灵异网站的目的，也很同情他，所以很积极地帮助他。但是当时资金实在不多，人员也少。这个时候，突然有一个人发匿名信给他们，说可以赞助他们开办网站，并且会定期提供足够的资金，但条件是，必须要将全国各地的灵异资料，全部确证过真假后提供给他。这个人似乎相当有钱，但是身份却很神秘。最初仇舜轩有些犹豫，但是为了儿子，他也顾不得许多了，何况条件完全可以接受。那个神秘人居然不想赚钱，只要资料，大概是个有钱多到没地方花的、疯狂迷恋灵异的富豪吧？

岳洁回忆到这里，就被手中夹着的微微颤动的笔给打断了！

"瑞欣！动了！"

颜瑞欣点了点头，问道："你是笔仙吗？是的话在'Yes'上划圈，不是的话在'No'上划圈。"

笔自己动起来，在'Yes'上划了一个圆圈。

来了！笔仙果然来了！

"笔仙笔仙，请问，这个拂晓之馆到底存在着什么？"

她们事先在纸上写下了"ghost（鬼魂）"、"soul（灵魂）"、"murderer（杀人犯）"、"unknown creature（不明生物）"四个选项。即使前三个都不是，至少最后一个应该可以囊括进去吧。

然而笔仙却没有动。难道这四个选项都不是吗？那还应该写些什么呢？"alien（外星人）"？"monster（怪物）"？

"瑞欣，不如反过来怎么样？"

"啊，你是说，问它这个馆里潜藏的东西不是什么，对吗？算了，我看还是先问我们的生死……"

笔动起来了！

有两个非常简单的选项。一个是"lived（生存）"，另外一个是"dead（死亡）"。而笔在"lived"上面，画了一个圈！

"可以活下来！我们四个可以活下来！"

二人顿时兴奋起来，要不是还握着笔，真想拥抱一番。如果是一般对笔仙半信半疑的人，可能还不会那么高兴，可是她们两个都是笃信笔仙灵验的人，所以自然不会对笔仙的答案有任何怀疑！

这时候，岳洁打算再问一个问题。

"笔仙笔仙，请问……仇舜轩的儿子，他现在是一种怎样的存在呢？"

她知道，舜轩的儿子肯定是死了，但是，一切都太过诡异，所以她决定还是问一问。究竟仇舜轩的儿子是作为孤魂野鬼徘徊在世上，还是……

笔再次动起来，居然再次在"lived"上画了圈！

"怎么……怎么会？站长的儿子不是早死了吗？居然没死？"颜瑞欣惊讶不已，"那，岳洁，我们快点请走笔仙，烧掉这张纸，再去告诉站长……"

"不行！我太了解站长了，不可以告诉他！"岳洁拼命摇头，"如果告诉他这件事情，就算到时候绿屋的人来帮我们开门，他还是会要求继续留在这里，寻找儿子的下落！唉，我全都告诉你吧，其实站长来这里是因为他的儿子……"

"医生，她到底是怎么回事啊？"

润暗看着躺在病床上已经昏迷了的阿静，焦急地询问身旁的大夫。

医生看起来也很困扰："真的很奇怪，我检查了她的身体，可是找不出造成她昏迷的原因。她有没有什么遗传家族病史？"

"这……我不太清楚……"

"那她是不是过敏体质呢？"

"这……我也不是很了解……"

医生摇了摇头："那有没有一直给她看病的医生？你可以打电话去问问，如果有病历，或许就可以找到线索了。你先去给她办理一下住院手续，她这个状况，需要留院观察一段时间，下午我打算给她做一个脑部 CT 扫描。你还站在这里干吗？"

"嗯……医生，她一定要住院吗？"

医生顿时有些恼火："你这个人怎么搞不清楚状况？这位小姐原因不

明地陷入昏迷，难道你还打算带她回家去？"

"不……不是的。"润暗感觉很尴尬。阿静这个时候生病，那拂晓之馆里还活着的四个人该怎么办？阿静这一住院，也不知道会住多长时间，丢下她一个人在医院里也不是个办法，她又没有什么亲人，朋友的话，只有自己和润丽了吧。难道叫润丽来陪她？但是润丽也要工作啊……

考虑再三，润暗决定还是先让阿静住院，然后看情况发展再说。如果再产生会有人死去的预感，那么他就先让阿静待在这里，他一个人去处理。毕竟那边有四条人命啊！

办理完住院手续后，润暗静静看着躺在病床上的阿静，心里很是感慨。没想到有一天，他也会有需要互相扶持和照顾的同伴，本来，为了不让自己害死别人，他打算永远不再和任何人交朋友的。阿静的出现，可以说是他人生的一个转折吧？

阿静告诉他，这次感应到的关键词，是"照片"。那张照片绝对是关键，每死去一个人，照片上就会有一个人消失。

阿静住进的是一个三人病房，她的邻床是一个脚上打着石膏的男人。男人此刻正躺在床上打手机："嗯，好的，我明白……"

润暗有些生气，走到他的床前，说："先生，医院内不能使用手机，否则电波会影响精密电子仪器的运转，请你照顾一下他人，把手机关了吧。"

润暗本已经做好对方会大发雷霆的思想准备，没想到对方说道："不好意思啊，我这就关机。"

润暗松了一口气，那个男人又说道："咦，你是那个恐怖小说家吧？"

"啊，我是伊润暗。"

那个男人笑容可掬地递出一张名片，说道："我是诺索兰公司的开发部副部长，请多关照。"

诺索兰公司？润暗突然想起，这不就是阿静提到的，可能和那个紫瞳神秘男子有关的公司吗？而且眼前这个人，居然还是开发部的副部长？他接过名片一看，这个人叫路深槐。

"幸会，路先生，你喜欢恐怖小说？"润暗礼貌地作出回答，他想从这个副部长身上探查到蛛丝马迹。

"呵呵，当然，伊先生的书，我每本都拜读了。"男人很爽朗地笑着，开始谈起润暗的小说，看起来似乎是个很健谈开朗的人，却不知道是否是城府太深而作出的伪装了。

按照阿静的说法，诺索兰公司的开发部可能在进行着人工鬼眼的实验，妄图用生物科技来操纵鬼魂，不过这种事情想想也知道是不可能的，灵异是无法用科学解释的现象，又怎么能够用科学来控制和支配呢？恐怕现代人是对科技过于自信了，以为科技可以征服一切、无所不能，但是，人类掌握的知识，只是这个世界极小的一部分而已。

"嗯……路先生，"润暗看了看路深槐脚上打着的石膏，"你的伤是……"

"我住院已经好几个月了，因为伤得比较重，到现在都还不能拆石膏啊。"

"是怎么受伤的？"

"是这样的，几个月前，我去视察我们公司在遥州市的分部，但是，开发部发生了火灾，我在逃跑的时候，被倒下的机器砸到了脚，结果骨折了。"

"啊，我记得那个新闻。"润暗又问道，"路先生，恕我冒昧，关于火灾，虽然各大媒体都有报导，但是为什么……对于火灾的原因，过了几个月，都没查出结果呢？而且现在对于火灾的后续报道也几乎没有。"

润暗当然不指望能够问出什么，他只是想通过观察路深槐的表情来判断阿静是否猜中了。然而，这个男人也不知道是装傻还是真的有点糊涂，居然呵呵大笑说："啊？是吗？我没有注意啊……"

如果他是装的，那未免也装得太自然了，丝毫没有表演和做作的神情，甚至刚听到火灾原因未查明这一点的时候，表情是相当自然地流露出了茫然。

"那位漂亮的小姐，是你女朋友吗？"路深槐把话题转移到了阿静身上。润暗连连摆手说："不，她只是我的一个朋友，她生了病，所以今天开始要住院。"

"哦，这样啊，这位小姐得了什么病？"

"医生还没检查出来。"

路深槐叹了一口气，说："唉，人有旦夕祸福啊，健康才是福气啊。"

"路先生，既然火灾发生地是在遥州市，你怎么在安川市的医院治疗呢？"

"我本来是住在遥州市的医院，不过听说这家医院骨科很权威，所以就转来这里了。"

"那你大概什么时候可以出院？"

"呵呵，早着呢，不过这样挺好，我这是工伤。伊先生，你何时出新作？我可是很期待哦！"

"我可能会封笔一段时间。"

"嗯，为什么啊？伊先生，你要是不写了，是恐怖小说界一大损失啊。"

"我其实没有那么厉害啊……"

"哪里，你太谦虚了。你刚出道时写的处女作，不到两年就重印了七次啊！难道你碰到了创作瓶颈吗？"

润暗看从这个人身上也不可能问出什么，也就不再和他深谈，如果持续下去，这个人可能就会因为自己的鬼眼死去，还是安静地守着阿静吧。接下来，无论路深槐说什么，润暗都不再理会了。

这时候，润暗的手机响了，而他的脑海里突然又浮现起影像。杂乱的图像开始成形，他走到外面接听了手机。

"哥哥吗？我刚才又产生了预感。黑峰，这次……"

"你先稍等一会儿，润丽……"

影像这次成形得稍微慢了一些，而且现在看起来还不是很清楚，这种情况非常少见，难道和自己拥有鬼眼有关系吗？

"哥哥，你怎么了？"

"没事，但是我脑海里正在浮现出影像来，很快就知道下一个死的人是谁了。算了，你先说吧，下一个人是几天后死？"

"是今天！今天还会再死两个人！"

润暗立刻惊叫起来："什么！"

这种现象从来没有过！润丽一般都会在死亡日期之前预知到，七年来，从来没有在死亡日期当天才感应到的！而且，今天已经死了两个人，现在居然还要死两个人？

这时候，影像还是不太清楚，但是名字已经逐渐清晰了。

"是……赵……赵峰！但是为什么脸看不清楚呢？奇怪了，这种情况从来没有过啊！"

就在这时，赵峰的影像在润暗脑海里消散得无影无踪，接下来，又开始生成了新的影像。难道这就是第二个……啊不，应该说是第四个要在今天死去的人吗？

这次的影像也是模糊的，只有名字还算清晰。名字是"颜瑞欣"。从名字和身影的轮廓上都可以判断出是一位女性。但是照片上还存在的女性有两位，哪一个是颜瑞欣呢？

"润丽，帮我查一下赵峰和颜瑞欣这两个人，还有……你能不能到安川市妙心医院来？"

"医院？哥哥，你受伤了？"

"没有，是阿静生病了，现在还在昏迷中，我已经帮她办了入院手续。你尽快赶过来吧。我知道让你一再请假不好，但是我现在的确有事要去处理，阿静又没有其他亲人和朋友了。"

"阿静昏迷了？我知道了，我尽快赶去，你把地址告诉我。嗯，还要去买张安川市的地图啊。车子现在送去修理了，我只好坐长途公车去了，可能会花点时间。哥哥，你现在就要离开医院了？"

"嗯，刻不容缓，那两个人随时都可能会死！而且这次真的很奇怪，我居然看不清楚他们的容貌。万一以后也是这样的话就麻烦了。"

挂了电话以后，润暗帮阿静把被子掖好，轻声说道："抱歉，阿静，我必须去救那四个人了，你就在这里好好休息，等会儿润丽会过来照顾你的。我先走了。"

赵峰戴着一副专业监听耳机，仔细地听着那些杂音。在放到颜瑞欣的那句"杀了所有人"后面，还有一段很长的杂音。

"赵峰,听到什么没有?"仇舜轩焦急地问,"要不先去吃午饭吧?"

"不了,我还要继续听听看。要不你先去吃?"

"刚才,岳洁告诉我,她和瑞欣请了笔仙,得出的答案是,我们是可以活下去的,说不定,不会再有人死了。"

但是赵峰一心听着那些杂音,没听清楚仇舜轩的话。仇舜轩见他坚持,也没有办法,只好先离开房间去吃饭,出门前把门给锁上了。

最后那段杂音,赵峰总感觉,似乎有一句话,并不是他们中任何一个人说的。但是,杂音实在太响了,完全听不清楚。

"唉,如果有分析音频的设备就好了,这句话,不知道有没有可能是让我们可以活下来的关键?"

赵峰反复播放,但是听来听去,也捕捉不到。事实上这句话也可能的确是他们中某个人说的,毕竟就算是很熟悉的声音也不一定听得出来。但是,赵峰对自己身为录音师的听觉相当自豪,何况自己还是灵异研究者。他闭上眼睛,一遍遍耐心地听着,听着……

突然,声音变得清晰起来,杂音减少了。

赵峰立刻开始捕捉那句话,但是只听到了两个字,而且还不是连续的。那两个字是"一"和"是"。

一? 是? 一个什么东西是什么? 不,好像不是,他只好继续耐心听。

接下来的重播,他发现还是只能捕捉到这两个字,不过,已经确定这句话不会超过八个字。而且"一"也并不是第一个字。推断下来的话,莫非是"那一个什么什么东西是什么什么"? 但是第一个字听起来好像又不是"那"。

即使用这副专业耳机,也听得如此辛苦。赵峰只好暂时关掉 MP3,此刻耳旁还萦绕着那些该死的杂音。他压了几下太阳穴,拿出一张纸,写下了"一"和"是"。

是句什么话呢? 他考虑了很多种可能,但还是写不出一个可以看得懂的句子来。没办法,还是要继续听。

再次把耳机套在耳朵上,尽管感觉杂音很刺耳,可还是要听,毕竟这是攸关性命的。

这次一听，居然比刚才又清晰了一些，听到的是："下一个……是……"

再一次重播的时候，还是只能听到这一点。

不过，这一次收获很大了。难道是某个讯息？而且因为连贯地听到了三个字，已经可以确定，这不是七个人中任何一个人的声音。

那么……是谁的？隐藏在这个拂晓之馆的……第八个人？

不过这声音听不出来男女，甚至不像是人类所发出的，赵峰很难用语言来形容这种声音，因为……他感觉到人类创造的形容词，根本就无法形容它……

当重播到第七次的时候，赵峰终于听清了整句话！

"下一个，就是你！"

而且，这次播放的时候，居然完全没有了杂音，变得极为清晰。而这个声音……天啊，这到底是什么声音？

虽然赵峰不知道地狱是什么样子，也没有听过来自地狱的声音，但是他听着这声音就感觉到……这是地狱才会有的声音！

接下来这句话不断地重播着，变得越来越清晰。而且，他明明没有调节音量，这声音……居然越来越响！他已经无法承受用耳机听这声音，连忙摘下耳机，而那个声音还是不断重复着。令他感觉奇怪的是，就算摘掉了耳机，那个声音还是犹如在自己的耳边响起一样！

润暗来到停车场后，取出手机，打开了那张照片，这时候他发现……照片上一个男人的脸开始变得模糊起来。而且同样是模糊的形象，反倒让他感觉和之前影像中的第一个人的轮廓很类似。

莫非这个人就是赵峰？

"够……够了！"赵峰重重地砸着 MP3 播放器，这时候，那个声音变得更大了："下一个就是你！"

听起来，简直犹如说话的人就在这个房间里一样！但是，接下来却不再有声音了。赵峰感觉奇怪，拿起 MP3 播放器一看，他居然砸到了暂停键。那么，刚才那声"下一个就是你"是从哪里发出来的？那个声音，好像就在房间里……

这时候，他抬起头，只见墙壁上，在他的影子后面，居然……多出了一个影子！

照片上已经变得模糊的赵峰的形象，现在彻底消失了。

"又死了一个！"

润暗哪里还敢再停留，飞速跑向阿静的车子。

经过阿静的调查，富豪东古南生前所居住的拂晓之馆，确实是据传闹鬼的屋子。似乎因为这个原因，原先居住在那里的东古南遗孀藤菊夫人搬离了那里，住到月青山上的绿屋中。估计"冥府之门"网站是听闻了这一传说，有意去鬼屋中搞些新闻素材吧？

润暗打开车门，一边发动车子，脑子一边飞速转动：真的很奇怪，住到那样的鬼屋里去，居然还愿意住在封锁的环境？"冥府之门"又不是什么能赚大钱的网站，至于那么拼命吗？就算单纯只是沉迷灵异的同好，何必连性命也搭进去？又或者他们还真以为自己能够通灵，鬼魂伤害不了他们？

不……真的是鬼魂吗？

润暗感觉这次的情况很特殊。他第一次预感到要死亡的人在当天死去，润丽也是在当日才预感到是死亡日期。这意味着什么？如果说自己的变化可以解释为鬼眼带来的副作用，那么润丽呢？她没有道理会产生这样的变化啊。

难道，不是鬼魂吗？鬼魂的状况所造成的预感，从来也没有这样的先例啊！

这时，在阿静所在病房内，挂着拐杖的路深槐冷冷地看着逐渐消失在他视线内的润暗开的车，喃喃自语道："紫眼男人……呵呵，没想到居然被我发现了。"

路深槐掏出手机，发出了一条短消息。

"太好了，他一定是找到铁慕镜的重要线索，先安排公司的人监视他，如果有必要，也可以将他作为新的试验品。只要能找回铁慕镜，立下大功，老板一定会重新赏识我，再度委任我为开发部部长的……"

其实润暗也稍微迟钝了一点。仔细想想，他有着紫色眼睛这个如此明显的异常特征，路深槐却一点儿也没有问起，是不是很奇怪？如果阿静还醒着，一定能发现这个破绽。

而此刻在拂晓之馆里，吃过午饭的仇舜轩回到房间里后，却发现里面空空如也！

"怎……怎么会？房间的钥匙只有我才有啊……我明明反锁了的……"仇舜轩顿时感到浑身冰凉，立刻跑到岳洁的房间去敲门。

"什么事情？站长？"岳洁打开门，却见仇舜轩一脸紧张的表情，顿时明白了，问道："出什么事情了？"

"不见了……赵峰他，不见了！"

颜瑞欣和岳洁都惊骇万分。尤其是颜瑞欣，她无法相信笔仙会撒谎，对于一个招灵师来说，这就好比是太阳会从西边升起一样荒唐。

"不可能的……绝对不可能！"她摇了摇头，"笔仙是不会撒谎的！那个时候，笔仙明明说我们可以活下去的！"

"可是……赵峰不见了啊……"

"但是，不是没有尸体吗？也许他跑到其他地方去了？"

"不可能的。"仇舜轩取出自己的钥匙，"你们看，这是刘管家给我的钥匙，我出门的时候明明锁住门的，他不可能出来的，因为每个房间的钥匙都只有一把。那他会跑哪里去？难不成还真的有暗道？"

"我……不可能的，再拿一张纸来，我要再请一次笔仙！我要再问一次，一定是哪里出了问题！"

"还请啊？你有没有搞错啊？"仇舜轩心急火燎地说："岳洁，你出来帮我一起找吧，为防万一，还是找找其他房间看看。毕竟这个地方出现了太多灵异现象，搞不好他被转移到其他房间去了。瑞欣，你也过来！"

岳洁点了点头，就跟仇舜轩一起跑了出去。颜瑞欣恨恨地跺了跺脚，索性一个人请笔仙了。她关上门，上了锁，准备去拿纸和笔。就在这时，放在桌子上的、岳洁带来的笔记本电脑，突然屏幕亮了，居然自动开机了！

"好，好了？"这下颜瑞欣来了精神，如果这台电脑可以上网，那就可以向外界求救了！她立刻兴奋地坐在椅子上，死死盯着屏幕，平生第一次觉得电脑开机怎么那么慢。

终于出现了桌面，她连忙点开浏览器，打开主页，一个帖子出现在她眼前。发帖人的用户名让她大吃一惊，居然是……失落的末裔！

这个帖子的点击和回复都相当多，所以被顶到了最上面。标题是："真实的鬼！敢不敢看？"

她立刻点开了这个帖子。网速很慢，等了很久图也没有出来。

润暗咬着牙拼命赶往月青山。阿静知道经常需要疯狂加速，在车后厢放了三桶汽油以备不时之需。

快……快啊……润暗在心里不停呐喊着：好不容易拥有了鬼眼，具备了力量，可以去挑战诅咒，改变我和润丽的死亡宿命了。所以，我必须要去阻止，阻止悲剧的发生！

润暗还有一点担心，因为那个地方是被封锁住的，不知道目前使用噬魂鬼眼的能力，能不能轰得开上锁的大门？

帖子的图慢慢出来了。首先出现的是头发，接着脸一点一点地显露出来。

颜瑞欣整个人在电脑前僵住了……

怎，怎么会……这个"失落的末裔"是她？

"我恨死你了！死罗月，你居然敢说我能通灵是胡说八道的，还在我身上洒辣椒水……我不会放过你！哼哼，我要请来笔仙，让你知道厉害！看你还敢不敢说我是作假的！"

小时候，自己和原本很要好的朋友罗月因为自己是否真的能通灵产生了争执。那个时候的自己心高气傲，听不得任何人说自己坏话，加上罗月的态度也的确差了一点儿，居然让自己萌生了"用笔仙诅咒她"的荒谬念头。

"笔仙笔仙请求你，诅咒纸上写的名字哦……"她居然真的那么做了，甚至是当着好几个朋友的面那么做!

颜瑞欣到现在都想不通自己怎么会那么做。如果是那些对笔仙半信半疑的人那么做,还有宽恕的余地,可是她不同。她一直坚信笔仙是真的,她的罪比一般人更重。

那几天,颜瑞欣天天和见到了她请笔仙的人等在罗月家外面看情况。终于,那一天,她看见罗月在阳台上晒衣服。

一个朋友对她说:"瑞欣,你根本就是骗人嘛,你看罗月还活蹦乱跳的,我们居然还傻傻地相信你!"

那个时候,自己的回答,颜瑞欣到现在还记得:"呵呵,你们看着,笔仙大人会让她死掉的!"

她刚说完这句话,不知道怎么的,罗月居然突然身体后倾,接着,她从阳台上摔下来,重重地跌落在地上!大家立刻跑了过去,只见地上满是鲜血,几个孩子哪见过这么可怕的场面,吓得脸都绿了。刚才那个说颜瑞欣骗人的孩子,指着她说:"你,你,你是凶手,不关我们的事情啊,是你杀死她的!"

那时的颜瑞欣,哪里还有什么兴奋,她只感到后怕和深深的悔恨。当时罗月的脸,自己到现在也没有忘记。那张已经变形了的、无法辨认的脸……

而现在她眼前的图片,就是那天自己所看到的,罗月的脸!

颜瑞欣一下伏在桌子上痛哭起来:"对不起……对不起……罗月,对不起……"

她就这样哭了很久,再度抬起头来的时候,身体不由得朝后退出很远!

那张已经变形的脸,居然在对着她笑!

不……不可能的!对了,这是有人刻意制作的图片!难道那个人痛恨自己?那个人和罗月有关系?

颜瑞欣接着突然想到,会不会那个人在后面还有发帖回复过网友呢?她连忙把鼠标往下拉,然而,她却难以置信地看到,无论哪条回复,全都是同一个内容。

"她是你杀的!"

"她是你杀的!"

"她是你杀的!"

每一条回复都是这五个字!

就在颜瑞欣即将把鼠标拉到页底的时候,鼠标居然莫名其妙地无法下移,她往下拉的时候,鼠标反而不断向上移,接着,很快就回到了主题帖。

颜瑞欣看到的是……罗月在对着她笑!紧接着,罗月……居然把前额伸出了电脑屏幕!

"不要——"颜瑞欣立刻想关闭页面,居然无效!她只好将鼠标继续往下拉,于是那刚伸出的前额挡了回去。现在颜瑞欣不能够松开手,一旦松手,罗月就会从电脑里出来!

第 13 章

〔来自星星的诅咒〕

润暗已经把车开到了月青山的山路上。问过附近的住民后，他已经确定了拂晓之馆所在的方位。以他目前的速度，只要不迷路，十分钟内一定可以赶到！然而，这时他发现，照片上一名女性的脸开始模糊了……

润丽还没有来消息，不过看情况，这个人应该就是颜瑞欣了！可恶，就要死了吗？润暗立刻猛踩油门，狂吼道："可恶！再快一点，再快一点啊！"

他在和死神赛跑！

十分钟太久了！如果十分钟过去，颜瑞欣早就去见阎王了！

山路并不好走，润暗现在发疯一般地加速，非常颠簸，头一下猛地撞上车顶，手一松，方向盘失控，车子居然朝一边的断崖驶去！

这下润暗可真是看得眦眦俱裂，这时，鬼眼突然启动，旁边的车门瞬间被轰开，他立刻条件反射地解开安全带冲了出去！不到一秒之后，车子直接冲下了断崖！润暗的身体一下飞到空中，再度摔下来的时候，他的手紧紧抓住断崖上伸出的一根树枝，才勉强爬了上来。

"好……好险……"润暗惊魂未定，山崖下已经传来一声大爆炸声。那么快就爆炸，恐怕是因为车后厢那三桶汽油吧。

"阿静大概会被我气死吧……啊，不，现在不是说这个的时候！"

还好手机还在，润暗看了看，照片上那个模糊的身影，居然已经是若隐若现了！

现在没有了车子，能够及时赶到那里吗？只有拼死一试了！润暗开始完全释放灵异能力和噬魂瞳眼，顿时一跃就飞冲出去，两边的风景迅速后退，简直是坐在汽车上一样！这鬼眼的力量果然能够大幅度提升体质和爆发力，这样的速度只怕是汽车也可以追得上，不，甚至可能更快！

润暗在心中计算起来：十分钟需要跑完的路程……两分钟！两分钟应该可以赶到拂晓之馆！颜瑞欣，你撑住啊，我就要赶过来了！

尽管颜瑞欣不断往下拉页面，然而鼠标却仿佛有自己的意志一样，不断地上移，她现在感觉自己就像在和鼠标拔河。

她费尽力气，也只能够拉到第四个回复。

"我不要死，我不要死在这里！"颜瑞欣虽然对罗月的死有愧疚，但是她还不至于愿意以死赎罪，她到现在也不明白，为什么笔仙的答案是他们可以活下来，但是现在却是这个样子？她绝不相信笔仙会欺骗她！

鼠标又渐渐拉到了第二个回复，颜瑞欣拼命拉到第三个回复。她已经哭了出来，叫喊着："罗月……是我对不起你……求求你原谅我吧！逢年过节，我哪一天没有给你烧纸钱？我帮你重修了好几次墓，选的是风水宝地！我还一直汇钱给你父母，保证他们生活不愁吃穿。当然，我知道，这些都不能够弥补你……但是，但是我真的已经尽力了！我尽力了！我已经做到了最大限度！你非要我死你才满意吗？"

这个时候，帖子的内容变为了："死死死死死死死死死死死死死死死死死死死死死死死死死死死死死死死死死死死！"

这就是罗月的回答？她阴魂不散，还是不愿意原谅自己吗？

"求你放过我，求你放过我……"泪水不断地滴落在电脑台上，然而鼠标却还在不断上移，而且……似乎比刚才移动得更快了！

润暗的计算还是有点偏差，两分钟过去了，但是他还没看到拂晓之馆。他忽略了一件事情，毕竟自己从没有来过这里，现在跑得那么快，根本没时间好好地辨认方向，说不定都跑过头了。

"可恶……好吧，灵异能力释放到极限！"

润暗不知道目前释放灵异能力能达到多厉害，不过这样他就可以凭借感觉来查找被诅咒者的所在地。他立刻探测到了拂晓之馆所在。

"在那里！"他发现自己搞错了方向，立刻要停下脚步，结果脚踩在地面上滑行了近一百米才停了下来。

"好累……"润暗回头一看，被自己拖过的地面，居然还冒出袅袅轻烟，鬼眼的力量也太强了吧？他再度朝正确方向迈开步伐，如同离弦之箭一般，向目的地冲去。没想到，才十秒不到，他居然就看见了眼前有一座奇怪建筑。这建筑的屋顶居然是……角？

润暗也管不了这么多了，他心里默默数着：三百米，一百米，五十米……啊，刹车！

他意识到该停下的时候，整个人朝墙壁撞了上去。天啊！他要滑行一百米才能停住的话，五十米的距离不就是……

颜瑞欣绝望了，因为她感觉到那股力量越来越强大，页面又重新回到了第二个回复。

"不……不要啊……"她再度朝下拉的时候，还在思索：为什么？笔仙显示出来的结果不是我们都可以活下来吗？那为什么？

这时候，她突然意识到了一件事情！难道……难道那个时候，是问的方法出错了？

一刹那间，她才真的明白过来了！

原来，笔仙给出的真正答案应该是……

这么一恍神，鼠标"嗖"的蹿到了顶部！当颜瑞欣反应过来的时候，罗月的脸已经完全伸了出来！

润暗狠狠地撞在墙壁上，倒在地上。不过，他上次被车子撞飞都能活下来，现在当然也不会受伤。现在他的体质变得比上次更强大了，上次虽然没有受伤，但是立刻失去了知觉，而这次他却没有昏迷。

润暗立刻站起身来，沿着长廊奔到门口，向大门释放出噬魂瞳眼能力。坚固的特殊金属制成的大门立刻凹了进去，随即螺栓一根一根脱落，几秒后，整个门被掀开，甩到了十米多远的走廊上。

润暗立刻跑了进去，根据他的感应，颜瑞欣就在正前方！他稍微调整了一下速度，猛地朝颜瑞欣的房间跑去，来到门口，发现门锁着，又再度释放噬魂瞳眼能力。这次只是普通的门，才刚释放出来，门就瞬间从中间碎开一个大洞！

然而，冲进房间的一刹那，润暗就感觉不到颜瑞欣的存在了。他只晚了不到半秒而已！

只见房间里空无一人，桌子上放了一台笔记本电脑，屏幕上是一个论坛的主页。润暗感觉奇怪，阿静不是推断说他们的通讯设备都坏了吗？他走到屏幕前一看，是一个论坛的版块。

此刻的屏幕上，"失落的末裔"发表的帖子已经消失了。

就在这时，听到门破碎的声音而赶来的仇舜轩和岳洁，一进门就看到了润暗。

"你……你是谁?"二人突然看见一个陌生人出现，大为惊骇，仇舜轩甚至立刻认定这个人就是造成一切灾难的罪魁祸首，喊道："岳洁，你躲我身后!"接着操起一把椅子就朝润暗砸来。

谁知道，砸在润暗的脸上，椅子却直接粉碎了！

"你……你是谁? 你不是人!"仇舜轩连忙拉起岳洁的手要逃出去，润暗迅速移动到他们前面，说道："你们不用害怕，我是来救你们的! 大门已经被我弄开了，快点跟我一起下山!"

仇舜轩疑惑地问："啊? 救我们? 你怎么知道我们有危险?"

"别废话了! 难道你们还留恋这里吗?"润暗走出房门，"对了，我刚才好像看到外面有两部车子，是你们的吗?"

"嗯……是的。"仇舜轩点了点头，随即伤感起来，两辆车子过来，现在却只剩下两个人，一辆车就可以离开了。

"那好，车钥匙有没有带在身上?"

"有。"仇舜轩点了点头，但他还是不明白："你到底是谁啊? 你真的……是人?"

"边走边说!"润暗立刻朝门口跑去。目前这两个人的死亡日期还没到，所以还算安全，今天之内肯定可以离开月青山，那么他们就安全了，自己就等于成功扭转了预知!

跑到大门，看到大门依旧破破烂烂地倒在走廊上，润暗总算是松了口气，本来他还担心门又装上去，变得无法再打开，那就麻烦了。

"等等。"岳洁停住脚步，"瑞欣呢？我们要和瑞欣一起离开啊！"

"她死了。"润暗答道，"只剩下你们两个了。"

二人的脸都变得惨白。

冲出拂晓之馆，闻到新鲜的空气后，仇舜轩就像被释放的囚犯一样高声大呼，终于出来了！

"等一下……"仇舜轩说道，"我要烧掉它！我要把这个拂晓之馆烧掉！它吞噬了我五个重要的朋友，它不可以再继续留存下来！岳洁，还有，这位先生，你也来帮忙，我车上还有一桶汽油，对了，你有没有打火机？"

"不行！别烧掉它！"润暗立刻阻止道，"逃走就可以了！你以为这个拂晓之馆里面潜藏的东西，是能够用火烧得掉的吗？你这样做说不定会激起里面的鬼魂报复的！"

"就算……就算是这样，我也要毁掉它！"仇舜轩已经下了决心，"至少这样一来，以后就不会有人被这个鬼屋害死！一定要烧掉！拜托你，先生，有没有打火机？实在没有的话我进去再找！"

"你疯了啊你？"润暗一把拉住仇舜轩，"你清醒点！再进去的话，你说不定就会死……"

不，润暗随即想到，今天不是他的死亡日期，所以就算再进入这个拂晓之馆，也不会死掉的。但是，他怕等会儿脑子里再出现一个模糊的影像，然后润丽再打电话来说今天还要再死两个人。这也不是不可能的！

"我不明白！"仇舜轩抹着眼泪，对着拂晓之馆大吼："为什么？为什么要那么做？他们都是好人啊，他们为什么会有那么悲惨的结局？我不明白啊！儿子，你为什么要那么做！"

"儿子？你的儿子和这个鬼屋有什么关系？"

"我的儿子……是他叫我来这里的！但是我不明白啊！他到底想要我做什么？"

妙心医院里，路深槐接到了回复。

"哈哈……太好了……老板，多谢你能够再次信任我啊！"

他美滋滋地看着那条回复："公司已经派人前往伊润暗的家中装置窃听器和摄像头，并且会立刻安排人去监视他。这次你立下了大功，一旦找回铁慕镜，我会立刻让你做部长。"

路深槐看了看旁边昏迷的阿静，因为闭着眼睛，也没办法知道她是不是紫色眼睛，会不会她也是灵异体质者呢？

这时候，一个容貌清纯秀丽的女子进入病房，一眼看到阿静，就担心地坐在她的床边，身后跟来了一位医生。

"伊小姐，任小姐目前状况很不稳定。再过一个小时，我们会带她去做脑部 CT 扫描，任小姐的家属呢？你和你哥哥都只是她的朋友吧？"

"嗯……她没有亲人和朋友。"女子答道，"医生，她到底是什么病啊？"

"我也不明白，她的身体没有任何病症，心跳和血压都很正常，但就是昏迷不醒，所以我们怀疑也许她脑部有什么东西……"

"难道是肿瘤？"女子一听立刻跳了起来，看来她很关心那位病人。路深槐听刚才医生称呼她为伊小姐，莫非是伊润暗的妹妹？

伊润暗有鬼眼，但是这个女的没有……路深槐顿时心生一计。不如绑架她，要挟伊润暗说出铁慕镜的下落？他还清楚记得，伊润暗在他面前提到了那场火灾，口气似乎是在试探他。搞不好，他真的知道铁慕镜在哪里！

熊熊烈火吞噬着拂晓之馆。

润暗看着火借风势，越来越大，对还呆滞地看着建筑物燃烧的仇舜轩说："仇先生，走吧！无论如何，你在这里找不到任何你儿子想给你的答案了。"

"我知道……"仇舜轩捂住眼睛抽泣道，"今后，我也要好好活下去……好好活下去……"

上车后，润暗坐在后座上，看着被火舌舔食的拂晓之馆，叹了口气说:"星星的消逝后,就是拂晓的来临吗?我还是不太明白……"

车子发动了。

"这不是下山的路啊。"润暗突然感觉方向不对,仇舜轩却答道:"我要去绿屋,我要问个清楚!这到底是怎么回事!而且我烧掉这个房子,以后东夫人也会来找我打官司,不如现在就做个了断吧!"

看仇舜轩现在这个样子,就算说是会去杀人,润暗也相信。

"冷静下来!请你听我说,仇先生,这并不是任何人的错,这是宿命啊!你们的死,是我早就预知到的……"

车子立刻刹住,仇舜轩回过头来,一脸惊讶地问:"你说什么?"

"我先自我介绍一下,我叫伊润暗。"

听到这个熟悉的名字,仇舜轩立刻反应过来:"是你!那个有名的恐怖小说家!"

润暗点了点头,接着向他们解释了原委。听完他的一番解释,仇舜轩和岳洁都大为诧异,沈昂、瑞欣他们的死……居然是注定了的?怎么会这样!

"那么我们两个呢?"岳洁急切地问,"我们也会死吗?"

"这个……我不知道,因为还没有产生预知。"

仇舜轩长叹一声:"算了!既然如此,我去找东夫人有什么用呢?她也不可能让瑞欣他们复活!走吧!"他又发动了车子。

"不过,还是有很多问题不明白。"岳洁回想着这几天的惊魂经历,满是疑惑:"伊先生,你既然有鬼眼,对灵异的了解肯定多于我们。为什么舜轩的儿子临死以前,会要他父亲来这里呢?"

"仇先生,我问你,"润暗没有回答岳洁,转而询问仇舜轩:"你认识的人里,有没有和我一样,眼睛是紫色的人?"

"这……没有啊。"

"仔细想想!真的一个也没有?"

"没有……真的没有。"

难道不是灵异体质者造成的灾祸吗?没有鬼眼的话,身边的人是不会一一被杀害的。除非是接近觉醒状态,但眼睛还没有变色倒是有可能,他母亲的状况就与此类似。

在车子后面，一个身影凭空显现了出来，那正是使用变色龙液体一直隐身的闻紫魅，她的手上拿着一颗眼球。

"还好我动作快，没想到这个人会把拂晓之馆烧掉。"她将眼球放入阿静帮她准备的盒子里，这个盒子能够尽可能保证眼角膜不坏死。这当然是童莫炎的另外一颗眼球，他是今天凌晨死的。

"阿静这个大白痴！我早知道她会像现在这样倒下的！真是受不了她，有其父必有其女，说得真是一点儿都没错！"

岳洁又问了润暗一个问题。

"伊先生，笔仙会有不准的时候吗？"

"嗯，一般不会，除非请笔仙的方式有问题。"润暗终于有机会卖弄熬夜恶补的阿静给他的资料了，"你们还在这里面玩过笔仙？"

接着，岳洁就把她和颜瑞欣一起请笔仙的事情说了出来，只是，隐瞒了仇舜轩儿子的生死问题。

润暗沉思了一番后说道："错了。"

"嗯？哪里错了？"

润暗回答道："那个时候，你们在纸上写的是英文，对吗？"

"嗯，是的。"

"那就没错了。笔仙的回答，并不是你们可以活下去，而是回答你们，拂晓之馆潜藏的是什么。"

"什么！"

岳洁和仇舜轩同时尖叫起来。

"怎、怎么可能？"岳洁丈二和尚摸不着头脑，"当时笔仙明明圈出了'lived'，代表着我们可以生存下去，还有，笔仙告诉我，舜轩的儿子也还活着！这怎么是在告诉我们……"

仇舜轩听到这句话，惊叫出来："岳洁，我儿子还……"

润暗却打断了他的话："当时，颜瑞欣说想要问生死的问题时，并没有说明要笔仙帮她解答，只是说要问问吧？"

"嗯，是的，但是'lived'除了活着，还有其他解释吗？你的意思是说，lived 就是拂晓之馆里潜藏着的恐怖源头吗？这完全说不通啊！"

"不，"润暗摇了摇头，"不是'lived'。"

润暗正打算向她解释，忽然一段影像再度袭入他的脑海，他立刻拿出手机，看到上面的照片里，此刻只剩下仇舜轩和岳洁，而岳洁的身形已经开始模糊了！

"混账！一天居然要死五个人？见鬼去吧！"润暗顿时大骂起来，脑海里的影像逐渐形成了一个模糊的轮廓。

岳洁听到润暗突然莫名其妙喊了一句，立刻猜到了是怎么回事："伊先生，难道，你又预知到了？这次是谁要死？还有，到底'lived'是什么意思？"

润暗咬了咬牙说："听好了……"他前后左右张望了一番，答道："你当时不是说了那么一句话吗？那句话被笔仙误会了。"

"什么？哪一句？"

"你说'不如反过来怎么样'，是吧？"

"嗯，是啊，那个时候我是想和瑞欣说，不如把问题的方式反一反……难道，难道说……"

"笔仙误会了，误会成要把你们在纸上写的英语单词反过来看。你把'lived'这五个字母反过来念一下。"

岳洁立刻大叫起来："Devil（恶魔）！"

她想起来了，当时她的问题是，仇舜轩的儿子是以什么形式存在于这个世界上……几乎就在这一瞬间，她就看见车子前面站着一个男孩，而那个男孩……

仇舜轩把他的名字吼了出来："阿星！"

仇星，这是仇舜轩的儿子！只见仇星的身体笔直朝车子飘了过来，一瞬间冲入车内！仇舜轩立刻踩下刹车。等他回过神来，看向副驾驶座，那里已经没有人了。

"恶魔……阿星……怎么会？阿星他，他是恶魔？"

"阿星？你说什么？"润暗立刻问道，"阿星是你儿子的名字？"

"是的……阿星是他的名字……"

仇舜轩和前妻认识的时候，她是建筑系的大学生，现在回想起来，她的导师，好像就是左义！这不就是设计了拂晓之馆的人吗？

难道……难道说……

仇舜轩立刻对润暗说："伊先生，借我手机用一下！"

润暗点了点头，仇舜轩随即抢过手机，拨通了前妻的号码。刚一接通，他就吼道："告诉我，阿星是不是……是不是左义的儿子！"

电话那头沉默了一下，才传来一个女性懒散的声音。

"你终于知道了？没错，阿星不是你的儿子。反正儿子死了，我们也离婚了，没必要隐瞒了。我早就厌倦你了，一直待在印刷厂，不思上进，现在也一样，去办什么不赚钱的网站！左先生可是著名的建筑设计师！哼，你拿什么跟人家比？"

"建筑设计师？"仇舜轩悲愤地看着空空荡荡的副驾驶座，对着电话咆哮道："他是一个恶魔！你们生下来的，也是一个恶魔——"

"你……你疯了是不是？"

"这次我这一生最后一次和你通话，记住……我永远也不想再见到你了，我们后会无期！"仇舜轩狠狠地挂掉电话，递还给润暗，用拳头狠狠地砸向方向盘，冲下车子，对着天空疯狂地吼叫着。

润暗心里也不好受。如果他刚才再反应快一点儿，释放出噬魂瞳眼的话，就不会有事了。

仇舜轩的前妻当初在和他结婚后，对他不忠，和导师左义私通，生下了仇星。左义恐怕拥有着恶魔一般的能力，建造出了一个如此恐怖的死亡之馆。而把拂晓之馆建成五角星屋顶，恐怕也是为了纪念自己的儿子吧。这个恶魔一般的建筑设计师生下的孩子也继承了恶魔的能力，以恶魔的姿态，诱惑着仇舜轩和其他六人来到了拂晓之馆。

星星的消逝……就是拂晓的来临……难道说……

润暗走下车子，看到仇舜轩正跪在地上，不停捶打着地面。

"是我的错……我不该被阿星恶魔的力量迷惑，害死了他们六个……尤其是岳洁，她对我一直有爱意，只是知道我只考虑着阿星的事情，所以才没有表露她的感情。是我害死了她……如果，没有认识我……她，她现在……就不会死得那么不明不白了……"

仇舜轩站起来抓住润暗的双肩，摇晃道："告诉我，告诉我！阿星为什么要那么做？他那么憎恨我吗？为什么非要杀死我和岳洁他们？为什么？"

"没有理由。"润暗只能这么回答他，"恶魔也好，鬼魂也罢，无论恐怖的源头是什么，过程和结果都是相同的。我也和你一样，未来的我，还有我妹妹，都会像岳洁他们一样，尝尽地狱的恐惧，最后被夺走生命。"

润暗拿出手机，打开屏幕让仇舜轩看着那张照片，说："你看这张照片。现在，照片上只剩下你一个人了。你打算坐以待毙？还是活下去？告诉我答案！"

刘芝芳看着山顶处飘来的浓烟，重重叹了口气。

这时候，外面传来了汽车引擎声，她连忙跑去开门，而门口站着的，是仇舜轩和一个不认识的男人！

"仇先生，刚才我看到山顶的烟……"

话说到一半，她的衣领就被仇舜轩死死抓住，他唾沫横飞地怒喝道："说！左义设计拂晓之馆是什么意思？告诉我！"

"仇先生，"润暗连忙拦住他，"刚才路上不是告诉你别那么冲动吗？你这样做根本于事无补啊！"

仇舜轩这才放开了刘管家，问："东夫人呢？她在哪里？我的同事全部死在拂晓之馆里了，我要见她！快点让她出来！"

刘芝芳点点头："好，我带你去见她。你是……第一个清醒着离开那座被诅咒的地方的人。"

打开藤菊夫人卧室的房门，润暗和仇舜轩都呆住了。

只见之前雍容华贵的藤菊夫人正伏倒在地上，身体蜷缩着，在无意识地抓着墙纸，嘴里还念念有词："去吧……去拂晓之馆吧……去星星消逝的地方吧……"

刘管家走进来解释道："其实，在老爷死后，夫人就疯了。她的主治医生说她这一生都无法恢复正常了。不过为了不引起东古南生前名下企业的恐慌，才对外隐瞒此事，知道这件事情的人很少。很奇怪的是，如果有人提出要买下拂晓之馆，或者说想要租下它，夫人就会变得和正常人一样。只是，她总会提出一个条件，在那个封闭的地方住上一个星期，然后就同意出售或者出租。然而，住在那里的人，不是失踪，就是发疯，拂晓之馆就成为了无人敢去的鬼屋。但是你们来到绿屋时，我却并没有给你们任何告诫，这一点我也不明白。不知道为什么，我就好像被蛊惑了，就是一句话也说不出来。"

润暗明白，她不是不想说，她也被那个地方诅咒了。他看着刘管家内疚的泪水，决定验证自己的推测："拂晓之馆……这个名称，是不是后来才改的？本来是不是叫星之馆？"

刘芝芳有些惊讶地说："你怎么知道的？"

"果然如此啊。"

左义虽然有了具有自己血统的孩子，但是为道德伦理所不容，无法和儿子在一起。他痛苦、愤怒，决定诅咒无法容纳他和儿子的世人，而设计了以儿子之名命名的诅咒之馆。

"改名是在什么时候的事情？"

"大概是五年前吧……"

"具体几月份？"

"这，这真的是记不清楚了……我只记得，左先生当时不知道为什么，突然变得非常痛苦，接着就提出了改名……啊，想起来了，好像是四月的时候！"

仇舜轩心中猛然一凛。他之前都忽略了这个问题，只注意查拂晓之馆落成的时间，却没有查正式定名的时间。儿子自杀，是在五年前的三月，那么……

儿子是在拂晓之馆还未改名前，就说出要自己去"拂晓之馆"的？

润暗也验证了他的猜测：原来如此，星星的消逝，就是拂晓的来临。他记得阿静给他看的电子书里，有这么一段记载，对某种事物进行诅咒的话，就要用想诅咒之物的名字，来命名用于诅咒的工具，以加强诅咒的邪恶力量。

左义在儿子逝去以后，诅咒着吞噬星空的光明，以世人所赞颂的拂晓之光定名，就是为了让崇尚光明和对未来有着美好期望的人，葬送在诅咒之馆里，永远失去拂晓光芒的洗礼。这就是左义创造恶魔之馆来诅咒世人的真相，而他和仇舜轩前妻私通而生下的儿子，也具有更强大的诅咒能力，这双管齐下的诅咒，终于将这七个无辜的人，推向了万劫不复的绝境……

那根本不是什么拂晓之馆，而是吞噬拂晓的诅咒工具！

那么，现在仇舜轩也被诅咒了吗？他还能够迎来多少次拂晓之光呢？

当晚，仇舜轩回到家后，立刻关上门，一下倒在床上。一切都结束了吗？但是他却感觉自己的记忆割裂了，搅动着他的心。

再度见到阿星的时候，尘封在头脑中的那段试图忘记的记忆苏醒了。

阿星很小的时候，就没有人敢和他一起玩。招惹他的人，都会因为各种奇怪的原因而死亡，警察怎么调查也毫无结果，只能以意外结案。

阿星简直不像是人类，自己一直惧怕他。每当阿星对自己露出那冰冷的眼神时，他就担心自己会被这个孩子杀害。他经常发现儿子会自言自语，而且经常画一些内容非常恐怖的图画。

不安的感觉越来越强烈。自阿星出生以来，仇舜轩一次也没有抱过他，没有和他亲近过。事实上，就连前妻也很怕他。最后，仇舜轩壮着胆子，冒着生命危险，拿了阿星的头发去做亲子鉴定。他当然知道，万一被发现，自己恐怕就死定了。然而，结果证明，他的顾虑不是多余的。阿星不是他的儿子。

那天晚上，他正在睡觉时，却看见儿子站在眼前。

"你都知道了吧？"儿子居然在对着自己狞笑，那神情在月光映衬下，哪里还是一个孩子，根本就是……一个恶魔！

当时自己怕极了，几乎滚下床来，问道："我，我知道了什么？"

"你知道了我和你不是同类。"

接着，他看到儿子咧开嘴狂笑，嘴唇旁的皮肤开裂了，不断流出鲜血来，可是，他的表情却毫无痛苦！

"我会诅咒你……诅咒你……"

"什么？你说什么？"

"到拂晓之馆去吧。"他说出了这句如同梦呓的话，随即脸恢复了正常，向自己的房间走去。

那时仇舜轩就非常清楚地知道，这个来历不明的"儿子"，绝对不可以让他活下去！否则，死的人就会是自己！于是他咬了咬牙，冲上去一把抱起儿子，冲到阳台上，毫不犹豫地将儿子猛地丢了下去！

回忆完全苏醒了。

但是，为什么他会全部忘记？甚至，他的记忆会发生那么大的变化？他明明惧怕那个孩子，为什么他后来会认为自己很爱儿子？明明是他杀死了那个孩子，为什么后来他的记忆会变成那个孩子是自杀？

不过，当时那句如同咒语的话："到拂晓之馆去吧"，却保留在他的记忆里，难道，那句话，就是这个诅咒的开始？让他，还有他身边的人，全部陷入这个诅咒中吗？

那么，那个孩子也绝对不可能放过自己的……

但是，他已经烧掉左义用来诅咒的房子了，他应该不会死了吧？不过，即使消除了左义的诅咒，那个孩子的诅咒呢？不，那个恶魔的诅咒呢？

就在这时，突然一阵蠕动声开始在他耳边响起。他察觉到声音来自天花板。他抬起头来看，天花板上不断发出奇怪的声音，就在这时，室内的灯光突然灭了，门也自动关上了！

"不！不，不，不，不要——不要——"

被他杀死的那个孩子不会放过他的，这个诅咒还是会延续！

现在仇舜轩完全动弹不得。

墙壁开始慢慢地朝着后方挪动，紧接着，床也突然向地面陷了下去。地板居然变成了大理石，而天花板上伸出了一根如同巨大人手一般的柱子，落到地面上！

难道……难道说……这里……是拂晓之馆的巨人客厅！仇舜轩环顾四周，已经找不出任何他家的样子了。

不可能的……他不是烧掉了这个诅咒之馆吗？为什么，为什么还是逃不掉？

这时，仇舜轩呈"大"字形躺在巨人客厅冰冷的地板上，一动也不能动，周围寂静黑暗，他真的回到了拂晓之馆。

他的眼睛笔直地盯着天花板上巨人的脸，和另外一张距离自己更近的脸重叠在了一起。

那个被他杀死的孩子的脸。

"哥哥，这么说……所有人都死了？"润丽因为要打手机，所以暂时离开了病房来到走廊上，润暗告诉了她目前的情况。

"是的，照片上所有的人都消失了。"

"哥哥，怎么会……我们怎么始终没办法救活一个人呢？"

"另外还有一点我很在意，根据仇先生的说法，童莫炎只挖出了自己的一只眼睛，但是，当地居民发现山顶的浓烟而给消防队打了电话后，等消防车赶到灭火，找出他的尸体时，他的双眼都没了。"

"不会吧？听起来真是吓人。"

"好了，你别想太多了，现在也快过了探视时间了吧？你先回来吧。"

在润暗身边十多米远的地方，有几个戴着墨镜的男子躲在暗处盯着他，其中一个男子正拿着手机和一个人通话。

"老板，他目前还没有发现监视器，要不要我现在去回收？他的鬼眼的视力不能轻视，难保不会被他发现。"

电话另一头传来一个有力的声音："嗯，我立刻把微型监视器的操控权转移到你这里，回收后继续监视伊润暗！"

"明白！"

电话那头的人抬起头，看着眼前的一排排监视屏幕。在屏幕中，清晰地放映着润暗如何在车子即将坠崖前跳出，然后如何以猎豹般的速度冲入拂晓之馆，再如何把坚固的大门掀开。

"呵呵……想不到公司最新研制的超微型飞行监视器派上用场了，深槐真是果断，第一次和伊润暗见面就设定好让监视器随时跟着伊润暗……"这个被叫做老板的男人点上一根烟，问道："资料数据初步收集完毕了吧？蒿霖？"

一个美丽的女子站在他身后，拿着一沓资料，鞠躬道："是的，初步判定伊润暗是具有噬魂瞳眼的灵异能力者，他的鬼眼能力应该已经接近中级，身体素质、反应力和防御力应该都在一般人的两到三倍左右，具体数据还有待进一步观察。虽然还不确定他是否知道铁慕镜的下落，但是，住在妙心医院的那名女性，已经确定为任森博的独生女任静。"

男人满意地点了点头，说道："果然如此，真没想到会那么巧，深槐居然可以做到这一步……呵呵，实在是太好了！噬魂瞳眼啊……真想得到他，作为新的研究材料……"

他回过头对那个女子说："蒿霖，你知道接下来该怎么做吧？密切监视他们的动向，一旦找到铁慕镜，一定要把这两个人活捉！至于任森博的女儿，我也要活的！这样就可以阻止他继续和公司做对了！"

"但是……"女子为难地回答道，"伊润暗和铁慕镜都是具有较高灵异能力的人，活捉的话会不会……"

"没关系……实在无法活捉，至少也要把尸体带来……"男人阴险地笑着，凶残地说道："其实我真正想要的……是任森博的阴阳之眼……"

润丽打完电话后，准备回病房去，突然眼前有两个戴着口罩的医生经过，她还没有反应过来，其中一个医生冷冷地对她说："别动，我现在口袋里拿着把手枪，想死的话就喊救命！"

润丽本来就是个胆子很小的人，顿时一动也不敢动。

"好，现在动作自然地和我们一起离开医院。敢轻举妄动的话，你可就没命了！"

润丽只好照办。她跟着这两个假医生来到了地下停车场，走到一辆车子前面，一个人刚打开车门，把她推进去，就听到身后传来一声怒喝："给我放开她！"

二人回头一看，居然是穿着住院服的阿静！

他们两个还没有收到相关指示，不知道阿静的身份。其中一个已经掏出手枪："给我滚！否则子弹可不长眼！"

阿静微微一笑道："子弹？我真的很想见识见识……"

"你找死！"那个人一时冲动，就对阿静开了一枪！这支枪已经装了消音器，所以没发出太大声音。子弹正击中阿静的腹部！

"喂！"另外一个人连忙呵斥道："你这是做什么？我们的任务又不是杀人！算了，快走！"

二人刚打算上车，却再次听到阿静的声音。

"怎么了？我还没死呢！"

只见阿静的身上根本没有血迹。那颗子弹的确穿透了衣服，但是到了皮肤外层，就进不去了。

"唉，虽然不会死，不过还是蛮疼的……"阿静居然把子弹随意地甩在地上，耸了耸肩道："没想到排斥反应居然那么长，不过总算结束了。快一点，给我放了她！"

二人顿时惊得目瞪口呆，一个人忙说："居然穿着防弹衣，我们上车，直接撞死她！"他刚要坐上车子，却见阿静居然已经坐在驾驶座上！

"听不懂人话的家伙真的很叫人头痛呢……"阿静注视了一下那个男子，只是一瞬间，他就飞弹出去，撞在一根柱子上！另外一个人马上拿枪对准她的脑袋："你给我死吧！"

然而，近距离一枪射击之后，子弹撞到阿静的太阳穴就立刻弹射到车窗玻璃上，瞬间将一大片玻璃击碎。

"多谢你们选择了一个停车场的摄像头拍不到的死角，这让我可以尽情发挥'能力'了。"阿静斜眼看了那个男子一眼，此刻许多碎玻璃掉到她身上，可是没有一块能划破她的皮肤。

"怪、怪物！"那个男子头也不回地向后逃去，阿静阴笑道："不可以哦，你走了的话，我会很头痛的。"

那个男人跑到一根柱子前，突然阿静就从柱子后面闪了出来。那个男子像见了鬼一样，一下摔倒在地，说："小，小姐……是我不对，求你饶了我吧……"

"放心好了，我不会杀你的。我和你们不是同类人。"

接着，她取出了一瓶药水……

润丽醒过来的时候，已经是在自己家里的床上了。

"嗯？我……怎么会……阿静？"

阿静就坐在她身边，笑着说："醒了？你哥哥还在给你熬汤呢。他熬的汤光是闻着就让人很嘴馋了呢。等会儿你就可以喝了，我去叫他。"

阿静走进厨房的时候，润暗正围着围裙在搅拌一锅肉汤。他见阿静进来，连忙问道："是不是润丽醒了？"

"嗯，我帮你看着锅吧，你去安慰一下她。还有，喝完汤以后，立刻准备一下，能搬多远搬多远，你去银行多取点钱出来。我也要搬家了。"

"我知道了。"润暗走出厨房时，回过头说："阿静，谢谢你了。"

"哪里，没有你妹妹的话，以后谁来负责提供死亡日期啊。"阿静舀起一勺汤尝了尝，立刻赞叹道："好美味！润暗，你不如以后去做厨师吧？"

十分钟后，润丽明白了目前的状况。阿静已经用那种操纵神经的药水问出对方是诺索兰公司派过来的人，同时她用一种能够制造假记忆的药水催眠了他们，那两个人在二十四小时内的真实记忆都被她抹去了。

"你是说……诺索兰公司的人要抓我们？那该怎么做？"

"当然是得搬走了，润丽，反正你不也习惯了吗？"阿静向她详细解释道，"我估计，那个公司的人已经注意到润暗的紫色眼睛，想要抓住润暗。恐怕是想要通过以你作为人质来要挟润暗。估计那场火灾让他们失去了什么重要的东西，而他们认为那东西就和润暗有关系。而事实上润暗毫不知情，以后他们可能会采取行动，所以必须逃走。润丽，这是变色龙液体，你拿好。为防万一，我和你们分头走。"

"但是……"润暗又问道，"你那么多实验资料和药物都留在你家，你就这样离开的话……"

"没关系的。"阿静指了指自己的额头，"这个地方有我所有的研究成果，药物的配方全都记在脑子里了。当然，我已经在我家里到处都洒上了一种一旦室内温度超过一定界限就会自燃的液体，我可不能让那么多资料全落在那个公司手里。我逃走后公司一定会派人进入我家搜查，一旦室内聚集了许多人，室温上升，那种液体就会自动燃烧，这样我所有的研究成果都会被烧掉。而且房子被烧掉的话，我的家族也会注意到。当然，我并不指望无情的外祖父会为了我和诺索兰公司抗衡，这个公司敢那么嚣张，后台自然也很硬。放心好了，润丽，变色龙液体只要不滴解除液就永远不会失效，只要尽可能不发出声音，监视我们的人不会发现我们离开的。走的时候别关灯，行李能少带就尽量少带！"

润丽又问道："那我们去哪个城市？"

"高宁市。我选择那个城市的原因有两个。一是那个城市没有诺索兰的分公司，他们的势力还没有渗透到那里，二是那个城市是灵异现象最为集中的地区。我想那里恐怕也潜藏了不少灵异能力者。在那里，我们可以更频繁地预知灵异现象……"这时候她突然想起润丽不知道解除诅咒的意义所在，立刻住了口，差一点就把最关键的话说了出来。

润暗和润丽接过了装变色龙液体的小瓶子，开始滴在身上。

他们的身体很快变得和周围环境一模一样，不仔细辨认，根本看不出来。

出门后，三个人小心地环顾四周，此刻他们谁都看不见谁，只有自己照顾自己。润暗的车在修，阿静的车炸毁了，再加上此刻他们都是透明人，所以只能够步行去机场了。润暗兄妹和阿静各自乘坐不同的航班飞往高宁市，在约定的地点会合。诺索兰公司的人不可能发现他们，除非使用红外线扫描仪来监视他们。

和润暗兄妹分别后，阿静走到一个没人的巷口，反复看了看四周，低声说："紫魅，东西带来了吗？"

"嗯，当然。"一个同样很低的声音答道，接着把一个盒子塞到阿静的手心里。

"真是非常珍贵的东西。"阿静轻轻抚摸着盒子，"突变鬼眼，想不到真的拿到手了。说起来，润暗好像并没有发现他家里面到处都是窃听器和摄像头啊。"

闻紫魅听了极度惊讶："怎么会……你是怎么发现的？"

"很简单……"阿静把盒子收好，"我第一次去他家的时候，就趁他们不注意，在他们家的地板上倒了一种液体，这种液体无色无臭，在室温下会速干，然后发挥效力，没有水溶性，沸点极高，最重要的是，它是用我的血液制造出来的。所以它能够散发可以吸收电波的灵念力，和我的大脑直接相连。一旦屋内被装置了窃听器一类电子监视仪器，其电波就会被这种液体吸收并直接由我的大脑来输入虚假的声音和影像，监视者就无法知道真正情况了。"

"吸收电波并用灵念力输入假信息的液体？你是怎么做出来的……算了，反正你说了我也不懂……"

第二天中午，高宁市街头的一个电话亭里。

"房屋中介公司吗？我想买一套二手房，嗯，够三个人住的……"告知了自己的联系方式后，挂上电话，润暗走出电话亭，对阿静和润丽说："好了，现在就等消息吧。买两套房子负担太重，我们就住在一起好了。"

润丽感觉怪怪的。虽然已经习惯了搬家，不过这次多了一个新成员，总感觉有点……

"为什么不租房子呢？"润丽问道，"这样不是更加便宜吗？"

"润丽，你用用脑子，阿静这个发明狂，到时候肯定会把房间改造成化学实验室，房东能答应吗？"

润丽顿时恍然大悟，连连点头，阿静呵呵笑道："多谢你为我着想，你把我的车彻底报废了的事情，我就不追究了……"

"啊……多谢多谢……"

"说到车子，你原来的车也不可能去取回来了。你要不要考虑再去买辆新车？"

"车子当然要买，还要买性能好一点儿的。"

就这样，他们的新生活开始了。

第14章
〔致命的恐怖片〕

今天是 10 月 31 日，万圣节。

大学毕业三年以来，则已经结婚生子的高风辉还是很喜欢在这个日子和大学同学们聚一聚。通常这个日子，人们会开化装舞会，扮演成各种各样的妖怪，小孩子则是套上南瓜头去挨家挨户敲门索取糖果。不过在国内，这个西洋节日的知名度不如圣诞节，也不可能出现妖魔鬼怪满大街跑的景象。

节日只是大家找个借口一起聚集而已，不需要太考虑形式，只要有这个气氛就行了。高风辉的妻子对他管束得并不算严，只要回家别太晚，不要喝太多酒就可以了。其实已经结婚的人也可以随同太太一起前往，不过高风辉的妻子要照顾才满周岁的儿子，所以只好待在家里了。

万圣节要过，班也要上。好在最近高风辉的单位下班都比较早，下班后还有几个同事邀请他去酒吧喝酒过万圣节，他谢绝了，说要和大学同学一起过。

今年大家在电话里商量好聚会的地点，是在屠兵宗的家里。

屠兵宗和高风辉是大学时代最要好的死党，而且大家的志趣都很相符合，都酷爱恐怖电影。二人经常在网上下载许多很吓人的恐怖电影，然后两人一起在黑暗的寝室里看。虽然很少有被吓到，但是那段时光却很令人怀念。大学毕业后，高风辉就很少关注恐怖电影了，结婚后开始更多地看一些温馨的电影。

屠兵宗还是老样子吗？在前往他家的路上，高风辉坐在公车上，脑海中开始回想屠兵宗现在的样子。

坐在高风辉身边的是一个极其美丽的年轻女子，而且服装优雅得体，吸引了公车内许多人的目光。女子这时正将一本书放在膝盖上，目不转睛地阅读着。她看起来很恬静，似乎根本没有注意到周围注视着自己的目光。而高风辉所坐的角度可以看到书的封面，书名是《认识高宁市》。

莫非她是外地人？高风辉不禁开始猜测这个女子的身份，就在这时，女子把书合上，站了起来。坐在她身后的一名男子也站起身说："阿静，怎么了？还有一站路呢。"

"从这站下去就步行过去吧，先熟悉一下周围的环境。"

高风辉注意到那个男子的双眼居然是紫色的，但是他应该是亚洲人。

"还不确定会不会买那个房子呢。"紫色眼睛的男人说，"也不急于现在嘛。"

这时车门开了，女子已经走下车去，后面的紫眼男子无奈地叹了口气，跟着她走了下去。

下车后，见公车渐渐开远了，阿静看起来似乎松了一口气。

"怎么了？"润暗问道。

"你没发现有不少人在看着我吗？虽然不一定是诺索兰公司的人，不过还是小心为上。"

"原来是这样啊。"润暗这才明白过来，"那是因为你很漂亮啊，不过那些看着你的人，都不是那种色狼的眼神，而是充满惊叹呢。"

"那也是自然的，我母亲是豪门贵族，小时候母亲就以贵族的标准训练我，现在已经成为习惯了。"阿静真是个淡定的人，说这些话的时候全然没有炫耀的意思。

"好了，不说这个了……让我看看。"润暗拿出一张纸来，上面记载了房屋中介公司给他们的正急待出售的房子地址。房子的主人急着移民，所以价钱不贵，今天二人就是要去那里商量房子的价钱。

"这样不错啊，装修的费用也可以省了。今天是万圣节呢。"润暗注意到一些商店门口挂着的南瓜头，"这个日子，不会是鬼门大开的日子吧?"

"所以啊，你尽量别去收魔女的糖果啊……"

"喂，我明明是很正经地在和你说话啊……"

高风辉到了屠兵宗的公寓下面，想起还没有买些礼品，虽说是死党，也不能空手上门啊。于是跑到公寓门口的水果铺去挑选橘子。

摊主给了他一个塑料袋，他选着橘子往里面放，有一个挺大的橘子，他正打算去拿，却被另外一只手抓住了。抬头一看，高风辉顿时愣住了。

拿橘子的是个一身职业装束的女子，高风辉一眼就认出了她:"园秀!"

那个女子一下没反应过来，仔细打量了一下高风辉，才叫道:"啊，是你啊，高风辉!"

陆园秀是大学里的校花，也是学生会的副主席，交际很广，和谁都很合得来。不过高风辉没想到她也会来，毕竟毕业后就再也没和她联系过了。莫非兵宗和她还有联系?

"很久没见了，听说你已经结婚了?"陆园秀继续挑选橘子，问起高风辉的近况来:"有孩子了吗?"

"是的，是个儿子，刚满周岁。"高风辉把挑好的橘子递给摊主，"你也是来看兵宗的吧，你也喜欢过万圣节吗?"

"因为我最近迷上了恐怖小说。"陆园秀掏出一本书来，"这本书你看过没有?"

书名是《死离人形》，作者的名字是"伊润暗"。

"这是笔名吧?"高风辉接过书，略微翻了翻:"印刷得不错。不过，你一个女孩子，怎么会喜欢看恐怖小说的?"

"确实是很吓人……"陆园秀的手还在微微发抖，不知道是害怕还是感觉冷了。

两人这时候都付了钱，一起向屠兵宗的家走去，陆园秀还在兴奋地说着这本书怎么怎么好看。

润暗和阿静就要走到约定好的看房地点时，突然，他开始产生了死亡预知。这次和之前不一样，图像非常清晰地浮现了出来。

"怎么了？产生预知了？"阿静的反应很快，润暗稍微有点异样的表情就立刻察觉到了。

"龙岳，名字是屠兵宗，是一个头发浓密，遮住了左眼的男性，画面是站在电视机前……"

"电视机？"

如果把电视机和鬼魂联系在一起，对日本恐怖电影有所了解的人都会立刻想起《午夜凶铃》。

"如果是这样不就再简单不过了？远离电视机就可以了啊。"但是润暗明显感觉到不会如此简单，从过去的经验来看，任何恐怖事件都是以杀害被诅咒者结束的，所以不会产生让被诅咒者能够逃脱的状况，也就是说，一定还存在其他限制，接下来就要看阿静预知到的关键词了。

"打个电话给润丽。"阿静抬起手腕看了看表，"就快到我们约定看房的时间了。如果和上次一样，死亡日期都在预感产生的当天，我们必须立刻找到那个人，那就麻烦了。现在快五点了，今天已经过去一大半了。"

润暗点点头就开始拨打手机号码，却没有人接听。润丽现在应该在旅馆里，难道她连手机都不带就出门了？

现在要不要去看房子？从昨天的谈话看，这套房子还是不错的，但是另外一边是人命关天，但是，也不太可能在今天就找到那个人。

"这样好了，你先回旅馆去找润丽，我去看房子。"阿静想出了两全其美的办法，润暗也接受了这个提议，立刻走了。

"欢迎啊，二位！"

屠兵宗把高风辉和陆园秀迎进屋子，二人看到门口堆满了鞋，已经来了不少人了。

走到客厅，人果然不少，都是大学时的同学，有几个高风辉都认不出来了。茶几上摆满了瓜子、花生和糖果。

"来这里不过是聚聚而已，何必破费呢！"

屠兵宗还是老样子，一点儿也没变，他接过橘子后说："下次可别这样了。对了，都准备好了？"

"准备？"高风辉茫然地问，"准备什么？"

"恐怖片大展播哦！只是大家围坐着谈天，哪里有万圣节的气氛啊。我家里收集了不少恐怖电影，大家可以挑选喜欢的来看啊！"

"啊……好像你昨天在电话里是提到过……不过，"高风辉看有几个女同学，说："不怕吓到她们吗？"

"没关系啦，那么多人聚在一起还怕什么！"

高风辉看了看在座的人，一共有九个。他向认识的几个人打了招呼，其中印象最深的是一直都那么胖的龙庭，还有非常不合群、一言不发的钟子离。

"你结婚了对吧？好羡慕啊，我们都还是单身汉呢……"龙庭搂住高风辉的肩膀，"怎么今天不带你老婆一起来聚呢？"

"因为儿子刚出生不久，她还需要照顾儿子，今天要不是那么多朋友聚会，我本来也要留在家里的。"

大家嘻嘻哈哈谈笑起来，屠兵宗抱了一大堆影碟出来。他说："大家挑吧，四个人以上赞同的就放！"

挑了不久，大家一致通过播放《死离人形》。原作就是润暗的那部小说。高风辉感觉挺巧的，对陆园秀说："这不就是你喜欢的那本小说吗？电影你也看过了吧？"

"当然看过了！"陆园秀兴奋地盯着电视机屏幕，"但是经典的东西看多少遍都还是好看啊！"

高风辉靠在沙发上，和大家一起看。影片一开场，就是一个人在黑夜的街道上疯狂奔跑。每个人都凝神屏息地看着，还没有见到鬼出来，已经是神色骇然，随时做好被吓一大跳的准备。

有那么恐怖吗？高风辉好奇地想。画面到了楼道内，一个看起来很壮实的中年男子不时回头看着身后。男子忽然看到了什么，一下跌坐在地上。大家注视着屏幕，连眼睛都不眨一下。

诺索兰公司总部，高层会议厅。

一张圆桌前，坐了十六名公司高层人士，其中也包括开发部部长路深槐和技术分析部部长宗蒿霖。

会议的气氛很僵，每个人大气都不敢出。

之前好不容易找到的线索——伊润暗和任静，在被严密监视的情况下居然消失得无影无踪，而在监视器上居然看不出任何线索。进入任静家搜查的那些人，还遭遇莫名其妙的火灾，有一人烧死，几个人严重烧伤。

"到底是怎么回事！"几位董事很愤怒，"他们怎么离开的，监视器都拍不到！我们颜面何存！"

宗蒿霖拿出一份报告，开始读起来："经过我们部门的分析，并没有查出影像本身的问题，因此怀疑可能对方具有幻视瞳眼，也就是说，我们所看到的可能是虚假影像。"

"总之……"董事们看起来气势汹汹，"立刻查找他们的行踪！很可能是逃去了别的城市，敢如此玩弄我们，绝对不能放过！有没有查出他们去了哪里？"

"这个……很抱歉……还没有查出来……"报告的人说话时都把音量放得很低。

事实上查不到很正常，使用变色龙液体，即使不买机票，费点心思也可以上飞机，乘客名单上是根本查不到的。而在本市内寻找，根本就不可能有线索。变色龙液体虽然用来对付鬼魂作用极小，但是应付人类是绰绰有余了，而且只要不滴解除液，即使死了也不会失去效力。

散会之后，每个人都心情沉重。宗蒿霖夹着一堆文件离开会议厅的时候，感觉到每个投向她的眼神都是冷冰冰的。

就在来到电梯口的时候，门刚打开，她就看见了两个警卫。

"宗部长，你好。"其中一人说道，"公司外有一个人想见你。"

她微微一惊，问道："是谁？"

"是一个坐着轮椅的少年，说是你弟弟，不过我没有让他进来。"

宗蒿霖心急火燎地跑进电梯，她没想到弟弟居然找到这里来了！他不是应该在家被看护着吗？自己给保姆那么高的工资，她怎么不尽职地让弟弟跑到这里来了？

电梯门打开时，宗蒿霖看见坐着轮椅的弟弟在公司门口和警卫们争执着，她几乎要流出泪来，公司一贯是强硬作风，如果他们不相信弟弟的话，还不知道会说出些怎样难听的话来。

"姐姐！"眼尖的弟弟得意起来，"你们看吧，我就说我姐姐在这里工作的！"

宗蒿霖上前一把抱住弟弟："蒿群，我不是要你好好在家待着吗？怎么跑到公司来了？阿姨呢，她不在吗？"

"姐姐，我想来看看你工作的地方啊……"弟弟根本搞不清楚状况。宗蒿霖真的想告诉他，这里绝对不是什么值得他为自己感到骄傲的地方，这是个充满罪恶的肮脏公司啊！

"我送他回去吧，你还有工作。"不知何时，路深槐走到她的身后，说道："这个样子在大门口对公司影响不好，正好我要出去一趟。"

宗蒿霖婉拒道："谢谢你，不用了，麻烦你帮我请个假。"接着，她抹着泪水对弟弟说："蒿群，姐姐现在送你回家去，拜托了，下次别再来了好不好……"

看着她走远了，路深槐冷冷地看着旁边的门卫说："刚才有没有对宗部长的弟弟说了什么难听的话？"

那两个人诚惶诚恐地答道："这……我们不知道啊，这小鬼推着轮椅就要进来，说来找他姐姐，我哪里知道他是宗部长的弟弟啊……"

"你们两个被解雇了。"路深槐说着取出了手机，"我立刻给人事部部长打电话，你们去结算工资吧！"

《死离人形》的剧情越来越紧张，一个男人看着前方，面容惊恐不已，镜头突然一百八十度一转，只见他前面是……一个没有头、在地上爬动的身体！

"什么呀……"高风辉觉得这实在是太俗套了，多老的桥段了，鬼总是在地上爬，多半都是女的，日本多为白衣，香港则多为红衣，而这部电影似乎是香港拍的。

不过，过去在学校里号称最胆大的南韧天，此刻居然双手紧紧抱住胸前，蜷缩在墙角，其他几人也是同样反应。难道是自己胆子太大了？高风辉再注意了一下陆园秀，惊讶地发现，她居然还紧挨着钟子离。都看过了还怕什么啊？多半是对钟子离有好感，故意这么做的？

接着的镜头就是香港都市景象，男主角出场，这时大家紧张的神情似乎才松弛了一些。接下来的剧情很紧凑，男主角是一名法医，最近经常发生碎尸案，而他渐渐发现，一些被验证为相同 DNA 的断裂肢体，很像多年前他负责验尸的一名女孩的。

悬疑抛出后，高风辉也渐渐进入了状态，开始认真欣赏起电影来。最让高风辉吓了一跳的是第二十五分钟的时候，主角被一只满是鲜血的手引到了一个房间里，结果房间里什么也没有，他感觉奇怪，就关上门出去了。然而，门刚关上，门后面就出现了一个脖子断了的女鬼！

屋里的九个人几乎都尖叫了出来！胖子龙庭甚至一下从沙发上滚到了地板上，喊道："好吓人，好吓人啊！"

剧情发展高潮迭起，越来越多的谜团抛出，男主角的处境也越来越险恶，每个人都凝神屏息等待着结局。

男主角终于杀掉了威胁自己的鬼魂，他被困在一个废弃工厂里，只要能够逃出去，就可以获救。然而，就在男主角即将离开工厂的一瞬间，他脚下的铁丝网里，却有一张狰狞的鬼脸，而男主角根本没有发现……屏幕这时变黑了，开始放演员表。

"好片子啊……"高风辉不禁赞叹起来，难得看到那么精彩的恐怖电影，要不是那么多人聚在一起，一个人看的话，实在是会晚上做噩梦的了。

"园秀，"他拍了拍陆园秀的肩膀问道，"你那本书可不可以借给我看？"

陆园秀像见了鬼一样吓了一跳，抬起头看清楚是高风辉后才松了一口气："好啊……"

"你不是看过一遍了吗？"

"是啊，不过，第二次看还是感觉很恐怖啊。"

屠兵宗又问："大家还要看别的恐怖电影吗？"他拿了一盘名叫《影魔》的电影问道："这部怎么样？"

见没人反对，他就开始播放碟片。这部电影的内容虽然也很惊悚，但是比起《死离人形》来就差太多了。

故事一开始，是一个女子在深夜的街道上走路，周围空无一人。女子走了很久，才突然发现，前方墙壁在路灯映照下，映着一个影子，但是……那个影子旁边……却没有人！

接下来的剧情猜也猜得出来，影子疯狂地追逐女子，镜头就一直在拍摄女子逃跑的背影。高风辉想，一般不是会安排摔个跤的吗？这时候女子果然跌倒了！这时候该拍影子了。果然，镜头就移动到后方的墙壁上面，开始步步逼近。

无聊啊……前面人跑你也跑，人摔倒你倒开始走路了……高风辉开始感叹。

影子逼近女子的一瞬间，女子拼命大叫起来，接着影子就按住她在墙壁上的影子，开始咬起女子的影子。而女子的脖子上也出现了伤口。

钟子离冷冷地评价道："剧情真是脑残啊，往没有灯光的地方跑不就行了吗？"

接着，画面一黑，几滴血出现在屏幕上，形成了"影魔"四个大字。男主角是一个警察，查到本月有好几起类似案件，原来，被杀害的人都是同一所高中的学生，当初一名女学生因为被欺负而自杀，死后的她居然没有了影子！

那个开头出现的影子正式在现实中出现（之前有两次是出现在主角的梦境里），是在三十分钟的时候，这次是最后两个欺负自杀的女孩子的人，在家里看到了那个影子，而门却锁住了！然后，那个影子就一步步逼近了……

就在这时，高风辉注意到一个女同学凑到兵宗的耳边低语了几句，兵宗回答她以后，那女同学看起来神色很愤怒地说："你别开玩笑了好不好？"

高风辉疑惑地问龙庭："谁啊？那个女的？"

"你忘了啊？她叫韩宁，也是我们班的。"

高风辉还是想不起这个名字，毕业久了，关系不特别铁的都忘了。接着他就看到韩宁默默地坐着，看起来表情很奇怪。

突然屏幕关闭了，屠兵宗笑着对大家说："其实剧情挺无聊的，是不是？"

"还可以……"

"只是比较血腥……"

"大多数场景都太平淡了，也蛮俗套的……"

屠兵宗退出那张碟片，又拿出一张新的，说道："《诡眼》，这部电影可是去年很受好评的恐怖电影呢，看看吧？"

这部电影刚一开始，就是一个眼球的特写，然后扩展到整个人。音效做得非常好，接下来展开了非常惊悚的剧情。

故事的主人公是一个男孩，他看到的事物总和别人不太一样，总是能看到许多恐怖的现象，而一般人无法看到。这部电影放到第二十二分钟时，男孩眼前的事物给人很强烈的代入感，男孩掀开自己的被子往里面一看，立刻就有一个鬼脸冲向他的眼睛。

陆园秀应该是第一次看这部电影，她已经将身边的钟子离完全抱住，头埋进对方的肩膀，可是钟子离似乎一点儿反应都没有。

《诡眼》结束后，放的是一部有些名气的恐怖电影《死亡铃声》，在场九个人全部都听说过，不过有五个人没看过，包括高风辉。

第一个画面是一部电话机，铃声响了起来，一个女孩子一个人在家，她跑过来接了电话，然而电话那头只传来奇怪的笑声，镜头这时是耳朵和话筒的特写，笑声听起来也很吓人。

这样的开头，很容易让人联想到《午夜凶铃》。不过接下来的剧情还是围绕电话展开的。女孩接到电话后，就开始逃脱不了电话的无尽骚扰，她最后在一天晚上拔掉了电话线，然而，电话铃声居然还是响起来了。这样的剧情当然很容易猜得到，大家都估计接下来要出现一些异常状况了。女孩接了电话，电话那头终于说话了。

这时的镜头是拿着电话的女孩全身的特写，随即又切换为话筒的特写，对话的声音听起来很是沙哑尖利："我……就……在……"

这三个字说完后，镜头又变为女孩的特写，而那句话也完整说出了下半句："你……身……后……"

接着，几缕头发开始出现在女孩背后，这时，陆园秀已经失声尖叫出来，直接冲出房间，说："我，我不要看了！"而其他几人也都程度不等地受到惊吓，就连高风辉也感觉有点太可怕了。如果直接出现那几缕头发倒还没什么，说了那句话后再这样，感觉就完全不同了。因为这个时候，电话那一头遥远不可及的一方突然被拉到了角色的身后如此接近的地方，瞬间让观众感受到了惊悚。

接下来放的几部电影，一部比一部恐怖，大家似乎都吓蒙了，到了最后告别的时候，居然一个个连招呼都不打。高风辉也好不到哪里，他看了看外面的夜色，有点迈不开步子。

不过，他还是向兵宗告别道："你果然珍藏了不少精品恐怖片呢，真不错！"

屠兵宗看起来却不是很高兴，只简单答了一句："你喜欢就好。"也不知道刚才韩宁和他说了些什么，能让他那么不高兴。

奔走了一天，润暗晚上回到旅馆的时候，还是一无所获。润丽还是没有产生预知，而阿静终于来了电话。

"没有谈成，对方虽然价格开得很不错，不过后来才知道，他之所以愿意那么便宜脱手，是因为他不久前才知道那里是凶宅，移民只是个借口。没办法，只好另找了，再便宜也不能找凶宅啊。"

"我也很头痛。"润暗说道，"现在还是没有找到任何线索，你尽快回来吧。刚来这个城市不久，你能否上网查出户籍资料？"

"尽力而为了，我再过一个小时回旅馆，明天再重新找房子。"

第二天早上，润暗被一个电话吵醒了。

"伊先生吗？是这样的，有一个人急着出售他的房子，地段和房屋面积都一定能令你满意，价钱也相当便宜。"

"好吧……"润暗揉了揉眼睛，拿起纸和笔："告诉我屋主的名字和住址……"

"那个人叫屠兵宗……"

"你……你说什么？"润暗的睡意立刻抛到了九霄云外，他连忙回忆着之前脑海中看到的屠兵宗的容貌，询问工作人员，对方也给予了肯定的答复。

这也太巧了吧？

屠兵宗的房子地段确实不错，而且是前几年新建成的商品房，入住那里的应该是高级白领。现在突然就莫名其妙地要卖房子，甚至开出了超低价，谁都看得出来有问题。不用问，肯定是在家里发生了什么灵异事件。

"当然得去，房子自然不可能买，不过人一定要见见。"阿静听到这个消息也很振奋，"难得能够这么顺利地找到被诅咒者，如果他的家里真的出了什么事的话，那么也可以借由这一点，让他相信这个世界上有鬼魂和灵异能力者存在。"

"那好，阿静，我们走吧。嗯，你为什么还坐着？"

"我不去。"

润暗仔细回忆她刚才说的话，确实没有出现"我们"这个词。

"你要我一个人去？"润暗感到有些不可思议，他已经习惯了和阿静一起行动了。

"对于灵异、鬼魂之类的，你和我的了解程度已经差不多了。"阿静又指了指他的眼睛，"还有，出门的时候买一副墨镜，你还嫌这双眼睛不够惹人注目是不是？就因为这个，害得我们不得不搬家。”

润暗知道这件事情是他的错，也无话可说，只有听阿静的指示独自前往了。

“回来后告诉我状况发展，产生预知后会和你联系的。”

润暗看了看阿静的脸，观察她有没有疲惫和不适的表情，问道：“你……是不是之前的病还没好？如果不舒服，还是尽快去医院的好啊。”

“没关系，都好了，上次只不过是身体比较疲劳……”阿静说到这里，脸别了过去，不让润暗看到她的眼睛。

“是吗？我明白了，那我走了。”

润暗关上门出去后，阿静立刻回到自己的房间。在那里，桌子上已经堆满了器皿，一个烧杯正放在酒精灯上，里面浸泡着一颗眼球。

“分析不出来成分啊……”阿静观察着那个眼球的情况。它现在浸泡在一种可以防止眼角膜坏死的液体里，保持活性。当然她也知道这很危险，毕竟这里面有可能隐藏着一部分鬼魂，她也不可能查出童莫炎体内的鬼魂是怎样的，这个实验随时可能出事。不过阿静对目前自己的体质有信心，一般的鬼魂应该伤害不了自己。

高凤辉昨天回到家后，始终有些心绪不宁，那几部恐怖片的确都挺让人头皮发麻的。虽然知道那都是演员假扮的，不过因为音效和气氛的衬托，导致他现在很难从那种氛围中挣脱出来，甚至晚上都做了噩梦。第二天醒来也是很没精神地去上班了。

不过，见到许多大学时代的好友，还是让他很兴奋的。而唯一让他有些在意的是，韩宁那个时候和兵宗说了些什么话。这个人，他怎么也回忆不起来，只有一些朦朦胧胧的印象而已。

今天午休的时候，他拿出那本从园秀那里借来的《死离人形》看了起来，开头和电影基本是一样的。他看书很快，一口气就把整本书看完了，电影对原著进行了大的改动，尤其是结局。

这时候，他想起昨天看恐怖片时，园秀一直往钟子离身边躲的事情，莫非她一直喜欢那个冰山一样的男人？高风辉至今都对他缺乏好感。

当初，在班级里最遭到排挤的人，就是钟子离了。他的父亲曾经是一名官员，因为贪污公款而被双规，他和母亲搬到了高宁市。他的母亲似乎酗酒，而他对待别人的态度也很恶劣。因为了解他的情况，当时班上的人都想尽可能安慰他，但是无论是谁，他都恶语相向。

"别用那种恶心的同情目光看着我，滚远点！"

高风辉根本不买这种人的账，他的不幸与他们又有什么关系？难道关心他也有错了？所以高风辉也和身边的人说，不用去管钟子离了。即使在这样的情况下，还是经常会去找钟子离的人，只有园秀一个人。那个时候，钟子离经常待在学校里，百无聊赖地看一些难懂的书。而园秀总是会去找他，无论被拒绝了多少次，她也没有放弃。

兵宗和园秀比较熟悉，那个时候的事情，都是兵宗告诉自己的。高风辉感觉园秀似乎是对钟子离有好感，才那样故意接近他，但是钟子离对谁也不愿意打开心扉。他那样的态度自然被许多人厌恶，有些人看到他就会皱眉头，甚至还故意找他的茬，而这个时候园秀就会出来帮他解围。也因为这个原因，园秀被不少人取笑过。

钟子离现在是一名邮递员。他已经送完最后一封信，正骑着自行车打算回邮局去的时候，正好经过一个十字路口，他所对的方向是绿灯，就在他准备通过马路的时候，旁边居然开出一辆车来！幸好他反应快，及时避开，但还是因为动作太大，摔到了地上，膝盖破了点皮，手掌也划出几道血痕来。

钟子离站起身拍了拍裤腿上的灰尘，那辆车的司机立刻把车停到马路边，下车跑来问道："你没事吧？子离？是你？"

那个司机居然就是陆园秀。

"你是色盲吗？还是连红灯时不能过马路都不知道？"钟子离怒视了她一眼，扶起自行车说："我还有事，先走了！"

"等等，你……"陆园秀手忙脚乱地说，"我家就在附近，你受伤了吧？我帮你处理一下伤口吧，好吗？"

"不必了，我还得赶回邮局去。"说着他一只脚已经蹬上自行车，但是膝盖的伤口影响到关节的伸展，让他感觉疼痛难耐，只好走下车说："我的时间不多，你动作尽可能快一点。"

"好的。真的对不起，我刚才一时恍惚，没有注意到红灯……"

钟子离注意到陆园秀的眼神迷离，似乎是有什么心事。

"你在担心些什么？"

"嗯？"

"放心，我不会向你要赔偿的，你只要帮我擦点药就可以了。"钟子离一副无所谓的样子，看起来根本不把自己受伤当一回事。把自行车锁好后，他上了陆园秀的车，等陆园秀在驾驶座上坐好后，他突然说："你为什么还没结婚呢？"

"嗯？"这个问题太过突兀，让陆园秀一下没反应过来，因为钟子离很少会主动问别人的情况。

"昨天听他们几个谈论，说这几年很多优秀男士追求你，但都被你拒绝了？"

陆园秀咬了咬嘴唇，发动了车子，回答道："我……我以为你会明白的……但是，你果然什么也不懂啊。"

钟子离直视前方，根本不看陆园秀的脸。

"你什么都等不到的。所以，别继续浪费时间了。"

陆园秀虽然知道是这样的答案，但心里还是很失落。

"你看看这个。"她的眼神瞄了瞄副驾驶座的旁边，那里放着一个盒子。

"那是什么？"钟子离打开盒子，看了看里面的东西，不解地问："这是什么意思？"

"我想，这绝对是有问题的，所以想调查一下原因，总感觉不对劲。"

陆园秀看起来的确很紧张，她刚才之所以没看到红灯也是这个原因。钟子离却感到可笑，把盒子重新放好，问道："你到底想说些什么？"

"你也许不相信，但是的确非常奇怪。我已经打电话向兵宗求证过了。"然后，陆园秀说了她担心的事情。一开始钟子离还不当一回事，但说到后面，他也皱起眉头来了："这……不可能吧？"

"不相信的话，不如去我家看看？我也感觉这很荒谬，可是兵宗没有理由骗我们啊！"

"或许是恶作剧吧？"

陆园秀摇了摇头："事实上，这几年国内有多起异常死亡事件，至今都是悬案，或许这个世界真的还有一些现代科学解释不了的现象。我打算再和兵宗商量一下，通知其他人。"

与此同时，高风辉正在办公室里的时候，手机忽然响了，是龙庭的来电。

他接听了电话，刚要说话，就听到龙庭用非常古怪的口吻说："风、风辉吗……活，活见鬼……活见鬼啊……"

"活见鬼？什么意思啊？"高风辉不禁有些气恼，现在可是在工作中，龙庭打这种莫名其妙的电话来做什么。

"听我一句劝，你最好选个好日子，找个寺庙，去捐点香火，或者是去找个道士，在家里做做法，总之，听我的没错！"龙庭就挂了电话。

"死胖子，什么莫名其妙的，他这个电话倒真是活见鬼了……"高风辉完全没把这个电话当一回事，继续工作起来。

"你是说五十万？五十万就可以了？"

润暗来到屠兵宗的家里，还没来得及和他提死亡日期的事情，只是说要和他商量商量，他一下又把价钱降低到了五十万，之前他提出的价格是九十万。这个房子虽然是二手房，不过卖个五百万应该是没问题的，而现在居然只卖五十万？

"你能不能告诉我原因呢？"润暗注意着屠兵宗的神情，想要试探出些什么来，然而他居然说："先生啊，算我求你了，这个价钱你就买下来吧，我保证这绝对是合理的价钱！"

这时候旁边没别人，润暗索性打来天窗说亮话："你最近遭遇到什么灵异现象了吧？"

屠兵宗一听，惊得不知所措："你……你怎么会知道的?"

"能不能告诉我，到底是什么事情?"

屠兵宗死了。

高风辉接到这个消息，是在万圣节之后的一周。

陆园秀在电话里告诉他这件事情的时候，他还以为对方在开玩笑。但是，当他意识到这是现实以后，受到的打击和震撼远远超过了陆园秀，立刻就赶到了屠兵宇家。

屠兵宗死因不明，发现尸体的人是大楼的管理员，他父母并不和他一起住。他的尸体横躺在地板上，身上没有任何外伤，体内也查不出任何毒素，只能以心脏停搏为死因结案，但是这显然无法让他的父母接受。

参加完葬礼的当天晚上，那天去看过恐怖片的人，有五个人聚在了高风辉家里，每个人都是神色茫然，呆若木鸡，尤其是陆园秀，她的神情，更多的是在隐藏什么事情，而不是悲伤。高风辉感觉，他们似乎对于兵宗的死，不是全然没有预料的。因为，每个人流露出来的，都是震愕多于悲伤。

来的五个人是陆园秀、龙庭、钟子离、南韧天和赵戟。赵戟那天看恐怖片时，丝毫没有反应，似乎还认为那些镜头非常可笑，毫无恐怖之处。然而此刻他的脸上却满是惊惧之色。这让高风辉感到不同寻常。

围坐在客厅里的六个人一言不发，大家都不知道该从哪里说起。连豪爽的龙庭也是满脸阴郁之色。这越发让他感觉到，出了什么大事，似乎只有他一个人不知道。

"到底发生了什么事情?"高风辉下定决心，要问出个究竟来："关于兵宗的死，难道你们知道些什么吗? 如果是的话，请回答我!"

但是没有人回答。

"快说啊! 你们要急死我吗? 到底出了什么事? 龙庭，你那天打给我的电话又是什么意思?"

胖子此时头埋得很低，半天才反应过来是在问他，居然回答道："不……你就忘了吧，就当我什么也没说。"

陆园秀用同情的目光看着高风辉说："这件事情……还是不说比较好。"

这下彻底把高风辉激怒了，要不是妻子现在也在家里，他真恨不得痛骂他们一顿，兵宗死了啊！他们还有什么事情搞得那么神秘？

他索性走到门口，把门锁上，对客厅内的五个人说："不说是不是？好，今天谁也别想走！告诉我真相！"

钟子离却冷冷地看了他一眼，回敬道："如果你不介意变成兵宗那个样子，告诉你也无妨……"这句话刚出口，陆园秀立刻制止他道："别说！子离，别告诉他！"

陆园秀郑重其事地说："总之，现在这件事情，不是那么容易就可以被你理解的，一旦知道了内情，你很可能会死。不知道的话，你会比较容易活下去。你就算不为自己着想，也该为你太太和儿子着想吧？如果你有事的话，他们该怎么办？"

陆园秀的话确实说中了他的心事。虽然很想查清楚好友的死因，但是他也不能不考虑妻儿的感受。仔细思索一番后，他问道："你确定吗？如果我知道了内情，我就一定会死？那你们不也……"

"的确不确定。但是不知道会比较好一点吧？我也不知道我们会不会有事，但至少比你危险得多。相信我，风辉，要不是这次情况实在太特殊，我们绝对不可能把那么重要的事情对你隐瞒。其实你以后也有可能发现这件事情的，听好了，如果以后你身边发生了什么怪事，不管多小的事情，一定要联系我们。"

高风辉想不明白到底他们在打什么算盘。园秀看起来不像是在撒谎，可到底是出了什么大事，会那么严重？

五个人走后，他独自一人在客厅里思索起来。

令他在意的还是龙庭那个奇怪的电话。"活见鬼"是什么意思？高风辉是个无神论者，根本不相信这个世界有鬼神存在，喜欢恐怖片纯粹是追求感官刺激，训练自己的胆量而已。但是看刚才龙庭的态度，那个电话和兵宗的死应该有关系，否则他就应该回答那只是开玩笑而已。之前电话里还说，要他去寺庙烧香什么的，听起来好像是招惹了什么邪祟？还是真的……见鬼了？

妻子现在已经在婴儿床前睡着了，儿子也非常安静地入眠了。高风辉在妻子身上盖了条毛毯，俯下身吻了吻儿子的额头。

回到自己房间后，他打开电视机，想稍微看会儿节目，驱散一下郁闷的心情。而大多数频道都在播放广告，他换频道的时候，却发现了一个过去从来没有看到的频道，而这个频道播放的居然是《影魔》！

"奇怪了……这是什么频道啊？"

屏幕上出现了那天电影中的一幕，就是一个女子走在黑暗的夜路上，遇到一个无主的影子，接着被追逐的情节。正好那天在兵宗家没有看到结局，他就目不转睛地看了起来。

这个时候，他突然想到了一件事情，为什么那天只看了一半？仔细回忆起来，是因为韩宁对兵宗说了什么，所以兵宗就换了一部片子放。这两件事是否有什么因果关系呢？如果有，那么是不是和兵宗的死有关系？如果这么考虑的话，韩宁应该也知道内情吗？

高风辉这么思考的时候，画面已经变为了那个影子疯狂地咬着那个女子的影子，女子发出惨叫声。画面是墙上两个影子的特写，忽然，画面定格了，如同被按下了暂停键。高风辉估计是信号传输出了问题，接着，那个鬼影突然又动了起来，但奇怪的是，它是一帧一帧地在动。紧接着，那个鬼影……居然离开了镜头范围！

这是怎么回事？此时，就在电视机背后的墙壁上，高风辉居然看见了一个……大大的影子！一个酷似电影中鬼影的影子！

"啊！"他几乎从沙发上跌落在地，惊恐地看着那个影子，接着，那个影子又缩回到电视机后面去了。他再度看向电视机，画面已经恢复正常。但他哪里还敢继续看，立刻关掉了电视机，还不放心，甚至把电源也给拔了。

"刚才那是……怎么回事啊？"他抹了抹额头上的冷汗，忽然想到了龙庭说的"活见鬼",难道……真的有鬼吗?不,这怎么可能呢!

刚才一定是自己精神紧张,把别的什么影子错看成了人影……

高风辉只好这样安慰自己,否则他没办法冷静下来。这时候,他又担心起妻子和儿子来,跑进卧室里一看,两个人都还好好的,他又看了看儿子恬静的脸,这才放下心来。

谁知道,这时儿子突然睁开眼睛,号啕大哭起来。这一下立刻把旁边的妻子吵醒了,她连忙抱起儿子,只见他小脸憋得通红,小手胡乱摆动着,看起来似乎是很痛苦的样子。妻子摸了摸他的额头:"没发烧啊,睡前才刚让他喝过奶了啊,尿布也换过了,为什么还哭得那么厉害呢?"

"要不要送他去看看医生?"高风辉有些不知所措,不知道是不是他的错觉,他甚至觉得儿子的眼皮有点上翻。

这个时候,高风辉和他太太高都没有注意墙壁。如果他们现在看去,就能够发现,一个影子正站在高风辉太太的影子旁边,死死地掐着她抱着的婴儿影子的脖子!

不过,就在这孩子即将口吐白沫的时候,那个影子没有继续掐下去,而是松开手,没入了黑暗中……

"我们在下周都会死,是不是?"

润暗面对眼前的陆园秀和钟子离的质问,只好无奈地点了点头。

此刻他们两个正在旅馆内润暗的房间里,阿静和润丽也在。知道自己的命只剩下这点时间后,陆园秀绝望地问道:"为什么……为什么你们明明预知了兵宗的死,却没能救得了他呢?"

阿静回答了这个问题:"只怕告诉你详情,你会比现在更绝望。要我告诉你,他是怎么死的吗?"

陆园秀连忙摆了摆手说:"不用了……"

钟子离却愤恨地说:"那么我们是死定了?你们没有办法救我们吗?"

"当然不是没有办法。"阿静指着润暗说道,"你们的最大希望,就是他。这双紫色眼睛被称为噬魂瞳眼,经过训练之后,已经能对鬼魂体造成冲击、可以拉出人类体内的鬼魂，具有极强大物理伤害作用。不过我必须提醒你们，这种能力还是很有限的，杀死鬼魂绝对不要指望，这种事情过去做不到，现在也做不到。鬼魂会通过各种媒介和渠道，无孔不入地袭击并杀害你们，所以，下周到了死亡日期的时候，你们必须时刻紧跟着我们，才有可能活下来。"

钟子离很不屑地说："我们为什么要相信你们？又为什么要听从你们指挥？"

润暗也有些生气了，这个人从刚才到现在就没给过好脸色，他以为自己是谁啊？都什么时候了，还没弄明白自己的性命危在旦夕吗？

润暗回敬道："不相信的话，你就尽管回家去闷头睡大觉，等着鬼魂来找你好了！你自己上网去查查，这几年来到底有多少人原因不明地死去？在我原来住的城市，就有扭曲的尸体、诅咒的鬼屋等不知道多少灵异事件发生！如果珍惜生命的话，多少听一听别人的意见吧！"

钟子离没有作声，陆园秀却赔着笑脸说："请你别生气，他就是这个脾气，并没有恶意的。那么，按照你们的说法，下周和你们在一起可以保证活下来吗？有多大几率？"

如果客观地回答他们，答案是零。但是那么一说，就剥夺了他们的生存意志，润暗只能撒谎说："一半……应该有一半吧。"

即使是这个几率，也看得出来陆园秀很惊恐，她问道："如果我们到国外去，那几率能不能上升一些？诅咒有没有无效的领域？如果去找道士驱鬼的话，会不会好一些？戴上十字架有没有效果？"

润暗不知道该怎么说。人类面对恐惧的时候，就会对信仰盲目起来，就当安慰她好了，于是答道："嗯，大概是有点效果的。"

这么一说，她多少放松了一些。但是润暗却越来越感觉自己责任重大。虽然是为了解除自己和妹妹身上的诅咒而去救这些人，可是这不代表自己对他们就没有责任。既然承诺要保护他们，就必须尽力去做，对这些普通人来说，面对鬼魂，能够依靠的也就只有他这样的人了。这双噬魂瞳眼，能够起多大作用呢？

那一天，他们看过的恐怖片，依次为《死离人形》、《影魔》、《诡眼》、《死亡铃声》、《降临者》、《蝶变》和《无底之井》。

听他们确认完毕时，阿静提出了一个疑问："那天你们在屠兵宗家待了多长时间？"

陆园秀记得她到兵宗家差不多是五点，离开的时候是八点。人到齐后没多久就开始播放《死离人形》，那么，从放第一部电影到第七部电影结束，大约是三个小时不到。这样一考虑，就连她自己也感觉不可思议了。当时根本没注意到这个问题，现在想起来，三个小时能够看完七部以正常速度播放的电影吗？

虽然《影魔》看了一半就结束了，但是其他每部电影都是一个半小时左右，播放时没有快进，《影魔》就算只播放了四十五分钟，看完这七部电影需要的时间应该是九个小时再加四十五分钟，三个小时怎么可能看得完呢？

奇怪的是，她从开始看电影的时候，一次也没有看过手表，也没有感觉时间很长，似乎的确就只是过了三个小时。

阿静一向很严谨，她立刻上网查了那七部电影的片长，最后确定再短也不可能低于八小时。而那些碟片已经作为遗物烧毁了。

"你确定离开的时候是八点吗？"阿静问了陆园秀一句。钟子离回答说，他记得离开时看过手表，的确是八点。而且还有一个证据，那就是陆园秀回到家的时候，时间是九点，从她家到兵宗家的路程，的确需要一个小时左右。

也就是说，他们九个人，居然用三个小时的时间，看完了最少也需要八个小时才能看完的七部恐怖电影！

除此以外，还有一个问题。

那天聚在一起看恐怖片的人有九个，去掉兵宗还有八个，而这八个人都是他找来的。虽然那天都有说话，不过多数时间都在看片子，所以并没有过多交谈。有几个人，陆园秀已经记不清楚了。她还能认出来的就只有南韧天和赵戟，而韩宁和另外一个人，她没办法联系到，虽然还记得韩宁，却不知道住址。而兵宗死后，他父母为了不睹物思人，把他的遗物都烧毁了。所以要查出他们的身份，只有去母校查了。

阿静因为还需要继续她的研究，就让润暗陪着陆园秀和钟子离回到他们原来的大学去。无论如何，要找到最后一个人。当然，如果毕业后搬了家的话，那就很难再找到了。韩宁这个人沉默寡言得和钟子离有一拼，居然没有一个人有她的手机号码。

不过，屠兵宗的死已经在报纸上登了出来，再怎么样也该来参加葬礼吧？至少来慰问一下啊。莫非这两个人都是不爱看报纸的？

陆园秀以前是学生会副主席，还认识现在学生会里的一些人。她很快找到了韩宁的资料，拿到了家庭住址，立刻记在手机里。但是，把班级里所有人的照片看了一遍，无论是陆园秀还是钟子离，都感觉那个人不在这里面。

"你们都忘记了吗？"润暗问道，"至少记得性别吧？"

"当时那么多人聚在一起，谁也不会特别注意啊。"陆园秀苦苦思索起来，但是脑子里闪过的都是兵宗、子离和风辉的脸，怎么也想不起一张陌生的脸来，竟然连对方是男是女也不知道。

三个人在档案室里，润暗看着二人冥思苦想的样子，提示道："会不会不是一个班的呢？也许是同一个系的，甚至有可能是不同系的啊，既然你们都不认识那个人，这种可能性也不小。"

"嗯，有道理。"陆园秀开始翻看其他系部的毕业生照片，一张张地指认下来。但是，看来看去，她和钟子离还是不停摇头。

"算了，这样太浪费时间。"润暗拿过那一年所有毕业生的资料，从第一页开始迅速翻看，很快就看完了，说道："其实以我这个鬼眼的新能力，只要被我看过一眼的影像，就可以随时从我脑海里再度浮现出来。等到这个人会死的时候，他的长相和名字就会和我脑海里的记忆匹配，到时候我就会去记忆下来的地址去找他。这样就没问题了。"

"那……如果你的脑海里没有浮现出他的样子呢？"

"那就代表他不会死，也就没什么可担心的了。"

接下来，就要去找韩宁了。在他们准备动身的时候，高风辉给陆园秀打了电话，他告诉了陆园秀昨天晚上看到的异常景象，希望得知真相。

陆园秀用目光征求了润暗的意见，润暗给了肯定的眼神，于是她说道："那好，你来大学的食堂和我们见面好了。"

三人来到食堂的时候，陆园秀长吁短叹道："想不到连风辉也逃不过……"

"既然他也逃不过去，那就告诉他吧。"润暗回想着前几天，脑海里浮现出了那几个会在下周死去的人，并通过屠兵宗这条线索找到了他们。事实上，屠兵宗死的那天，他和阿静就彻夜陪在他身边，随时准备着。

但是，屠兵宗还是死了。

润暗感觉很无力。之前拂晓之馆的诅咒，他认为自己是输给了死神的速度，但是现在回想起来，那也是必然。即使那个时候他及时赶到，也救不了颜瑞欣、岳洁和仇舜轩。因为他的鬼眼能力面对真正的鬼魂时，实在是可以忽略不计的。

阿静昨天就这个问题和他讨论了很久。

"坦白说，你目前的鬼眼能力提升比我预期的还快，但是，相应的，鬼魂和诅咒的凶险也超出我想象的恐怖。或许这就是道高一尺，魔高一丈吧。"

润暗想到这一点就恨得咬牙切齿，他被那些莫名其妙的诅咒折磨了七年，难道到现在也没有办法与之对抗吗？

"首先，你别指望你的鬼眼能力短期内大幅提升。鬼眼能力其实是你体内鬼魂作用于你身体的表现，以人类的自我来驾驭鬼魂，本来就是一件非常困难的事情。短期内我没有办法再帮你进一步提升了，即使有速成的方法，你也有可能完全变成鬼魂。目前的情况下，强行鬼魂化，我没有信心有办法让你再变回来。"润暗知道，如果他自己变成鬼魂的话，能力自然不是现在可比的，但是他也充满了恐惧。想到有一天不再是自己，而是一个鬼魂，比死更可怕。

这个时候，只见高风辉跑进了食堂，一眼就看见了润暗三人。他走过来的时候，还在气喘吁吁。他注意到润暗后，立刻问道："园秀，这位先生是……"

"我来介绍一下，他就是《死离人形》的原作作者，伊润暗先生。"

高凤辉看向润暗。之前他还在想象，能写出这样小说的作者，是不是和其名字一样是个很阴沉的人，不过润暗给人的感觉是个斯文体面的男士，看起来也不像是不可亲近的人。不过，难道兵宗的死和这位作者有关吗？

高凤辉和润暗握了握手，说道："伊先生，很高兴见到你，实际上，不久前我才看过《死离人形》。"

其实那部小说里，有一部分内容润暗用了当年父母被三道爪痕杀害的细节。润暗本来没打算那么写，但是随即想到，就算不那么写，父母也不会复活，这也让这部小说更有真情实感。

利用父母的死来写小说赚钱，润暗一直有罪恶感，所以，听到有人赞誉这部小说，心里实在感到极不舒服，他立刻说道："不……没什么好的……这部小说……"

高凤辉坐下问道："园秀，兵宗的死，和伊先生有什么关系？"

"关系大了。"润暗答道，"你不用问他们了，我想他们也不会愿意去回忆那天的经历。其实，你没有发现也很正常。那天你看的电影，全部都是第一次看吧？"

"是的，大学毕业后我就很少看恐怖电影了。这是什么意思？兵宗的死和那天播放的电影有关系？"

"我想先问一下，"润暗说道，"《死离人形》的拍摄过程我全程参与了，后期剪辑的时候我也在场，所以，我很清楚所有镜头。先是一个男人被追逐，然后在他面前，出现了一个没有头的鬼在地上爬，对不对？"

"是啊……"

润暗告诉了他一个惊人的事实："那是不可能的。电影里的鬼，是有头的！"

第15章
〔人造鬼，鬼玩人〕

这句话刚一出口，高风辉几乎从椅子上跌了下去。

他完全蒙了，思索了许久才问道："开玩笑吧？伊先生？我们那天明明看的是没有人头的鬼啊，而且，脖子还往外冒血呢。是不是剧组后来进行了特效处理？或者重新拍摄了一些镜头？"

"不可能的。我当初签订的合同中规定，所有情节处理，我都有权进行审查，不能随意增减，否则我不会把版权卖给他们。剪辑的全程我都看得清清楚楚，那个鬼的确是有头的，放映的时候我也看完了全片。"

"怎么会……"

"是真的。"陆园秀取出手机，"这里存着《死离人形》，要不要放给你看？我那天看到那个无头的鬼出来，的确被吓了一跳，我以为兵宗放的是另外一个版本，不过事实却并非如此……"

润暗接过她的话继续说："我见过屠兵宗，他以很低的价格想要出售房子。那些碟片他全部都看过了。因为他是个超级恐怖片迷，所以对这些细节记忆得相当清楚，那天看到是无头鬼出来，他是最被惊吓的人……"

"所以呢？"高风辉全身都起了鸡皮疙瘩，"兵宗他……是因为这个死的？怎么会……你是想说，我们真的见鬼了？是不是？"

见他们沉默不语，高风辉开始害怕起来："回答我啊……我是不是也会出事？回答我！不就是一个无头鬼嘛……可能，可能是化妆出了什么问题，看起来好像是没有头一样……也，也可能是……兵宗他自己记错了……对了伊先生，你也许也记错了对不对？否则要怎么解释？"

"很可惜，"润暗的答案直接击碎了高风辉全部希望，"有问题的镜头，并不只是这一处。"

"你……你说什么？"高风辉更为骇然，他急切地询问："还有……还有哪里有问题？"

于是，润暗一一告诉他问题所在："还记得主角在第二十五分钟时，被死者的血手引诱到了一个房间，结果什么也没有发现，关上门后出现了断脖子的女鬼吗？"

"是啊，难道……难道实际上那个鬼没有断脖子吗？"

"不……"润暗摇了摇头，"实际上电影中根本就没有这个鬼！"

高风辉的心脏猛跳起来，他压低声音问："那不就是说……"

"你心里明白的……我就不说出来了……而且还不单单只是这些，最关键的部分是结局。地面的铁丝网下不是贴着一张脸吗？其实原电影里根本没有这个情节。"

这时高风辉回想起来，小说的结局也的确没有这个情节，只是电影改变小说剧情是常有的事，所以他并没有在意。园秀因为看过这部电影，所以那个时候如此惊骇吗？但是，最惊讶和意外的人，应该是兵宗吧？

"《影魔》这部电影也是一样，开场的女孩跌倒在地是根本没有的剧情，实际上她是后来逃入一条死巷才死的。三十分钟的时候，被杀害的那个女孩家里门被锁住的情节也是没有的，她当时应该是逃了出去，后来才被杀死的。"

高风辉回忆起来，就是放到这个镜头的时候，韩宁和兵宗说了什么话，然后她脸色大变。现在想来，恐怕她问的是："你这个是另外版本的《影魔》吗？"而兵宗当时回答的自然是："不，就是在电影院上映的版本。"所以她自然会有那个反应了。

"那……《诡眼》呢？还有《死亡铃声》呢？"

"第二十二分钟时，主角掀开被子朝里面看的时候，你们是看到一张鬼脸冲出来吧？实际上，他应该什么也没有看到！《死亡铃声》中，女孩接到那个电话，鬼说就在她背后，当时镜头就是她回过头一看，但并没有拍出鬼来，然而你们所看到的，却是后面露出了头发来，这全都是原本不存在的镜头！"

韩宁正在驾车疾驰，目的地是机场。兵宗的死让她惊惧不已，所以立刻订了飞往安川市的机票。她此刻心急火燎，只恨不能插上翅膀飞到机场，一刻也不想继续待在这个城市了。

下了高架后，机场已经近在眼前了，她兴奋地猛踩油门，只想着能尽快离开这个城市。然而，在转了一个弯之后，她惊讶地发现机场已经消失得无影无踪，周围不再是都市景象，而是一片密林！

她顿时回忆起，这是电影《降临者》里的一个画面！

这时，车顶突然传来了敲击声！她立刻将车子停住，恐惧地要下车，但是安全带怎么也解不开！她只好拿出手机来，谁知道无论拨打个电话，都是"不在服务区"。

"怎么会这样？"她只好继续解那该死的安全带，然而头顶上的敲击声却越来越响了。

韩宁咬了咬牙，索性又把车子发动起来，试图离开这里，当然还想把车顶上的那个东西给甩下去！

然而，不管她怎么发动引擎，车子都纹丝不动。

"天……我的天！"韩宁只好继续想办法去解安全带，但是居然系得那么牢固，好像是在要把人给绑起来一样。

车顶上的东西开始朝下压，这次力量更加大了，车顶的一部分居然凹陷了下来！很快，韩宁感觉到，并非只有这一处，整个车顶似乎都在向下凹陷！就如同有着什么在从上方要把这辆车压扁一样！

千钧一发的时刻，韩宁终于解开了安全带，猛地推开车门跌在地上。当她再度站起来的时候，发现自己居然回到了家里！

那个东西……不许自己离开！

危险的预感不断升级，她自己也不知道下一步会发生什么事情。兵宗家放出的恐怖片出现了真正的鬼，而兵宗已经死了，她知道那绝对不是寻常的死亡！

这时，她身后的电视机突然自动打开了，闪着一片雪花。她吓了一大跳，这场景实在是像极了《午夜凶铃》的场面！紧接着，雪花的画面变成了电影《降临者》的镜头！

这个时候，就算里面的鬼像贞子一样从电视机里爬出来，韩宁也不会感觉奇怪，甚至几乎认定会发生这样的事情。但是，她没办法关掉电视机！

《降临者》的剧情是，在城市的许多地方存在着异次元世界的入口，一不小心就有可能进入。主角身边的好友因此相继失踪，主角则独自一人调查异次元入口之谜。

而此刻电视机上虽然播放的是《降临者》，剧情却完全不一样了！原剧情一开始的镜头是主角其中一个好友的家里，突然出现了一个异次元洞穴。但是，现在的画面明显根本不是在电影里的那个人家里，而是……而是在……

韩宁现在所在的这个家的卧室里，也就是她正在看电视的这个房间！

所以，她不能够关掉电视机，因为她想知道接下来会发生什么事情！根据原电影剧情的发展，先是写字台的抽屉会打开，然后……

她刚想到这里，屏幕上，她的卧室的写字台抽屉被打开了！她几乎同时看向写字台，那个抽屉还是好好的，没有任何变化。

紧接着，屏幕上，下方的抽屉一个接一个地打开。那个东西的肢体从抽屉里出来了。除了房间不一样以外，其他的和电影剧情没有不同。

最后，那些肢体全都掉在地上，慢慢地朝她现在所坐的沙发爬来！

韩宁想移动身体，但是腿已经软了，根本就没有办法行动。而在镜头中的沙发上，她正坐在那里，镜头中的自己正惊恐不已地看着地下！

到底……是自己看不到它们，还是它们本来就不存在？

根据原剧情，此刻应该有一个人坐在沙发上，但是现在却没有。就在这时，镜头突然从那些移动的肢体切换到沙发后的墙壁上。一块黑色污迹凭空出现在上面，紧接着开始形成一张畸形的面孔，随后手脚都伸了出来！

这是原剧情没有的内容！韩宁回过头一看，果然墙壁上什么也没有！

但是同时却必须要看着自己作为恐怖电影的主角……不，是一个龙套被杀死！

这时，画面中的自己被那个从墙壁上出来的怪物抓住了，拼命挣扎叫喊起来，最后整个身体逐渐被抓进了墙壁内部。不久之后，墙壁变得完好如初，随后剧情继续发展，和原电影一样了。

这简直是荒诞到极点的事情，她居然成为了恐怖电影里的角色？韩宁迅速关掉电视机，把写字台的抽屉全部都抽出来扔在地上，然后撕掉墙纸，找工具开始敲打墙壁。这是一面砖墙，不难打坏。即使她现在逃走，还是会被那种神秘力量带回这里，她现在这样一弄，应该死不了了吧？

当她敲掉这道砖墙的中心部分时，墙上出现了一个大洞，而这个洞背后的场景……居然是……《降临者》这部电影最后一场戏的镜头！

这里连通的是一个房间，而韩宁很清楚，电影剧情发展到最后，本来大家都已经回到现实世界，但还是留下了一个悬念，这个房间里跑出来了一只鬼魂，接着电影就结束了。谁也不知道后续会怎么样！

韩宁此刻想要把洞填上也来不及了，因为她已经听到了和电影里一样的诡异声音！那正是鬼魂要出来的前奏！

韩宁立刻越过地上堆放着的抽屉，朝门口跑去！然而，当她跑到门口，顿时傻眼了。

房门居然消失得无影无踪了！

而卧室那边，传出了什么东西爬动的声音……

润暗等人来到韩宁家的时候，门是紧锁着的。

"她好像不在？"陆园秀为难起来，"我们要不要晚点再来？"

"不行……人命关天啊……"润暗立刻释放出噬魂瞳眼，大门瞬间轰开，四个人跑进房间搜寻，只发现在卧室的墙壁上有一个大洞，却找不到韩宁。

润暗还没有预感到她的死，所以韩宁现在应该还活着。而且根据润丽的预知，最近的死亡日期也是在下周周一。但是，眼前这个情况实在让人无法乐观起来。

润暗给阿静打了手机，试图解开自己的疑惑："韩宁不在家，情况不太对头，她家的墙壁上有一个大洞，虽然我认为她应该活着，但在我能感应到的范围内，没有她的存在。"

"这样啊？那她很可能是死了。"

"为什么？我明明没有预知到她会死啊！"

"在那七部电影中，有一部电影名为《降临者》，内容是异次元世界的。如果她是被拉进了异次元世界死去的话，那你自然不可能预知到她的死亡，因为你的灵异能力所能感应的范围还不能穿透次元墙的阻隔。当然，润丽也一样。"

"但是，你怎么知道她是遭到那部电影的袭击呢？"

"因为关键词。就在一分钟前，我感知到了'降临者'这个关键词。如果现在还没其他人死的话，恐怕这个关键词就是对应韩宁的死吧。"

那么……下一部电影会是什么？

再过一个小时，陆园秀的死亡期限就到了，而阿静预知到的关键词是《死亡铃声》。也就是说，这部电影会逐步现实化杀害陆园秀。当然，解决的方法也很简单，就是不要带手机，远离所有电话。

升起一堆篝火，架起一个烤肉架，搭上一个帐篷，周围是僻静的树林，配上天空的圆月，如果不是一小时以后将会是死亡时刻，这倒是别有情趣的野餐。

"远离都市比较好，如今手机太普及，待在都市里很不安全。"阿静事先已经看了五遍那部电影，总结出了规律，钟子离和陆园秀现在就待在帐篷里。

"还习惯高宁市吗？"阿静翻动着烤肉架，随意地问着身旁一脸沉思状的润暗。

润暗苦笑道："七年来都是如此，只要还能活下去，怎么样都可以。园秀她……你有信心让她活下来吗？只要她可以活过明天午夜零点，那我和润丽，还有你身上的诅咒也会一并解除。"

"这我当然知道。"阿静看了看身后的帐篷，叹道："不过，我总是觉得不安。我们身上现在都没有手机，这座山的岩石因为具有磁力，所以电波无法传送，从科学的角度说，我们绝对不会接到任何电话。但是，我们的敌人是科学无法解释的异物。所以，我在考虑，如果在这样的状况下要让园秀接电话，会怎么做？"

陆园秀此刻也非常紧张，她看着手表上的指针一点一点地接近午夜零点，她的死亡日期就要到来，只好紧抓着裙子，依偎着她想依靠的子离。钟子离此刻并没有表露出特别讨厌的神情，在默默地看着她。

钟子离轻声对她说了一句："我去去就来。"他走出帐篷外，来到阿静身边，轻声说道："能够让她活下来吗？如果有可能，我希望尽量地……"

阿静取下一串烤肉递给他，说道："你果然很在意她？"

"我不希望她死。仅此而已。"

时间不断接近零点，润暗越来越紧张。阿静已经告诉他，等到两根指针合而为一的时候，他要立刻释放出噬魂瞳眼的灵异能力，但是范围不要太大，以免消耗太多能力，如果需要展开战斗，再适当扩大释放。在防御阶段，要节约能力。

现在，润暗和阿静分别站在帐篷两边，警惕着任何风吹草动。现在是11：59 分，每个人都注视着手表，进行着倒计时。陆园秀在帐篷里紧紧抱着钟子离，把头埋入他的胸膛。

"时间到！"

润暗在那个"到"字还没喊出来以前，已经将灵异能力释放出来，紫色眼睛在月色下显得更加妖异。半径五米内的草一瞬间全都枯死了。

阿静对帐篷内喊道："听好，你们两个无论听到任何声音，没有我的命令不要跑出来！钟子离，是男人的话就好好保护她！"接着，她释放出灵异能力，一下释放到了十米以外，眼前的一棵树拦腰截断！

进入死亡日期后，有可能是一开始就会被杀，也有可能到最后一分钟才会被杀，总之在死亡日期内的二十四小时，每分每秒都是极度危险的，绝对大意不得。为了保证二十四小时能够保持充分精力，她和润暗昨天就在旅馆几乎睡了一整天。

"其实仔细想想，应该不会有问题啊？"润暗虽然刚开始紧绷着神经，但是过去了半个小时左右，帐篷内还是一点儿声音都没有，他也渐渐有些放松下来，说："这二十四小时内，绝对没有任何方法可以打电话给园秀的啊，不是吗？即使有电话打来，园秀也绝对不会接电话的。"

帐篷内的陆园秀把钟子离抱得越来越紧。

"你放心，你不会有事的……"钟子离不知道该如何安慰这个在自己怀中浑身颤抖的女孩，他渐渐有些动摇了。

园秀喜欢他，这早就是一个公开的秘密了。他本人当然不可能毫无察觉。在大学时代，他因为不愿意接受任何人同情的目光，索性恶言恶语地对待每一个人，宁可让别人憎恨他，也不要任何人怜悯他。

最初园秀来接触他的时候，他也以为她是在可怜他。园秀的家世很好，父母都是有头有脸的人物，她又是校花，学生会的副主席，而他却是一个贪污犯的儿子，还有一个酗酒的母亲。他始终感觉自己只能够仰视别人，他只想受到和别人相同的待遇，对他来说，只有靠自身努力所获得的待遇才能够接受，因为可怜的身世，让别人对他忍让迁就，是比歧视更加无法容忍的侮辱。

所以，他也狠心地对待园秀。尽管他后来察觉到，园秀的心意和其他人不一样，却已经来不及了。他为了尊严而矜持，不愿意再面对园秀。除了自卑的心态以外，他更清楚，园秀的父母不会接受自己。

他承认他的确对园秀有些动心。但是如今，园秀的生命已经到了最后关头，即使她会死，至少也不能让她再有任何遗憾了。想到这里，他想好好地看着园秀的脸，告诉她自己真正的心意。

"园秀……看着我的眼睛……我有话要告诉你……"

怀中的女孩顺从地抬起了头。然而……那居然是一张中间被镂空了的脸！

"啊——"

听到惨叫声，润暗和阿静连忙冲入帐篷，只见钟子离一个人在帐篷里大吼大叫。阿静连忙一步冲上去抓住他的肩膀，问道："在哪里？园秀她在哪里？"

"怪物……怪物……你们没看见吗？"钟子离只是略微把眼神移向阿

静，再看向那个没有脸的女人所在的方位，却已经什么都没有了。

原本在钟子离怀抱中的园秀，再度睁开眼睛的时候，周围却是一片漆黑。她惊恐地看着四周，似乎碰倒了什么。接着，在黑暗之中，传来了一阵急促的电话铃声！

她想要逃开，但是刚起身就撞在了一堵墙上，周围突然亮了起来。她刚才按到了电灯开关。

这里……居然是她的家！

她突然感觉到有点不对劲。想了一会儿，立刻明白了不对劲的地方！

电话铃声不再响了！

她低头一看，她刚才撞到的居然是……放着电话机的茶几！话筒已经被撞落了下来！现在话筒中正传出电影里鬼魂的声音："我……就……在……你……身……后……"

润暗和阿静身上都没有手机，现在他们无法再和陆园秀取得联系了。

"她会在哪里？"钟子离已经急疯了，他没想到园秀居然在自己的怀中就莫名其妙地消失了！

"嗯……"阿静思索着："会不会在她家里？从这里到她家，开车再快也要半个小时啊！我记得山脚下有一个电话亭。"阿静对润暗说，"你如果释放最大能力，从这里跑到山脚下，大概要多久？"

"五分钟吧。"

"只给你两分钟！你去打电话报警，就说你要被杀害了，报园秀家的地址！"

阿静这一招很高明。虽然不一定救得了园秀，但这是目前唯一的方法了。

润暗沿着最近的下山道路，全力释放灵异能力冲了下去！

"两分钟……会不会太勉强了？"阿静看着如疾风一般消失的润暗，多少有点担心。

润暗因为速度提得太快，全身的骨骼似乎都在抗议，内脏翻江倒海地疼痛。但是，他还是尽可能地加速，只为了能够救回园秀！

他不想再看到有人死了……不想再无力地面对命运了！

润暗终于冲到了山脚下，那个电话亭就在眼前。因为有了上次的经验，润暗在距离电话亭两百米处就开始减速，一百米处开始刹车。最后，成功地在距离电话亭还有十米远的地方停了下来。不过，停下来的瞬间，他就一头栽倒在地，断了两三根肋骨，内脏似乎也受到了冲击。

还有十米……他一点点挣扎着向电话亭爬去……

电话内传来的声音，让陆园秀一动也不敢动。她还记得电影里的剧情，她知道现在自己的背后……一定有什么东西在！

她只能大口喘气，眼泪不住地流下来，可是又不敢放声大哭。这个时候，她突然想起，阿静之前给了她一个小瓶子，说："这里面装着的液体，在一般情况下可以对鬼魂体造成一定伤害，你好好收着，以防万一。"

她顿时燃起一丝希望来，将手慢慢地伸入口袋，抓住了那个小瓶子。背后还是毫无动静，她悄悄地将瓶子掏出来……

润暗实在是想不到，十米的路程居然如此遥远，还没有爬上几米，嘴里居然已经吐出了一口血来！果然刚才疯狂加速对身体的冲击太大了，他咬了咬牙，继续向前爬去。

七年来，他都只有逃避，只有恐惧，现在好不容易有了灵异能力，有了这双鬼眼，润暗不愿意再继续消极地逃避命运了……他也一直希望有一天，自己和妹妹可以内心可以没有任何阴影地去追求普通人的幸福。

润暗终于爬到电话亭前，拼命挣扎着站起来，嘴里又是猛地喷出一口血，拿起了话筒。然而，刚拨完"1"，他双眼一黑，晕死了过去。

陆园秀终于鼓起了勇气，猛地把小瓶的盖子拧开，向后泼去！然后她就向门口奔去，打开门，拿出钥匙将门反锁上，向楼梯奔去。

她原本还担心会不会随时出现一只鬼，但是一路上很顺利。跑到楼下后，她才松了一口气。

接下来去哪里？陆园秀立刻想到要回去找润暗和阿静，毕竟有他们在身边会比较安全。于是，她跑到大街上想去拦出租车。这么晚了，大街上已经没有行人，马路上偶尔有几辆车经过。

这个时候，街对面有一辆出租车经过，她连忙招手，然而，那辆车却根本不停车，反而提速开走了。接下来经过的几辆车子也是这样。

疑惑的陆园秀只好穿过一条街道到另外一条马路去等车，在穿过一条小巷的时候，前面的一段路上满是碎玻璃。她小心翼翼地跨过玻璃的时候，突然整个人都僵住了。

那不是玻璃……那是碎裂的镜子！

她想起电话里所说的话："我……就……在……你……身……后……"

她这才明白了，为什么刚才出租车看到她都不停，反而开得更快了……在这些碎裂的镜子上，她清楚地看到，她正背着一个黑影！

宗蒿霖身后跟随着四名身穿白衣的工作人员，沿着一条狭长的走廊，来到一个标示着"4 号实验体"的房门口。取出 ID 卡认证身份后，宗蒿霖就对工作人员说："你们先走吧，没有我的命令不要再进来。"

这是个非常大而舒适的房间，一个男孩正在一台电脑前进行模拟操作。

"约翰，你感觉怎么样？"

那个男孩转过头，他有着一头金色头发，却是一张亚洲人的面孔，一看就知道是混血儿，而他的眼睛是紫色的。

"蒿霖姐姐！"男孩看起来非常高兴，一下就跑到蒿霖身边依偎着她，撒娇道："我今天的工作都完成了哦，又有新的任务了吗？"

"嗯……"宗蒿霖微笑着抚摸约翰的头发，让他坐下，说道："在这里还习惯吗？如果有什么需要的话就和这里的工作人员说哦。再过几天，就要进行你的鬼眼实训测试了。"

"这里真的很无聊哦……"男孩看着这个豪华的房间，"我想去外面玩。姐姐，你怎么想呢？"

宗蒿霖耐心地安慰着约翰："没办法啊，外面很危险的。听好哦，约翰，绝对不可以到外面去。公司的人会尽可能满足你的要求。还有，让我看看你今天的成果吧。你的不死瞳眼的能力。"

约翰立刻兴奋地点点头。他随即开始释放灵异能力，房间的灯立刻灭了。随即，一个幽幽的声音在周围响起。地上开始出现大量血迹，紧接着，男孩的左半脸变得满是鲜血和凸出的腐肉！紫色鬼眼不断凸出，如同想要脱离本体的束缚，死死地盯着宗蒿霖。

更可怕的变化还在后面。宗蒿霖早就有心理准备，也在手腕上设置好了逃生工具，但此刻还是不免紧张。

灵力的释放越来越强大，尽管这个房间里的家具和地板都是用特殊材料制作的，考虑了各种情况，但是，约翰脚下的地板还是碎裂了。他渐渐弯下了腰。随即，房间各处都传出爬动的声音！

宗蒿霖戴上了能在黑暗中视物的眼镜，看到无论是地板上、墙壁上、乃至天花板上，都是约翰的身体在爬行！而且，他们都有一半的鬼脸！

"停止吧……约翰！停止！"

宗蒿霖再也无法忍受下去，带着哭腔喊停！太残忍了……公司居然把一个好好的儿童改造成鬼魂！如果不是为了蒿群，她绝对不会再继续待在这个禽兽公司！

离开这间实验室以后，她碰到了路深槐。

"快下班了。要不要去喝一杯？我知道附近有家不错的酒吧。"

"不必了。我要早点回去陪蒿群。"

路深槐是宗蒿霖在公司内极度厌恶的一个人，她曾经亲眼看着这个男人冷笑地看着那些实验体的痛苦。当初也是他向自己提出交换条件，以在诺索兰公司的工作，换取弟弟能够得到最好的治疗。自己的噩梦全部是由这个人带来的。

"宗小姐，别拒人于千里之外嘛……"路深槐搭住宗蒿霖的肩膀，"毕竟大家都是同事，搞好关系比较好。"

"够了。"宗蒿霖冷冷地答道，"我会继续尽力为你们工作，但我不会连灵魂也出卖给公司。我有我的原则和底线，还有，别忘记我们当初的约定，一旦第八种鬼眼的实验体能存活到关键期，我就算完成工作了，会立刻辞职，但你们还是必须继续对我弟弟进行治疗，保证他能够康复。"

路深槐答道："我不会忘记这一点的。不死瞳眼是公司杀死任森博、用鬼魂作为武器的重要一步，你对我们来说是很重要的人才。要不是你及时完成了把约翰的鬼眼提升为不死瞳眼，超越了任森博的阴阳瞳眼能力，他也就能感应到约翰在这里，像带走铁慕镜那样带走约翰了。约翰对我们而言，是极其重要的人物。既然你不愿意陪我去喝一杯，那我也就不勉强了，请便吧。"

宗蒿霖立刻头也不回地走了。路深槐取出一块怀表来，心中默默地说："快了，愿姬。不死瞳眼完成的日子，已经不远了。"

陆园秀消失得无影无踪了。
"现在还有谁不相信我们的话，就离开这里。"

旅馆内阿静的房间里，聚集了所有那天看过恐怖片后还活着的人，除了还找不到的第九个人。

"怎么会……"南韧天还是难以置信，恐怖片里的鬼魂居然会跑到现实中来？但是，现在兵宗死了，韩宁和园秀失踪了，这都是事实！

阿静提高了音量说道："不相信我的话，决定回去的人，请便吧。"

没有人动。大家都默默坐着，各自想着心事。

"那么，开始部署计划。"阿静拿出一张表格来，"这是你们五个人这一周的死亡时间表。听好了，你们是在相信我的基础上进行合作，共同对抗要杀害你们的鬼魂。所以，对于自己的死亡日期，绝对不可以怀有任何侥幸和怀疑的心态，否则的话，你们的下场就会和屠兵宗他们一样！这绝对不是危言耸听，这是攸关你们生死的大事！"

阿静说道："你们五个在这个星期都会死。我知道这句话你们听着很不舒服，但是想活下去就必须要努力合作，听明白了没有？"

五个人都点了点头。虽然理智让他们不想相信自己的生命即将消逝，但是对于未知事物的恐惧，令每个人都紧绷神经。

死亡时间、被诅咒者、关键词
星期二 龙庭《诡眼》
星期三 南韧天《蝶变》

星期四 钟子离《无底之井》

星期五 赵戟《影魔》

星期日 高风辉《死离人形》

　　每个人都紧皱眉头，这是他们的死亡日程表啊！还写明了会是哪部恐怖片来杀害他们！

　　阿静说道："今天是星期一，明天就是龙庭的死亡日期了。还没有轮到的人，在这段时间内也不可以闲着，因为你们没有被轮到，所以在死亡日期到来前就有了不死保证，我们要集合起来，保证每个人都能活下去。现在每个人的命运都是相同的，所以你们的合作是互利的。有谁想单独面对鬼魂的？"

　　这当然不可能。大家都背负着同样的诅咒宿命，自然要互助了。

　　"很好，那么听好了，接下来我们的任务是——进入诺索兰公司在燕西市的开发部实验大楼，把一个名叫约翰的人带走。这个计划在今天午夜零点以前必须完成，如果你们想活下来的话。"

　　"入侵诺索兰公司？开什么玩笑！"龙庭立刻表示反对，"我听说过这个公司有不少黑幕，只是没有证据而已，搞不好他们和黑道有什么勾结，我们入侵他们……这怎么可能嘛！"

　　"那你是想死吗？"阿静一把扯着胖子的衣领，"你搞清楚状况！你明天就会死，而且会是充满恐惧地死去！一样都会死，难道不想尝试走一条可以生存的路吗？入侵公司的计划，我自然会部署，我已经说过了，你们想活下来，就必须借助鬼眼的能力，但是润暗现在无法再释放鬼眼能力了。"

　　润暗因为过度加速导致严重内伤，这是阿静没有考虑到的情况。他现在稍微释放一下灵异能力就会口吐鲜血，还在住院接受治疗，润丽在看护他。所以，阿静才会铤而走险，决定用夺走约翰这步棋来险中求胜。

　　虽然约翰的存在是诺索兰公司的最高机密，但是以阿静的黑客技术，可以进入他们的系统而不被发现。不过，她也只能查到名字和公司打算通过这个人开发出新种类鬼眼，连照片也没有，可见公司有多谨慎。

五个人还是相当犹豫。入侵这样一个大公司，实在是很危险。阿静给了他们一张详细的实验大楼各层平面图，让他们记熟了，并且讲了各种可能的情况。阿静有不少药水可以对付武器，何况还有那种受到外伤可以立刻治愈的药水，再加上神奇的变色龙液体，每个人开始感觉或许真的有希望。

　　"我再说一遍，别抱着侥幸心理，夺取那个灵异能力者的任务，可以说是不成功便成仁，没办法把他带出来，你们就死定了。"

　　六个人从高宁市开车到燕西市，下午五点时来到了诺索兰公司实验大楼面前。

　　实验大楼伫立在市中心，外表是漆黑的圆锥体，门口站着十多名保安，每个人入内都要进行身份认证。

　　"他们要是有红外线监测仪不就麻烦了吗？"高风辉悄悄对阿静说，"变色龙液体也不是隐形药水，我们并不是变成了透明人，那么不就还有可能被人发现吗？"

　　"放心好了，我事先调查过，没有那样的装置。"走到一个僻静的巷口，确认周围没人后，阿静才取出了变色龙液体。

　　"每人在身上滴一滴就可以了……这是解除液，滴三滴就行。因为我们彼此看不到对方，也不可以说话，你们要喝下这瓶蓝色药水，它叫'心灵药水'，可以通过念力来传送脑电波，喝下药水的人可以通过脑内的声音交流。不过这种药水还在实验阶段，可能声音会不太清晰，距离的远近也会有影响。你们进去以后，要听我的指示，绝对不可以擅自行动，明白了没有？"

　　五个人都点了点头，往身上滴了变色龙液体……

　　六个人就这样进入了戒备森严的诺索兰公司大楼。九楼和十楼戒备最严，一般员工无法入内，只有高层人员才可进入。

　　八楼到九楼没有电梯，只有楼梯，而楼梯口设置有ID卡认证的门锁。这道门，用变色龙液体也没办法进去。当然，阿静早就考虑好了对策，她事先调查锁定了一个具有进入九楼权限的人。

阿静选择的是技术分析部部长宗蒿霖，也希望能从她嘴里得到一些情报。只要给她喝下控制脑神经的药水，就能够操纵她去九楼，在她使用 ID 卡的同时，他们就跟进去。

六个人蹑手蹑脚地来到七楼宗蒿霖的办公室，刚准备进去，就听到里面传来急促的声音："你说……明天就把四号实验体带去美国？为什么？我不同意！国内的测试还没有结束，就仓促决定……我知道，我不是开发部的人，但是我有权提供数据，表明我的立场！"

门被推开了。宗蒿霖刚挂上电话，看了看凭空打开的门又立刻关上了。她还没反应过来，脖子已经被什么东西紧紧扼住了。

"把她的嘴撬开，这个办公室里没有监视器。"这是一个女人的声音。

宗蒿霖想挣扎，却感到有一股液体顺着喉咙滑了下去。她的视线开始模糊起来……

"比预想中顺利得多啊。"这句话是阿静用心灵感应说的，她等待着药水见效，不久就开始发号施令。

"拿好你的 ID 卡，随便编一个理由去九楼，打开门的时候，和旁边的保安搭讪几句，拖延十秒左右再进门，明白了吗？"

宗蒿霖立刻点头示意，随即起身。

此刻，大楼顶部监控室内，路深槐正戴着一个耳机，监控着这个画面，看着宗蒿霖一步步地走向八楼的大门。

"是可以操纵他人的催眠术吗？还是……"

路深槐刚才将阿静说的话听得清清楚楚，他很明白，这些人来公司的目的绝对和任森博一样，都是来者不善。他知道在宗蒿霖的办公室里装置监视器肯定会被发现，反而让她对公司心生不满。不过，在即将把约翰送出国的关键时刻就不同了，即使冒着被她发现的危险也要那么做。他一点也不相信这个女人。

之前，他假装邀请她去喝酒，实际上在拍着她肩膀的时候，将超微小的窃听器安置在她身上。他必须要保证，在约翰离开国内以前，掌握住这个女人的一举一动。

"不过，没看到她身边有人啊。那个催眠她的女人去了哪里？从走廊上的监视器来看，只有宗蒿霖一个人从办公室里出来。莫非还躲在里面？哼，那就有趣了。"他接通了警卫处的电话，"立刻按照我的吩咐去做……"

宗蒿霖走到认证门前，刚拿出 ID 卡准备刷卡的时候，两名警卫拦住了她："宗部长，刚才传来上级的命令，你不能够进去……"

此刻，一架直升机正飞往燕西市。

直升机上坐着的男子听着路深槐发来的录音："拿好你的 ID 卡，随便编一个理由去九楼，打开门的时候，和旁边的保安搭讪几句，拖延十秒左右再进门，明白了吗？"

"不会错的……这是任森博的女儿的声音，非常好！"男人透过耳机对路深槐发号施令，"在我赶到以前，由你来控制局面，这次一定要抓住任森博的女儿！如果还有其他同党，一律格杀勿论！封锁八楼，把其他员工疏散，一旦有人入侵八楼，一律杀无赦！还有，绝对不能让约翰有任何闪失，明白了吗？"

路深槐兴奋地答道："明白！老板！你放心好了，在你赶到以前，我就会将任静一伙人彻底变为瓮中之鳖的！"

阿静见警卫那么说，估计是出事了，已经做好了战斗的准备。

被操纵的宗蒿霖当然不可能听从阿静以外的人的命令，她要强行进去，警卫连忙来拦她，后方走廊上一下子涌来大批持枪警卫！

阿静毫不迟疑地从宗蒿霖手上一把抢过 ID 卡，迅速刷卡，门开了！

"门开了……这是怎么回事？"

大批警卫涌到门口的时候，阿静决定先尝试使用自己这个实验体质。

涌过来的警卫都感到一双有力的手推在他们胸口，他们全都倒在了地上！他们惶恐地大喊道："有鬼……有鬼啊！"

门关闭后，那些警卫只能站在门前发愣，因为这扇门他们也进不去。

门后是一部电梯，六个人坐电梯到了九楼。看着监视器的路深槐愣住了，电梯里空无一人，可是下面明明有人按了电梯啊！难不成是鬼？

"可恶……启动一级警备！"路深槐哪里能容许约翰被抢走，他现在就在十楼，而九楼存放了大量研究资料，如果那些东西被带走交给警方或者向社会公开，诺索兰公司就完了！虽然每个资料室门口都设置了指纹认证门锁，还有一旦强行破坏就自动销毁的机关，可是现在敌人到底是人还是鬼都不知道，他没有信心九楼的机关能挡得住。九楼简直是一个迷宫，一个人都看不到，走廊四处都是摆放资料的地方，而墙壁都是特殊金属合金制成的。

"不……不是这里，应该在上一层……"

这时候，突然警报声大作，六个人又要朝电梯门口方向跑去时，电梯门却开了。

"这是……"阿静彻底呆住了。来人是一个有紫色眼睛的金发白种男人！

"怎么回事啊？就六个人而已啊，而且只有一个是有灵异能力的……"金发男子说的是标准的中文，他跨出电梯说："高层特地让我出动，就为了对付这种程度的人吗？真是无趣啊……"

"阿静……"高风辉在内心询问道，"这个外国人可以看见我们？"

"那是当然，又不是透明药水，只能骗过肉眼而已，怎么可能骗过鬼眼？"

金发男子冷笑道："先自我介绍一下，我是公司警卫部部长欧杰斯！我的鬼眼可是噬魂瞳眼。你应该没有鬼眼，灵异能力是怎么来的？"欧杰斯渐渐走近六个人，"嗯，女人只有一个，那么你就是任静？后面那五个都是普通人啊……"

就在这时，欧杰斯突然痛苦地捂住头，身体跌倒在地，惨叫起来。

"愚蠢的家伙，废话太多了……"看着监视画面的路深槐，手上正拿着一个遥控器，说道："万一资料被带走就是大事了。没办法，只有将他的噬魂瞳眼能力释放到极限，把欧杰斯变成鬼魂体了！"

一个身材高大、叼着一根雪茄的男人走进来，问道："事情怎么样了？"

"嗯，正如您所料想的那样。任静的确入侵了公司，他们在九楼，我已经派欧杰斯去对付他们了。请您放心吧。"

"咦？"男子拿下雪茄，看了看监视画面，皱着眉头问道："欧杰斯正在鬼魂化？"

"是啊，因为我想在最短时间内杀掉他们所有人。要保护资料……"

"你这个蠢货！我可是要活捉任森博的女儿的！"男子愤怒地一拳打在路深槐脸上，抢过他手上的遥控器："这是人工灵异能力增幅器的遥控装置？关闭！"

欧杰斯的身体一下难以承受庞大灵异能力的提升，渐渐双目血红。

"鬼魂……他要变成鬼魂了！"

欧杰斯身上散发出来的恐怖气息让走廊的灯全部灭掉了，周围顿时陷入一片黑暗。

阿静很清楚，如果一个人鬼魂化，初期会如同僵尸一般，是不死不灭的，如果她身上有照灵镜的话或许可以让对方恢复过来，但是现在，欧杰斯随时都会对他们展开无差别攻击。

于是，她在黑暗中对四周喊道："快滴解除液！我如果感觉到看不见形体的东西，就是鬼魂！你们快滴！"

在眼睛适应黑暗以前，阿静必须尽快想出解决之法。鬼魂体变化的后期，会变成形体缥缈不定的真正鬼魂，这个时间视个人体质而异，一旦对方成为完全的鬼魂体，那么他们六个人就死定了！没有照灵镜，就必须在对方彻底鬼魂化以前杀掉他！

六个人里，龙庭是最为恐惧的一个，因为零点一过，他就会死。现在距离零点还有一段时间，但是再不找到那个约翰，他的性命就危在旦夕。

阿静先是在身边开始洒可以伤害鬼魂的液体，接着一步步向电梯走去。目前这个楼层有鬼魂，公司的人也不会有胆量进来。他们大概是宁可牺牲掉这幢大楼，也要杀掉他们吧。但是，考虑到那个约翰，所以不敢把这个楼层直接炸掉。这样一来，就基本可以确定，约翰就在楼上！

快要走到电梯口的时候，一对血红双目出现在阿静面前！

"快逃！"阿静说完，脚下不停加速。

约翰房间的门打开了，几名黑衣人走了进去，全都是金发碧眼的外国人。

一个叼着雪茄的男子看着约翰惊疑的样子，说道："走吧，小约翰，我带你去美国……那里可是个非常好的地方哦……"

"蒿霖姐姐呢?"

"她的事情你不用管。"

"我不去没有蒿霖姐姐的地方。"约翰倔强地回答道,"我要留在这里等姐姐来!"

叼雪茄的男子当然知道,不能够强迫约翰,否则他一旦释放不死鬼眼就麻烦了。于是只好骗他说:"蒿霖姐姐也在美国呢,到那里就可以见到她了……"

六个人很快跑散了,龙庭和高风辉、钟子离跑进了一条死路,身后依旧是一片黑暗。

"刚才……任小姐到底看到了什么?"

高风辉说道:"那个时候,我好像看见了一双血红色的眼睛!"

"不用问了,绝对是那个外国人变成的鬼。"钟子离却是不慌不忙。

这时候,走廊拐角处爬过来一个人!

"啊……鬼……鬼啊!"三个人退到墙角,然而那个人却支支吾吾地说:"救……救我……"

听声音就是刚才那个外国人,怎么似乎是奄奄一息的样子?钟子离扶起他,仔细一看,他的眼睛还是紫色的!

抽雪茄的男人按下关闭键的时候,他体内的鬼魂化反应就停止了。

"等等……"钟子离惊惧地对身后二人说,"既然这个家伙没有变成鬼魂……那么任小姐看到的那双血红眼睛……到底是谁?"

阿静忽略了一件很重要的事情。

在死亡日期以前,被诅咒者的确不会死。但并不是不会受到鬼魂的袭击。此时她漫无目的地在九楼奔逃。

九楼既然是如此重要的楼层,不安排任何人看守未免也太奇怪了,而且,要进入这个楼层的任何一个房间都需要验证指纹,但是进入楼层只需要 ID 卡。阿静在刚控制了宗蒿霖以后,就问了她这个问题。

而宗蒿霖的回答是,这个公司的首脑……没有指纹!他因为在火灾中双手烧伤而失去了指纹，因此把原本设置好的指纹认证系统改为 ID 卡认证。

　　联想起诺索兰公司的火灾，阿静推测，也许首脑就是在那次事件中被烧伤的。那么，这是偶然吗？如果设置指纹验证的话，他们现在是无法进入九楼的。

　　简直就像是有人刻意安排好的一样，让她的计划得以成功。但是，润暗受内伤而无法再使用噬魂瞳眼，是没有人可以预知的事情……除了一个全知全能的预知者。

　　是的，只有她父亲——任森博，才能做到这一点。如果那场火灾是他引起的，并精确地计算到未来会发生的一切，那么，自己现在被困在这里，也是父亲计划的一部分。

　　阿静跑进了一个很大的房间，居然不需要认证就可以开门。而门内，竟然是……她在旅馆的房间！

　　她连忙转身再回去，然而门后面已经是旅馆的走廊了！

　　她立刻意识到了什么，连忙抬起手表一看，现在是六点，距离午夜零点还有六个小时……而诺索兰公司那里现在绝对比之前的戒备要森严得多，不知道会有多少人守在门口。

　　最重要的是，既然她回到了这里，那就说明……第三部恐怖片已经启动了！那部名为《诡眼》的恐怖片。

　　《诡眼》讲的是一个被人研究、具有异常眼睛的少年所看到的、一般人无法看到的真相……话说回来，那个少年叫什么名字来着？阿静记得他的名字是很普通的一个名字……她突然不安起来，回到房间里打开电脑查询。

　　那个少年的名字是……约翰！他的名字是约翰！那么……

　　钟子离扶起那个外国人，问道："约翰在哪里？"

　　"约翰……我不知道，我只是听上级吩咐而已……"

　　钟子离狠狠地掐住他的脖子，不断加力，吼道："你快说！否则我就让你死！别告诉我你不知道！"

"我……我说……约翰在上面一层楼，在标有"四号实验体"的房间里……"

这个人要不是刚才过度释放灵异能力导致身体几乎崩溃，其实不至于毫无还手之力。而钟子离也是因为园秀的死而越来越狂暴。

在园秀死去以后，他才意识到，自己错失了应该珍惜的珍宝。但是，现在说什么都没用了，无论如何，他也要活下去，然后为她报仇！

"龙庭！"钟子离喊道，"我们回电梯那边去，到上面去把约翰找出来！"

"好……好的……"龙庭和高风辉都被钟子离的勇气折服了，三人再度在身上滴了变色龙液体，回忆着刚才的路线以及平面图，走到了电梯口。

说实在的，要不是钟子离一副视死如归的姿态在前面开路，还有谁敢回到这里来啊？刚才这里可是出现了一双血红眼睛的！

进入电梯后，三个人心里都在打鼓。尽管可以用心灵感应联络其他人，但是钟子离现在已经完全失去了理智，二人也不能眼睁睁看着他去送死，只好跟着他。而且，现在也没其他人敢再回到电梯口来。

电梯门开了，却一个人也看不到。不过这也是自然的，现在这个地方已经被放弃了，约翰被带到了天台上的直升机，已经准备离开了。

螺旋桨的声音清晰传来，钟子离听得真切，连忙又跑回电梯，按了到天台去的按键，龙庭也紧跟了进来。

电梯门再度打开时，二人看到直升机已经起飞了。一个金发少年就在直升机上！

"金发的……莫非他就是约翰？"

这时，约翰忽然目光转向二人这边看了看，抽雪茄的男人奇怪地看着他，问道："你在看什么，约翰？"

"没什么。"约翰的目光紧紧跟随着龙庭。

二人眼睁睁地看着直升机逐渐消失在高空。

"完了……我……我该怎么办啊……"龙庭一下跪倒在地上，眼泪滴落在地上。

旁边的钟子离看了，也有点心酸。现在，他们即使有变色龙液体，恐怕也很难逃得掉了。然而午夜零点一过，龙庭就会死去。

"我来当诱饵吧。"钟子离下定决心扶起龙庭，"该是我付出代价的时候了……园秀活着的时候，我没有珍惜她，现在她死了，说什么都晚了。我不会放过害死她的混账的，不管那是鬼魂还是恶魔，我就算拼了命，也要把那些东西干掉！"

不等龙庭表态，钟子离就拉着龙庭到了电梯口："任小姐不是给了我们很多特殊药水吗？我来挡住那些人，你们先离开。也许约翰并不在刚才的直升机上，你们继续想办法找人问出结果来。别担心我，我的死亡日期还没到，不会死的。"

电梯到了九楼，门一开就看到高风辉就站在门口，钟子离把龙庭推了出去，说道："我到八楼去吸引那些人的注意力，你们找到其他人，我会掩护你们离开！"

电梯门又打开了，眼前是八楼，有许多警卫守在门口。当然，有变色龙液体在身，没有人看得到钟子离，他又取出一瓶药水来……

润暗还躺在医院的病床上。

"哥哥，你居然会把自己弄成这样。"润丽正帮他削苹果，一脸忧色地看着他，她现在有些害怕了，害怕哥哥有一天真的会离开自己。

润暗的手机响了，润丽连忙拿过手机接通道："喂，请问哪位？"

"嗯……那个，"声音听起来是一名中年妇女，"我儿子龙庭在不在你身边，小姐？"

"什么？你是龙先生的母亲？"

"是啊，他不知道为什么向单位请假，一大早打了一个电话后就跑了出去，问他什么也不说。所以我就按了家里电话的重拨键，他是打了这个号码之后出去的，我想他应该在你身边吧？"

"啊，龙先生现在不在我们身边。你有事情找他的话，我可以转告他。"

"小姐，你是谁啊？和龙庭是什么关系？"

"我这里是一家健身中心，龙先生想成为我们的会员，所以到这里来办手续，之后就离开了。"

润暗不禁佩服起妹妹来，她现在说谎越来越顺溜了。但是，接下来，龙庭母亲的话却让润丽大吃了一惊。

诺索兰公司实验大楼的九楼里，龙庭非常担心钟子离，高风辉却拉住他说："算了，子离是我们几个人里体力最好的，你这么胖，下去帮他，只会让他担心啦……"

"你，你说什么？风辉？"龙庭如同见到外星人一样看着高风辉，一把推开他，走进电梯说："我要去帮助子离！还有，你刚才最后一句话是什么意思？"

"嗯，我说你那么胖……"

与此同时，润丽听到了龙庭母亲那句令她惊讶万分的话："那孩子都已经瘦成那样了，还要减什么肥呀？"

"你说什么？"高风辉茫然道。

"没错！你为什么说我胖？"龙庭真是想不明白，自从大学毕业后，他就开始减肥健身，已经减到七十公斤了。这次大家聚会时，他就很奇怪，为什么没一个人见到自己的变化觉得惊讶呢？

直升机距离大楼已经有几公里了，约翰忽然忧心忡忡地对抽雪茄的男人说："老板，好奇怪啊，我的鬼眼看得清清楚楚的啊。天台上的那个人，为什么一个身上受了那么重伤的姐姐待在他的衣服里面，他都不感觉难受呢？"

到达八楼的电梯门开了，但是，电梯里空无一人。

诺索兰公司的科学家们创造出了一个与外界隔绝的特殊空间，在这个空间里，时间的行进要比外界快得多。其目的是加速人体细胞的新陈代谢，最大限度提升员工的工作效率。而这个大楼的第九层和第十层，就是这样一个空间。

此刻，正是这个特殊空间内的午夜零点！